KB120624

언어 사원의 사제들

시작비평선 0022 김홍진 평론집 **언어 사원의 사제들**

1판 1쇄 펴낸날 2022년 12월 9일
지은이 김홍진
펴낸이 이재무
기획위원 김춘식, 유성호, 이형권, 임지연, 홍용희
책임편집 박찬세
편집디자인 민성돈
펴낸곳 (주)천년의시작
등록번호 제301-2012-033호
등록일자 2006년 1월 10일
주소 03132 서울시 종로구 삼일대로32길 36 운현신화타워 502호
전화 02-723-8668
팩스 02-723-8630
홈페이지 www.poempoem.com
이메일 poemsijak@hanmail.net

ⓒ김홍진, 2022, printed in Seoul, Korea

ISBN 978-89-6021-684-6 04810
      978-89-6021-122-3 04810(세트)

값 24,000원

언어 사원의 사제들

머리말

  그리고 오랜 시간이 흘렀다. 여기저기 발표했던 글을 추려 『언어 사원의 사제들』이란 이름을 붙인다. 다시금 글을 엮는 마음 역시 예전처럼 두렵고 민망하다. 그동안 몇 권의 평론집을 냈다. 그때마다 매번 그랬던 것처럼 아직도 나 자신만의 고유한 비평적 영토를 개척하지 못했다는 생각이 크기 때문이다. 첫 평론집을 내면서 나의 글쓰기는 헛된 욕망과 편견의 부산물일 뿐이며, 텍스트의 침묵 속에 갇힌 좌절과 패배의 기록이라 밝혔다. 이번에도 이에서 한 치도 벗어나지 못한 느낌이다.

  모든 글쓰기가 그런 것처럼 비평적 글쓰기 또한 출구를 찾아 나가는 행위가 아니다. 그보다는 더 깊고 어두운 미로의 심연 속으로 빠져드는 일이다. 다시금 뒤를 돌아본다. 아무것도 없다. 그저 칠흑 같은 어둠과 싸늘한 침묵만이 온몸을 감쌀 뿐이다. 결핍의 잉여로서 에우리디체는 어둠 속에 잠깐 얼굴을 내비치고는 영영 모습을 감춘다. 내가 바라는 그녀는 항상 언뜻 나타났다가는 다시 깊고 깊은 어둠과 침묵의 미로 속으로 숨어 버리고 만다. 나는 또다시 그 깊고 적막한 어둠 속에서 불안과 공포에 휩싸인 채로 홀로 서성거릴 것이다. 어둠과 침묵의 미로 속에서 그녀를 찾아 헤맬 것이다. 저 깊고 어두운 침묵과 미로의 심연 속으로 실패를 예감하면서 걸어 들어갈 것이다. 어디에도 없는 그녀, 부재와 결핍의 대상으로서 그녀의 환영을 찾아 그저 속절없이 어둠과 침묵의 행간을 서성거린 흔적의 기록이 이 책이다.

비평은 상호 대화적 관계에서 출발한다. 비평은 타자의 담론을 전제로 한다. 그것은 타자의 목소리를 듣고 또 타자의 의식을 살피며 천천히 함께 걷는 행위에 다름 아니다. 비평은 타자의 목소리와 의식을 외면하거나, 그렇다고 그 목소리와 의식에 일방적으로 갇혀 버리는 언어일 수 없다. 비평은 대화의 관계적 사유 속에서 타자를 느끼고 감각하며 함께 호흡하는 언어이어야 한다. 비평의 언어는 타자의 담론에 생산적으로 개입해 관계들에 대해 질문하고 관계의 양상까지 살피는 능동적인 행위이어야 한다. 텍스트와 참여적 관계 맺기가 비평이며, 그럴 때 텍스트의 의미는 생명을 얻고 풍요로워질 수 있을 것이다. 비평은 타자의 언어와 호흡함으로써 세계와 관계하려는 정신에 토대를 두어야 한다. 관계 속에서 세계는 열리고, 또 다른 관계가 생성되며, 그럼으로써 미지의 세계가 열리는 것으로 나는 믿는다.

미적 판단은 '주관적 보편타당성'을 확보하려 부단히 노력해야 한다. 우리는 미적 판단을 내릴 때 사적 관심에서 벗어나 어떤 공통감에 따라 판단하는 위치로 올라설 수 있어야 한다. 이게 가능한 일인지는 모르겠지만 무관심성과 공통감에 따라 판단해야 하는 일은 비평 주체가 가져야 할 기본적인 태도가 아닐까. 그러나 이 형용모순의 용어가 암시하듯 비평 주체는 사적 관심과 관점의 편견으로부터 자유롭지 못하다. 나의 글쓰기는 이런 답답한 상황을 그대로 재연한 꼴이다. 모든 비평은 비평 주체의 개인적 관심과 이해, 관점과 취향의 표명이기도 하다. 따라서 텍스트의 해석적이며 평가적인 의미화는 일종의 오독과 편견의 산물이란 점을 밝힌다. 다만 이 오독과 편견이 조금이라도 불신을 유예하고 공감을 불러일으킬 수 있기를 바랄 뿐이다.

분에 넘치게도 많은 분들의 사랑과 은혜를 입었다. 이분들의 사랑과 배려가 이 책을 낳게 했다. 그 깊은 사랑과 은혜에 비한다면 이 책은 보잘것 없이 누추할 뿐이다. 이 초라한 글밭에 소중한 물길을 대 주신 많은 분들의 얼굴이 떠오른다. 일일이 거론할 수 없는 그 소중한 이름을 떠올리는 것만으로도 가슴 벅찬 일이다. 다만 지금도 깊은 사랑으로 불러 주시는 이은봉, 김완하 선생님, 출판을 허락해 주신 이재무 선생님께는 특별히 감사하다는 말씀만큼은 전해야 할 것 같다. 소중한 사랑과 은혜에 보답하는 길은 더욱 고뇌하는 마음으로 깊이 읽고 성실하게 쓰는 도리밖에 없을 것이다.

2022년 동지 즈음에

김홍진

차 례

제3부 풍경의 울림과 떨림

차례

9

제4부 감각의 리듬과 지평

제1부

일상의 고현학

저주받은 언어 사원의 사제들

1. 얼굴 없는 얼굴

보들레르의 『악의 꽃』 연작시 「환영」의 '어둠' 편은 "침울한 여주인 '밤'과 홀로 사는/ 나는, 아! 조롱하는 '신'의 강요로/ 어둠의 화폭 위에 그림 그리는 화가라고나 할까,/ 거기서 나는 음산한 식욕 가진 요리사,/ 내가 내 심장을 끓여 먹"으며 "어둡고 동시에 빛을 발하는 여인"을 환시幻視한다. 여기에서 시인은 음산한 식욕을 가진 요리사로서 제 심장을 끓여 먹는 괴물로 자신을 표상한다. 근대 이후 예술가는 신적 창조성을 부여받은 축복과 은총 대신 "조롱하는 '신'의 강요"로 인해 "어둠의 화폭 위에 그림 그리는 화가", "음산한 식욕 가진 요리사"로서 "내가 내 심장을 끓여 먹"을 수밖에 없는 저주받은 자기 존재성을 승인할 수밖에 없다. 탈근대의 가치를 지향하는 현대 예술에서 시인이나 예술가는 마치 보들레르가 마주한 "어둡고 동시에 빛을 발하는 여인" 앞에 선 것처럼 '어둠'의 세계로 들어서면서 진정한 '빛'의 세계를 꿈꿀 수밖에 없는 운명에 처해 있다.

여기에서 '어둠'은 근대의 가치가 애써 부정하고 또 문명화 과정에서 은폐 억압된 것들과 관계한다. 문명화나 근대화 과정은 야만과 비이성과 비정상을 차별적으로 생산하는 과정이기도 하다. 이런 것들은 문명과 근대의 메커니즘이 끊임없이 배제와 억압, 부정과 은폐를 통해 어둡고 축축한 저편의 어둠 속으로 유폐시켰다. 그것들은 문명의 건강한 정신과 질서를 해치는 사악하고 흉측하고 악마적인 몹쓸 것이었다. 정형과 기형, 대칭과 비대칭, 조화와 부조화, 질서와 혼돈, 숭고와 천박, 우아와 비천, 유연함과 거침, 위생과 불결, 삶과 죽음, 정신과 육체, 미와 추, 선과 악 등의 사이에 위계가 있다면, 후자의 영역에 서식하는 것이 그로테스크 미학이다. 그것은 "어둠의 화폭 위에 그림 그리는 화가"처럼 빛의 세계가 아닌 후자의 주변에서 증식을 거듭한다. 그것들은 이성과 문명의 빛 뒤편 어둡고 음산한 곳에서 추악한 것들을 불러내 이성과 문명, 정상과 질서, 숭고와 우아의 장막 배후에 존재하는 혐오스럽고 역겨우며, 추하고 끔찍한 것들을 적나라하게 드러낸다.

그로테스크grotesque는 보통 기괴, 엽기, 추醜 등과 같은 용어들로 번역된다. 이들은 대체로 '흉측하고 두려운, 역겹고 혐오스러운 것' 등과 같은 어사들을 제 서술어로 거느린다. 또한 '자연의 법칙과 비례로부터 어긋나 우스꽝스럽고, 양립할 수 없는 이질적 요소들이 혼성적으로 뒤섞인 비정상의 상태를 포함하는 악마적인 것'(필립 톰슨, 『그로테스크』) 등으로 설명된다. 한마디로 그것들은 안정된 질서와 규범을 파괴하는 병적이며 불온한 성격을 갖는다. 따라서 그로테스크가 포함하는 주요한 미학적 형질은 예술은 흔히 이상적인 아름다움을 추구하는 행위와 그 표현이라 믿는 고전적 문화 보수주의자에게는 결코 용납할 수 없는 현상이다. 그로테스크 미학은 고전적 관념이나 합리성과 대립하는 다양한 환상과 변형, 엽기와 혐오, 혼종과 왜곡에 기초한 이미지들을 생산한다. 그런 까닭에 일종의 미학적 한계 현상인 것처럼 보이기도 한다.

그러나 그로테스크 미학을 현실 원칙과 상징 질서로 수용할 수 없는 비윤리적인 미적 탈선 행위로만 간주할 수는 없다. 그로테스크가 포함하는 비정상성과 기이함은 현실 원칙의 질서와 지배 체제의 논리를 겨냥한 저항과 부정, 도전과 전복의 의미를 내포하기 때문이다. 왜냐하면 기존의 개념이나 지식의 범주 밖에 존재하는 것이 출현할 때, 그것들을 괴물이나 비정상의 악마적인 것으로 호명함으로써 배제 추방하려는 인식론적 태도와 직결되기 때문이다. 이러한 맥락에서 그로테스크는 '지각의 한 양식이자 세계를 상상적으로 재구성하는 하나의 인식론적 방식'(볼프강 카이저, 『언어예술 작품론』)이다. 사실 추하고 엽기적이며, 흉측하고 혐오스러운 것들은 우리가 몸 들어 사는 세계와 인간성의 근원에 흔하게 널브러져 있다. 이것들은 인간과 세계를 구성하는 요소임에도 불구하고 우리는 그것을 인식 범주나 지각 체계 밖으로 배제시켜 왔다. 이성 중심의 문명화 과정은 이런 것들을 철저하게 배제, 억압하는 과정을 통해 전개되어 왔던 것이다.

데리다가 말하듯 종이 아닌 종, 형상 없는 형상, 말 없고 어리고 끔찍한 괴물의 형상으로 무언가 출현하면 배제와 억압의 메커니즘은 여지없이 작동하는 법이다. 이 괴물들은 이름도 형상도 없고, 지식의 범주로도 포획되지 않는 미지의 존재, 캄캄한 인식의 어둠, 얼굴 없는 얼굴을 가진 부정성으로 인해 세계의 안정성과 확실성에 균열을 일으키며 끔찍하고 혐오스러운 공포와 불안을 야기한다. 때문에 그것은 안정과 정상을 해치는 불온한 것으로 간주되어 왔다. 그리하여 "나 자신도 포함되어 있는 사회의 사람들은 이름 없는 어떤 존재가 자신의 존재를 주장하며 출현하면 그것으로부터 시선을 돌려 버린다. 종이 아닌 종으로서, 형상이 없는 형상으로서, 말이 없고 어리고 끔찍한 괴물의 형상으로 무언가 출현하면"(자크 데리다, 『그라마톨로지』) 그것으로부터 우리는 시선을 돌려 버리는 것이다. 이러한 사유의 극단은 슐레겔이 모방을 통해 본성이 변형되는 불쾌한 감정들 중에서 오직 역겨움만은 예외이며, 여기서는 예술의 모든 노력이 헛수고 끝날 것이라는 언급에 잘 표명되어 있다.

그러나 오늘날 주관주의적 미의 원리가 부상함에 따라 그로테스크의 괴물성은 새롭게 주목되며, 전통적 미의식의 부정과 전복, 위반과 해체를 통해 새롭게 전경화하고 있다. 이곳은 우리가 아직 경험하지 못한 미지의 두렵고도 낯선 새로운 영역으로 존재한다. 때문에 우리는 이 미답의 영역에 존재하는 미지의 두렵고 낯선 대상을 거부하는 만큼의 관성적 힘으로 여기에 끌린다. 미지의 세계에 대한 관심과 끌림은 절대적인 이원론적 세계관과 이성의 독재에서 벗어나 상대적 다원성을 중시하는 시대정신이나 분위기와 무관하지 않다. 아울러 개인의 미적 취향이 다양화하는 문화 현실에서 그것은 더 이상 추방하거나 배척해야 할 대상이 아니다. 데리다의 말처럼 오히려, "미래는 절대적 위험의 형식으로서만 예기"될 수 있으며, "미래는 구성된 정상 상태로부터 절대적으로 단절되는 무엇으로부터, 일종의 괴물성으로서 선포되고 제시"(자크 데리다, 『그라마톨로지』)될 수 있다. 이 말이 의미하듯 이성이 외면하고 은폐한, 문명이 폭력적으로 배척하고 감금시킨, 이를테면 정상의 빗금 너머에 진리가 숨겨져 있기 때문일 수도 있다. 우리가 괴물로 여기며 배척한 것들, 끔찍한 괴물, 얼굴 없는 얼굴에 숨겨진 진실과 진리, 여기에 미래가 예비되어 있는지 모르는 일이다.

2. 저주받은 운명의 수사학

시인은 세계와 갈등하고 불화한다. 근대 이후의 시인들이 너 나 할 것 없이 그래 왔고, 또 앞으로도 그럴 것이다. 타락한 세계의 주변에 분열된 시적 주체들이 불안하게 서성거린다. 분리와 소외, 결핍과 결여, 불안과 분열이 존재하지 않는 자아와 세계가 행복하게 일치하는 동일성의 세계도 따지고 보면 현실의 삶이 조화롭지 못하기 때문에 발생한 역작용의 결과일 수 있다. 그것은 꿈을 가로막는 결핍의 현실에 대한 반작용이기도 한 것이다.

불화의 관계에서 시인은 탈주와 이탈을 꿈꾸고 현실의 저 너머 피안을 동경한다. 미지의 꿈과 동경을 포기한 자는 진정한 시인이 아니다. 아도르노의 표현처럼 예술은 세계의 모든 어둠과 죄를 자신의 내부에서 떠맡으면서 부정적 경험 세계가 변화되었으면 하는 희망을 말없이 말한다고 했을 때, 시인도 여기에서 예외일 수 없다. 이럴 때 시인은 현실로부터 탈주하여 망명정부를 차리고, 새로운 세계를 탐문하기 시작한다. 지금 여기를 지배하는 문법을 대체할 다른 문법을 찾아 나서는 것이다.

근대 이후 시인은 늘 고통스럽고 불행한 운명을 타고난 불안하고 분열된 자아의 초상을 하고 있다. 그들의 운명은 보들레르의 '알바트로스'처럼 비극적이다. 현대의 시인들은 "조롱하는 '신'의 강요로/ 어둠의 화폭 위에 그림 그리는 화가"이거나 "음산한 식욕 가진 요리사"로서 "내가 내 심장을 끓여 먹"는 비극적 운명에 처한 존재인 것이다. 시인에게 행복과 만족은 현실 저편 너머에 초월적으로 존재하는 것이며, 시인은 그것을 방해하는 현실적 조건들과 생래적으로 불화하도록 태어난 불행한 자아이다. 그들은 주어진 현실에 만족할 수 없는 결핍된 자아이며, 그렇기 때문에 비극적 운명의 소유자이다.

그렇지만 역설적이게도 시인에게 결핍은 창작의 밑변을 떠받치는 토대이며, 결핍과 불행의 저주받은 자리에서 시는 탄생한다. 다시 아도르노의 표현처럼 세계의 불행을 인식하는 데서 시인은 자신의 행복을 확인한다. 그러나 이 말은 말하자면 고유한 미적 경험이란 주체가 자신을 확인하는 만족이나 충족이 아니라 자신의 유한성을 깨닫는다는 뜻이다. 세계가 불러일으키는 전율스러운 "충격은 결코 자아의 부분적 충족이 아니며 쾌락과 비슷한 것도 아니다. 오히려 그것은 충격을 받음으로써 자신의 한계와 유한성을 깨닫게 되는 자아의 소멸"(아도르노, 『미학 이론』)에 가까운 것이다. 그들은 항상 세계와 불화하며 긴장한다. 긴장하며 살아 있음을 확인하고, 존재의 떨림을 감각하며, 세계가 변화되었으면 하는 미지의 미래적 희망의 가능태를 넘보는 것이다. 그러나 그것이 가능하기나 한 것일까.

> 임신한 여자가 뒤뚱대며 수박을 끌어안고 땀을 뻘뻘 흘리며 언덕을
> 걸어 올라가고 있다 뱃속에 수박만 한 아이가 있는지 배는 터질 듯 부
> 풀어 오르고 언덕 위엔 상점이 없다 노인들은 평상에 앉아 마늘을 깐

다 여자가 잠시 기우뚱거린다 발을 잘못 디디면 여자는 언덕 아래 굴러갈 것이다 차가운 수박에 맺힌 이슬이 아스팔트 바닥에 떨어진다 반쯤 쪼개진 하늘에는 태양이 빛을 내뿜고 여자가 뒤돌아 자신이 걸어온 길을 바라보며 땀을 닦는다 마을버스가 언덕길을 돌아 내려간다 태양을 보자 어지럼증이 인다 이마저도 조심조심 살았기 때문에 깨지지 않은 것이다 여자는 다시 언덕을 걸어 올라간다 수박만 한 머리가 가랑이 아래로 나올 때 곰팡이 냄새를 맡으며 아이는 자신의 운명을 알게 될까 여자의 등 위에서 피자 배달 오토바이가 따라 올라온다 골목에서 여자는 비켜선다 맞은편에서 용달차가 머리를 들이밀고 오토바이가 넘어진다 뒷바퀴가 여자의 종아리를 밀자 주저앉은 여자가 수박을 놓친다 언덕 아래로 수박이 굴러 내려가기 시작한다

—김성규, 「수박」 전문

김성규의 시는 마치 바니타스Vanitas 정물화를 보는 듯하다. 그것은 이를테면 시적 분위기가 삶과 세계의 숭고함 대신에 저열하고 잔혹함, 역겨움과 혐오감, 풍자와 환멸, 기형화와 괴상함, 불행과 비극, 고상하고 엄숙함 대신에 비천함과 참상, 기쁨보다는 고통과 통증, 아름답고 사랑스러운 것보다는 추악하고 흉물스럽게 여겨지는 것들의 시적 변주에서 연유하기 때문이다. 그에게 생은 축복이 아니라 저주받은 운명처럼 보인다. 더 이상 악화될 여지가 전혀 없는 운명, 생의 참상과 비극의 어느 임계 지점을 지시하는 듯하다. 그리하여 시를 읽는 일은 악몽 속의 풍경을 거니는 것처럼 끔찍스럽고, 저주받은 운명으로 인하여 고통스럽다. 이 시는 고통의 부정성으로 인해 심미성에 깊이를 더해 주는 것이다.

이 시의 세계는 추醜하고, 그로테스크하며, 그 안의 생은 불안하고 처참하다. 저주가 은총이 되어 버린 전망 없는 미래. 역사의 진보에 대한 회의와 불신으로 가득한 나머지 화자는 미래에 대한 어떠한 기대나 희망도 내비치지 않는다. 이와 같은 비극적 탐색은 결국 출구가 보이지 않는 미래를

포함한 현재적 삶의 폭력적 현주소를 보는 듯하다. "임신한 여자가 뒤뚱대며 수박을 끌어안고" "언덕을 걸어 올라"간다. 언덕을 오르는 모습은 그의 "터질 듯 부풀어 오"른 배의 이미지로 연쇄되고, 부풀어 오른 배는 '수박'의 이미지와 겹치며 그것이 어느 순간 무자비하게 박살날 것이라는 불안한 분위기를 증폭한다. 언덕을 뒤뚱대며 오르는 그의 위태로운 발걸음은 "수박에 맺힌 이슬이 아스팔트 바닥에 떨어진다"거나 "반쯤 쪼개진 하늘", 그리고 "어지럼증" 등의 추락과 파괴와 현기증의 이미지로 연쇄되면서 파탄의 불길한 분위기는 강화되고 파멸의 정조는 고조된다. 그러면서 궁극에 이르러서는 참혹한 삶의 풍경은 더욱 비극적으로 예감된다. 이러한 불안감은 결국 "수박만 한 머리가 가랑이 아래로 나올 때 곰팡이 냄새를 맡으며"라는 수사에서 읽을 수 있듯이 앞으로 태어날 아이의 운명으로 전이한다. 그러면서 어미나 배 속의 아이를 불문하고 모두 벼랑 같은 비탈에서 굴러 떨어져 깨질 파멸의 비극적 상황을 예감하게 한다. 그리하여 언덕을 기우뚱거리며 힘겹게 오르는 임신한 여자나 "곰팡이 냄새를 맡으며" 나올 아이의 운명은 이미 처참하기 짝이 없다. 그것은 바코드처럼 이미 낙인으로 찍혀 있는 것이다. 남루하고 비참한 현실이 우리의 거처. 삶과 세계는 불안하고 위태로울 뿐이다.

이와 관련하여 이성적 현실의 확실성에 대한 믿음과 미래에 대한 전망이 심각하게 훼손된 이 시대의 시적 사유의 중요한 징후 가운데 하나는 불안이라 부르는 정서적 경험들의 변주이다. 불안은 인간 실존의 가장 근원적 현상이다. 불안은 어떤 기분이나 감정으로 이성을 중심으로 하는 인식이나 지각의 정신 활동에 관심을 갖는 사유의 논리 체계로 객관화하기에는 너무나 주관적인 감정에 속한다. 실존철학의 담론에서 불안의 기분이나 주관적 느낌이 중심을 차지한다는 것은 불안이 현대인에게 있어서 실존적 조건이 되었다는 점을 반증하는 것은 아닐까. 한때 삶과 세계에 의미를 주었던 최종적 권위들은 중심에서 밀려났다. 예컨대 신이나 이성, 이념이나 국가와 같은 중심은 붕괴된 지 오래고, 그 자리에 다양성 혹은 다원화라는 이름으로 들어선 낯선 타자들, 괴물들이 언어적 권력을 행사하며 끔찍한 얼굴을 들이밀기 시작하는 것이다.

　시인들은 불안의 징후와 증상에 민감하게 반응한다. 그런 점에서 현대시는 일종의 불안의 정신병리학적 임상 기록일 수 있다. 시적 주체들은 세계와의 상호작용에서 발생하는 불안과 공포의 정서적 체험을 시적 언어라는 특수한 방식으로 포착해 낸다. 말하자면 정신분석학은 즉자적인 의미의 보편 과학이 되는 것을 경계하지만 어쨌든 불안과 같은 비합리적 상황과 언어를 분석하면서 기본적으로는 그것을 이성적 언어로 환원한다. 이에 비해서 시는 불안을 언어적으로 대상화하면서도 육체적이고 감각적인 차원에서 그 자체를 임상적으로 내재화한다. 그런 점에서 뻔한 말이지만 시적 불안의 언어는 이성적 언어의 논리를 벗어난 다른 논리로 작동하는 것이다.

날마다 새로운 주소를 써 내려간다
유리 담장에 걸린 깨진 구름도 있다
해지는 노인의 걸음이 푸른 신호등을 자꾸만 놓치는 사거리 길

빨간 우산을 쓴 여자가 자장면 집을 스쳐 지나가는 빨간 주소

창틀이 없는 유리처럼
하늘을 잃은 새처럼
과꽃 앞에서 과꽃을 모른다
어제는 가을 셋째 주 금요일, 서쪽의 종탑을 지나서 자주 들렀던 빵
가게를 돌아 익숙한 맥문동 꽃향기에 도착한다
노인이 저 홀로 잠이 든 지 열흘이 지나고 있다
　　　　　　　　　　　　　　　　　　　—정운희, 「방치」 부분

불안이 분열과 혼돈, 강박과 도착, 공황과 발작 등의 증상인 만큼 매끄

럽고 순하게 읽히지 않는다. 불편하다. 게다가 불온하기까지 하다. 그래서 독자들은 이런 시들이 어렵다거나 난해하다고 불평할 수 있다. 이러한 혐의의 알리바이는 재래적인 서정 문법의 제도적 학습에서 기인하는 것이다. 그것은 특수한 내면 체험을 기존의 전통적인 서정시의 문법을 따라 직조하지 않고 새로운 시적 문법에 따라 구현하고 있기 때문이다. 또한 안정되고 통일된 동일성의 조화로운 세계를 지향하기보다는 내면에서 들끓다가 느닷없이 출현하는 또 다른 자아가 분열되어 나타나거나, 우리와 동일한 문법을 공유하지 않는 낯선 타자의 일그러진 모습으로 나타나고 있기 때문이다.

　불안은 의학적으로 정신의 질병을 뜻할 수도 있지만 시에서는 그보다 하나의 수사적 은유 내지는 전략으로 보는 것이 타당하다. 우리가 흔히 비정상이라 일컫는 정신적 질병의 한 증상으로서 불안이나 공포, 분열과 강박은 차라리 한 시인의 시혼詩魂의 극단을 보여 주는 방식일 수 있다. 막연하고 모호하며 만연되어 있지만 그 실체가 잘 드러나지 않는 불안의 시적 묘사와 진술은 이성의 독재와 합리의 전횡에 의해 구축되는 현실 원칙의 질서에 대한 부정과 반성적 사유이리라. 그것은 이상이나 전망이 사라진 현실을 쓸쓸히 확인하는 한 방식일 것이다. 불안은 확신에 찬 인간, 이성, 주체, 합리, 신념, 권위, 가치와 같은 중심이 흔들리며, 그럼으로써 일그러진 모습을 드러내는 불쾌한 정서적 경험이다. 안정과 희망의 이데올로기가 조작 유포하는 전망에 대한 허위적 신비화를 걷어 낸다. 말하자면 거기에는 나의 정체성과 세계의 확실성을 뒤흔들고, 파헤치며 의문을 제기하는 부정성이 자리한다.

　뿌리 없이 방치된 삶의 운명, 정처 없이 떠도는 삶의 행방은 불안의 근원이기도 하면서 비극의 기원이기도 하다. "노인이 저 홀로 잠이 든 지 열흘이 지"난 채 '방치'된 죽음은 삶이 근본적으로 부조리하다는 시적 은유이다. "자꾸만 푸른 신호등을 놓치는 사거리의 길"에서 어디로 가야 할지, 어디에 있어야 할지 모르는 불가항력의 부조리한 운명에서 벗어날 수 없는 것이 존재의 전제 조건인 것이다. 그래서 삶은 '주소를 새로 써 가는 개 한 마리'와 다름없이 출구 없이 방향감각을 상실한 채 떠도는 것이며, "창틀이 없는 유리"나 "하늘을 잃은 새처럼" 존재의 기반을 잃었고, "과꽃 앞에서 과꽃을 모"르는 것처럼 자명한 사실 앞에서 자명하게 여겨졌던 확실성은 무화되어 버린다. 여기에서 차별적 특권화에 의해 기획된 자명성의 경계는 붕괴된다. 무엇보다도 문면에 드러나는 존재의 뿌리 없음이 우리를 고통스럽게 만든다. 어떤 안정이나 평화를 찾아보기 힘든 압도적인 불안과 상실의 분위기와 세계에 대한 불신의 태도로 인해 시는 전체적으로 우울하다. 자신의 의지와 아무 상관없이 길 위에 방치된 삶과 죽음은 얼마나 부조리하고 역겨운가.

화자는 황량하고 피폐하기 짝이 없는 길 위의 생에 대해 쓴다. 그러나 "날마다 새로운 주소를 써 내려"가는 길 위의 생은 세계를 새롭게 개시開示해나가는 건강하거나 희망 섞인 어떤 것이 아니다. 그것은 '개 한 마리'로 의인화된 시적 대상이 "불법 쓰레기봉투에 코를 박는다"거나 "해지는 노인의 걸음이 푸른 신호등을 자꾸만 놓치는 사거리 길"에서처럼 존재의 생성이나 트임을 지향하는 의미와는 전혀 다른 자질의 것이다. 그리고 존재의 뿌리 없음은 방치된 채 "노인이 저 홀로 잠이 든 지 열흘이 지나고 있다"는 것처럼 죽음을 바라보는 건조한 어조의 결구에 이르면 어떤 처연한 운명을 느끼게 한다. 아무렇게나 방치된 길은 실존의 불안을 더욱 확장하고, 아무렇게나 방치된 채 소멸해 가는 죽음은 그렇게 비논리적이다. 그런데 이에 대한 냉정한 관찰은 화자의 개인적 내면의 차원에 머무는 것이 아니라 우리 시대의 보편적인 심리적 정황을 환기하는 것이다.

사회심리학자 김태형이 우리 사회를 '불안 증폭 사회'라 진단한 것처럼 불안은 제도적으로 증폭 재생산되며, 우리 사회는 울리히 벡의 이른바 '위험 사회'가 되었다. 앞서 불안의 정서가 현대인의 조건이 되었다는 점을 말했거니와, 특히 사회 경제적 생존이 생물학적 생존을 가늠하는 불안 증폭의 위험 사회에서 삶은 예측 불가능하고 통제 불가능한 것이 되어 버린 시점에 이르면 불안은 인간을 관리하는 강력한 통제력을 행사한다. 실존의 심각한 위기 상황은 개인은 물론이거니와 사회적 불안을 증폭하는 요인으로 작용한다. 말하자면 정운희의 작품에서와 같이 한 개인이 자신의 자유로운 의지나 결단에 상관없이 실존적 운명이 방치되거나 결정되는 상황에 이르게 된 것이다. 그것이 개인적인 것이 되었든 아니면 사회 역사적인 것이 되었든 강박적인 불안의 증상이나 감정적 분위기, 그리고 불우하고 타락한 세계가 불러오는 공포는 이성적 주체의 의식을 분열시키고 정신을 마비시키는 불결하고 불온한 것으로 인식된다. 하지만 사실 그것은 강고한 현실 원칙의 질서를 교란하고 무화시키려는 하나의 시적 전략이기도 하다.

> 내가 날 굽는 냄새가 피어오르자 해골과 부위 모를 뼈다귀들이 앞
> 다투어 모여든다. 석쇠 위에 고여 있던 핏물이 선지로 돌돌 말아 빚은
> 완자처럼 지져져 더욱 쫀쫀해진 내가 날 엿가위로 한 입 두 입 잘라 굽
> 는다 따각따각 아귀 터지게 턱 벌리는 해골들에게 내가 날 잘라 구운
> 살점을 바삭 태워 먹여 준다. 오일 바른 상아같이 매끈매끈한 뼈다귀
> 들의 몸에 내가 날 잘라 구운 살점을 파스처럼 붙여 준다. 불가에 모
> 여 앉은 해골들과 뼈다귀들이 내가 날 잘라 구운 살점을 먹고 입고 점
> 점 나로 살쪄 간다
> —김민정, 「내가 날 잘라 굽고 있는 밤 풍경」 부분

내가 나의 살점을 잘라 석쇠에 구워 먹고 살찌는 몸을 찰칵찰칵 기념 촬영하는 이 엽기적인 풍경은 무엇인가. 악몽의 풍경 같은 이미지들이 난무하듯 생중계되는 듯하다. 분열의 언어로 장식되는 자기혐오, 자기 파괴, 신체 절단의 욕망이 들끓듯이 분출한다. 언어적 금기는 분해되고 해체된다. 종잡을 수 없이 수다스러운 분열의 언어와 펑키적이고 카니발적인 언어 구사는 파괴와 혼돈 그 자체이다. 나의 몸을 잘라 구워 먹고 날로 살쪄 가는 신체 훼손과 자기 파괴, 그것으로부터 육신의 살을 찌우는 이 해괴한 유머

는 불쾌하고 불경스럽기 짝이 없다. 이렇게 느끼는 순간 우리가 경험한 서정시 고유의 규범은 산산이 분해되고 해체되고 만다. 이러한 분열과 파괴와 해체의 언어는 곧 신체를 물신화하는 시선, 그 시선을 가로지르는 상징 권력의 질서에 대한 분해이며 해체이고, 그에 대한 혐오의 발악과도 같은 표현일 것이다. 말하자면 인간 육체의 극단적 물질화와 훼손된 신체를 보여 줌으로써 상징 질서를 파괴하는 분출의 무제한적 방식은 한국시가 이제 자명하게 여겨 왔던 미학적 명제와 경계의 틀을 부수고 결별하는 지점을 지시하는 듯하다.

특히 김민정의 시를 지배하는 그로테스크와 카니발의 세계는 온갖 저질스러운 욕설과 육두문자, 음담패설과 신성모독의 불경스러움, 정상성의 희화화와 비속화로 인해 현실 원칙의 상징 질서가 교란되고 해체되는 진경을 보여 준다. 예컨대 "대머리 물미역 장수가 물미역이 돌돌 감긴 제 성기로 내 치마 속을 쑤시고 들어온다", "나는 호주머니에서 연필을 꺼내 대머리 물미역 장수의 성기를 꾸욱 하고 찍어 버린다 구멍 난 성기를 면도칼로 짤라 신주머니에 넣으며 매일매일 나는 학교에 갔다"(「엄마, 학교 다녀오겠습니다」), "죽은 아빠가 엄마의 입술과 내 잠지를 한 번 더 꿰매 버리겠다고 링거 바늘을 찾고 있습니다. 엄마와 내가 갈던 회칼로 잇속을 쑤시고 있습니다 죽은 아빠가 삽날 같은 고드름 수염이 난 음경을 뚝 떼서 엄마와 내게 맡기고 있습니다"(「매일매일 놀러 오는 우리 죽은 아빠」), "섹스를 나눈 뒤/ 등을 맞대고 잠든 우리/ 저마다의 심장을 향해 도넛처럼,/ 완전 도-우-넛처럼 잔뜩 오그라들 때/ 저기 침대 위에 큼지막하게 던져진/ 두 짝의 가슴/ 두 쪽의 불알"(「젖이라는 이름의 좆」) 등등 그의 시집을 아무 데나 펼쳐도 쉽게 만날 수 있는 끔찍하고 익살스러우며, 불경스럽고 기이한 이미지는 그로테스크와 카니발리즘의 임계점을 체험하게 한다.

이제 지상의 어느 곳에도 순결한 서정의 공간은 존재하지 않는다. 지고하고 순결한 서정의 공간으로부터 추방당한 저주받은 운명의 시인들은 결핍과 분열, 불안과 공포, 혼돈과 타락의 현실로부터 벗어나 그들만의 망

저주받은 언어, 사랑의 시제들

23

명정부를 세우고 새로운 세계의 도래를 탐색하고자 했던, 저항의 전선을 탄탄하게 구축했던 어떤 윤리적 목적도 시적 권위도 내세우지 않는다. 지난 시대의 선배 시인들은 자신들이 세운 망명정부가 온전하게 승인된 정부가 되기를 꿈꾸었다. 역사적 죄의식에서 비롯하는 공동체적 선에 대한 욕망은 하나의 시적 강박이었다. 그러나 이즈음의 젊은 시인들은 차라리 무정부주의적인 시적 포즈를 취한다. 그것을 가능하게 하는 상상력은 역사적 경험의 동일성을 구성하지 않는, 말하자면 역사적 경험에서 기원하는 강박으로부터 자유로운 이유 때문일 것이다. 그러나 그것이 가볍다고 오해는 말자.

3. 독성瀆聖, 역겨운 서정

바흐친이 이야기하듯 "카니발은, 마치 지배적인 진리들과 현존하는 제도로부터 일시적으로 해방된 것처럼, 모든 계층 질서적 관계, 특권, 규범, 금지의 일시적 파기를 축하하는 것"이며, "모든 종류의 영구화, 완성, 그리고 완결성과도 적대적"인 것으로서 "아직 완성되지 않은 미래를 응시"(『프랑수와 라블레의 작품과 중세 및 르네상스의 민중문화』)한다. 이를테면 카니발은 모든 공식적 제도와 관습, 규범과 인습, 권위와 질서, 가치와 체계를 완전히 일탈해 버림으로써 새로운 삶과 세계를 재구성하려는 창조적 행위로서의 성격을 갖는 것이다. 카니발은 기존의 억압적인 질서를 해체하고 지배적인 모든 가치들을 전복해 상징 질서를 재편하려는 전략적인 행위인 것이다.

앞서 잠시 살폈던 김민정의 시를 좀 더 살펴보자. 그의 시편들은 그로테스크와 카니발리즘의 모범적 사례이기 때문이다. 그의 시집 어디를 펼치든 간에 발견할 수 있는 유쾌한 말놀음과 저질스러운 육담과 상스러운 음담淫談과 게걸스러운 외설적 세계는 신성하고 고상한, 엄숙하고 경건한 것과 대립되는 비속하고 저열한, 불경스럽고 천박한 것들 사이의 위계적 질서를 가차 없이 허물어 버린다. 바흐친은 카니발의 세계를 친밀함과 기이함, 이질성의 조합과 비속화 등의 범주로 설명한다. 이들의 개념이 포함하는 사회적 위계질서를 해체하고 상호 평등한 자리에서 자유롭게 어우러짐, 타자와 거리낌 없이 유쾌한 장난과 유희를 즐김, 기존의 상징 질서와 지배 구조 아래 억압되고 은폐된 것들의 표면적 노출, 상호 이질적이고 대립적인 요소들이 결속하는 양상, 신성모독적이며 희화적이고 음란한 표현 등은 모두 김민정의 시를 '그로테스크 리얼리즘'으로 규명할 수 있는 방법론적이며 심미적인 근거로 기능한다. 말하자면 김민정의 시에서 모든 형식들은 격하되고 저속화되며, 육화되고 희화화된다. 모든 숭고와 우아, 신성과 권위, 경건과 엄숙주의가 해체되는 해방과 유희의 세계는 필연적으로 그로테스크의 미학적 자질을 포함하는 것이다.

> 어째서 그런지 내가 용케도 알아 버린 건
> 운전석 유리창을 동시에 내리는 아저씨들이
> 있다 있어서였다
> 수컷은 그때 그 순간에 잘도 싸기 위해 뭔가
> 참아 주는 의뭉함이 늘 있는 모양이다
>
> ─어디 가냐
> ─집에 간다
> ─대낮부터 마누라 너무 조지지 말고
> ─해수탕 가고 없다 내 마누라
> ─그럼 디비 자라 딸딸이 졸라 쳐 대지 말고
> ─손님 카드 긁을 힘도 없다 이 씹새끼야
>
> ─김민정, 「오늘 하지」 부분

인간의 몸은 역겹고 추악한 그로테스크 상상력이 만개하는 거점이다. 신체의 절단과 훼손, 동식물과의 기형적 혼종, 변형과 변성, 신체의 분비물이나 부패 같은 구토를 유발하는 역겨움, 그리고 혐오, 공포, 엽기, 기괴, 잔혹성, 웃음 등은 그로테스크 미학의 핵심적 의미소이다. 김민정의 시편들에서 만발하는 그로테스크 미학과 카니발리즘은 사회적 지배 이데올로기와 가치, 억압적 상징 질서와 규범, 금지와 규율, 권위와 허위에 대한 비판과 저항, 풍자와 전복의 의미를 내포한다. 그의 시편들에서 만개하듯 펼쳐지는 '똥, 오줌, 똥꼬, 자지, 보지, 섹스, 성기, 잠지, 음경' 등등의 시어나 이미지들은 인간의 육체를 카니발적 차원에서 인식하는 태도를 여실히 드러낸다. 그의 시는 우리 인간의 몸을 먹고 마시고 싸고 섹스하는 유물론적인 육체로 형상화한다.

인용 시는 언어유희와 웃음, 음란한 외설적 내용과 저속한 욕설로 인해 그로테스크 리얼리즘의 전율스러운 진경을 펼쳐 보인다. 제목이 암시하듯 오늘은 낮이 가장 긴 하지夏至이다. 화자는 '하지'의 "오후 2시" 무렵 "횡단보도 앞에 나란히 선" "두 대의 택시"에서 "운전석 유리창을 동시에 내리"고 기사 '아저씨들이' 나누는 이야기를 가감 없이 날것 그대로 포착하고 있다. 그런데 '오늘 하지'라는 시제가 "수컷은 그때 그 순간에 잘도 싸기 위해 뭔가/ 참아 주는 의뭉함이 늘 있는 모양"이며, "대낮부터 마누라 너무 조지지 말"라, "딸딸이 졸라 쳐 대지 말"라는 음란한 성적 상상력과 발화로 전이하면서 상투적이며 관습화된 언어 감각과 의미를 전복시킨다. 화자는 '오늘 하지'의 기표가 품은 의미의 중의성을 극대화함으로써 전통적인 서정시의 감수성과 문법을 교란하고, 이질적인 것의 폭력적 결속과 무질서한 조합에서 발생하는 그로테스크의 충격과 카니발적 효과를 전략적으로 구사한다.

김민정의 시 중에는 시의 제목에서부터 말놀음과 그로테스크와 카니발리즘의 심미적 효과를 전략적으로 드러내는 작품들을 많다. 가령 「젖이라는 이름의 좆」「음모陰毛라는 이름의 음모陰謀」「페니스라는 이름의 페이스」 등의 사례는 부지기수로 많다. 이러한 수법은 결국 그의 시 쓰기, 혹은 시 창작 방법이나 세계관이 고상하고 품격 있는 행위가 아니라 모든 금기와 억압에서 해방된 자유롭고 발랄하고 경쾌한 유희이며, 기존의 지배 관념과 이데올로기, 상징 질서와 현실 원칙에 포함된 위선과 부조리를 조롱하고 비판하며, 풍자하고 모욕하려는 정치적 저항의 의미를 내포한다. 정상, 이성, 합리, 도덕이라는 이름과 기성의 지식과 통념, 언어와 감각으로는 포착하거나 해명할 수 없는 낯설고 기괴하고 유쾌한, 혐오스럽고 역겨운 이미지와 표현들은 모두 우리 인간의 육체성에 연관한 진실들을 표면에 적나라하게 노출시킨다. 바흐친의 전언처럼 김민정의 시편들은 "고상하고 정신적이며 이상적이고 추상적인 모든 것을 물질 · 육체적 차원"(『프랑수아 라블레의 작품과 중세 및 르네상스의 민중문화』)으로 격하시킨다. 따라서 그의 시는 시 쓰기와 서정에 대한 자기 성찰, 서정 영토의 확장, 억압적 이데올로기의 전복, 지배 가치의 전도, 상징 질서의 해체라는 정치적 저항과 윤리적 심미성이라는 의미를 구현하는 것이다.

애초 고대의 시각예술이나 조형예술 영역에서 주로 사용했던 양식인 그로테스크는 이후 지속적인 개념적 변화를 거치면서 18세기경에 문학 영역으로 들어온다. 질서와 자연스러움을 의도적으로 왜곡하고 거스르는 그로테스크 양식은 근본적으로 추의 미학, 이질성의 미학, 괴이한 변형과 변성의 미학이므로 필연적으로 낯섦, 기괴함, 우스꽝스러움, 공포스러움, 비정상성, 추악함 등의 의미 계열을 제 서술어로 거느린다. 이러한 요소는 장르적 특성과는 무관하게 그로테스크한 예술 작품들에서 공통적으로 드러난다. 그 일단의 모범적 사례, 말하자면 유기체로서의 인간의 몸이 유발하는 다양한 부대 현상들로서 부패하는 사체의 묘사, 배설물, 분비물, 점액질 등으로 인해 독자의 구토를 불러일으키는 작품들, 역겨운 예술(abject art), 인간 모독과 신성모독의 독성이 가득한 또 다른 사례는 다음과 같은 김언희 시를 통해서도 참조할 수 있다.

마모되면서

중독되면서

변태가되어가면서

절삭되면서

파쇄되면서

아무것도아닌것이되어가면서

끝날줄알면서도

어서

끝이

나기만을

기다리면서

—김언희, 「990412」 부분

인간의 육체는 그로테스크 미학이 꽃피는 중심 거점이다. 인간의 육체성이란 유기체적 덩어리로서, 또는 물리적이고 실제적인 것으로서의 인간 신체를 지시한다. 육체는 원시적 본능이 지배하는 근원적인 동물적 속성과 본질을 벗어날 수 없다. 문명이 배제하고 배척한 육체성으로서의 인간의 몸은 그로테스크한 상상력이 만개하는 가장 중요한 거점인 것이다. 다시 말하지만 몸의 본능적 욕망, 분비물, 배설, 부패와 같은 혐오나 역겨운 대상은 그로테스크 미학의 중심적인 의미소이다. 유기체적 덩어리로서 인간의 몸이 필연적으로 생성할 수밖에 없는 다양한 부대 현상들에 대한 적나라한 재현은 필연적으로 그로테스크하거나 엽기적인 효과를 불러일으킨다. 예컨대 유기물의 생리작용, 무기물이 되어 가는 유기물, 유기물로 변성하는 무기물 등이 모두 그로테스크의 핵심적인 의미 자료들인 것이다.

육체성은 몸 자체에서 일어나는 온갖 생리작용과 본능적 충동의 영역을 모두 포괄하는 개념이다. 인용 시에서처럼 몸은 그저 '마모, 중독, 변태, 절삭, 파쇄'되며 "아무것도아닌것이되어가면서"그저 '끝이 나기만을 기다리'는, 최종적 심급에 이르러서는 무기물로 변성, 변질되어 가는 것에 지나지 않는다. 이 시뿐만 아니라 김언희의 모든 시에서 싱싱하고 아름다우며, 조화롭고 풍만한 육체의 건강미는 철저하게 삭제되어 있다. 그의 상상력은 육체에서 벌어지는 더럽거나 잔혹한 사건들과 심부에서 요동치는 본능적 충동들을 집요하고도 천연덕스럽게 폭로한다. 시인은 폭로를 통해 그동안 눈감았던 인간됨의 전혀 다른 양상들을 거듭 확인한다. 아름답고 건강한 육체는 능동적 주체, 근대성의 성취, 문명의 달성 등 근대 이성이 추구한 가치들의 압축적인 표지이다. 그러나 그의 시에서 이러한 육체의 건강성은 제거되어 있다. 그의 시에서 신의 형상으로 빚어진 인간의 형상은 그저 동물적 원시성과 야만성, 본능적 충동과 무질서한 혼돈으로 격하된다.

근대적 계몽의 정신이 보여 준 육체에 대한 관심은 에로스적인 것이다. 이는 곧 생동하는 삶, 밝은 문명에의 지향을 의미한다. 프로이트는 문명을 에로스에 봉사하는 과정으로 이해했다. 이를테면 문명화 과정의 원리로서 에로스는 타인과의 결합, 순조로운 화합에의 갈망으로서 욕망의 억제를 통한 조화와 결합을 거부하는 타나토스와 대립한다. 같은 문맥에서 문명을 지향하는 근대적 육체의 형상과 의미는 깨끗하고 생동적이며, 건강하고 아름다운 것으로 설정되었다. 그러나 김언희 시의 육체는 이처럼 싱싱하게 살아 있는 것인가. 인간의 본능은 살아 있음의 상태만을 지향하는가. 그의 시는 문명의 환하게 빛나는 육체가 불러오는 이러한 질문에 대해 곧바로 파괴적이고 부정적이며 전복적인 대답을 내놓는다. 그의 시는 본능적이고 야만적인 육체의 현장을 적나라하게 제시한다. 윤리, 이념, 이상 이전의 인간, 육체적 본능만으로 팽배한 인간을 등장시키면서 배설하고 오염되고 짓무른 육체의 더러움을 기꺼이 인정한다. 그의 시는 배설하는 몸, 곰팡이 핀 몸, 썩어 가는 몸, 땀 흘리는 몸, 냄새나는 몸, 무기물로 변화하는 몸 등으로 빼곡하게 들어차 있다.

이제까지 사유의 역사는 정신의 역사이며 정신만이 중요한 가치로 인식되어 왔다. 역사 이래 육체에 대한 사유는 금지되고 은폐된 미지의 영역으로 남아 있다. 우리는 육체의 어둠 속에 의식의 빛이 있다고 믿어 온 것이다. 이러한 믿음에서 육체의 사유는 금기와 억압의 대상으로 취급되고 망각되어 왔다. 육체의 언어는 금기의 언어이고 중심으로부터 이탈한 주변의 언어였다. 그것은 불순하고 불온하고 불결한 것이어서 말해서는 안 되는 것이다. 육체의 언어는 음습한 것이어서 은폐해야 할 것이다. 김언희가 보여 주는 적나라한 육체의 언어는 따라서 그 자체로 정신의 역사에 대한 저항이며, 억압과 금지에 대한 위반이고, 그에 대한 해방의 가능성을 타진하는 행위이다.

> 똥나무
> 똥가지에
> 똥꽃이
> 화들짝
>
> 발 디딜 데가 없네…… 봄은
> 똥밭이네
>
> —김언희, 「봄은 똥밭이네」 부분

　김언희에게 시를 시답게 한다고 여겨 온 서정은 역겨운 위선적 장치이며, 자기기만을 점증시키는 악취의 "역겨운 노래"(「역겨운, 역겨운, 역겨운 노래」)에 지나지 않는다. 흐드러지게 활짝 만개한 봄날의 벚꽃을 아름답다고 표현하는 것은 통념의 심급이다. 그러나 그 아름다움이 사실은 주검의 부패, 숙성된 거름을 빨아 먹고 생성된다는 인식은 심연에 대한 천착에서 얻어진 결과이다. 그것은 마치 묘지석 아래 매장된 시체의 부패, 숙성에 매혹했던 보들레르의 탐미적 상상력과 근접해 있다. 봄날 흐드러지게 만발한 벚꽃의 아름다움에 취해 있을 때, 그 만발한 꽃송이들에서 역겹고 구린내 나는 '똥'을 환시하는 일탈의 상상력은 그 자체로 반역이다. 나비가 한가로이 나는 화창한 봄날, 벚꽃 터널의 화사한 풍경은 반역의 감성을 거치면서 거대한 '똥밭'으로 변한다. '나비'에서 '좆'으로, '벚꽃'에서 '똥'으로 이어지는 이미지의 연쇄는 서정성에 대한 악의적이며 도발적인 기습이며, 현실 원칙을 대놓고 위반하는 전복의 문법이다.

　김언희 시에서 섬뜩한 이미지는 대부분 신체적 이미지와 연관을 맺는데, 물론 일상적인 신체 부위가 아니다. 그녀는 성기, 항문, 내장과 같은 소외된 신체에 병적 집착을 보인다. 볼프강 카이저의 말대로 그로테스크는 소외된 세계와 연관해 있다. 이제까지 터부시했던 금기의 언어는 악마의 조롱을 머금고 세계의 확실성에 찬물을 끼얹고 확신에 찬 정상성을 모독한다. 자기 능멸의 자의식, 신체 절단과 훼손의 환상은 내부의 야만을 적나라하게 출현시키며, 세상에 대해 악의적인 도발을 서슴없이 자행하는 것이다. 카니발의 스카톨로지scatology가 그러하듯 각종 신체 분비물을 흘려 내면서 구역질 나는 위선적 현실을 대놓고 모독한다. "꽃이란/ 꽃은/ 핀 지 사흘만 지나면 시체 썩는 냄새가 난다"(「누가 내 시에 마요네즈를 발랐지?」)는 것처럼 예술을 예술답게 한다고 여겨지는 미의식 혹은 서정성은 역겹고 위선적인 장치에 지나지 않는다. 그는 신체의 구역질 나는 각종 분비물들을 통해 현실 원칙을 위악적으로 전복하는 것이다.

> 　그 여자의 몸속에는 그 남자의 시신屍身이 매장되어 있었다 그 남자의 몸속에는 그 여자의 시신屍身이 매장되어 있었다 서로 알몸을 더듬을 때마다 살가죽 아래 분주한 벌레들의 움직임을 손끝으로 느꼈다 그 여자의 숨결에서 그는 시취屍臭를 맡았다 그 남자의 정액에서 그녀는 그녀의 시즙屍汁 맛을 보았다 서로의 몸을 열고 들어가면 물이 줄줄 흐르는 자신의 성기가 물크레 기다리고 있었다
>
> ─김언희, 「그라베」 부분

김언희의 시편들은 악마적이고 위악적인 도발로 인해 섬뜩하다. 아마도 우리 시사에서 일찍이 이토록 혐오스럽고 역겨우며 악마적이고 위악적인 태도를 보이는 시집은 흔치 않다. 시집을 가득 채우는 암흑의 언어, 전율의 수사는 공포와 함께 구토를 유발한다. 이런 그의 시를 두고 '도살장의 언어'로 그린 지옥도라는 최승호의 평가는 매우 적절하다. 그의 시는 마치 중세 말 히에로니무스 보스의 그림 〈최후의 심판〉을 연상하게 한다. 이 그림에 등장하는 기괴하고 우스꽝스러우며, 끔찍하고 잔혹한 이미지들은 인간의 죄와 구원이라는 종교적 메시지를 담고 있는 것이기는 하지만, 그 자체로 강렬한 그로테스크의 미학적 효과를 구현한다. 김언희의 시집은 보스의 그림처럼 신체의 절단과 훼손, 기괴한 형상, 피부 아래 살 속을 가득 메운 구더기 떼와 점액질의 미끈거리는 촉감, 코를 찌르는 시취, 시즙, 각종 분비물 등 각종 그로테스크한 이미지들로 가득하다. 그녀의 시가 보여 주는 세계는 불쾌하다 못해 불경스럽고 불온하며 엽기적이다. 끔찍한 전율을 불러일으킨다. 시의 행간을 종횡무진 누비는 무자비한 독성의 언어, 불결하고 불경스러운 수사는 극단적 불쾌감과 구토를 유발한다.

김언희 시에서 온갖 욕설과 육두문자, 음담패설과 잔혹한 장면, 불경스러움과 신성모독의 카니발적 문법은 일종의 정치적 저항과 전복에 가깝다. 낮의 언어를 밤의 언어로, 문학의 통념을 전복하면서 근대의 미적 규범에 대해, 지배적 서정 문법에 대해, 온갖 윤리와 도덕에 대해, 권력과 권위에 대해 가차 없이 오물을 끼얹어 모욕을 준다. 이러한 문맥에서 지배적 가치관과 도덕률에 대한 도발과 위반, 해체와 전복은 정치적 저항이라는 의미를 내포하는 것이며, 아울러 파멸과 해체에 대한 집착은 아나키적 욕망, 그리고 전위적인 파괴적 욕망과 연관되어 있다. 그것은 모든 윤리 도덕적 통념, 현실 원칙의 사회적 정상성, 규범적 공통감, 지배 질서의 중심을 해체하고 전복하려는 욕망이 작동하고 있기 때문이다.

우리는 일찍이 그로테스크한 형상이나 표현들에 대한 그리스 로마 신화, 중세 라블레의 『가르강튀아와 팡타그뤼엘』과 김삿갓(김립) 등의 풍부한 문학적 적층을 갖고 있으며, 사체를 포르말린 용액에 담가 놓은 데미안 허스트의 수족관 등과 같은 역겨운 예술(abject art)을 통해 진경을 맛볼 수 있었다. 김언희나 김민정의 시편 외에 그로테스크와 카니발리즘의 임계점을 보여주는 또 다른 사례로 이연주와 김하늘과 권민경 등의 시편도 빼놓을 수 없다. 이와 함께 백민석의 『목화밭 엽기전』이나 편혜영의 단편소설은 모두 악마적이고 위악적인 도발로 가득하다. 이들 작품은 신체의 절단과 훼손, 살 속의 구더기 떼와 점액질의 미끈거리는 촉감, 코를 찌르는 시취와 시즙, 각종 분비물 등 그로테스크한 이미지들로 넘실댄다.

그로테스크는 왜곡된 현실을 강요받는 인간과 삶의 모순을 탄핵하기 위한 미학적 전략이다. 그것은 미에 대한 안티테제로서 지배 이데올로기에 대한 부정과 위반의 정신을 대변한다. 이는 기왕의 미적 인식의 영역을 전복함으로써 새로운 가치와 이념을 생산하기 위한 미학적 고투로 이해해야 한다. 다시 데리다의 표현을 빌리자면, 미래는 절대적 형식의 위험으로서만 예기될 수 있다. 미래는 기왕에 구성된 정상 상태로부터 절대적으로 단절되는 무엇으로서, 일종의 괴물성으로 선포되고 제시될 수 있다. 데리다의 이 말은 어쩌면 우리가 이성의 저편에 존재하여 괴물로 여기고 배척했던 것들에 미지의 진리가 깃들어 있다는 점을 환기한다. 이것이 이성의 빛을 존재 가능케 한 어둠과 정상성의 반대편 습기 찬 영역에서 우글대는 그로테스크 미학을 주목해야 하는 이유일 것이다.

4. 서정 영토의 확장

저 고단했던 역사적 기억으로부터 자유롭지 못했던 이전 세대의 선배 시인들은 억압과 타락의 환멸스러운 현실에서 망명정부를 차렸다. 이들이 저항과 반성의 윤리적 포즈를 취했으며, 결핍과 분열의 폭력적이며 부정적 세계에 저항하고 그것을 대체할 시적 문법을 탐색했다면, 이즈음의 젊은 시인들의 정신은 결핍과 분열, 억압과 타락, 혼돈과 불안을 그대로 육화할 뿐인 무정부적인 포즈를 취한다. 그들은 이미 우리의 사회 문화적 지형을 지배적으로 구성하는 하위 문화적 상상력을 그들만의 존재 방식으로 육화한 자들이라서 역사적 인력으로부터 자유로운 무정부의자의 시적 포즈를 취한다. 그들에게 세계는 지옥의 뒷골목처럼 추醜하고, 그런 세계와 대면한 시적 주체의 내면은 불안하고 분열되어 있다. 그 속에서 그들은 자기들의 개체적 미학을 수립하기를 희망한다. 그들은 어떤 윤리적 연대나 중심을 희망하지 않는다.

나날이 감각의 혁명을 요구하는 시대에 시인의 운명은 더더욱 불행하며 비극적인 것처럼 보인다. 왜냐하면 결핍과 소외와 불화의 양식뿐만 아니라, 자본의 논리에 따른 상품 미학의 가치가 사랑받는 문화 산업의 시대에 문화의 중심에서 밀려날지도 모른다는 절박함이 그들의 주변에 짙게 드리워져 있기 때문이다. 그래서 그들의 실존적이며 미학적인 존재 방식은 불안하고 위태로워 보인다. 그럼에도 불구하고 오히려 시는 건강한 정신의 역설로서 세계와 부딪쳐 나가는 응전으로서의 갈등과 불화 속에서 희망과 화해의 가능성을 절실하게 보여 주었던 것이 사실이다. 불화의 관계에서 그들은 운명을 돌파하고자 했다. 그것은 현실을 탈주하여 미래를 꿈꾸는 것에 다름 아니며, 재래적 서정의 익숙한 감각과 문법을 낯설게 갱신하려는 시적 모험을 감행하는 것이다.

근대 이후 자본의 논리와 상품의 논리가 지배하는 시장의 요구로부터 서사문학은 자유로울 수 없다. 이러한 상황과는 달리 이즈음의 젊은 시인들은 서정 장르가 처한 반시장적 속성이라는 약점(?)을 무기로 삼아 오히려 역설적이게도 미학적 세계의 지평을 보다 더 첨예하게 밀어붙이는 형국이다. 그들은 그러면서 서정의 육체적 내질을 탈바꿈해 나간다. 현실로부터 버림받은, 상품 미학이라는 시장의 논리로부터 소외된, 대량생산의 시장에서 상품 미학적 가치의 척도와 타협하거나 공모할 수 없는, 그래서 소수의 독자나 전문가 집단에게나 주로 인증된 저주받은 운명의 시인들은 자신에게 주어진 비극적인 운명을 생산적 토양으로 삼아 시의 미학적 자율성 내지는 문학성을 새롭게 써 나가는 아이러니컬한 상황에 처해 있는 셈이다. 저주는 은총의 다른 이름이다.

저주받은 언어 시인의 시세계

35

도시 풍경의 고현학

1. 추醜의 미

한국 사회는 식민 근대와 파행적 산업 근대화의 파시스트적 속도전을 치르며 빠르게 탈근대의 후기 산업 사회로 진입했다. 그런데 이러한 산업 자본주의와 도시 문명화에 대한 시인들의 시선은 불온하고 비관적이며, 그 도발성과 위악성으로 말미암아 병리적이기까지 하다. 그들은 그곳에서 물질의 풍요로움, 매끄럽고 안락한 이미지, 현란하고 매혹적인 기호에 현혹당하기보다는 불온한 투시적 상상력을 통해 그 이면에 은폐된 불길한 욕망과 공포와 불안, 분열과 소외, 억압과 죽음을 응시한다. 이러한 불길한 감정의 세목들은 근대 도시 문명이 불가피하게 불러온 결과일 것이다. 때문에 시인들은 그 불길한 징후와 증상을 처리하는 방법의 하나로 그로테스크 grotesque 미학을 통해 구현하기도 한다. 왜냐하면 예술미학의 한 범주인 그로테스크는 추의 미를 구체적이며 직접적으로 드러내 주는 효과적이며 전략적인 수법, 이를테면 표현 방식이기 때문이다.

그로테스크, 특히 시와 관련한 일련의 논의를 통해 일반적인 개념적 정의를 압축하면 첫째, 이질적 요소의 혼합과 변형, 왜곡과 과장을 기본 원리로 한다. 특히 인간의 육체는 이를 표현하는 주요 매개물이다. 둘째, 그로테스크는 미적 긴장과 갈등의 미해결이다. 이것은 수용의 차원에서 공포와 웃음, 혐오와 매혹의 양면성을 갖는다. 셋째, 시적 기능의 차원에서 그로테스크는 불쾌한 진실과의 대면과 인간의 실존적 한계를 체험하게 한다. 넷째, 현실 원칙이 강제하는 정상성에 대한 충격과 금기 파괴라는 위반을 통해 기존의 가치 체계나 질서를 전복하고, 현실 세계의 혼돈 현상을 시적 형상화를 통해 총체적으로 경험하게 하는 특성을 갖는다. 요컨대 그로테스크는 이질적인 것들의 결합을 통해 낯선 충격과 공포를 유발하며, 이러한 감정들을 불러일으키기 위해 일그러진 형상, 파괴, 해체, 변형, 과장 등의 실제적 방법을 동원하는 방식이라 할 수 있다.

탈근대의 세계에서 그로테스크 미학을 주목해야 하는 이유는 무엇보다 앙리 르페브르가 말하듯 도시적 일상의 현실에 깃든 '현대성의 무의식'에 대한 인식과 성찰을 가능케 하는 방법론적 사유를 제공하기 때문이다. 따라서 역설적으로 도시 문명에 민감하게 반응하는 그로테스크의 시들은 삶의 조건과 과정, 또는 현실 세계의 지배 논리와 구조, 질서와 체제에 대한 구체적이며 세부적인 인식이라 할 수 있다. 도시의 시인들은 탈근대의 도시가 품은 모순을 인류 문명의 전반적인 차원에서 조감하면서 근본 모순의 문제를 숙고한다. 그들은 정상이란 이름으로 치장한 도시 문명의 급소를 발견하기 위해 삶을 지배하는 현실 원칙에 딴죽을 걸며, 그 정상성을 기형적이며 비정상적인 것으로 드러낸다. 이러한 태도는 문명에 대한 부정적 지각, 비판적 인식, 반성적 성찰, 해체적 전복을 동반하면서 도시 문명의 그늘에서 몸살을 앓는 비판적 자의식을 형성하는 요인과 계기로 작용한다.

우리 사회는 1990년대 이후 탈근대적 사회로 본격 진입하기 시작한다. 1990년대 이후 시인들의 의식을 구체적으로 살펴볼 수 있는 도드라진 시적 의식과 방법으로 그로테스크 시학이 내장한 심미성을 꼽을 수 있다. 요컨대 탈근대성이 사회 · 정치 · 문화적 지형을 전 시대와는 질적으로 다르게 변화시켰으며, 이에 대한 시인들의 반응 방식과 의식 양상을 집약적으로 드러내는 방법적 장치의 하나가 그로테스크 시학이라는 전제에서 이 평문은 출발한다. 요컨대 이 글이 주목하는 그로테스크는 추의 미학을 통해 세계를 새롭게 변형시키려는 해체의 전략을 담고 있다. 이는 궁극적으로 기존 현실의 질서와 권위에 대한 강력한 부정과 비판 정신을 표 나게 드러내려는 전략이기도 하다. 그로테스크는 현실의 모순과 추악성을 비판적으로 드러내려는 유효한 방법의 하나이기 때문이다. 이러한 방법을 통해 시인들은 모순과 부조리, 불안과 공포, 소외와 분열로 가득한 탈근대 도시 문명의 불모적이며 묵시록적 세계의 부정성을 포착해 낸다. 이는 저항의 정신을 기반으로 새로운 세계의 대안 명제에 대한 반성적 성찰과 모색을 의미한다.

이와 같은 문제의식에서 이 글은 그로테스크 시학을 통한 도시 이미지의 반영과 시적 재현이 지닌 의식 양상을 살펴본다. 그럼으로써 도시 문명에 대한 그로테스크 미학의 수사적 전략이 갖는 문학적 함의를 더듬어 보려한다. 이를테면 90년대 이후 주요 시인의 시에 나타나는 그로테스크 시학의 형식적 특성과 의의를 도시 문명과 연관하여 살펴볼 것이다. 결국 그로테스크 시는 시적 주체가 도시 문명의 화려한 외관과 유토피아적 환상 안에 깃든 디스토피아적 전망, 죽음과 공포, 불길한 욕망과 불안, 소외와 억압, 반인간주의와 사물화에 대한 절망과 좌절 의식에서 비롯하는 것으로 볼 수 있다. 이러한 묵시록적 세계 인식은 곧 도시 문명의 부정성을 지각하고 비판적으로 성찰하면서 극복을 모색하는 방법론적 인식이라는 방향으로 논의를 이끌어 가도록 해 준다.

2. 도시 문명의 불모성과 부정적 지각

도시 문명의 공간에서 시인들은 자본주의적 현실에 대해 반성적인 거리를 확보하기 위해 투쟁하는 인간이다. 그들은 문명의 도시적 일상이 은폐

하고 있는 불안, 분열, 공포, 죽음, 욕망, 소외, 억압 등이 작동하는 기제
를 예각적으로 투시하고 부정하면서 그곳으로부터 탈주하거나 본래적인 삶
을 회복하려는 정신적 고투를 벌인다. 그 한 표현 방법이 그로테스크에 의
한 부정한 세계의 형상화라 할 수 있다. 도시 시인들의 의식은 현실 원칙
과 질서가 지배하는 안락하고 평화로우며 풍요롭고 쾌적한 도시 문명의 외
관에 깃든 불길한 파멸의 징후를 투시한다. 그들은 비판적이며 불온한 태
도, 비관적이며 불길한 시선으로 세계의 부정성을 직시한다. 이들은 "세계
의 불행을 인식하는 데서 예술은 자신의 행복을 갖는다"(T. W. 아도르노, 홍
승용 역, 『미학이론』)는 아도르노의 표현처럼 불우하고 불모적인 세계의 실상
을 예민하게 지각한다.

> 무뇌아를 낳고 보니 산모는
> 몸 안에 공장 지대가 들어선 느낌이다.
> 젖을 짜면 흘러내리는 허연 폐수와
> 아이 배꼽에 매달린 비닐 끈들.
> 저 굴뚝들과 간통한 게 분명해!
> 자궁 속에 고무 인형을 키워 온 듯
> 무뇌아를 낳고 산모는
> 머릿속에 뇌가 있는지 의심스러워
> 정수리 털을 하루 종일 뽑아 낸다.
>
> ─최승호, 「공장 지대」 전문

　　문명이 숨긴 참혹성과 디스토피아 세계를 논할 때 흔히 인용되는 최승
호의 인용 시는 끔찍하며 괴기스럽게 공장 지대를 형상화한다. 이 시는 '산
모'와 '공장 지대', '배꼽'과 '비닐끈', '자궁'과 '고무 인형'이라는 이질적인 대
립소들이 병치되면서 전개되고 있다. 화자는 '상호 이질적인 요소들을 결

합하여 새로운 개체가 되게 함으로써 익히 알려진 것을 낯설게 지각게 하여 보편적으로 승인된 규범들을 무효화하고 전도'(필립 톰슨, 김영무 역, 『그로테스크』)시킨다. 그럼으로써 자본주의의 물신적 가치와 물질적 풍요가 대량으로 생산되는 현장인 공장 지대가 본질적으로 포함하고 있는 추악한 기형의 세계를 그로테스크한 상상력을 통해 드러내 전율스러운 시적 반향을 일으킨다. 산모, 배꼽, 자궁 등이 직접 암시하는 생명의 신성성은 문명의 산물인 불길한 대립소들과 이질적으로 혼합 병치되면서 몸은 공장의 굴뚝과 간통한 형국이다. 그 결과 무뇌아를 낳고, 산모의 젖은 "허연 폐수"처럼 흐른다. 문명의 종말을 보는 듯하며, 예측 가능한 디스토피아상을 보는 듯하다.

인류 문명의 폐해가 종국에 이르렀을 때 인류의 생명은 보장될 수 없다는 인식은 이 시에서 매우 깊이 작용하고 있다. 화자는 낯설고 이질적인 것의 혼합과 일상적 질서와 현실 원칙의 지배적 정상성을 해체하는 그로테스크한 상상력을 통해 도시 문명이 이면에 감춘 부정성을 전경화한다. 화자는 문명이 건설한 공장 지대를 통해 진정한 인간 삶의 방향과는 다른 쪽으로 전개되는 산업도시의 부정성과 모순을 불길한 시선으로 관찰한다. 화자의 그로테스크한 관찰과 시적 묘사는 문명 전체 혹은 지구라는 유기적 생명공동체 전반을 조감하는 행위이면서 동시에 비판적 의식으로 근본 모순의 문제를 숙고하는 반성적 성찰의 행위이다. 이는 곧 문명의 지배 이데올로기에 대한 부정이며 비판이라는 저항적 전언을 내포한다.

> 분홍 고양이가 태어난다 여기저기
> 검은 비닐봉지를 찢고
> 플라스틱 쓰레기통 뚜껑을 열고
> 깔깔깔 웃음을 입에 문 채 기어 나오면

어느 곳의 집들이 갈라지고

강철 구름 재빨리 어디로 날아내리나

랄라 랄라 비명이 되어

가슴마다 십자가로 꽂히는 건 누구의 노래인가

분홍 고양이가 버려진다 사방팔방

찢겨진 약속들, 은밀히 살해된 주검들이

집집마다 문밖에 쌓여 가고

세상의 모든 쓰레기통들이 넘친다

악취들이 세상을 들어 올린다

분홍빛은 악몽의 빛깔

썩지 않는 꿈들이 피워 올리는 향기

괜찮아 괜찮아 너무 걱정하지는 마

쓰레기통은 은밀하고 아름다운 성전

—김형술, 「분홍 고양이」 부분

김형술의 인용 시는 현란한 분홍빛 외관이 품은 부패한 문명의 풍경과 소비 자본주의 도시의 이면에 숨겨진 어둡고 황량하며 추악한 현실이 깊게 투영되어 있다. 화자는 물신이 지배하는 도시의 암울함과 절망감을 부패와 죽음의 그로테스크한 이미지를 통해 부조한다. 즉 "분홍 고양이가 나타"난 "도시의 가장 높은 건물 꼭대기"로 상징되는 첨단의 물질문명에 대한 대중들의 맹목적 숭배와 "노점상의 과일은 시들고/ 보도블록 밑 하수구는 끓어오르"는 죽음과 부패의 이미지를 병치시킴으로써 분홍빛의 달콤함과 화려함 뒤에 숨은 도시 문명의 추악함에 대한 비판적 저의를 드러낸다. 이를테면 이러한 상상력은 보들레르의 「고양이들」에 대해서 구조주의자들이 '문명'

과 '자연'의 대립을 '높음'과 '낮음'으로 변주한다는 분석을 연상시킨다. 역시 마찬가지로 인용 시도 이러한 대립 구도를 통해 도시 문명의 화려함을 추악함으로 변주함으로써 도시 문명에 대한 비판 미학을 구현한다.

화자는 화려함과 추악함의 대립적 이미지를 계속 반복하는데, 그것은 분홍 고양이가 보랏빛 저녁노을을 향해 날아가는 모습과 "검은 비닐봉지를 찢고/ 플라스틱 쓰레기통 뚜껑을 열고/ 깔깔깔 웃음을 입에 문 채 기어 나오면"는 현실의 음산하고 기괴한 장면을 대립 병치시킴으로써 도시의 부정성을 부각한다. 이러한 대립 구도 속에서 펼쳐지는 이미지의 병치는 "은밀히 살해된 주검들이/ 집집마다 문밖에 쌓여 가"고 "세상의 모든 쓰레기통들이 넘"치며 "악취들이 세상을 들어 올린다"는 진술에 이르면 그로테스크한 시적 발상은 절정에 달해 도시 문명의 화려함이 감춘 추악함을 효과적으로 환기한다. 화자의 비판적 시선에 의하면 소비 자본주의가 지배하는 분홍빛 도시는 죽음과 부패, 악몽과 악취를 감춘 채 인간의 무제한적 소비와 향락과 쾌락의 욕망이 실현되는 성전인 것이다. 요컨대 화자는 '분홍빛'의 색채 이미지가 암시하는 것처럼 외설적 섹슈얼리티의 매혹과 쾌락, '보랏빛 저녁 하늘'의 색채 이미지가 유발하는 이상향과 화려함 뒤에 은폐된 도시 문명의 본질적 속성을 주목한다.

도시 문명의 욕망이 품은 추악함은 분홍빛을 "악몽의 빛깔"로 규정하는 데서 절정을 이룬다. 분홍은 보통 감각적으로 부드럽고 온화하며 매혹적이고 황홀한 감정을 불러일으키는 이미지이며, 보통 섹슈얼리티의 여성적 느낌을 자아내는 색깔이다. 그런데 화자는 이러한 느낌, 성적 매혹과 외설적 판타지를 연상하는 분홍빛을 "악몽의 빛깔"로 규정함으로써 도시 문명의 풍요롭고 화려한 외관이 품은 불길한 부정성을 극대화한다. 화자는 비판적 시선으로 도시의 화려한 분홍빛의 "썩지 않는 꿈들이 피워 올리는 향기"에 도취되고 환각에 빠진 상황을 환기한다. 이를테면 "은밀하고 아름다운 성전"의 물신이 조장하는 향락과 매혹, 소비 욕망에 의해 마비된 환각 상태를 지시하는 것이다. 분홍빛 "악몽의 빛깔"은 인간의 "썩지 않는 꿈들"이 피워 올린 향기, 즉 쓰레기통의 악취이다. 그러나 도시는 "날마다 부활하"여 "하늘 가득 뒤엉킨 시간들을" 물들이는 분홍빛을 "은밀하고 아름다운 성전"으로 숭배한다. 이때 분홍빛은 부패와 악몽과 악취, 그리고 쓰레기와 등가를 이루면서 종말이나 죽음을 암시하는 불길하고 추악한 재앙의 빛깔로 치환된다. 그럼으로써 "악몽의 빛깔"을 상징하는 분홍빛이 환기하는 이미지는 재앙의 그림자가 다가오고 있음을 알리는 징표라 할 수 있다.

생각해 보면
참으로 감쪽같이 해치웠다. 벌써 하수구에
쏟아 버렸을 굳은 핏덩어리처럼
뇌리에 엉켜드는, 공범共犯인 내 죄의식조차
말끔히 씻어 내 준
이 놀라운 마취의 문명文明, 그런데…… 이놈의
파리 떼는 무슨 비릿비릿한 냄새라도 맡은 것일까?
한여름 생선 가게에 누런 알을 슬기 위해
왕왕거리며 몰켜 들던 파리 떼처럼
혹 주검의 냄새를?

(문득 나, 불경스레, 미동도 않는 그의 가슴에 크으킁, 코를 대 본다……)

쫓고 또 쫓아도, 악착같이 몰켜 드는 파리 떼!

—고진하, 「파리 떼」 부분

고진하의 인용 시에서 화자는 자신의 아이를 잉태한 한 여자의 몸에서 생명을 낙태시킨 '공범共犯'으로 등장한다. 낙태를 한 여자는 마취에 빠져

"고통에 찬 신음도 없이, 죽은 듯, 깊이 잠"든 상황이다. 화자인 '나'는 그런 "그의 창백한 얼굴에 주근깨처럼 달라붙는 파리 떼를 쫓고 있"는 중이다. 죽음과 부패에 기생해 사는 '파리 떼'의 출현은 곧바로 생명 탄생의 분만실을 죽음의 분위기로 뒤덮어 버리고, 오히려 분만실은 생명을 죽이는 죽음의 공간으로 변한다. "참으로 감쪽같이" 한 생명을 "하수구에/ 쏟아 버"린 공범으로서 화자의 죄의식이나 고통은 "놀라운 마취의 문명文明"이 "말끔히 씻어 내 준"다. 그런데 마취된 죄의식을 되살려 괴롭히는 것은 갑자기 날아든 '파리 떼'이다. 생명을 긁어 낸 몸에서 주검의 냄새를 맡고 날아드는 '파리 떼'의 출현은 화자가 말끔하게 지워 버리고 싶은 죄의식을 자꾸 일깨운다. 그럼으로써 분만실은 죽음을 내장한 끔찍한 풍경으로 변형된다.

시인은 생명이 탄생하는 분만실 안으로 갑자기 날아든 '파리 떼'를 통해 일상적 삶의 영역에 내재한 불길한 죽음의 공포를 환기한다. "쫓고 또 쫓아도, 악착같이 몰켜 드는 파리 떼"는 "마취의 문명" 속에서 환각에 취한 채 안락한 의식에 빠져 있는 상태를 방해한다. 이처럼 화자는 문명의 외피가 그 이면에 숨기고 있는 불온성과 추악함을 그로테스크하고 섬뜩하게 들춰내 독자에게 부정의 미적 인식을 매개한다. 여기에서 문명은 죽음의 부정성을 특징적으로 드러내는 상징이다. 마치 마취가 생명을 죽인 죄의식이나 고통을 말끔히 잊게 하는 것처럼 문명은 현실 세계의 화려한 이면에 숨은 불온한 죽음의 부정성을 잊게 하는 환각제라는 사실을 은연중에 지시하는 것이다.

도시 문명의 부정적 이미지는 자연스러운 삶과 생명의 조화로운 운행 질서가 왜곡되거나 상실되어 버린 상태를 암시한다. 도시 문명에 대한 부정적인 지각은 세계의 공포와 죽음, 분열과 소외, 결핍과 상실, 불임과 불모의 문명 현실을 경험하고 확인하는 것이며, 이를 통해 현실의 부정성을 반성적으로 성찰하는 행위이다. 결국 도시 문명에 대한 부정적 지각은 문명사적 맥락에서 근대적 욕망이 파생한 생명의 위기, 분열과 소외의 부조리하고 모순적인 상황을 부정 비판하면서 새로운 대안 명제를 모색하고자 하

는 시적 노력으로 볼 수 있다. 이와 같은 도시 문명에 대한 불만과 저항의
의지는 자연스럽게 비판적 인식을 매개할 수밖에 없다.

3. 물신 욕망의 타락과 비판적 인식

아우라가 사라진 도시 문명의 현실에서 기호와 이미지 가치가 지배하는
소비사회의 풍경은 익숙한 것이다. 상품의 효용성이나 사용가치보다는 기
호와 이미지 자체의 상징 가치가 우세한 소비사회의 현실에서 일상인의 욕
망은 화려하고 풍요로운 물신의 매혹에 무력하다. 일찍이 보드리야르가 간
파했듯 우리의 현실은 "소비가 생활 전체를 사로잡고 있으며" 소비를 위해
서 "환경은 전면적으로 조절되고 정비"(장 보드리야르, 이상율 옮김, 『소비의 사
회』)되어 있다. 지시 대상과 분리된 채 부유하는 현란한 기표들의 매혹, 풍
요와 행복의 고혹적인 공격으로부터 현대인의 욕망은 무기력하다. 지시 대
상을 잃고 떠도는 기표의 현란한 이미지들은 자유와 행복, 풍요와 유토피
아의 황금시대에 대한 환상을 심어 준다. 그것들은 기표가 기표를 낳고 또
낳는 자기 증식을 거듭하며 욕망을 조작한다. 도시의 시인들은 이러한 소비
도시의 물질과 패션, 기호의 풍요로움과 현란함에 깃든 물신 욕망의 확대재
생산과 미시권력의 작동을 바라보며 이를 비판적으로 사유한다.

> 나뭇가지에서 마른 잎들 떨어져
> 부랑아처럼 뒹굴고 쓰레기통 걷어차며
> 분통 터뜨리는 어둠 속 악다구니에서
> 오래된 종자의 힘이 느껴진다
> 극장 입구 무리 지어 걸어 나오는 유령들
> 소실점처럼 아득히 꺼진 눈빛으로
> 담배를 피우며 이미지에 취해

맥 빠진 몸을 흐느적흐느적 저으며

3을 향해 가고 있다

—장경린, 「재개발지역 2」 부분

　장경린의 인용 시는 도시의 물신 욕망과 삶의 양식을 낯설고 이질적이며, 기괴하고 혐오스러운 이미지를 추하고 기형적인 풍경으로 번역하고 있다. 화자는 효용성이 다해 재개발을 앞둔 지역의 황량함에서 새로운 욕망이 재창출되는 것을 그로테스크하게 바라본다. 재개발이라는 욕망 충족의 확대재생산을 위해 이제는 "사용할 수 없게"된 지역에서 "이미지에 취해" 인간의 욕망이 끊임없이 확대재생산되는 순환의 고리를 건조한 어조로 그로테스크하게 바라보는 것이다. 이를테면 한계효용을 체감하고 욕망의 한계 충족을 체감함에 따라 욕망이 더욱 새롭게 확대재생산되는 현상을 괴기스러운 시적 수사를 통해 형상화한다. 이러한 시적 수사는 마치 "속에 무엇인가 꽉 차서/ 텅 비어 보이는 9"처럼 인간의 욕망이란 충족될 수 없이 결핍된 것이라는 점을 암시하는 것이다.

　욕망 충족의 순환에 비례해서 그 충족의 가치율은 갈수록 하락할 수밖에 없다. 화자는 이러한 결핍과 충족의 순환 고리가 단축되는 욕망의 생태를 비감하고 괴기스러운 시선으로 조망한다. 화자는 "꽉 차서/ 텅 비어 보이는" 것에서 낡은 욕망의 폐기와 새로운 욕망의 확대재생산을 바라보는데, 화자가 바라보는 '재개발지역'은 꽉 차서 한계를 다한 텅 빈 '9'이며, 그 거리는 "마른 잎들"이 떨어져 "부랑아처럼 뒹굴고" "어둠 속 악다구니에서" "쓰레기통 걸어차"는 삭막하고 황폐한 형상이다. 그 속의 사람들은 '9'처럼 꽉 찼지만 텅 비어 있는 결핍의 풍요와 환幻에 취해 산 것도 죽은 것도 아닌 '유령'처럼 괴기스러운 형상을 하고 있다. 그들은 속이 텅 빈 풍요와 거짓 욕망으로 "이미지에 취해" "소실점처럼 아득히 꺼"져 간다. 화자는 이것을 "이미지에 취"한 환각의 현실로 인식한다. 그것은 결국 부정되어야 할 세계이며, 그 속에 매몰되어 의식을 마비당한 채 그것이 거짓된 세계인 것조차 망각하고 있는 인간의 모습을 역설적으로 드러내는 것이다. 그럼으로써 "이미지에 취해" 의식을 마비당한 채 유령처럼 환의 세계에 함몰되어 있는 인간과 조작된 욕망으로 이루어진 현실이 허상임을 비감하게 형상화한다.

> 무엇이든 입 속으로 들어오면
> 무조건 빨고 깨물고 질경대는 당신의
> 무의식에 시동을 건 나는
> 이제 당신이 기계적으로 씹는 대로 씹히면서
> 황홀한 자본의 오르가슴을 향해 치닫는
> 단물 빠진 질기디질긴 창녀가 다 되었다
> 결코 삼킬 수 없는 그 천박성 때문에
> 아니, 나도 당신의 그 캄캄한
> 욕망의 목울대를 넘볼 용의는 없지만,
> 말로 오입하듯이 수다와 잡담의 대용으로 즐기다가
> 사정射精하듯 퉤, 뱉어버리는 일을 두고
> 그 어떤 짐승은 기분 나쁘다는 듯이
> 반추 없는 되새김질이라고 혀를 치며 간다
>
> ─이덕규, 「자일리톨 껌」 부분

그로테스크는 문명의 뒷면에 숨어서 우글거리는 추악한 것들을 불러내 인간성과 문명의 가려진 단면을 드러내는 데 유용하게 쓰인다. 그로테스크는 이처럼 문명화 과정에서 누락되거나 은폐된 것들과 관계한다. 이것은 문명의 금기를 위반하면서 인간성의 이면을 폭로하는 전략이다. 이덕규의 인용 시는 천박한 물신 욕망의 타락을 냉소적으로 응시한다. 혐오스럽고 추한 성애 묘사, 천박한 욕망, 분비물과 점액질의 미끈거리는 촉감으로 인해 역겹고 불쾌한 감정을 유발한다. 왜냐하면 '고상하고 정신적인 것에 대해 생식기관, 비속하고 육체적인 것은 그로테스크한 감정을 유발'(카를 로젠크란츠, 조경식 옮김, 『추의 미학』)하기 때문이다. 화자는 이를테면 정신적인 것을 물질과 육체적 차원으로 전락시켜 하부구조에서 새로운 차원의 세계 감각을 맛보게 한다.

감각적인 언어적 기교와 성적 상상력을 통해 상품이 주는 매혹과 쾌락을 도발적으로 보여 주는 인용 시는 무의식에 작동하는 인간 욕망의 진경을 보여 준다. 화자는 조작된 욕망의 세계에서 "황홀한 자본의 오르가슴"을 경험한다. 화자는 우리가 일상에서 껌을 씹는 무의식적 행위를 "빨고 깨물고" "씹는" 추한 성적 행위로 '격하시키고 저속화하며 육화(肉化)(미하일 바흐친, 이덕형·최건형 역, 『프랑수와 라블레의 작품과 중세 및 르네상스의 민중문화』)된 이미지로 치환한다. 이 같은 추하고 불결한 성적 행위는 '오르가슴' '창녀' '오입' '사정' 등의 추하고 불결하며 천박한 성애적 표현을 통해 자본의 상품 논리와 벤야민이 말하는 '무기물의 섹스어필'이 불러일으키는 환각에 무반성적으로 사로잡힌 욕망의 모습을 가감 없이 드러낸다. 이를 통해 화자는 자본주의의 상품 논리와 상업적 책략이 감춘 허구성을 추한 것으로 드러내며, 체제의 문법이 갖는 천박성을 폭로한다. 화자는 이 시의 이러한 의미 자질을 일상에 편재한 무의식적 욕망에서 길어 올린다. 자동화된 욕망의 생태를 통해 화자는 인간의 탐욕적인 실존을 확인하고 자본의 상업적 책략, 그 "현란한 혀굴림에 놀아나"는 욕망의 작동을 냉소적이며 비판적으로 성찰하는 것이다.

부연하면, 껌을 씹는 행위는 무의식적 행위이다. 그런데 화자는 그러한 무의식적인 자동 강박 반복 행위를 추하고 외설스러운 성적 행위로 특수화함으로써 그 행위의 부정성을 비판적으로 환기한다. 문제는 이러한 상품의 무의식적 소비가 내포한 부정성 자체가 아니다. 이 시가 겨냥하고 있는 것은 그것에 길들여져 도취된 의식과 상업적 책략에 점령된 무의식적 욕망, 그것에 의한 소비 행태의 물신적 일차원성에 대한 것이다. 이 시의 문제성은 입 속에 껌을 넣고 씹는 무의식적이며 '기계적'인 강박적 반복 행위와 성적 욕망의 '오르가슴'을 연상해 겹쳐 놓는 데 있다. "자일리톨 껌"이라는 상품이 자동적으로 환기하는 일정한 연상 작용과 성적 행위를 겹쳐 놓음으로써 자본주의 체제 속에 길들여진 관성화된 우리의 의식을 깨닫게 하는 것이다. 화자는 물신의 욕망에 대한 독특한 독법을 통해 상품이 강요하는 타율성과 상품의 논리가 유포한 욕망의 질서 속에서 맹목의 상태로 반성하지 않는 의식을 반성한다. 화자는 무엇인가를 계속하여 소비하지 않고서는 못 배기는 도시적 일상의 욕망을 그로테스크하게 굴절시켜 보여 줌으로써 그것의 절대성과 환상을 해체, 전복하는 것이다.

> 눈여겨보지 마. 난 아무것도 감추지 않았어. 유통기한 지난 젤리처럼 아무도 모르게 상해 가고 있을 뿐이야. 나를 쫓아다니는 CC-TV도 이제 그만 꺼 줘. 언제부터 이 쇼핑몰을 맴돌고 있는 건지 나도 잊어버렸어. 퓨즈가 나가 버린 머리를 달고 나 고장 난 장난감처럼 같은 곳만 맴돌고 있어. …(중략)… 쇼핑몰의 여자들은 이제 집으로 돌려보내고 매장 안에도 다른 음악을 틀어 봐. 도돌이표 가득한 네 소절단음, 이제 더 이상 밟을 스텝도 없어.
>
> ─김경인, 「쇼핑몰의 여자」 부분

도시에서 백화점과 같은 쇼핑몰은 지배적인 일상의 세목이다. 그것은 소비의 쾌감을 보장하고 욕망을 실현할 수 있는 물질적 조건이며, 욕망을 실현하는 공간이다. 소비 자본주의라고 부르는 사회 형태에서 쇼핑몰이라는 소비의 조합된 양식에 의해 인간 생활이 연쇄되는 것은 물론이거니와 욕망 충족에 이르는 확실한 통로를 발견하는 것이다. 소비 창출의 욕망 조작 메커니즘은 일상생활의 그물망과 더불어 치밀하게 잘 조직되어 있다. 그 대표적 공간이 쇼핑몰이다. 그곳에서 사람들은 "소비 활동의 종합을 실현"하는데, 그 "소비 활동의 대개는 쇼핑"(장 보드리야르, 이상율 옮김, 『소비의 사회』이다. 그 공간은 심리 조작의 그물망으로 이루어져 있으며, 그 그물에 포획된 일상인의 생활은 자유롭지 못하다는 사실을 인용 시는 잘 보여 준다.

인용 시는 거대한 물신의 신전에 감금된 "쇼핑몰의 여자"를 통해 현실 소비사회의 극단적인 인간 소외의 초상을 제시하고 있다. 화자는 "쇼핑몰의 여자"와 진열된 '마네킹'을 자기 자신과 동일시한다. 그는 진열대 위의 '마네킹'처럼 "언제부터 이 쇼핑몰을 맴돌고 있는 건지" 잊어버렸으며, "퓨즈가 나가 버린 머리를 달고" "고장난 장난 감처럼 같은 곳만 맴돌고 있"다. 쇼핑몰에서 화자인 '나'에게 주체적이며 자율적인 보행은 허락되지 않는다. 왜냐하면 쇼핑몰의 소비적 충동과 달콤한 유혹은 거부할 수 없는 거대한 중력으로 작용하기 때문이다. 그곳은 소비의 감옥이며 "더 이상 밟을 스텝"이 허용되지 않는 "도돌이표"로 반복되는 기계적 일상이 지배하는 곳이다. 그곳은 "가도 가도 출구가 안 보이는" 미로이며 소비의 감옥이다.

주지하다시피 그로테스크는 '우스움과 섬뜩함을 동시에 포함한다. 섬뜩함과 우스움은 서로 대립되는 듯하지만 사실은 공존'(미하일 바흐친, 이덕형 · 최건형 역, 『프랑수와 라블레의 작품과 중세 및 르네상스의 민중문화』)하는 것이다. 화자는 쇼핑몰은 일상생활의 주재자가 되었고, 그곳에서의 인간은 몰주체적이며 비개성적임을 우스꽝스러운 동시에 섬뜩하게 환기한다. 이때 '우스꽝스러운 희극성이란 인간이 기계로 전락한 현상에서 유발'(블라지미르 쁘로쁘, 정막래 옮김, 『희극성과 웃음』)된다. 인간이 지나치게 기계를 닮으면 우습다는 것인데, 이는 화자 자신을 '마네킹'과 동일시한다는 차원에서 섬뜩한 느낌을 준다. 말하자면 기계가 지나치게 인간을 닮으면 섬뜩하다(언캐니 밸리)는 측면에서 그로테스크한 감정을 유발한다.

화자는 쇼핑몰이라는 풍요로운 신전 안에서 자기 자신을 비롯한 일상인들이 주체적 개성을 거세당한 채 물신 욕망에 포획, 감금된 상황을 그로테스크하게 보여 준다. 화자가 보기에 쇼핑몰이라는 풍요로운 신전 안에서 어떠한 일상인도 예의 물신의 무릎 아래 엎드린 노예와 같은 신세인 것이다.

그 신전 앞에서 일상적 삶은 가혹하고 그 늪은 측정할 수 없는 깊이로 욕망의 끈을 잡아끈다. 그 안에서 인간의 주체성은 보장할 수 없다. 다만 '마네킹'과 같이 화려한 패션으로 치장한 허상만 있을 뿐이다. 그래서 일상은 일상적이지 않으며 불길하고 공포적이다. 화자는 정상성이 숨긴 이면을 그로테스크한 수법을 통해 충격적으로 드러냄으로써 일상이 숨긴 타락한 욕망의 악마성을 경험케 한다.

자본주의적 삶의 양식에서 도시는 물질적 쾌락을 보장하는 조건이며, 도시 체험의 기본적 국면이다. 자본주의 상품 미학의 전시장인 도시의 거리나 백화점은 새로운 미적 체험을 가능하게 하는 공간이다. 그래서 이들 공간은 도시적 삶의 풍요로움과 물질적 풍요의 신화를 보장해 주는 기호로 작용한다. 그러나 도시 공간에서 미적 체험의 주체는 일찍이 벤야민이 '산책자'라는 개념으로 지적했듯 '상품의 황홀한 유혹에 매혹당하면서도 물신 욕망의 매혹적 타락을 비판적으로 인식하는 양가적'(발터 벤야민, 이태동 역, 「보들레르의 몇 가지 모티브에 대하여」, 『문예비평과 이론』)인 자이다. 따라서 그로테스크한 도시 체험의 확대와 시적 재현은 역설적으로 왜곡된 현대성으로부터 삶의 진정성을 찾으려는 반성적 성찰이기도 하다.

4. 묵시록적 세계와 반성적 성찰

자본주의의 도시 문명은 인간을 소외시키고 분열을 낳고 있다. 그 속에 자리한 시적 자아에게 경험되는 세계는 매우 낯선 것이며 혼란스러울 수밖에 없다. "오늘날 묵시록적 상황의 집약적 상징이 도시"이다. 남진우에 따르면 '묵시록적 상상력은 존재의 불안과 공포, 자아와 세계의 분열, 소외와 상실을 경험하고 확인하는 것이며, 이를 통해 현대 문명의 착란적인 흥분과 소외, 공포와 불안의 세계를 반성적으로 성찰하고, 그 부정성에 저항하려는 태도이기도 하다. 왜냐하면 묵시록적 상상력은 다양한 시간의 범주들이 일으키는 무정형의 혼돈을 감지하고 맞서려는 인간의 근본적인 보편적 욕구에 의한 것이기 때문'(남진우, 「묵시록적 시대의 글쓰기」, 『신성한 숲』)이다. 시인들은 그러한 묵시록적 현실을 그로테스크의 방법으로 절실하게 드러낸다. 왜냐하면 그로테스크는 '세계에 대한 공포와 불안에서 비롯하는 것'(미하일 바흐친, 이덕형·최건형 역, 『프랑수와 라블레의 작품과 중세 및 르네상스의 민중문화』)이기 때문이다. 그로테스크의 시적 기능이 불쾌한 진실과의 대면과 관련하여 인간의 실존적 한계를 체험하게 하는 충격과 금기 파괴라는 위반을 통하여 기존의 가치 체계를 전복하고자 하는 전략을 내포한다고 할 때, 그로테스크는 현실 세계의 혼돈상과 타락상을 반성적으로 성찰하는 방법이라 할 수 있을 것이다.

> 나는 죽은 꽁치들이 빽빽한 통조림 속에
> 머리를 내밀고 있는 느낌이었다
> 불쾌했다
> 내 안에서 부패가 진행되고 있는 느낌이랄까
> 나는 손을 들어 파리를 쫓았다
> 그 동작이 늪 수렁에 빠져 살려고 버둥거리는
> 허우적거림으로 비쳤을지 모르겠다
> 죽음에 둘러싸여
> 무력했지만 파리 쫓을 힘은 있었다
> 빌딩을 오르내리는 날개 없는 요일들
> 엘리베이터가 올라가고 있었다
> 올라가도 거대한 수렁 속으로 빠져드는 듯
> 함몰과 큰 추락에 대한 공포에 나는 떨고 있었다
> —최승호, 「엘리베이터 속의 파리」 부분

세속 도시의 이면에서 도시 문명의 부정적 폐해를 비판적으로 인식하고, 그것을 묵시록적 상상력을 통해 그로테스크하게 형상화하는 인용 시에서 화자가 투시하고 있는 것은 "죽음만이 살아 있는" 풍경이다. 화자는 엘리베이터라는 도시적 일상의 공간을 불길한 죽음을 내장한 묵시록적 공포의 풍경으로 제시한다. 즉 일상의 공간 속으로 갑자기 날아든 파리를 통해 일상의 영역에 내재한 죽음의 불길한 공포를 환기한다. 부패와 죽음에 기생해 사는 파리의 기분 나쁜 이미지는 곧바로 엘리베이터라는 일상의 공간을 그로테스크한 죽음의 이미지로 뒤덮어 버린다. 즉 파리가 날아들자 일상의 공간은 "내 안에서 부패가 진행"되고 있는 "죽은 꽁치들이 빽빽한 통조림 속"이 된다. 죽음의 냄새를 맡고 날아든 파리를 쫓는 동작이 "늪 수렁에 빠져 살려고 버둥거리는" 함몰의 이미지와 "올라가도 거대한 수렁 속으로 빠져드는" 추락의 공포로 전이되는 현실은 구원의 가능성을 상실한 묵시록적 세계를 보여 준다.

엘리베이터는 편리하고 쾌적한 도시적 삶을 보장하는 일상의 소품이다. 이러한 엘리베이터로 상징되는 문명의 도시는 추락과 함몰의 공포를 이면에 거느리고 있다. 이와 같은 도시 문명의 일상성에 대한 시적 탐사와 그 안에 드리워진 묵시록적 분위기는 자본주의적 물신화가 필연적으로 가져온 결과라 할 수 있다. 후기 산업 사회로 지칭되는 90년대 이후 서정시에서 도시적 "일상성의 강화는 전 시대를 이끌어 왔던 거대 이론의 붕괴가 초래한 필연적 결과"(남진우, 「묵시록적 시대의 글쓰기」)이기도 하다. 이러한 묵시록적 세계 인식은 전망의 부재와 파국에의 불길한 공포감으로 나타나며, 따라서 도시체험의 묵시록적 상상력은 필연적으로 그로테스크할 수밖에 없는 것이다.

> 육교의 검은 철근에 매달려
> 다리를 버둥거리던 너,
> 깨진 블록처럼 투덜거리며 침을 뱉고

찌그러진 태양의 헬멧을

다시 눌러쓴다.

금이 간 두 눈을 깜박일 때마다

황색과 초록의 틈새로 흰 먼지의 불꽃이 피어나고

검은 원숭이 떼 자욱하게 몰려간다.

—이기성, 「1호선」 부분

이기성은 지하철을 소재로 문명의 디스토피아적 전망, 즉 문명의 처참한 몰골을 음산한 어조로 그려 내고 있다. 지하철은 도시적 삶의 공간 이동을 가능케 하는 주요 수단이다. 지하철은 아파트나 백화점, 자동차와 같이 없어서는 안 될 도시적 일상의 중요한 세목이다. 그것은 공간 이동을 보장하는 물질적 조건이면서, 동시에 도시적 삶과 경험의 기본적인 국면을 이루는 지배소이다. 화자는 문명의 최첨단에서 문명의 잔해, 거대한 욕망의 탐식이 내뱉은 폐허의 부산물을 투시하고 있다. 인간의 욕망이 과부하에 걸려 "과열된 퓨즈처럼 녹아내리"고, "육교의 검은 철근에 매달려/ 다리를 버둥거리"는 지하철 1호선에서 화자는 문명의 디스토피아를 투시하는 것이다.

화자가 주시하는 도시는 악몽의 풍경과 흡사하고, 그 속에 존재하는 인간 군상은 "검은 원숭이 떼"에 불과하다. 그곳에서 태양은 "휘어진 고압선 너머로 쿨룩" "기침을 하며" 떠오르고, "세상은 온통" "탄식처럼 거리를 점령한 원숭이 떼"의 "벌건 엉덩짝처럼 타오"른다. 이것은 다시 환경오염과 인간성 마멸 등속의 우리 주변에 상존하는 문명의 부정적 이미지들과 어울리면서 그로테스크한 악몽 속의 풍경을 연출한다. 보들레르의 '대낮에도 유령이 행인들을 붙드는' 망령의 도시처럼, 이 시에 그려진 도시도 "검은 원숭이 떼"가 사방에서 '유령'처럼 "킥킥거리며 튀어나"오고 "자욱하게 몰려"가는 망령의 도시와 같아 공포스러운 전율을 불러일으킨다. 공포스러운 전율은 "죽어 있는 것이 그럼에도 불구하고 살아 있다는 모순"으로 인해 그것은 악마적이다. 왜냐하면 "악마적인 것은 그 모습으로 유령적인 것"(카를 로젠크란츠, 조경식 옮김, 『추의 미학』)이기 때문이다. 즉 뚜렷한 형상과 이름, 경계나 정체성이 불분명한 비정상적 존재의 출현은 일반적으로 혐오와 두려움, 공포의 감정을 유발하기 때문이다.

> 나에게 필요한 건 따뜻한 포옹과 빛나는 웃음이다. 강철과 유리로 지어진 냉정한 빌딩을 긴 칼로 내리치자 유리창이 깨어지고 노래가 튀어나왔다. 끈적끈적한 리듬과 따뜻한 음색이 목을 휘감았고 뜨거운 눈물이 목을 타고 내렸다. …(중략)… 옆을 봐도 사람의 노래는 없었고 뒤를 보아도 사람의 온기溫氣는 어디에도 없었다. 앞에는 노래하지 않는 또 다른 철골과 유리창의 빌딩이 버티고 서 있었다. '악' 하고 소리를 쳐 보지만 메아리마저 화살이 되어 되돌아와 심장에 꽂힌다. 벗꽃 잎들이 곱게 깔려진 골방 안에서 벽을 보고 돌아앉아 나는 모래보다 작은 점으로 변해 간다.
>
> ―김경수, 「화가 뭉크의 고백 1-도시인의 절규」 부분

몽롱한 환청과 착란 속에서 그로테스크한 이미지들이 분사하는 인용 시의 화자는 도시 공간에 갇혀 자기를 상실한 자신을 발견하고 절규한다. 화자는 철골과 유리로 밀폐된 도시 공간에 갇힌 상황이다. 화자가 처한 상황은 출구 없이 유폐된 극단의 상황이다. 화자가 처한 이러한 상황에서 우리가 발견하는 것은 도시의 권력에 걸려 허우적거리는 도시인의 초상과 무의미하며 부조리한 도시 공간 속 현대인의 실존이다. 이를테면 시의 제목이 암시하듯 에드바르트 뭉크의 그림 〈비명〉을 연상하게 하는데, 뭉크의 그림이 그렇듯이 이 시도 실존적 불안감과 불길한 공포감을 불러일으킨다. 뭉크의 그림에서 표현하고 있는 자아의 실존적 불안과 공포를 화자는 그대

로 전사시켜 놓고 있다. 또한 부제가 말하고 있듯이 거대한 빌딩 숲에 갇힌 "도시인의 절규", 요컨대 도시인의 소외된 실존적 상황 내지는 심리적 공황을 묘사하고 있다. 뭉크의 그림이 극도의 자기 소외와 공포와 불안 등을 표현했다면, 이 시도 마찬가지로 공포와 불안을 도시 공간으로 옮겨 놓은 것이다. 즉 실존적 위기에 처한 정체성의 극단적인 경우를 불길하게 환기하고 있다.

화자는 "강철과 유리로 지어진 냉정한 빌딩"의 도시에서 "따뜻한 포용과 빛나는 웃음"을 바라지만 "사람의 온기溫氣는 어디에도 없"는 비정함을 노래한다. 화자는 "철골과 유리창의 빌딩"에 갇힌 자아를 발견하고는 "'악' 하고 소리를 쳐 보지만 메아리마저 화살이 되어 되돌아와 심장에 꽂"히는 공포를 경험한다. 그러한 심리적 경험에 의하여 화자는 "나는 모래보다 작은 점"으로 무의미하게 변해 간다. 이와 같은 자아의 상실과 왜소화는 도시적 삶의 고독과 소외의 경험으로 볼 수 있다. "골방 안에서 벽을 보고 돌아앉아 나는 모래보다 작은 점으로 변해간다"는 진술에서 알 수 있듯이 화자가 느끼는 불안감은 자기 소외와 상실에서 비롯한다. 화자는 "따뜻한 포용과 빛나는 웃음"을 희망하지만 그 희망을 받아들이기에 빌딩의 철골은 너무 완강하며, 유리창이 반사하는 빛은 너무 세다. 그 배타성과 불모성에 화자는 경악하는 것이다.

이와 같은 비인간화와 물신주의의 세계에서 느끼는 실존적 위기와 소외감은 존재를 자각하는 동인으로 작용하기도 한다. 인간성을 자각게 하는 소외감은 그렇기 때문에 물신화된 세계에 대한 저항의 양식으로 자리한다. 그것은 자본주의 상품 논리와 이데올로기에 길들여지고 사물화된 존재이기를 거부하려는 태도를 환기한다. 이렇게 볼 때 산업자본주의 도시 문명에서 부정성을 드러내는 방법으로서 그로테스크는 시의 한 전형을 이루는 것이다. 현대시에서 그로테스크는 현실 세계의 부정적 인식을 보여 주는 하나의 대표적 수법으로서, 이 부정성은 산업사회와 도시 문명의 비인간적인 물신화, 그리고 문명에 대한 맹목적 신앙에 대한 인간적인 반성적 자각이며 저항의 몸짓으로 이해할 수 있다.

5. 세계 변형의 욕망

　탈근대의 도시 문명은 현대적인 삶과 의식을 질적으로 변화시켰다. 자본주의의 무의식 세계로의 침투가 가속화되고, 고도의 산업사회로 접어든 현대의 도시와 문명은 인간의 삶과 의식을 규정하는 강력한 지배력을 행사한다. 현대인의 삶은 대개 문명의 도시 공간에서 이루어지고 있으며, 고도로 발달한 도시 문명의 문제에 대해서 시는 민감하고 전위적인 반응을 보여 준다. 문학은 인간이 처한 존재론적 문제와 사회적 문제에 대하여 민감하게 대응하는 분야 가운데 하나라 할 때, 전 지구화된 자본주의와 이것이 배태한 탈근대의 도시 문명의 재현 의식은 상부구조를 이루는 시를 이해하는 데 일정한 준거 틀을 제공해 준다.

　이와 같은 문제의식에서 본고는 90년대 이후 한국 시문학이 도시 문명을 재현하는 의식 양상을 그로테스크의 관점에서 거칠게나마 살펴보았다. 왜냐하면 도시 문명의 부정성을 재현하는 주요한 방법이 그로테스크의 미학이 지닌 여러 특징적 자질들과 부합하기 때문이다. 이를테면 우스꽝스럽고 괴상하며 기형적이고 부자연스러운 것, 소외된 세계에서 펼쳐지는 부조리한 유희, 환상적이고 낯선 세계, 이질적인 것들의 결합과 충돌과 긴장, 물질적이고 육체적인 원리의 이미지들은 묵시록적인 도시 문명을 부정적으로 지각하고, 이를 비판적으로 인식하는 시들에 공통적으로 드러나는 양상이기 때문이다.

　그로테스크는 문명화된 일상을 지배하는 현실 원칙의 이데올로기와 삶의 지배적 양식에 대한 미시적 관찰과 비판, 부정과 반성을 가능하게 한다. 이것은 현실 원칙과 기존 질서의 정상성에 대한 비판과 저항, 위반과 전복, 도발과 위악의 상상력을 동반한다. 고도로 문명화된 도시 공간 속에서 견자見者로서 시인의 위반과 탈주, 저항과 전복의 사유는 지금 이곳의 삶을 부정적으로 지각하고 이의 비판적 인식을 통한 또 다른 전망을 내다보는 행위로 이해할 수 있다. 왜냐하면 그들의 불온성은 도시 문명을 지배하는 물질과 기호의 현란함에 내재한 욕망과 미시 권력의 작동을 엿보고, 이를 부정적으로 지각하고 비판적으로 인식하기 때문이다. 이러한 인식은 지금 이곳의 부정성을 폭로하고 다른 현실을 전망하는 세계 변형의 욕망에서 비롯한다.

그로테스크에 대한 관심은 탈근대의 사회 문화적이며 지적인 변화를 파악하고 표현하는 데 유효한 장치이자 수법이다. 그로테스크의 특징적 효과는 그것이 야기하는 낯설고 돌연한 충격이다. 돌연한 충격은 독자의 독서 행위를 당황스럽게 만들어 독서를 지연시키고, 그렇게 함으로써 익숙한 세계관을 뒤흔들며 세계에 대한 전혀 다른 관점을 제시함으로써 현실과의 거리를 확보하게 한다. 이것은 때로 현실에 대한 비판과 공격의 무기로 사용된다. 그로테스크가 지닌 소외와 분열과 공포, 일상적 질서의 변형과 왜곡과 과장의 기능은 그것이 풍자와 아이러니의 측면에서 결부되기 때문이다. 그럼으로써 고정적인 규범, 또는 관념을 붕괴시킴으로써 독자로 하여금 현실을 부정하고 비판적으로 인식할 수 있도록 유도한다. 즉 그로테스크는 도시 문명의 현실 원칙이 갖는 이데올로기의 모순을 정확히 묘사하고 고발하여 독자로 하여금 경각심을 불러일으키게 하는 미적 기능을 발휘한다.

이 글은 그로테스크 미학이 근본적으로 함유한 추醜의 미학을 통해 탈근대 도시 문명의 모순과 문제점을 예리하게 직시하고 비판할 수 있다는 점을 확인하였다. 그로테스크는 탈근대 도시 문명의 모순을 잘 드러낼 수 있는 수사적 전략 가운데 하나이다. 즉 그로테스크는 비정상적이며 왜곡된 현실을 강요받는 현대적 인간과 삶의 모순을 탄핵하기 위한 미학적 전략이다. 그로테스크가 포함하고 있는 추의 미학은 미에 대한 안티테제로서 현실 세계에 대한 부정의 정신을 대변한다. 이는 기왕에 긍정적으로 인식되었던 미의 영역을 전복함으로써 새로운 가치와 이념을 표방하기 위한 시적 전략으로 이해할 수 있다. 따라서 그로테스크는 탈근대의 도시 문명이 배태한 부정성을 지각하고 이를 비판하려는 하나의 시대정신의 산물이라 할 수 있을 것이다.

제2부

정신의 높이, 마음의 깊이

자연의 마음, 마음의 자연

—주용일론

1. 자연과 마음

주용일은 1964년 충북 영동군 용산면에서 태어나 대전에서 성장했다. 그는 대학 졸업 후 짧은 직장 생활을 거쳐 안면도 꽃지, 경남 산청, 제주도, 전북 무주와 진안 등지를 떠돌다 고향인 충북 영동 산골에 정착했다. 그 후 얼마 지나지 않은 2015년 51세의 젊은 나이로 타계했다. 시인은 〈큰시〉 동인으로 활동하던 1994년 『현대문학』에 「입춘立春 그 이후」외 4편을 발표하면서 등단했다. 생전에 첫 번째 시집 『문자들의 다비식은 따뜻하다』(문학과경계사, 2003)와 두 번째 시집 『꽃과 함께 식사』(고요아침, 2006)를 냈다. 사후에 시집 『내 마음에 별이 뜨지 않은 날들이 참 오래되었다』(오르페, 2015)와 산문집 『시인할래 농부할래』(오르페, 2015)를 출간했다.

등단 9년 만인 2003년 첫 시집 상재, 2006년 두 번째 시집이 나온 지 9년 만의 유고시집 출간이니 다소 과작인 편이다. 그것은 "충분히 힘"겹고 "충분히 아팠"던 삶 속에서 "한동안 시를 떠나 견디며"(「시인의 말」, 『문자들의 다비식은 따뜻하다』) 산 탓일 것이다. 이러한 사정은 시적 태만으로 오해될 수 있다. 하지만 다작에 집착하지 않고 "오랜 사유 과정 속에서 압축"(김완하, 『문자들의 다비식은 따뜻하다』 해설)되고 "정제된 언어와 리듬"(이은봉, 『꽃과 함께 식사』해설)의 미학을 추구했다는 사실을 반증하는 것이기도 하다. 그는 시를 짓는 일을 삼갔다. 그러기에 그의 시적 의장意匠은 섬세하고 기굴奇崛하며 서정시로서의 본래적 율격이 세밀하고 엄정하다.

주용일은 자연 사물에 깃든 본질을 관조적으로 성찰하면서 삶과 자연 생명에 내재한 속성을 오롯이 감각하며 자연에서 마음의 자유와 평온을 추구한 시인이다. 환언하면 "무구無垢한 심연과 자연의 선량善良"이 품은 아우라를 체감하며, "자연을 순정하게 사랑"하고, 자신을 "자연에 순치馴致시키고 인간된 천분天分"에 맞추어 "모든 숨탄것들 본래의 모습과 속성을 아"(유종인,『내 마음에 별이 뜨지 않은 날들이 참 오래 되었다』발문)끼고 존중한 시인이다. 이러한 진술은 그가 물화된 도시의 삶을 버리고 성년기 대부분의 시간을 자연에 터를 잡고 살아온 삶의 궤적에서도 유추 가능하다. 그의 시집에는 자연과 평등하게 연대하며 자유를 향유하는 모습이 잘 표백되어 있으며, 무엇보다도 마음도 육체도 자연과 같이 인과적 필연성의 산물임을 실감하고 수락하는 태도가 잘 나타나 있다. 자연에 대한 애착과 생명의 근원을 감각하려는 시 정신은 그의 시를 관통하는 핵심적인 인자이다.

스피노자에 따르면 이 세계에는 오직 자연이라는 실체만이 존재한다. 즉 인과적 필연성의 세계가 자연이다. 신체와 마음은 자연의 속성이어서 둘은 함께 간다. 인간의 육체와 마음은 자연 실체로서의 한 양태로 나타난 것이다.[1] 따라서 '자연은 마음과 같다'거나 '마음은 자연과 같다'는 표현은 고전적인 서정적 투사의 한 사례이기도 하지만, 또한 '마음을 자연으로 보겠다'는 의미이기도 하다. 즉 마음을 지배하는 인과적 법칙성을 인식의 대상으로 삼겠다는 의지를 포함한다. 하나의 사태를 필연적인 것으로 인식한다는 것은 그 사태의 원인을 안다는 것이다. 마음이 자연의 인과적 필연성에서 비롯한 산물임을 이해할 때, 마음은 자유로 이행할 수 있다. 우리는 어

---

1 강영안,『자연과 자유 사이』, 문예출판사, 1998, 74~94쪽.

떤 것의 필연성을 인식할 때 비로소 그것으로부터 자유로워질 수 있는 것이다. 주용일의 시는 삶 자체의 실천적 자연화를 통해서 자유로 이행하는 과정에서 탄생한다.

주용일의 시집 어디를 펼쳐도 쉽게 확인할 수 있는 것은 그의 시가 자연과 깊이 연루되어 있다는 것이다. 전통적으로 서정시에서 자연은 주로 인간의 보편적인 정서적 범주를 표상한다. 신라의 향가나 고려가사 「청산별곡」 등에서 보이는 자연 친화적인 시적 전통은 조선조를 거치면서 한국시의 중요한 맥락으로 작용해 온 것이 사실이다. 전통 시가를 비롯해 근대 서정시인들은 자연을 통해 '위안과 서정紓情'을 추구하고, 여기에서 삶의 이상적 '규범과 표준[2]'을 찾으려 했다. 그의 시 또한 자연에서 이상적 삶의 규범을 찾고 위안을 추구하는 가운데 자연이 마음임을 이해하고 궁극적으로 자유와 평온을 지향한다. 따라서 이 글은 '마음은 자연과 같다'는 명제, 즉 마음을 자연으로 보겠다는 고전적인 서정적 투사의 사례는 물론이고 자연 대상에 대한 섬세한 심미적 향유 과정을 통한 윤리적 내면 구성이 주용일 시의 특징이라는 점을 전제로 출발한다.

주용일의 시가 자연에 가까이 가려는 주된 요인 중 하나는 삶의 "불안정, 불균형, 위태로움" 속에서 "중심을 잡"고 "평형을 찾고 싶어 하는"(「시인의 말」, 『꽃과 함께 식사』) 상처 입은 마음 때문이다. 인간은 삶의 상처로부터 자유롭지 못하다. 상처 없는 영혼은 없다. 그러므로 상처 입은 마음이 자연을 향하는 것은 마음이 자연 속에서 자기 자신을 발견하기 위해서이다. 해가 뜨고 밤이 오고, 싹이 돋고 꽃이 피고 지듯 마음도 그와 같은 인과적 필연성의 산물임을 실감하고 수락하기 위해서이다. 전통적으로 자연은 서정시의 영혼을 양육하는 주요한 수원으로 기능해 왔다. 예나 지금이나 서정시에서 자연이 차지하는 비중이나 위상은 단연 으뜸에 속한다. 자연은 인

---

2 이건청, 『한국전원시 연구』, 문학세계사, 1986, 18~27쪽.

간에게 생명의 토대이자 삶의 배경 그 자체인 까닭에 비유의 아버지이다. 주용일의 시도 이와 같은 문맥에서 우선적으로 이해할 수 있다. 그의 시는 마음이 자연임을 실감하고, 자연이 마음임을 수락하며 궁극의 자유와 해방을 얻으려 하기 때문이다.

주용일의 시에 나타나는 자연 지향에는 상처와 고통으로부터 '위안과 서정'을 추구하면서 동시에 삶의 이상적 '규범과 표준'을 탐색하려는 시도가 분명히 존재한다. 그런데 이러한 일반론적 의미는 자연을 노래하는 여타 시인들의 작품에 보편적으로 적용 가능한 해석이기도 하다. 따라서 이 글은 그의 시가 보편적인 해석적 의미를 넘어서는 지점을 '마음은 자연과 같다'는 명제에서 찾고자 한다. 이를테면 마음이 자연임을 이해하고, 그 마음의 필연성을 수락하는 시인의 태도는 궁극적으로 자유를 지향한다는 가설이다. 이 가설은 마음을 자연으로 이해하고, 그 마음을 지배하는 자연의 인과율을 인식하고 수락하면서 자유로 향하는 지점에 그의 시의 특징이 있다는 뜻이다. 이와 같은 문맥에서 이 글은 주용일 시의 '마음은 자연과 같다'는 명제가 함유하는 의미 가치를 규명해 그에 대한 시인론을 작성하고자 한다.

시인론은 달력의 선조적인 시간 순서에 따른 연대기적 삶의 기록이 아니다. 그것은 보다 역동적이고 심층적인 문학적 생애와 그에 내포된 시적 의미 가치를 기술하려는 것을 목표로 한다. 주용일의 시들은 자연 체험의 심미성을 통한 윤리적 내면 구성이라는 자장권 안에서 지배적인 시적 울림을 갖는다. 때문에 자연 지향을 주제로 그에 대한 시인론을 작성할 때 자연 체험과의 관계에 대한 이해는 더욱 중요하다. 모든 시인론은 작품이 품은 비의秘義, 그 비색을 가능하게 한 뿌리 속으로 내려가는 것을 의미한다. 물론 이러한 작업은 그의 시에서 핵심을 차지하는 자연이 갖는 일반론적 의미와 함께 그의 시만이 지닌 변별적 특성을 통해서 규명되어야 한다. 따라서 자연 서정에 대한 일반론적인 의미에서 출발해 개별적 특수성으로서 개인 윤리의 심미화라는 개념에 초점을 두어야 할 것이다.

2. 은일隱逸과 유대의 우주적 연민

자연의 심미적 표상을 낡고 관습적인 수법으로 여기는 태도는 온당하지 않다. 인간은 자연을 통해 산다. 때문에 자연은 인간의 삶과 존재 방식, 그리고 사유의 현실을 드러낸다. 자연은 여전히 시인의 의식 세계나 가치관을 형상화하는 주요한 방법이다. 일반적으로 자연 지향의 시는 자아와 세계의 동일성을 추구하는 전통적인 서정시의 특성을 지닌다. 이들은 대체로 자연 친화적 감수성, 동일성의 감각, 자연의 신성성과 생명 탐구 등을 추구하는 세계관을 기초로 하는 경향이 일반적이다. 이러한 자연 지향의 시는 현실적 삶의 좌절과 패배에서 비롯한 이른바 현실도피나 귀거래의 은둔주의일 수도 있다. 하지만 그것은 부조리와 악, 모순과 고통의 현실을 돌파하려는 유토피아적 열망의 결과이기도 하다. 이를테면 자연과 인간, 자아와 세계의 참된 관계 회복을 욕망한다. 여기에는 물론 현실적 자아와 세계에 대한 부정, 바람직한 삶에 대한 꿈과 희망, 이상적인 세계에 대한 열망이 내포되어 있다.

따라서 자연 지향이 내포한 유토피아 의식은 "올바름의 갈망"[3]이며, 그 충동은 현실 부정의 원리와 이상적인 세계의 창조라는 긍정의 원리, 즉 "희망의 원리"[4]를 내포한다. 인간은 '아직 없음'으로 인해 '항상 새것을 산출하려는 희망과 창조적 충동을 가진 동물[5]이다. 자연 지향의 유토피아 의식 역시 아직 없음으로 인한 결핍과 부재의 "현재 상태에 대한 불만과 그로 인한 고통으로 인해 탄생한다"[6]. 이와 같은 맥락에서 자연 지향의 시적 전략은 현실에 대한 불만과 고통, 결핍과 부재로부터 출발한다. "행복한 사람은 몽상

---

3 마르틴 부버, 남정길 역, 『유토피아 사회주의』, 현대사상사, 1993, 38쪽.

4 임철규, 『왜 유토피아인가』, 민음사, 1994, 29쪽.

5 진정염 저, 이성규 역, 『중국의 유토피아 사상』, 지식산업사, 1990, 22~23쪽 참조.

6 박설호, 「유토피아, 그 개념과 기능」, 『이화어문논집』 제18집, 이화어문학회, 2000. 10, 9쪽.

을 좇지 않는다. 오직 만족을 모르는 자들만이 몽상"[7]을 좇는 법이다. 주용일의 시가 자연에 가까이 가려는 이유 중 하나는 우선 현실적 삶의 고통과 상처 입은 마음 때문이다.

칼날처럼 살았다
나를 스치는 것들은 상처 입고 피 흘렸으며
내 손길을 거치는 것들은 부서지고 망가졌다

그러나 잘 벼려진 내 영혼의 칼날은
또 얼마나 쉬이 상처를 입었던가
너에게 닿기 전에 칼날은 슬픔으로 울었고
세상과 부딪혀서는 이가 빠지고,
달콤한 사랑으로 녹이 슬고
때때로 환하게 빛나는 칼 빛이
스스로를 동강 내기도 했다
돌아보면 칼날처럼 살았다

—「참회록」부분

지난 삶을 반성하는 참회록의 형식을 빌린 인용 시는 "아픈 노래만 부르며 한 생을 살"아 온 삶을 반추하며 자신을 '칼날'에 비유한다. 참회의 심정은 타자와 상처를 주고받으며 '칼날'처럼 살아온 자신의 삶에 대한 뼈아픈 돌이킴이지만, 그것은 또한 현실적 자아의 정체(identity)를 은유한다. 즉 '칼날'은 화자의 초상이다. 생의 정체를 구성하는 흔적의 세목은 슬프기도 하고 아름답기도 한 것이다. 그러나 "나를 스치는 것들은 상처 입고 피 흘렸"

---

7 S. 프로이트, 정장진 역, 『창조적인 작가와 몽상』, 열린책들, 1996, 39쪽.

으며 "부서지고 망가졌"던 가해와 파괴성으로 인해 아름다운 것이라기보다
는 고통스럽고 참혹하다. 뿐만 아니라 "내 영혼의 칼날" 또한 "슬픔으로 울
었고", "이가 빠지고", "녹이 슬고", "스스로를 동강" 냈던 상처와 자해성으
로 인해 고통은 한층 깊다. 칼은 파괴적이면서 창조적인 양면적 속성을 지
닌 도구이다. 그것은 파괴의 폭력적 수단이 될 수 있는 한편 창조적 수단이
될 수도 있다. 그런데 날카롭게 벼려진 '칼'은 자신은 물론 타자를 먹여 살
리고 지켜 내는 아름답고 생산적인 도구가 아니다. '칼날'은 생산적 창조의
기능보다는 가해와 자해의 파괴적이고 폭력적인 기능을 발휘한다. 그럼으
로써 상처를 주고받은 모든 일들과 잔상들은 시적 주체에게 설명할 수 없는
깊이의 참혹한 고통을 환기한다.

　화자는 삶에 대한 자책감으로 인해 괴로워하며 자신과 타자에 대한 속죄
와 참회의 눈물을 흘린다. 참회의 눈물은 '욕망에 이끌려 불나방처럼 생을
탕진한 소비적인 도시적 삶의 헛됨'에서 비롯하는 것이며, 그 반성적 깨달
음은 자연을 통해 "탕진한 삶을 만회"하고 "제대로 살아 보고 싶은 열망"[8]을
촉발한다. 즉 "자본의 땅", "무기의 땅", "소비의 땅"(「희망을 두들기는 대장장
이」)으로 암시되는 소유와 소비의 욕망, 자본 권력과 폭력이 지배하는 도시
적 삶을 뿌리치고 그가 자연으로 돌아간 사유를 설명해 준다. 요컨대 자연
지향의 충동은 "별이 뜨고 지던, 노래가 생겨나던 마음"을 "집과 자동차, 보
험금, 명예"(「내 마음에 별이 뜨지 않은 날들이 참 오래되었다」) 등속의 세속적 욕
망의 가치가 채워 버린 것에 대한 반성에서 비롯한 셈이다. 부끄럽고 "아
픈 노래만 부르며 한 생"을 산 고통스러운 참회의 심정은 역설적으로 생에
대한 강렬한 애착이기도 하다. 따라서 참회는 화자가 자신의 정체성을 재
인식하고, 고통스러운 현실을 벗어나려는 쓰라린 고투로 이해할 수 있다.

　결국 시인의 참회는 "부끄러운 칼날로 살"아온 자신의 삶과 결핍의 세계

---

8 주용일, 『시인할래 농부할래』, 오르페, 2015, 22쪽.

를 부정하는 행위이다. 현실 세계에 대한 부정을 통해 이상적인 삶을 꿈꿀 수밖에 없다. 현실 부정은 탈주를 충동질하고, 그리하여 근원으로서의 자연을 찾은 것이다. 따라서 자연 지향의 충동은 본연지성의 이상적 질서, 온전한 올바름의 갈망을 내포한다. 자아와 세계의 불모성, 그리고 그로 인한 상처와 고통을 치유하고 근원 회복을 꿈꾸는 것이다. 요컨대 자아의 고통스러운 내면과 현실적 삶의 결핍이 부른 이상적 삶에 대한 욕망이 향한 곳이 곧 자연이다. 그곳에서 시인은 세계와의 참된 관계와 자기동일성의 근원을 회복하고자 시도한 것이다. 한마디로 "근원을 향한 향수가 자연"[9]을 지향하게 한 것이다. 아래의 시 역시 자연과의 돈독한 유대에서 위안을 얻고, 은일과 독락獨樂의 자족적 세계로 나아가게 된 심리적 정황을 짐작할 수 있게 한다.

마음속의 힐던새 운다
날 때부터 집 짓는 법을 모르는,
그래서 날마다 밤이 되면
내일은 집을 지어야지
내일은 집을 지어야지 운다
그 마음속 새는 내가 키웠다
몇 번의 실패한 사랑과
먹이 찾기로 부러진 어깻죽지와
숱한 어둠과의 면벽 속에서
집 지을 줄 모르고
하늘 날 줄 모르는
그 새는 내 집시의 피를 먹고 자랐다

---

9 한자경, 「스피노자의 자연 개념」, 계명대철학연구소 편, 『인간과 자연』, 서광사, 1995, 87쪽.

울음은 그 새의 언어이므로

밤마다 핏빛 선율 울음 물고

내일은 집을 지어야지

집을 지어야지

히말라야시다 가지에서 힐턴새 운다

　　　　　—「힐턴새는 집을 짓지 않는다」 전문

　인용 시는 생전에 주용일이 왜 한곳에 정주하지 못하고 이곳저곳 자연을 찾아 살았는지를 설명해 준다. "집 지을 줄"도 "하늘 날 줄"도 모르는 힐턴새는 물론 화자 자신의 동일지정이다. 화자는 그 높고 험준한 히말라야산의 힐턴새에 자신을 가탁해 떠돌 수밖에 없는 자신의 운명에 대해 진술한다. "내일은 집을 지어"야겠다고 밤마다 다짐하지만 힐턴새는 "집시의 피를 먹고 자"란 탓에 그저 공염불처럼 다짐으로 끝나고, 다시금 춥고 고단한 밤을 지새운다. 화자는 자신의 부유하는 삶을 "날 때부터 집 짓는 법을 모르"고, 또 "집시의 피를 먹고 자"란 운명의 탓으로 돌린다. 하지만 그러한 삶으로 이끈 동인은 현실적 조건이 가져온 결과로 보는 것이 타당하다. 왜냐하면 집을 지어 정주하고픈 강렬한 욕망과 의지는 번번이 "실패한 사랑"과 "먹이 찾기로 부러진 어깻죽지"와 "어둠"이라는 실패와 상처로 얼룩진 암담한 현실에 의해 좌절된 것이기 때문이다. 현실적 삶에서의 실패와 좌절, 그로 인한 상실의 아픔과 고통의 경험은 화자의 몸과 마음 길을 유랑으로 이끌었고, 그것을 "집시의 피를 먹고 자"란 필연으로 받아들인다.

　주용일 시 곳곳에는 세속 세계와 단절하고 자연으로 떠나고 싶은 충동이 자주 출현한다. 예컨대 상처와 고통이 "기억의 지층 위로 솟아오르지 못"하도록 "과거는 몇 권의 일기장"과 "낡은 사진첩으로 간단히 봉인"해 버리고 "거추장스런 삶의 꼬리"(「봉인封印」)를 자르고 떠난다거나, "위태롭게 연결되었던/ 마지막 인연 하나/ 눈물 먹여 탁!/ 끊고 나서/ 자, 이제 나는 절해고도다"(「섬」)와 같이 고백적으로 선언하는 경우이다. 이러한 선언적인 진술 또한 그가 자연화된 삶의 방식을 선택하게 된 동기를 환기한다. 그는 세속적 인연을 끊고 절해고도 외딴섬처럼 자연 속에서 홀로 '앓고 의연하며 스스로 다독이는 자족'(「자족적인, 너무나 자족적인 한때」)적 삶의 은일과 독락의 세계를 꿈꾼 것이다. 그 결과 시인은 자연에 귀의하여 "풀숲에 제 이름 묻고"(「이름 없는 것들에게」), "물소리에 귀가 멀어 마음으로 물소리"(「물소리, 물소리」) 들으며 사는 은일과 독락의 삶을 택한 것이다.

> 이름이란 존재를 붙들어 매는 올가미이기도 하며
> 또 세상에 알려져 생사여탈권이 되기도 하거니
> 뛰어오르거나 불리기를 바라는 마음보다
> 돌 틈에 제 이름 묻고 살아가는
> 저 풀꽃이야말로 얼마나 아름다운가
>
> ―「이름 없는 것들에게」 부분

노자의 『도덕경』 1장 첫 머리 "도가도비상도 명가명비상명道可道非常道 名可名非常名"을 연상케 하는 인용 시는 자연에 은거해 자족하는 생명의 아름다움을 노래한다. 화자는 산중에서 "식물도감에도 없는 풀꽃"을 만나 "이름을 붙여 줄까 하다가" "그 풀꽃은 그냥 이름을 얻지 말았으면" 좋겠다고 생각한다. 왜냐하면 "이름이란 존재를 붙들어 매는 올가미"일 수 있기 때문이다. 세상에 이름 불리기를 바라거나 "날치처럼 뛰어오르는 이름"이기보다는 "은자처럼 풀숲"이나 "돌 틈에 제 이름 묻고 살아가는" 것이 아름답다는 것이다. 이러한 인식 또한 주용일 시의 자연 지향이 발원하는 지점을 엿볼 수 있게 한다.

자연과 연대하는 자족적 삶의 실천은 좌절과 회의, 상처와 고통을 치유하고 위안을 얻기 위한 한 방법이다. 이러한 삶의 태도는 현실을 외면한 은둔주의, 혹은 패배 의식에서 발원한 도피적 행위로 볼 수도 있다. 하지만 역설적으로 삶과 현실의 부조리와 악, 모순과 고통, 상처와 좌절을 자연과의 유대를 통해 치유하고 돌파하려는 적극적이며 눈물겨운 최종적 투쟁의 산물로도 이해할 수 있다. 왜냐하면 그것은 세속 도시 문명의 대척지인 자연을 통해 현실에 대항하는 행위일 수 있기 때문이다. 그것은 "피와 살과 오욕칠정"이 "세월 속에서 뭉쳐"(『지독한 사랑』)지고, "욕망의 벌레가 알을 낳고/ 이성의 벌레가 새끼 벌레 키"워 "언제 어디서나 지칠 줄 모르고 꿈틀대는"(『몸속의 벌레』) 욕망을 다스리고자 하는 적극적이며 실천적인 행위이다. "사랑과 환락", "자본과 욕망이 만나 이룩된 퇴폐 공화국"(『스물한 살 일라나』)으로 은유된 현실에서 좌절하고 상처받은 주체의 선택지는 곧 그 대척지인 자연일 수밖에 없다. 그리하여 자연 생명과 유대하며 자족하는 삶, "목숨의 끝자리에서 새 길을" 물으며 "하얀 밥알 같은 밥풀꽃 시"(『밥상 앞에서』)를 쓰고 노래하기를 지향한 것이다.

제2부 정신의 놀이, 마음의 길이

> 어린 푸성귀 백성들을 돌보는 일은
> 한 나라의 왕이 되는 일만큼이나 가슴 벅찬 일이다
> 눈뜨면 가장 먼저 텃밭으로 달려가
> '평안히 주무셨는가?' 나는 어린 백성들의 안부를 묻는다
> 태양의 밝기나 바람의 세기, 구름의 양을 가늠하며
> 푸성귀들의 하루를 걱정한다
> …(중략)…
> 평생 내 땅 한 평 갖지 못하다가 시골에 와서
> 열 평짜리 텃밭을 일구고 하나의 나라를 얻었다
> 날마다 푸성귀들 앞에 쭈그려 앉아
> 어린것들을 들여다보는 일
> 그것만으로도 마음속에 억만 평짜리
> 광활한 사랑의 왕국이 날마다 열리는 것을 보았다
>
> ─「텃밭 공화국」 부분

인용 시는 자연화된 삶의 양상과 의식을 고스란히 드러내고 있다. 화자는 작은 텃밭에 푸성귀들을 심어 놓고 어린 생명들을 돌보며 그곳에서 "광활한 사랑의 왕국이 날마다 열리는 것" 같은 내적 충일감으로 가득 차 있다. 도시적인 삶의 방식이나 일상과는 전혀 다른 자연화된 화자의 삶은 자연 생명과 함께 호흡하고 유대하며 느끼는 희열로 충만하다. 이 충일한 희열은 "하나의 나라를 얻"고 "왕이 되는 일만큼 가슴 벅찬" 체험이다. 이 시가 온전하게 실현하고 있는 자연과의 동화된 의식은 '우주적 연민'으로 통칭할 수 있는 자연 생명에 대한 깊은 유대감에서 비롯한다. 이는 자연에 대한 동일적 인식 속에서도 뚜렷하게 계승되고 있는 전통적 성격 중의 하나이다. 푸성귀로 상징된 생명체들이 자라는 텃밭은 아무런 동기나 목적이 없는 자연의 운동 체계이자 생명 운동이 펼쳐지는 공간이다. 그러나 그 생명 운동은 인간 삶의 조건과 이질적인 타자의 것으로 인식되지 않는다. 푸성귀로 상징되는 "어린 백성들의 안부를 묻는" 경이로운 행위는 자연을 인간과 동일한 생명 조건으로 바라보는 생명 의식이 가로놓여 있다.

요컨대 주용일 시의 자연 지향적 삶은 현실이 그에게 안겨 준 쓰라린 상처와 좌절을 위로하고 치유하기 위한 것이며, 이를 통해 자기동일성을 회복하려는 최종 심급이며 방법이다. 전통 시가에서 볼 수 있듯이 자연을 통해 현실적 삶의 좌절이나 회의에서 벗어나 '위안과 서정'을 추구하고, 거기에서 삶의 이상적인 '규범과 표준'을 찾아 스스로 자족하려 했던 것처럼 말이다. 따라서 그의 자연 지향의 서정과 은일, 위안과 독락, 자족과 자유는 "안정을 찾지 못"한 "생의 아슬아슬함"을 "중심 잡"고 "평형을 찾고 싶"(「시인의 말」)은 내면적 요구를 받아들이는 적극적 실천 행위로 이해할 수 있다. 그 실천은 자연 생명과 유대를 통해서 이루어지며, 본질적으로 생명에 대한 우주적 연민으로부터 발원하는 것이다.

3. 모성과 관능의 근원적 생명 탐구

근원 회귀에 대한 충동이 현재 상태에 대한 불만과 그로 인한 고통으로부터 발생한다면, 주용일의 시도 이와 별반 다르지 않다. 이와 함께 그의 시의 내질을 구성하는 또 다른 중심축으로서 생명에 대한 탐구 역시 본질적으로 욕망의 무한 확장에 대한 반성적 성찰에서 비롯한다. 범속하게 말해 여타 자연 지향의 시인들이나 생명 의식을 고양하는 생태시 등과 크게 다르지 않다는 것이다. 인간 욕망의 무한한 확장은 타자를 자신의 영역 아래 두고 지배하려는 남성적 질서의 산물이다. 이러한 중심주의에 대한 반성적 성찰은 근본적으로 그동안 중심에서 소외되고 마이너리티 지대에 억압되었던 타자를 돌아보고자 하는 태도를 갖는다. 따라서 주용일의 시에서 자연의 생명성을 여성(모성), 몸, 성, 반자본주의적 가치 등이 결합한 형태로 지배 이데올로기의 대척점에서 사유하는 방식은 보편적인 태도라 할 수 있다.

자연 지향은 세속적 욕망에 짓이겨진 삶의 근원적 생명을 회복하고 궁극적으로 마음의 평화와 자유를 얻으려는 시도이다. 주용일이 세속적인 질서나 현실 원칙을 부정하고 자기 세계를 찾아 자연 생명의 세계에 천착한 것은 상실한 근원을 회복하기 위한 불가피한 방책일 수 있다. 따라서 자연화된 삶의 실천적 추구는 현실을 은폐하거나 도피하려는 행위라기보다는 "행동의 단계로 이행하면서 기존의 질서를 부분적으로나마 혹은 전적으로 파괴하려는 현실 초월적 방향 설정"[10]에 따른 것으로 이해할 수 있다. 이를테면 시인의 은일과 독락은 근원적 생명의 본성을 회복하려는 태도에서 비롯한다. 그리하여 그가 돌아간 곳은 "평생 죄 짓고"(「죄와 벌」) "한 생을 떠돌며 잊고 산" "저 귀또리 울음 같은 다정다감"(「어머니의 집에서」)한 모성과 대지의 자연, 생명의 원초적 자리이다.

10 칼 만하임, 임석진 역, 『이데올로기와 유토피아』, 청아출판사, 1991, 263쪽.

보았는가, 푸른 물 혈관 타고 기어오르던 시간 이래로
우리 몸속 피를 덥히는 태양과 바람의 쉼 없는 노동,
빛과 어둠이 굴리는 수레바퀴 틈에 끼어
달아나도 덜어 낼 수 없는 꽃 피고 싶은 마음
그 죄의 일곱 빛깔 무지개를 기다리며 봄비를 맞는다
실눈 뜨면 눈에 드는 아련한 꽃대의 흔들림,
겨울잠 털며 털며 가슴 깊이 묻어 넣은 씨앗 하나
어둠 안에서 올올 푸른빛으로 돋아날 대지 위로
맞으면 저절로 봄이 되는 약비가 온다

―「입춘立春 그 이후 1」 부분

  봄은 만물이 소생하는 계절이다. 사계 가운데 봄은 탄생과 재생, 환희
와 희망 등의 상징적 의미를 지닌 계절이다. 소생하는 봄의 생명력을 실감
나게 표현하는 인용 시는 시각, 청각, 촉각 이미지와 비를 맞아들이는 벅
찬 심정을 통해서 생명 탄생의 축제와도 같은 봄의 감각이 선명하게 제시
된다. 겨울의 폐쇄된 삶이 풀리는 봄은 인간이 대지에 생명의 씨앗을 뿌리
는 건강한 노동의 계절이다. 화자는 이를 "태양과 바람의 쉼 없는 노동",
"빛과 어둠이 굴리는 수레바퀴"라는 신성한 자연 질서로 이해하며 곳곳에
서 "겨울잠 털"고 "어둠 안에서 올올 푸른빛으로 돋"는 약동하는 생명을 감
각한다. 이러한 생명 탄생과 재생을 기대하는 화자의 들뜬 심정은 "빗소리
의 싱싱한 음계" "동동거리는 종종걸음" "꽃대의 흔들림" 등 동태적인 이미
지와 '눈, 귀, 혈관, 가슴' 등 신체 이미지가 결합됨으로써 꿈틀대는 대지
의 생명성을 전경화하는 시적 분위기에 한층 활력을 불어넣는다. 한마디
로 생명에 대한 사랑과 예찬의 역동적 전경화인데, 이러한 시의 메시지는
'봄비, 배암, 사슴, 은행목, 태양, 바람, 꽃, 무지개, 씨앗' 등의 다양한 자
연 표상을 통해 심미화되면서 생명 탄생의 질서에 대해 경탄하는 감각을 더
욱 뚜렷이 양각한다.

주용일의 시에서 생명에 대한 확신과 삶에 대한 의지적 태도는 매우 빈번하게 나타난다. 가령 "바닥으로 바닥을 짚고 바닥으로 바닥을 탁 차고" 일어서 "거기서부터 다시 길인 것도 알"(「바닥을 친다는 것에 대하여」)고 있다고 노래할 때, 삶에 대한 강한 의지와 생명에 대한 사랑을 확인할 수 있다. 이러한 맥락에서 화자는 봄의 무한한 생명력을 역동적인 이미지를 통해 노래한다. 여기에는 화자의 생에 대한 긍정과 사랑이 함축되어 있다. 시인의 데뷔작이기도 한 이 작품은 그의 시 세계에 흐르는 또 하나의 특성으로서 현실이 주는 고통과 상실감에서 벗어나 생명을 긍정하고 사랑하고자 하는 의지와 신념을 확인할 수 있게 한다. 죽음 같은 겨울을 지나 입춘이 오고 봄비가 내린다. 화자는 이 봄비를 약藥으로 맞는다. 화자는 "꽃 피고 싶은 마음", "일곱 빛깔 무지개" 빛처럼 아름답게 피어오르는 탄생에 대한 기대와 환희, 생명의 찬연한 황홀감에 물씬 젖어 있다. "빗소리의 싱싱한 음계"로 "얼음장 하늘 찢으며 쏟아지는" 약비를 맞는 대지의 모습은 생명에 대한 확인과 치유, 생에 대한 사랑과 긍정을 환기한다.

그의 시에서 여성성이나 모성과 관련한 이미지는 월등하다. 일반적으로 "법, 제도, 차별, 문명으로 상징되는 '아버지의 세계'는 우주적 자궁의 세계인 '어머니의 세계'"[11]와는 대립적인 가치를 지닌다. 이때 어머니는 말할 것도 없이 생명을 잉태하고 양육하는 모성적 가치를 상징한다. 그런데 그의 시에서 어머니는 이러한 상징성을 품고 있지만, "열세 평 둥지 하나"에 "새끼들을 남겨 놓고" "훌쩍 저승으로 날아"간 남편 대신 "붉은 눈물을 토"(「뻐꾸기 엄마」)하며 자식을 양육하는 헐벗은 모성이다. 아니면 "부뚜막 검은 구멍" "무쇠솥의 검고 둥근"(「둥근 엉덩이 들어낸 자리」) 엉덩이를 들어낸 것처럼 황폐한 몸을 가진 존재이다. 그는 아름다운 추억의 이름으로 어머니를 소환하지 못한다. 그에게 어머니나 여성은 헐벗었거나 자신에 상처를 주면서

11 이광호, 『위반의 시학』, 문학과지성사, 1993, 282~283쪽.

동시에 둥근 구멍의 형상을 한 여인이다. 그러나 둥근 구멍이 상징하는 것처럼 모성은 상처로 헐벗었음에도 불구하고 생명을 잉태하고 양육하는 원초적 존재이다. 특히 여성이나 모성은 자주 둥근 형태로 형상되어 생산과 수용의 원형적 기능을 수행한다. 말하자면 아래의 시에서처럼 여성은 상처와 고통을 통해 모든 것을 다 받아들이고 또 모든 생명을 잉태할 수 있도록 비어 있는 둥근 여인이다.

> 감나무 묘목 심어
> 두 가지 팔뚝만큼 굵어지면
> 나무 가랑이 사이에 돌 끼운다
> 가지 벌어 많은 감 매달라는 주문이다
> 그렇게 시집간 감나무의 모습은
> 흡사 물구나무선 여자 같았는데
> …(중략)…
> 늙은 감나무의 가랑이 사이에는 움푹 구멍이 났는데
> 흡사 물구나무선 여인의 음부 같았다
> 그 안에 시집보낼 때 쓴 돌이 들어 있기도 했다
> 돌을 품고 사는 푸른 감나무 여자의 자궁,
> 그 상처 안에 작은 새들이 알을 낳았다
> 머리를 땅속에 쑤셔 박고
> 가랑이 한껏 벌리고 선 푸른 여자의 음부에서
> 여름이면 포르르 포르 주먹만 한 새가
> 돌팔매처럼 하늘로 날아올랐다
>   ―「푸른 감나무 여자」 부분

인용 시에서 여성의 자궁은 둥근 구멍으로 은유되고 있다. 그런데 "푸른 감나무 여자"는 상처 입은 둥근 여인으로서 "움푹 구멍"이 파인 것처럼 깊고

77

둥글다. "푸른 감나무 여자"는 상처로 헐벗은 여인이면서 깊고 '둥근' 여인
이다. 자궁은 고통스럽게 "돌을 품"고 있는 상처이지만 그곳은 "새들이 알
을 낳"고 "주먹만 한 새가" "하늘로 날아" 오르게 하는 탄생과 비상의 장소
이다. 이처럼 구멍은 고통스러운 상처이지만 생산과 수용의 원형으로서 모
든 것을 다 품을 수 있도록 비어 있고, 모든 생명을 잉태하는 깊고 아늑한
'둥근'것이다. 그에게 "둥근 몸의 어머니", 곧 여성은 "둥근 물방울이 둥근
물고기를 받아안"(「어머니의 목탁」)고, "은갈치처럼 파닥이는 사내들을" "바다
처럼 품고 잠재워 주"(「바다, 별자리를 읽다」)며, "둥글고 둥"근 자궁의 "구멍은
한없이 깊고 아득하"(「블랙홀, 개미지옥, 자궁」)기만 한 존재이다. 요컨대 구멍
으로 상징된 상처는 고통스러운 것이지만 역설적으로 생명을 낳고 양육하
며 상처를 보듬고 치유하는 태초의 모성이다.

　인용 시를 비롯한 대개의 작품에서 여성 이미지는 황폐한 모습이다. 하
지만 그럼에도 불구하고 모성이 품은 생명과 사랑을 확인하는 대상이다.
시적 주제나 소재의 빈도로 보아 모성이나 여성성과 연관된 이미지들, 그
리고 성적 관능성에 대한 시인의 집착은 집요하다. 이는 생명의 근원에 대
한 갈망으로부터 기원하는 것으로 이해할 수 있다. 예컨대 "어머니의 집"
을 "황홀한 감옥"으로 여기며 "고치 속 누에처럼 아득"(「어머니의 집에서」)하
고, "용왕수 우물을 장독대에 떠다 놓고/ 다섯 해를 빌어 나를 낳았다"(「용
왕수 우물」)는 표현처럼 여성은 어머니이든 아내이든 상처를 통해 생명을 만
들고 보듬는 존재이다. 상처와 그에 따르는 고통은 새로운 생명이나 기쁨
이 탄생하는 장소인 것이다. 그것은 갈라진 틈을 통해 "낯익은 당신의 상처
를 만"나고 "생살 찢어 몸에 틈 만들어/ 나를 받아 주시"며 "그 틈으로 생명
키우시는 이"(「틈」)를 보며 느끼는 희열에 주목하거나, "먼 길 풀어내기 위
해" "평생 잠에 골몰"(「실크로드」)하는 누에고치를 포착하는 경우에서도 확연
하게 나타나는 바이다.

　주용일의 시에서 삶에 대한 강렬한 의지와 생명에 대한 애착은 종종 동굴
이나 자궁, 구멍, 달 등의 여성(모성)의 이미지와 풀, 꽃, 나무 등의 식물 이

미지, 그리고 우물, 강, 바다, 비 등 물의 이미지로 변주되면서 확장된다. 이들 이미지는 생명의 근원을 이루는 자궁이나 여성 이미지와 어울리면서 생명의 신성성을 탐구하는 데 기여한다. 그리고 종국에는 생명 탄생의 원초적 시발점인 성적 결합과 성애적 관능으로 확장하는 양상을 보인다. 이는 자연 생명이 품은 관능성이나 성적 결합을 통해 억압된 자연 본성의 해방과 훼손된 생명의 근원 회복을 지시한다.

> 상처로 서로의 상처를 어루만지는
> 지독한 저 사랑 때문에
> 선운사 부처님도 그저 지켜만 보았으리라
> 백주 대낮 대웅전 맞은편 개울가
> 길옆에서 서로 부둥켜안고
> 해괴한 짓 벌이는 느티 두 가지를
> 선운사 보살들도 내심 지긋이 사랑했으리라
> 옛적 어느 젊은 스님이
> 봄밤 동백 붉은 입술 노란 목젖에 홀려
> 느티 두 가지 피 흘리게 부여잡고
> 물소리처럼 하얗게 수음했던 일도
> 선운사 부처님은 벌써 잊었으리라
>
> ─「느티나무 연리지連理枝」 전문

화자는 선운사 대웅전 맞은편 개울가 옆에서 대낮에 서로 부둥켜안고 해괴한 짓을 벌이는 느티나무 연리지의 성애적 형상에 시선을 준다. 이 시가 개화시키고 있는 생명성은 억압된 자연 본성으로서의 성이다. 연리지의 성적 결합으로 상징되는 성적 본능의 발산과 해방은 본연지성으로서의 원초적 생명의 회복을 환기한다. 화자는 느티나무 연리지를 격렬한 성적 결합의 관능적 장면으로 묘사하며 관능 자체의 온전한 실현이 생명 양육의 속성과 대립하지 않는 지점을 향해 나간다. 그런데 화자는 이러한 연리지의 성애와 관능을 "상처로 서로의 상처를 어루만지는/ 지독한" 사랑으로 이해한다. 이 지독하고 지극한 사랑으로 인해 "선운사 부처님도 그저 지켜만 보았"으며, "선운사 보살들도 내심 지긋이 사랑했"고, "옛적 어느 젊은 스님이" "느티 두 가지" 부여잡고 "물소리처럼 하얗게 수음"한 일조차 "부처님은 벌써 잊었"던 것이라 진술한다. 이러한 성적 본능의 발산은 억압된 생명의 해방과 근원 회복을 환기하는 것이다.

주용일의 시에서 생명의 원초적 활동과 연관한 관능적 표현은 매우 빈번하게 나타난다. 가령 "숲의 러브호텔, 달개비모텔에서는 언제나 환한 낮거리가 그치지 않는다"(「달배비모텔」)거나, "두 마리 개를 흘레붙이듯" "하얀 암컷 배꽃의 꽃가루 받아" "암컷 배꽃의 자궁에 심어" 준다거나, "하나는 홍련암 바위굴" "하나는 끝없이 들이치는 수컷 바다 되어" "숨 막히게" "철퍽철퍼덕 부서지"는 "바다는 사랑"(「낙산사 홍련암에서」)이라거나, "둥근 네 몸을 끌어안고" "기쁜 땀 흘리고 싶어 나는 발버둥친다"(「몰록」) 등과 같은 다수의 시에서도 마찬가지 양상으로 나타난다. 이것은 우주의 원리로서 궁극적으로 건강한 자연성으로서의 본능적 생명 현상에 대한 옹호이다.

또 다른 측면에서 "상처로 서로의 상처를 어루만"지는 사랑, 즉 상처를 통해 사랑을 지각한다는 것은 지독한 사랑의 아픔에 대해 예민해진다는 것이다. 그럼으로써 상처를 확인하고, 그 상처로부터 주체의 동일성을 부여받고, 주체의 세계 내 현존성을 확인하는 것이다. 즉 사랑의 고통과 환희, 상처와 생명을 확인하고 수락함으로써 시적 주체는 진정한 주체가 된다. 사랑의 상처와 환희를 통해 만상의 현상을 포용하고 이해하는 그런 주체로 말이다. 즉 "상처가 깊으면 깊을수록─육체의 중심부(심장)까지─주체는 더욱 주체가 된다. 왜냐하면 주체란 내면성 그 자체""[12]이기 때문이다. 상

---

12 롤랑 바르트, 김희영 옮김, 『사랑의 단상』, 동문선, 2004, 272쪽.

처란 무시무시한 내면성을 구성한다. 사랑은 "바람의 칼날 세워 가슴 할퀴며 지나"(「그 여자」)갈 때, 상처받고 파괴될수록 더 큰 생명의 이미지를 획득한다. 그런 측면에서 주용일의 시에서 상처와 사랑은 역설이다. 이것은 사랑의 원리일 뿐만 아니라 서로에게 생명의 고리를 잇고 있는 자연의 우주적 존재 원리이다.

4. 교감과 성찰의 윤리적 내면 구성

주용일의 시에서 상처는 사랑이다. "사랑이란 목마름으로 애가 타며" "한없이 물켜게 하"(「당신은 왜 내게 짠물인가」)고, "나를 떠난 사랑"의 "상처가 독한 기억"을 만나 "눈물 줄 줄 흘리며" '비명'(「언제나 그리움이 먼저 운다」)을 지르는 외로움과 그리움, 상처와 고통을 촉발한다. 그리하여 상처받고 떠나간 사랑이 파급하는 그리움과 외로움, 슬픔과 고통은 주용일 시의 질감을 이루는 주요한 요소이다. 사랑은 황홀하고 유치하고 쓰리고 고독한 것이다. 이것은 사랑의 운명이며, 사랑의 상처와 고통에 대한 인식은 주체에게 자아와 세계를 이해할 수 있는 길로 이끈다. 그리하여 그의 시가 최종적으로 도달한 지점은 자연과의 교감과 향유 과정을 통해 구성되는 개인 윤리의 심미화이다. 환언하면 그것은 '이성과 도덕의 영역으로부터 이탈함으로써 성취한 미적 자율성이 자연을 통해 자신을 실현하는 과정 속에서 얻는 윤리적 심미성'의 세계라 할 수 있다. 그것은 일종의 '윤리성의 자연화'[13]라 할 만하다.

　　내 사는 곳에 계곡이 깊어 사시사철 맑은 물소리 끊이지 않습니다
　　바윗돌을 치는 가락이 절창입니다 한 해 두 해 물소리 귀에 익으니 소

13　김문주, 「도래하지 않는 자연의 삶, 자연의 풍경」, 『시인시각』, 문학마당, 2008 겨울
　　호, 84쪽.

자연의 마음, 마음의 자연

리는 간데없고 물만 흐릅니다 그러다 문득 내가 물소리 생각하면 우당탕 퉁탕 봇물처럼 소리가 터집니다 날마다 계곡물에 얼굴을 씻고 물소리 마십니다 때때로 바람이 쪽빛 물소리 흔들고 도망치거나 햇빛이 물소리 곁을 맴돌다 물가에 길을 잃어 한밤 반딧불이 되기도 합니다 새벽녘에는 사방 가득한 물소리 비집고 배고픈 새가 창문 곁에 와 울기도 합니다 물가에 살다 보니 물소리에 귀가 멀어 마음으로 물소리 듣고 삽니다

—「물소리, 물소리」 부분

자연을 탐색하는 주용일의 시는 표상과 인식이라는 관점에서 비교적 관념이나 의식의 개입이 자유롭다. 그런데 인용 시는 물소리로 가득한 계곡의 형상을 통해 작용하는 의식을 절제 있게 그린다. 화자는 물소리로부터 유발되는 상념을 경어체를 통해 고백적으로 진술하지만 대상을 의미화하거나 상징화하지 않고 객관적 정황을 묘사적으로 표현한다. 물론 "물소리 귀에 익으니 소리는 간데없"다거나 "물소리에 귀가 멀어 마음으로 물소리 듣"는다는 표현처럼 의식 작용이 없는 것은 아니다. 하지만 물소리로 가득한 계곡의 풍경을 구성하는 대상으로서 물소리와 연관한 '바윗돌, 물, 바람, 햇빛, 반딧불, 새' 등의 현재적 양상만을 제시하는 데 주력한다. 또한 '흐릅니다, 터집니다, 마십니다, 합니다, 삽니다' 등으로 처리된 동사형 종결어미로 인해 존재의 현실적 양태만을 보여 주는 효과를 더욱 부각한다.

시적 대상의 선택은 풍경을 낳고, 풍경은 시적 세계관을 반영한다. 말하자면 대상의 선택은 존재 방식과 세계 인식을 반영한다. 그것은 시각 주체가 대상들과 맺는 관계 방식의 반영으로 보는 방식에 의해 시각 주체가 구성되기 때문이다. 따라서 보는 방식으로서의 시각은 곧 사유하고 느끼는 방

식을 의미한다.[14] 이 같은 논리에 따라 시적 대상과 그 대상이 구성하는 풍경의 이미지는 보는 주체의 의식 작용과 시각적 관심의 결과물이다. 여기에는 시적 주체의 세계관이 투영되어 있다. 자연 대상을 형상화하는 대개의 시와 달리 대상에 대한 주체의 의식적 개입이 극도로 제한되어 있는 인용 시는 풍경을 통해 시적 주체의 사유를 드러내고 있다. 시적 주체의 대상을 표상하는 행위를 통해 확인할 수 있는 바, 주체가 속한 '물소리의 가락이 절창'인 계곡의 자연 풍경은 단순히 자연 지향이나 친화만을 드러내는 것으로 볼 수 없다. 그것은 주체의 세계 인식을 드러내는 것이다. 따라서 "마음으로 물소리 듣고" 산다는 결구의 진술은 인간은 자연이며, 자연을 통해 살아가고, 자연의 심미적 향유를 통해 도달하려는 윤리 의식의 표현인 것이다. 이는 곧 인간의 마음도 육체도 자연의 일부임을 분명히 인식한다는 것을 의미한다.

> 계곡물이 불고 돌다리가 물에 잠시면 산골에서는 비에도 온전히 발을 묶이기도 합니다 그러나 빗줄기에 갇히는 일은 즐겁지요 하늘과 땅이 내 몸에서 만나고 울창한 빗소리로 사방이 고요해지면 마치 선정에라도 든 듯한데 가끔 번개가 죽비처럼 어깨를 내려칠 때에야 나는 살아 있음을 실감하고 또 한 끼의 저녁을 준비합니다 빗줄기가 굵어지고, 계곡물이 성난 강물 소리를 흉내 내고, 어둠이 먹물처럼 번져도 이런 날엔 아무도 제 몸과 세상을 걱정하지 않습니다 그저 내리는 빗줄기에 흥건히 스스로를 적실 뿐입니다 젖어서 빗물 따라 흐를 뿐입니다
> —「빗줄기에 갇히는 일은 즐겁지요」 부분

인간은 자연과 분리될 수 없는 존재이다. 자연과 인간이 서로 조응하는

---

14 미셸 푸코, 김성기 편, 「계몽이란 무엇인가」, 『모더니티란 무엇인가』, 민음사, 1994, 351~352쪽.

삶의 풍경이 정서적 반향을 불러일으키는 이유도 여기에 있을 것이다. 말하자면 자연과의 교감과 무한한 동경, 그리움과 향수를 자극하는 시적 정서의 바탕에는 인간도 자연의 일부라는 의식이 깔려 있다. 인용 시는 자연을 이질적 타자로서 분리된 존재로 사유하지 않고 자아와 세계의 동일화된 전체적 관계로 설정하려는 열망이 내포되어 있다. 화자는 자연과 조응하고 교감하며 일체화되어 있다. 즉 화자는 "제 몸과 세상을 걱정하지 않"고 "그저 내리는 빗줄기에 흥건히 스스로를 적"시고 "빗물 따라 흐를 뿐"이다. 화자는 자연과 "따로 떨어진 존재가 아니라 자연의 한 양태, 그 표현으로 스스로를 체험"[15]하며 자연과 일체화된 충일한 행복감에 젖어 있다. 특히 "울창한 빗소리로 사방이 고요"한 풍경이 시적 대상이었다가 어느새 시적 자아가 "젖어서 빗물 따라 흐를 뿐"인 상태가 되어 버리는 과정은 자아와 세계가 융화된 진경을 보여 준다.

이 시가 구현하는 일체화된 합일의 세계는 자연 풍경이 단순한 제재가 아니라 시적 주제로 존재한다는 것이다. 즉 "하늘과 땅이 내 몸에서 만나고 울창한 빗소리로 사방이 고요해지"는 풍경은 시적 의미를 환기하는 보조관념이 아니라 그 자체가 곧 원관념으로서의 자연인 것이다. "아무도 제 몸과 세상을 걱정하지 않"고 스스로를 흥건히 적시고 "젖어서 빗물 따라 흐를 뿐"이라는 진술은 자연에 삼투되고 융화된 자아를 의미한다. 이렇게 "빗줄기에 갇힌"고 흥건히 젖어서 흐르는 순응적인 자세는 역설적으로 대상 속에 편입하고자 하는 화자의 능동적인 태도를 암시한다. 즉 마치 천지 "사방이 고요"한 "선정이라도 든 듯" 자아를 망각해 버리고 빗줄기 속으로 몰입하는 과정이 자연과 하나가 되는 순간을 만들어 내는 것이다.

주객일치 혹은 물아일체는 결국 자연의 이치와 원리를 이해하고 닮아 가려는 의식적인 투신이라 할 수 있다. 예컨대 회양목이 풀어낸 "사방 가득한

---

15 강영안, 앞의 책, 97쪽.

풀 내음"에 "내가 없고 네가 없는 무아지경으로 나를 끌고 간다"(『저 키 작은 회양목이』)거나, "제 노동으로 제 몸을 먹여 살리는" "나무들 틈에 고요히 맨발"로 "내 이름도 끼워 넣"(『아침마다 숲에 태양이 온다』)는 등 자연을 전체로서 평등하게 대하고 거기에 투신해 융화하려는 태도는 적극적인 것이다. 전체로서 평등하다는 자연에 대한 이해에 의한 의식적 투신은 자연의 필연성을 필연성으로 인식하는 태도에서 비롯한다. 가령 앞 장에서 살펴본 것과 같이 상처의 고통으로부터 생명이 탄생한다거나, 또는 "애초 생명의 자리는" '늪, 뻘, 자궁'이거나 "얼마쯤 질척이고 더럽고, 냄새나고 성스러운 곳"(『팔월 연못에서』)이고, "꽃이 죽어 씨앗을 키우"고 "꽃이 썩어지는 힘으로 나무도 열매를 키운다"(『낙화생』)고 진술할 때, 자연의 필연성을 인식하고 수락하는 화자의 태도를 극명하게 확인할 수 있다. 이러한 인식에는 윤리 의식이 내재한다. "자연을 자연 자체의 필연성 안에서 직관하고, 그럼으로써 자연을 자연이게 하는 것"[16]에는 일정한 윤리적 의식이 깃들어 있기 때문이다. 즉 인간에게 진정으로 의미 있는 자유와 해방이란 자연의 필연성을 필연성으로 인식하는 데에서 발생한다. 그것을 알지 못할 때 영혼의 속박이 시작되며 필연적으로 사라질 것에 집착하게 되고 또 필연적으로 돌아올 것을 거부하게 되는 것이다. 이러한 문맥에서 주용일의 시는 모든 사물도 나와 동일한 존재임을 체험하고 교감하며 사랑하는 태도를 견지한다.

저물녘 들판 그득 채우는 고운 풀벌레 울음도
쓱싹쓱싹 매몰차게 베어 버리며
온갖 풀을 잡초라 싸몰아 베어 가는 내게
달맞이꽃, 고것이 어디 벨 테면 베어 보라고
기세 좋게 꽃 목을 치켜올린다

---

16 한자경, 앞의 글, 106쪽.

푸르게 날 선 낫의 살의 앞에

속살 같은 노란 꽃송이로 맞서는

저 무모한 종족은 대체 무엇이냐

풀의 향기로운 피 내음에 취해

어두워진 줄도 모르고 낫질하는 사내에게

여자의 눈물같이 환한 고것은 시방

자비를 구하는 것인가

반성을 촉구하는 것인가

　　　　　　　　—「달맞이꽃 앞에 낫을 떨구다」 부분

　인용 시는 자연과 교감하면서 대상이 유발하는 감정의 미세한 떨림을 포착해 서정시의 정서적 환기력을 극대화하고 있다. 화자는 저물녘의 들판에서 "온갖 풀을 잡초라 싸몰아" "매몰차게 베어 가는" 중이다. 이때 화자는 "또롱또롱 풀밭 가득 꽃등을 내"건 "달맞이꽃"을 만나 서로 맞서 있다. 달맞이꽃은 "푸르게 날 선 낫의 살의 앞에"서 "어디 벨 테면 베어 보라"는 듯 "기세 좋게 꽃 목을 치켜올"리며 맞선 형국이다. "여자의 눈물같이 환한" 달맞이꽃은 "푸르게 날 선 낫의 살의"와 "피 내음에 취"한 화자에게 생명의 신성성, 혹은 생명권에 대한 책임감을 '반성'하도록 촉구하고, 타자를 깊이 사랑하고 가엾게 여기는 '자비'의 윤리적 가치를 일깨운다. 이 시의 최종 심급으로서 타자에 대한 자비와 생명에 대한 반성은 이처럼 정화된 윤리적 내면을 구성한다. 이러한 윤리적 감수성은 달맞이꽃에 대한 심미적 향유 과정에서 발생하는 것이며, 이에 대한 내적 충일감의 표현이라 볼 수 있다. 화자의 체험은 윤리적 감수성을 온전히 거느린 심미적 삶을 과정 자체로 실현한 것이다.

　저녁 들판에 "여자의 눈물같이 환한 고것"과 맞서 있는 풍경은 시적 자아의 대상이었다가 어느새 시적 자아와 동화된다. 말하자면 시의 배경을 이루는 저녁 들판의 풍경과 이미지들은 화자의 마음의 무늬를 보여 주는 그림

이상의 의미를 강요하지 않는다. 즉 "또롱또롱 풀밭 가득 꽃등을 내"건 "속살 같은 노란 꽃송이"와 은밀하면서도 당혹스럽게 맞선 마음의 무늬, 그 내면에서 파동하는 충일감을 보여 주는 것 이상을 말하려 들지 않는다. 때문에 섣부른 관념화의 함정을 벗어난 언어적 절제와 시적 정서의 간결한 심미성을 성취한다. 그 결과 시적 자아와 대상의 상호 삼투된 내면의 섬세한 파동이 감지될 뿐이다. 즉 대지와 생명의 외침을 듣고 미세하게 떨리는 내면의 흔들림을 보여 줄 뿐이다.

목을 치켜올린 달맞이꽃의 묵언의 외침은 결국 화자의 내면에 스며들어 '자비'와 '반성'이라는 정화된 윤리적 감수성을 실현한다. 그것은 전통 서정시에서 자연을 보편적 이치로 여겨 삶의 규범을 제시하는 은유의 대상으로 취급하는 방법이 아니며, 자연 대상으로 주체의 내면화된 가치를 확인하고 강화하는 전통 서정시의 태도와도 다른 것이다. 이 과정은 선험적 가치를 확인하는 정향定向이 아닌 심미적 향유 과정 자체에 목적이 있는 것이다. 이러한 화자의 윤리적 감수성은 근본적으로 타자에 대한 사유에서 비롯하는 것으로서 '인간성의 재마법화(Re-enchanting)'로 이해할 수 있다. 즉 타자에 대한 "상호 존중의 윤리와 함께" "생태 지향적이며, 미학적으로 고양되고, 자비 넘치는 세계를 창조할 수 있는 인간의 잠재력"[17]을 환기한다. 이는 미적 자율성을 윤리와 결별하는 것으로 받아들이는 태도, 즉 자연을 계몽적 전언의 기지로 삼는 시적 관성과는 다른 관점의 가치를 지니는 것이다.

봄비 그친 산골짜기 천수답,
묵어 버려질 듯도 싶은 무논에서

---

17 재마법화(Re-enchanting)는 '재매력화'로도 번역할 수도 있다. 이 개념은 인간성의 가장 큰 지반인 합리성이 평가절하되거나 폐기될 대상으로 치부되는 현실 상황에서 인간성의 '매력'을 재발견하는 것이 중요하다는 의미이다. 머레이 북친, 구승회 역, 『휴머니즘의 옹호』, 민음사, 2002, 365쪽.

늙은 부부가 손모를 낸다

못줄 띄우고 벼 포기 꽂은 자리,

자박자박 일렁이던 흙탕 가라앉으며

한 자 한 자, 한 줄 한 줄

또박또박 논바닥에 새겨 넣은

육필의 푸른 글자들이

얼비친 하늘을 배경으로 선명하다

행간과 자간이 빈틈없다

한나절 걸려 한 마지기 푸른 원고를 완성하고

늙은 부부는 찔레꽃 덤불 곁에서 들밥을 먹는다

흙내 맡으며 푸르게 자라는 시,

행간에는 백로 왜가리 걸어가는 시,

이삭 쑤욱 솟아오르는 시,

…(중략)…

누군가의 식탁에 올라

한 사발 김 오르는 뜨끈한 밥이 되는 시,

그 푸르게 쓰여진 한 편의 시를 읽어 내다가

세상 앞에서 한 번도 무릎 꿇지 않았던

뻣뻣한 나의 시가, 나의 오만이

뼈 부러지듯 털-썩 무릎 꿇다

—「들판에서 무릎 꿇다」 부분

인간이 자연화되는 방식에서 주용일은 인용 시에서처럼 자신의 존재성을 낮추고 소멸시키려는 자각화된 의식을 강조한다. 이 점은 특히 「얼음 대적 광전」「죽은 느티나무」「은행알의 해탈」 등의 시에 두드러지게 나타난다. 예컨대 "한때 세상을 풍미했던 정신들"이 "한 줌 재로 감나무 밑거름"이 되는 "문자들의 다비식은 따뜻하다"(「문자들의 다비식은 따뜻하다」)거나, "무릎 꿇고

허리 숙여야" "풀꽃 한 송이의 향기를 맡"을 수 있고 "무릎 꿇어야 세상 오르
가슴으로 황홀"(「올라타지 말고 무릎 꿇어라, 시여」)을 느낄 수 있다는 진술에서
처럼 자신을 낮추고 주체의 정신을 소멸시켜 궁극의 지점으로 나아가려는
태도가 그러하다. 이와 같은 의미에서 인용 시 역시 자신의 존재성을 낮추
고 생명의 구경적 아름다움을 발견하려는 의식이 잘 나타나 있다. 말하자
면 화자가 형상화하는 손모를 낸 논의 현상적인 풍경은 인간이나 인간 존재
에 대한 실존적 풍경으로서의 성찰이라는 주제를 함의한다.

　이 시는 축자적인 의미에서 자연적 삶이 무엇이며, 자신과 자신의 시를
겸허하게 낮추고자 하는 태도의 한 양상을 보여 준다. 하지만 "육필의 푸른
글자들"을 통해 드러나는 것은 존재 자체의 자연성과 인간성의 매력을 재발
견하려는 태도이다. 그것은 궁극적으로 인간의 훼손된 윤리적 감각의 회복
을 의미한다. 화자에게 자연적 삶이란 '묵어 버려질 듯도 한 천수답 무논에
손모'를 내듯 엔트로피를 최소화하는 것이며, 실용성의 구속을 벗어나는 삶
이다. 이러한 주용일의 시적 세계와 삶에서 자연이 생활과 분리되어 있지
않다는 점은 산문집 『시인할래 농부할래』를 통해 확인할 수 있다. 이를 통해
전경화되는 것은 생 자체를 고스란히 밟아 가는 시간과 적막이다. 화자는
실용의 능력을 포기하고 시간과 적막, 자유를 얻은 것이다. 그 속에서 시인
은 자연 사물과 수평적으로 교감하는 삶을 살아간다. 들판에 "털−썩 무릎
꿇"는 일은 자연에 대해 스스로 낮아지는 삶이며, 그 자체가 시詩인 것이다.
이는 자연과 인간의 수평적 관계를 넘어서 자연을 인간의 우위에 두려는 태
도이다. 다시 말해 자연으로 향하고, 자연을 닮아 가려는 태도는 자연화된
인간으로서의 순수성을 회복하려는 의지인 것이다.

　천수답 무논에 손모를 내는 풍경을 이야기하는 인용 시에서 주목할 점
은 마음의 동선動線이다. 화자는 "육필의 푸른 글자들이" 선명하게 새겨지
는 사태에 주목하면서 그것을 "푸르게 쓰여진 한 편의 시"로 비유한다. 푸
른 시 또는 육필의 원고는 "행간에는 백로 왜가리 걸어가"고, "이삭 쑤욱 솟
아오르"며, "돈이 되지 않아도 기죽지 않"고, "묵히면 준다는 정부보조금을

받지 않"고 "뜨끈한 밥이 되는 시"이다. 이처럼 화자는 육필의 원고가 불러일으키는 마음의 움직임을 하나하나 밟아 나간다. 이러한 진행은 '자박자박, 또박또박, 쑤욱, 뻣뻣한, 털썩' 등의 의성어와 의태어, 그리고 동사의 빈번한 사용을 통해 시적 분위기에 박진감을 부여하며, 시적 메시지를 생동감 있게 펼쳐 낸다.

이렇게 동적으로 펼쳐지는 마음의 움직임은 생명의 심미적 감각을 오롯이 향유하는 과정일 뿐이다. 이 과정에서 화자는 겸허하게 정화된 윤리적 감수성을 통해 생 자체의 존재 감각과 의미를 전면화한다. 이것은 존재의 실감을 복원하는 심미적 도정에서 발생하는 것이다. 삶의 자연성을 회복하는 일은 찰나의 감각에서 오는 것이 아니라 느린 시간과 적막이 허락하는 사유에서 온다. 그것은 들판에 "털−썩 무릎 꿇"어 인간 존재의 '뻣뻣한 오만'과 허위성을 탈피하고 생명 자체에 겸허해지는 윤리적 심미성의 감각과 다르지 않은 것이다.

5. 마음은 자연과 같다

주용일의 시는 삶 자체의 자연화를 통해서 자유로 가는 길에서 생산된 것이다. 대개의 서정시인들이 그러하듯 주용일 시인에게도 자연을 구성하는 양태로서의 사물은 우선 시의 소재를 제공하고 시적 상상력을 촉발하는 계기로 작용한다. 사물은 시인의 눈길이 거치면 새롭게 갱신되고 은폐된 비의는 폭로된다. 그런데 중요한 것은 관조의 시적 문법은 그것이 일상의 규범이나 가치를 벗어나 지각의 갱신과 성찰적 깨달음을 이루는 계기로 작용한다는 점이다. 주용일 시인에게 그것은 대체적으로 현실 원칙이나 경험의 논리를 뛰어넘어 인간의 삶과 운명, 사물의 본성적 질서와 가치의 초월적 가능성을 열어젖히려는 시도이다. 시인은 인간의 삶과 사물의 여러 양태적 국면들을 탐색하면서 감각의 갱신을 이룩한다. 그것은 사물의 본성과 삶의 운명을 자연의 필연성으로 인식하고 자유를 획득하려는 것으로 이해할 수 있다. 따라서 그의 시는 삶의 운명적 구조에 대한 자각과 성찰적 탐사라는 의미를 함유한다.

주용일 시의 자연 지향적 시나 삶은 상처와 좌절을 위로하고 치유하기 위한 것으로서 자기동일성을 회복하려는 최종적 심급의 방법이다. 따라서 그의 자연 지향의 서정과 은일, 위안과 독락은 삶의 안정과 평형을 찾으려는 내면적 요구를 받아들이는 실천 행위로 이해할 수 있다. 그 실천은 자연 생명과의 유대를 통해서 이루어지는 것이며, 본질적으로 생명에 대한 우주적 연민으로부터 발원한다. 그는 현실 원칙의 억압적 조건에서 지금과는 다른 자아와 삶의 방향을 동일성이 확보된 자연의 본성에서 찾는다. 즉 시인은 동일성이 보존된 자연에서 자유와 해방의 길을 모색하는 것이다. 그런 의미에서 그의 시의 자연 지향은 궁극적으로 회복해야 할 심미적 윤리성과 인간성을 역상易像으로 제시하는 것이기도 하다.

주용일 시에서 자연과의 긴밀하고 평등한 유대와 생명에 대한 우주적 연민 의식은 자연을 모성과 관능으로 보면서 자연 생명의 구경적 아름다움과 사랑을 탐구하는 방향으로 연속된다. 이때 여성 이미지는 상처와 고통으로 나타난다. 하지만 그것은 역설적으로 생명을 확인하고 확신하는 대상이기도 하다. 그의 시에서 여성성은 상처받고 고통스러울수록 더 큰 생명을 잉태한다. 즉 모성이 지닌 상처와 그에 따르는 고통은 새로운 생명이나 기쁨이 탄생하는 장소이다. 이는 생명의 근원에 대한 갈망으로부터 기원하는 것으로 삶에 대한 강렬한 의지와 생명에 대한 사랑을 은유한다. 특히 그의 시에서 자궁의 이미지나 성애적 관능성은 자연 생명의 본성과 신성성을 감각하는 주요한 기제로 기능하는데, 이는 억압된 자연 본성의 해방과 훼손된 생명의 근원 회복을 지시한다.

주용일의 시는 자연이란 실체가 발현하는 여러 양태와 속성들에 나타나는 사물의 본성과 존재 원리를 발견하고 인식하는 데 주력한다. 이를 통해 그의 시는 존재의 윤리적 각성의 단계로 나아간다. 즉 자신의 마음과 육체가 자연의 일부임을 인식하고, 그 자연의 필연성을 필연성으로 수락하면서 자유를 얻는 것이다. 자연화된 삶은 그의 실존적 존재 방식이고, 그 자체로 그의 삶의 내질을 형성하는 정체성이며, 시적 미학을 규율하는 지배소로 기능한다. 그리하여 그의 시가 도달한 최종 지점은 자연과의 교감과 섬세한 향유 과정을 통해 구성되는 개인 윤리의 심미화이다. 이렇게 그의 시는 미적 자율성이 자연을 통해 자신을 실현하는 과정 속에서 얻은 윤리적 심미성의 세계를 구현한다.

결국 마음도 육체도 자연의 일부로서 인과적 필연성의 산물임을 실감하고 수락하는 태도는 궁극적으로 존재의 자유를 향한 것이다. 말하자면 유한한 존재로서 자연의 상호 의존성, 혹은 모든 상처와 고통의 자극을 자연의 전全 체계의 인과적 필연성 아래에서 이해할 때 우리의 감각과 감정의 양태는 질적 변화를 이룰 수 있기 때문이다. 예컨대 상처와 고통은 자연계 안의 유한한 존재로서는 피할 도리가 없는 것임을 깨달았을 때, 주용일은 고통에 분노하지 않고 그 고통에서 자유로워질 수 있었던 것이다. 왜냐하면 모든 순간순간의 상황들이 인과율적 체계의 한 부분으로 이해되지 못한다면 단편적 경험들은 삶을 망가트리는 불안의 원인일 뿐이다. 그러나 모든 것을 전체 자연의 한 부분으로 이해하고 마음과 신체를 자연의 질서에 따른 원인이며, 자연의 양태적 표현으로 볼 수 있다면 정신의 자유를 누릴 수 있고, 겸허한 자세로 모든 존재를 사랑할 수 있다는 사실을 주용일의 시는 보여 준다.

자타불이, 타자성 탐구의 문법

—이은봉론

1. 환대의 윤리

이은봉은 1984년 등단 이후 지금까지 활발한 시작 활동을 펼치는 시인이다. 시인은 "1980년대 일정하게 이념적 배타성과 순결성을 담은 시를 쓰기 시작하여 최근에 문명 비판적 생태 의식, 탈脫자본의 시원성으로 자신의 시적 범주를 넓혀 가고 있"으며 "죽임의 정서로 가득 차 있는 근대 자본주의를 발본적으로 비판하고 성찰해 온 우리 시대의 대표적 시인"이다. 그는 "근원적 생명 탐구를 통한 근대 극복의 시정신을 지속적으로 모색"(유성호, 『알뿌리를 키우며』해설)하는 시적 여정에 있다. 이를테면 등단 초기의 사회 현실에 대한 비판적 인식은 이후 근대 자본주의와 산업 문명의 질서와 체제에 대한 비판적 인식으로 진화한다. 이러한 시적 진화에는 궁극적으로 근대적 질서가 야기하는 억압과 폭력, 소외와 분열, 모순과 부조리를 부정, 극복하고자 하는 시정신이 밑변을 관통하고 있다.

사회 현실에 대한 부정적 인식과 비판에서 출발한 이은봉의 시는 근대 자본주의와 문명 비판, 그리고 시인이 말하는 '죽음의 정서'(『죽음의 정서들 밖으로 내는 쬐그만 창』, 『시와인식』)를 부정, 극복할 수 있는 대안적 사유로서 동양의 정신이나 불교적 세계관과 이에 기댄 생태학적 사유의 폭넓은 세계를 보여 준다. 그의 시적 편력에서 두드러지게 나타나는 사회 현실과 근대 자본주의의 질서에 대한 통찰, 그리고 그로부터 발원하는 현실 비판적 인식은 결국 우리가 사는 세상이 결코 '좋은 세상'이 아니라는 역설을 내포한다. 이러한 현실 인식은 근대 자본주의적 현실의 부정적 지각과 비판적 인식, 그리고 부정적 현실에 대한 부정과 저항, 변혁에의 희망이라는 변증법적 구조의 틀을 따라 펼쳐진다. 이를테면 경험적으로 확인 가능한 외부 세계의 대상에 대해 체험하고 의식하는 시인의 세계 지각은 지극히 부정적이다. 부정적 지각의 결과로서 그의 시는 필연적으로 비판적 인식을 동반하며, 결국 세계의 부정성을 성찰하고 극복할 수 있는 대안 명제의 탐색으로 연속된다.

보통 인식은 개념적으로 근거 세울 수 있는 진리를 발견하기 위한 목표를 내포한다. 하지만 대상에 대한 가치판단을 수행하는 개념으로도 사용할 수 있다. 따라서 부정적 지각은 외부 세계의 의미나 내용에 대한 가치판단과 반성적 성찰의 행위라는 비판적 인식을 동반하기 마련이다. 이와 같은 맥락에서 이은봉의 비판적 현실 인식은 결과적으로 부정적 현실의 극복과 변혁에의 희망을 내포할 수밖에 없는 동인으로 작용한다. 그런데 시적 자기 갱신 과정에서 두드러진 점은 시인이 말하는 소위 '죽음의 정서'를 배양하고 증식하는 근대적 질서에 대한 비판과 이성 중심의 사유 체계, 그리고 과학 기술의 산업 문명이 배태하는 부정성을 극복할 수 있는 대안으로서의 동양 정신에 기초한 생명 탐구이다. 환언하면 궁극적으로 근원적 세계와 생명의 회복이라 할 만한데, 시인의 말을 빌리면 그것은 '생명의 정서', '불이의 정서'로서의 가치이며 철학이고 타자에 대한 환대의 윤리학이다.[1]

근대 자본주의적 질서와 인간 중심의 현실 원칙에 대한 비판, 그리고 이를 극복할 수 있는 대안적 사유로서의 자타불이自他不二의 동양 정신 혹은

---

1 이러한 내용은 시론집 『화두 또는 호기심』(작가, 2005); 『풍경과 존재의 변증법』(푸른
사상, 2017)과 평론집 『시와 생태적 상상력』(소명출판사, 2000); 『시와 깨달음의 형식』
(서정시학, 2018) 등에 소상히 표명되어 있다.

불교적 사유에서 비롯한 근원적 생명 탐색과 회복은 특히 시집 『책바위』이후 그의 시의 주제와 시정신을 규율하는 전략적 거점으로 기능한다. 이러한 내용은 이 시집을 상재하면서 스스로 피력한 시론적 입장에서도 잘 표명되어 있다. 여기에서 시인은 후기 자본주의 시대의 자아는 과잉 조장되어 타자를 폭력적으로 억압하고 있으며, 인간 중심적이며 물신주의적인 사유는 생명의 통합된 정서보다는 분열되고 해체된 '죽음의 정서'를 배태하게 마련이라는 점을 강조한다. 이 같은 시인의 언급을 참조한다면 그의 세계 인식은 지극히 부정적이다. 그는 이러한 '죽음의 정서'라는 부정성을 '생명의 정서'로 전화하고자 하는 시적 탐색을 꾸준히 지속한다.

불온한 시선으로 세계의 부정성을 직시하는 이은봉은 "세계의 불행을 인식하는 데서 예술은 자신의 행복을 갖는다"[2]는 아도르노의 표현처럼 불우하고 불모적인 세계의 실상을 예민하게 지각한다. 요컨대 이은봉은 자본주의적 문명 현실에 대해 반성적 거리를 확보하기 위해 저항하고 투쟁하며, 탈주를 기도한다. 이것은 '죽음의 정서'로 요약할 수 있는 자본과 문명의 지배적 질서가 은폐하고 있는 불안, 분열, 공포, 죽음, 욕망, 소외, 억압 등이 작동하는 기제를 예각적으로 투시하고 부정하면서 그곳으로부터 탈주하거나 본래적인 삶을 회복하려는 정신적 고투를 지시한다. 따라서 그의 시선은 비판적이며 태도는 불온하다. 이와 같은 점에서 이 평문은 이은봉 시가 지니고 있는 내적 형질 가운데 하나를 저항과 탈주의 관점, 특히 자타불이와 동체대비의 관계성, 타자에 대한 환대의 윤리학에 초점을 맞추어 조명하고자 한다. 그럼으로써 이은봉 시가 함축하고 있는 여러 시적 특질 가운데 한 줄기 의미와 위상을 더듬어 보고자 한다.

---

2 T. W. 아도르노, 홍승용 역, 『미학이론』, 문학과지성사, 1994, 36쪽.

2. 불이의 정서와 생명의 회복

이은봉은 후기 자본주의 시대에 팽만한 '죽음의 정서'를 끊임없이 문제 삼으며, 이것을 전일적이며 통합된 '생명의 정서'로 전환하고자 노력한다. 시인이 말하는 '죽음의 정서'가 분리, 분열, 폐쇄, 소외, 환멸, 결핍, 부재의 부정적 정서라면, '생명의 정서'는 통합된 정서로서 행복, 충만, 기쁨, 충일의 정서라는 긍정적인 전일적 생명의 감정이다. '생명의 정서'는 충족의 정서로서 하나됨의 정서, 곧 일치의 정서이다. 이들 감정의 경우 실제로는 하나이면서 둘인, 둘이면서 하나인 형태로서 불일이불이不一而不二의 감정 세계를 일컫는다. 시인은 이것을 '불이不二의 정서', '생명의 정서'라 부른다. 이것과 저것, 주체와 타자, 자아와 세계는 서로 독립된 존재가 아니라 상호 의존적 관계에서 생겨난 존재라는 것이다. '나'라는 존재가 고정적이고 독립적인 존재가 아니라는 생각은 주체와 타자의 절대적 평등을 전제로 한다는 자타불이의 세계관이 시인이 말하는 '불이의 정서', 곧 '생명의 정서'이다. 이러한 사유는 인간 존재를 근본적으로 타자 지향적으로 재정의하고 타자와 '함께 있음', 즉 '공동 내 존재'[3]로 설정하는 것이다.

이은봉은 사회 현실에 대한 깊은 사유와 성찰, 그리고 근대 자본주의와 이성을 앞세운 문명의 부정성에 대한 부정과 비판적 인식의 과정을 통해 생명에 대한 구경적 탐색을 지속적으로 보여 준다. 그의 시는 인간 중심적인 사유와 인식, 그리고 자본주의적 질서에 대한 저항의 지점에서 이를 비판하고 새로운 대안을 모색한다. 그 대안적 모색의 중심에 불교 철학에 기초한 동양적 사유가 자리한다. 한마디로 그의 시는 분열되고 해체되어 "죽음의 물결로 넘실대는" "자본주의적 근대"에 "끊임없이 쓴 약을 주사하려"(「자서」)는 "근대 극복의 시정신"(유성호, 『알뿌리를 키우며』 해설)을 내장하고 있

3 장-뤽 낭시, 박준상 옮김, 『무위의 공동체』, 인간사랑, 2010, 278쪽.; 블랑쇼·낭시, 박준상 옮김, 『밝힐 수 없는 공동체, 마주한 공동체』, 문학과지성사, 2005.

다. 이러한 시적 태도는 "기존의 질서를 부분적으로나마 혹은 전적으로 파괴해 버리는 현실 초월적 방향 설정"[4]을 뜻하며, 부정적 세계를 부정, 전복하고 긍정적 세계상을 전망하는 "올바름의 갈망"[5]으로 이해할 수 있다. 긍정적 세계상에 대한 갈망을 추동하는 힘은 부정적 현실, 이를테면 부재와 결핍, 모순과 부조리한 현실에 대한 반감과 분노에서 비롯하며, 궁극적으로 자아와 세계의 참된 관계를 회복해야 한다는 절박한 시적 인식에서 비롯하는 것으로 이해할 수 있다.

근대 세계에서 자아는 과잉 조장되어 타자를 억압하고 있으며, 이러한 인간의 자기중심적인 사유는 생명의 통합된 정서보다는 분열되고 해체된 죽음의 정서를 배태하기 마련이다. 이은봉에게 '죽음의 정서'로 가득한 부정적 근대는 절망이 "세상 절대 권력"(「절망은 어깨동무를 하고」)화되어 버린 것으로 인식된다. 현실에 대한 이 같은 부정성은 '몸'에서는 "석유 기름 냄새"가 나는 '시궁창'(「라면봉지의 노래」)이나, 또는 "빠른 속도에 중독된"(「금강을 지나며」) 채 "제 속 깊이 알뿌리 하나 옳게 키우지"(「조금나루」) 못하는 것과 같이 불모적이다. 그에게 세계의 참다운 순결성과 생명성은 심각하게 훼손되고 오염된 상태이다. 때문에 현실의 불모성에 대한 자각은 보다 바람직한 삶과 세계에 대한 열망을 자극한다. 이러한 열망은 문명의 지배 논리, 혹은 문명의 신화화에 맞서는 대항 담론의 성격을 내포한다. 그것은 또한 탈주와 초월의 욕망으로서 회복해야 할 궁극의 세계를 지시하는 것이기도 하다.

이미 너는 없다 달리는 핵폭탄이다 너무 위험하다
이번 생에는 모두 바퀴 달린 핵폭탄이다
절벽을 뚫어 미래를 만드는 너, 너만이 아니다 더러는 식당차의 창
밖 풍경이나 내다보고 있는 쭈그러진 내 몰골까지도 달린다

---

4 칼 만하임, 임석진 역, 『이데올로기와 유토피아』, 청아출판사, 1991, 263쪽.
5 마르틴 부버, 남정길 역, 『유토피아 사회주의』, 현대사상사, 1993, 38쪽.

너는 달리는 죽음이다 자본주의다

달리는 자본주의여 푸른 피를 흘리며 끝내 강물 위에 다리를 놓는

이데올로기여

다리를 다 놓고 나면 너는 그냥 한 줌 재로 미끄러져 내려야 한다

핵폭탄이 터지고, 핵 폭풍이 일고, 이윽고 스쳐 지나가는 창밖의 황

량한 들판이 되어야 한다

거기 쓸쓸하게 말라 죽은

한 그루 물푸레나무가 되어야 한다 허공을 떠도는 한 점 먼지가 되

어야 한다

아직 한여름인 줄 알고 온갖 욕망들 자랑이나 하는 나도, 기관차도,

핵폭탄도, 절벽을 뚫는 마음도……

—「달리는 핵폭탄」 부분

물신에 대한 인간의 "온갖 욕망들"은 주체의 반성적 성찰을 무력화하고 자본의 막강한 지배력은 우리의 의식을 식민화한다. 화자는 이러한 자본주의의 이면에 도사리고 있는 죽음과 파멸의 공포를 감지하고 이를 반성적으로 성찰한다. 인용 시는 이은봉의 자본주의적 근대에 대한 현실 인식의 척도를 가늠할 수 있는 작품이다. 화자는 근대 자본주의의 현실을 핵폭탄을 싣고 미래로 달리는 상황으로 진술한다. 화자에게 현실은 핵폭탄을 싣고 "달리는 것이 미래"인 묵시록적 파멸의 종말로 치닫는 것으로 인식된다. 화자는 이같이 "온갖 생명들 살해"하는 '위험'한 상황에서 우리들은 선택의 기로에 서 있다는 시적 인식을 '재'의 이미지를 통해 드러낸다. 이러한 파멸적 징후는 "핵폭탄이 터지고, 핵 폭풍이 일고, 이윽고 스쳐 지나가는 창밖의 황량한 들판"의 "거기 쓸쓸하게 말라 죽은/ 한 그루 물푸레나무"와 "허공을 떠도는 한 점 먼지"의 묵시록적 이미지를 통해 더욱 강렬하게 구현한다. 그리고 구원의 선택은 다른 데 있지 않고 "온갖 욕망들 자랑"하는 인간 중심주

의의 사유 방식에서 벗어나 "한 줌 재"의 자기희생을 받아들이는 비움과 순환론적 사유에 있다는 점을 환기한다.

통제되지 않는 욕망의 무한 질주와 자본주의의 폭주는 화자의 표현처럼 죽음을 향해 핵폭탄을 싣고 달리는 기관차와 다름이 없다. 자본주의의 매혹은 추락과 종말의 공포, 시인이 말하는 '죽음의 정서'를 배면에 거느리고 있다. '죽음의 정서'가 기인하는 연원은 자본의 이데올로기와 무한대로 팽창하는 물신 욕망의 막강한 지배력으로부터 온다. 자본주의적 근대의 풍경은 풍요와 안락한 이미지의 매혹적인 모습으로 인간을 유혹한다. 자본주의적 일상이 제공하는 매혹적인 유혹으로부터 우리의 일상적 삶은 자유로울 수 없다. 때문에 물신 욕망에 마비된 의식은 그 밑에 도사리고 있는 환멸의 심연을 인식하지 못한다. 왜냐하면 자본으로 무장한 "제국은 자학과 혐오를 장전한 기관단총, 따르르 따르르 쏘아 대"며 "세상 가득 포탄 연기로 덮"(「항복항복」)어 우리의 반성적 성찰을 무력화하고 마비시키기 때문이다.

이은봉은 이와 같이 '죽음의 정서', 질병에 가까운 근대 자본주의의 병적 증상을 문제 삼는다. 그것은 죽음의 정서적 증상이 근대사회의 일반적인 현상이라는 인식에서 기인한 것으로 시인은 이의 형상화를 통해 병적 현실에 대한 비판적 사유를 이끌어 낸다. 왜냐하면 '죽음의 정서'란 이상이나 희망이 사라진 현실을 확인하는 환멸의 경험을 말하기 때문이다. 결국 병적 증상의 형상화는 정당성을 상실한 근대의 이데올로기가 감추고 있는 고통스러운 현재의 모습을 직시하게 만든다. 그럼으로써 시인은 근대의 확신에 찬 이념들과 삶의 방식에 대한 반성적 성찰을 일깨운다. 그는 근대의 이데올로기가 선동하는 물신 욕망의 신비화를 걷어 낸다.

그늘 위에 누워 뒹굴고 있는 옹기종기 작은 절집들, 절집들 같은 큰
가슴들, 송이송이 연꽃 피우는 일이 어디 쉽니?

쉽지 않아 연꽃은, 생은 아름다운 거니? 곱씹어 가며 여기저기 묻

다 보면 진흙 소는 벌써 사르르 녹아 버리지 흐르는 물이 되어 흐르지

화들짝 물여울의 피라미 떼로 오르는 노을 속 일찍 뜬 몇 개의 별들,
허리 굽혀 어느덧 없는 마음 내려다보고 있잖니?

마음 이미 진흙 소처럼 죄 녹아 흐르지 않니? 물처럼 죄 녹아 흐르
지 않니? 그렇지 않니? 아침 해, 하늘 가득 또다시 진흙소의 둥근 수
레바퀴로 떠오르잖니?

—「진흙 소, 그늘」 부분

이은봉은 자본주의 시대에 팽만한 '죽음의 정서'를 끊임없이 문제 삼으며
전일적으로 통합된 '생명의 정서'로 전환하고자 노력한다. 그가 추구하는
'생명의 정서'는 곧 '일치의 정서'로서 하나이면서 둘이고 둘이면서 하나인
불일이불이의 세계를 일컫는다. 시인은 이것을 '불이의 정서'라 부른다. 화
자는 '그늘'이 피워 올리는 '연꽃', '물'이 되어 "사르르 녹아 버"리는 '진흙 소'
를 통해 끊임없이 연기緣起를 거듭하는 불이의 관계로 세계를 이해한다. 이
러한 불이의 세계는 '불타와 나무'(「불타는 나무」)의 관계나 "제 몸 허옇게 태
워" "소신공양燒身供養"(「연탄재」)한 연탄재 등을 통해 끊임없이 연기를 이루
는 우주 삼라만상의 존재 원리를 나타내는 맥락과 같은 의미의 것이다. 이
와 같은 인식은 주체와 타자의 차이를 분별하여 사유하는 태도나 자본주의
의 직선적 시간관과는 근본적으로 다르다. 그것은 자아와 세계를 연기의
관계, 즉 상호 의존적이며 호혜적인 관계로 보는 것이며, 순환론적 세계 인
식의 태도를 환기한다. 요컨대 우주의 모든 존재는 창조와 파괴, 생성과 소
멸, 탄생과 죽음이 끊임없이 순환하는 질서로 이해할 수 있다. 이러한 이해
는 이를테면 생명 현상의 관계성과 연속성은 "서구 근대의 기계론적 인과

론과는 달리 사물들의 인과관계가 순환적이고 비선형적인 관계"[6]를 이루고 있다는 점을 환기한다.

세계를 불이의 관계성으로 이해하는 것은 이 세상 모든 존재들은 수많은 조건들이 서로 결합하여 발생한다는 상호 의존적인 세계관의 불가佛家적 철학의 원리로 볼 수 있다. 이러한 사유들은 주체와 타자, 자아와 세계, 나와 대상을 분리하지 않는 불교의 자타불이 사상에 근거해 있다. 이것과 저것, 주체와 타자, 자아와 세계는 서로 독립된 존재가 아니라 '그늘과 햇빛'의 상호 의존적 관계에서 생겨난 존재이다. 시간의 순환에 따라 "진흙 소는 벌써 사르르 녹아" "물이 되어 흐르"는 관계를 통해 곧 이 세상 만물 중에는 영원불변한 고정적 존재가 있을 수 없다는 제행무상諸行無常과 독립된 실체도 있을 수 없다는 제법무아諸法無我의 인식을 그대로 드러내는 것이다. '내'가 고정적이고 독립적인 존재가 아니라는 생각은 주체와 타자의 절대적 평등을 전제로 한다는 자타불이의 세계관을 담아내는 것이다. 이러한 접근 방법은 우주를 전일적 생명으로 직관하고 '나'를 비움으로써 무아의 자연이 되는 것을 뜻한다.[7]

이은봉은 폭력적이며 이분법적인 차이와 분별을 부정하는 한편, 이 세계를 분리되고 파편화된 부분들의 집합체가 아니라 하나의 통합된 전체로 보는 불이의 세계관을 지향한다. 그런 면에서 그는 모든 존재를 평등하게 바라보는 동체대비의 자타불이라는 윤리관을 견지한다. 따라서 시인이 보여주는 자타불이의 불교적 세계관은 직관적 지혜가 깨져 나간 근대사회가 직면한 모순과 부조리를 극복할 수 있는 대안 탐색의 과정으로 이해할 수 있다. 환언하자면 이것은 자아와 타자, 주체와 대상, 인간과 세계 사이의 상호 의존적 관계성의 회복을 통해 '죽음의 정서'로 가득한 근대의 파편적이며

6 최종석, 『불교생태학 그 오늘과 내일』, 동국대 불교문화연구원, 2003, 57쪽.
7 김용정, 「생태학과 '공생'윤리」, 한국종교학회, 『종교연구』제10집, 1994, 19~20쪽 참조.

분열적인 증상을 극복하려는 모색을 지시하는 것이다.

3. 동체대비의 평등과 관계성 탐구

자아와 타자가 고정적이고 독립적으로 존재하거나 서로 분리되고 파편화된 상태의 고립된 존재로서 둘이 아니라 하나라는 이은봉의 시적 인식은 자아와 세계가 한 뿌리에서 나온 물아동근物我同根이라는 인식과 상통한다. 모든 존재를 평등하게 바라보려는 시인의 동체대비적인 윤리관은 이 세계를 분리되고 고립된 존재들의 집합체가 아니라 하나의 통합되고 상호 의존적인 유기적 전체로 바라보는 전일적 세계관[8]이라 할 수 있다. 이처럼 주체와 타자를 구별하지 않고 절대적 평등의 관계로 보는 연기론적 태도의 실천을 이른바 자비라 할 수 있겠는데, 이은봉은 인간의 관심이 유정물뿐만 아니라 무정물에까지 두루 미친다는 생명주의적 윤리관을 '불이의 정서'를 통해 내세운다. 이와 같은 전일적(holistic)이며 생명주의적 세계관을 통해 근대가 배태한 '죽음의 정서'를 넘어서고자 한다.

이은봉 시인이 보여 주는 자타불이의 세계관은 직관의 지혜가 깨져 나간 근대사회에서 하나가 모두이고 모두가 하나인, 이것이 저것이고 저것이 이것인 화엄華嚴적 윤리관을 통해 근대가 직면한 모순과 부조리를 극복할 수 있는 대안 탐색의 과정으로 이해할 수 있다. 이와 같은 맥락에서 자아성에서 타자성을 찾고, 타자성에서 자아를 찾는 자타불이의 관계성은 이은봉 시의 핵심적 본령이라 할 만하다. 그가 보여 주는 자타불이의 사유, 신화의 순환적 세계관이나 카오스의 사유는 유기적 전체성과 일체감을 보여 주는 세계관의 표현이다. 이는 존재의 순환을 뜻하는 것으로『잡아함경』의 "이것이

---

8 F. 카프라, 김용정 역,『생명의 그물』, 범양사, 1998, 79~81쪽 참조.

있으므로 저것이 있고, 이것이 없으면 저것도 없어지며, 이것이 생겨남에 따라 저것도 생겨나는 것이며, 이것이 없어지면 저것도 없어지게 된다[此有 故 彼有 此無故 彼無 此生故 彼生 此滅故 彼滅]"는 연기의 관계성을 함의한다. 이러한 유기적 순환의 세계는 우주적 질서의 현현이며 생명의 영원함이 우주의 뭇 존재들에 내재해 있다는 것을 상징적으로 암시한다.

　앞서 언급한 맥락에 따라 이은봉의 시는 자타불이의 관계성을 통해 자아와 타자를 인식하려 한다. 그것은 바로 자아의 타자성 혹은 타자의 자아성에 대한 관계적 의미의 추적이다. 중요한 점은 이러한 시적 특성이 시인의 시 쓰기의 근원적 욕망 내지는 창작상의 가장 궁극적인 심연을 살필 수 있다는 점을 환기한다는 점이다. 말하자면 동체대비의 관계성은 그의 시의 순금의 영지靈地이며, 그의 시를 읽을 때 기점이 되는 영도零度의 자리를 차지한다. 이러한 점은 그의 시의 육체가 간직한 가장 깊고 은밀한, 그래서 가장 희고 깊은 내질의 속살로 볼 수 있다. 이것은 시인의 전체 시가 출발하는 영도의 기점, 그의 시가 육체성을 부여받는 탄생의 근원적 지점을 이룬다. 왜냐하면 이 지점에서 시적 세포의 분열과 증식이 이루어지고, 시적 자기 갱신을 거듭하기 때문이다. 그 자리를 자타불이라는 자아의 타자성 혹은 타자의 자아성에 대한 성찰과 탐구가 채우고 있다. 이러한 의미에서 이를 자타불이의 관계성의 시학이라 부를 수 있을 것이다.

　이은봉은 확고부동한 자아의 정체성이라는 것이 과연 존재하기나 할까라는 의문에서부터 시 쓰기를 시작한다. 근대사회는 개인 의식, 말하자면 자아의 발견으로부터 시작되었다 해도 과언이 아니다. 중세의 봉건적 억압에서 해방되어 근대적 인간으로 거듭 태어나기 위해서 인간은 필연적으로 자아의 정체성이라는 개인 의식을 확립할 수밖에 없었다. 인간은 근대적 계몽의 기획에 따라 주체와 객체, 자아와 타자, 인간과 세계, 이성과 감성, 의식과 무의식, 정신과 육체를 이분법적으로 분리하고는 빗금 안쪽의 자아, 주체, 인간, 이성, 의식, 정신 중심의 우월적 차이와 분별을 강조해 왔다. 그러나 자기 자신의 확고부동한 동일자로서의 정체성이나 주체성이 존재하느냐는 물음에 대한 이은봉의 시적 대답은 지극히 부정적이다. 이러한 이분법적 구분은 인간, 주체, 자아, 이성, 의식이라는 범주의 빗금 밖 실체에 대한 강제적 구속이요 폭력이라는 것이다.

> 달걀이 운다 제 껍질 속에서
> 날더러 쪼아 달라고 운다
>
> 저도 제 부리로
> 제 마음 가로막고 있는 껍질
> 쪼조족쪽쪽, 쪼아 대며 운다
>
> 조금만 더 기다리거라
> 나도 네 마음 따라
> 찌지골찍찍 장단을 맞추고 있다
>
> 조금만 더 쪼아 대거라
> 나도 네 부리를 쫓아
> 네 껍질 쪼조족쪽쪽, 쪼아 대고 있다
>
> 어느새 병아리로 태어난
> 너, 찌지골찍찍 노래하고 있다
>
> ─「달걀이 운다」 전문

자아의 주체성를 정립하고 근대적인 자아로 태어나기 위해, 사회가 요구하는 현실 원칙을 따르기 위해, 주체의 정체성과 확실성을 보장받기 위해 우리는 내 안에 존재하는 감성의 영역, 이성 외의 타자들을 이성과 의식, 과학과 합리의 이름으로 배척하고 억압해 왔다. 그것들은 금기의 대상이다. 근대는 과학적이고 이성적이며 합리적인 인식이 지배한다. 주지하다시피 이러한 인식은 데카르트의 고키토Cogito와 칸트의 선험적(a priori) 이성이 제출되면서 이성과 과학, 논리와 합리의 그물에 포획되지 않는 대상들을 철저히 배척하는 억압의 논리로 기능한 것이 사실이다. 인간 이성에 대한 절대적인 믿음에 기초한 근대는 이성적 인간을 주체로 설정하고 객체로서의 대상들을 비이성적인 것으로 평가절하한다. 그래서 내 안에 존재하는 비이성, 비현실, 무의식, 욕망, 감성 등과 같은 것들은 타자화하여 억압하고 금기시해야 한다. 이것들은 세계와 인간 주체의 정체성을 위협하고 불확실성을 조장하는 유령이나 괴물 같은 낯선 존재로 취급되며, 그것이 우리의 또 다른 초상이라는 점을 긍정하지 않는다. 이러한 절대적 외부의 타자는 우리와 상징적 교환이 불가능한 존재, 선과 악이 부분적으로 겹치는 비인간적인 이웃, 괴물이다.[9] 그러나 시인은 그러한 근대성이 억압하고 금기하는 타자의 얼굴을 우리의 한 초상이라 인정하고 "나도 네 마음 따라", "나도 네 부리를 쫓아" 껍질을 깨고 나오도록 억압과 금기로부터 해방시킨다.

단단하게 "제 마음 가로막고 있는 껍질" 속에 갇힌 '나'를 구성하고 있는 타자, 그것은 분명 나와는 다른 낯선 존재이다. 그래서 그것은 밖으로 출현해서는 안 될 금기의 존재이다. 그러나 시인은 제 안의 어두운 껍질 속에 웅크리고 있는 타자의 얼굴을 빛의 세계로 적극 불러낸다. 즉 단단한 "껍질 속에" 갇힌 병아리는 화자인 "날더러 쪼아 달라고" 우는데, 화자는 그러한 요구를 외면하지 않고 기꺼이 받아들이는 것이다. 주체의 정체성을 온전히 보존하기 위해서, 자아의 확실성을 보장받기 위해서, 나아가 주체가 존재하는 세계의 확실성을 헤치지 않기 위해서 그것은 억압되고 금기되어야 할 것이다. 하지만 화자는 "나도 네 마음 따라/ 찌지골찍찍 장단을 맞추"며 쪼아

---

9 실재의 모호성을 가진 이웃-타자의 괴물성에 대해서는 슬라보예 지젝, 정혁현 역, 『이웃』(도서출판b, 2010); 리처드 커니, 이지영 역, 『이방인, 신, 괴물』(개마고원, 2004) 등을 참조할 수 있다.

대며 "병아리로 태어"나게 하고는 "찌지골찍찍 노래"하도록 해방시킨다. 내 안의 "제 마음 가로막고 있는 껍질" 속에 억압된 타자의 존재를 긍정하며 화자는 그것과 화응하고 교감하며 그 실체를 오롯이 인정하는 것이다. 이은봉 시인에게 주체나 자아는 혼돈 그 자체이며, 근대의 이성은 질서라는 이름으로 다양하게 존재하는 인간의 자유를 근본적으로 억압하는 기제인 것이다.

> 내 몸에는 뱀이 살고 있다
> 날개 돋친 뱀! 이놈, 이놈, 함부로
> 혓바닥을 날름거리며
> 내 몸속을 돌아다닌다 도무지
> 어찌할 수 없는 놈!
> 참 징그러운 놈! 걱정이다 너무도 멋진 놈!
> 이런 싸가지 없는 놈이
> 내 몸속에 나와 함께 살고 있다니!
>
> ―「날개 돋친 뱀」 부분

화자는 "내 몸속에 나와 함께/ 살고 있는 놈", 또 다른 '나'인 어떤 '이놈'에 대해 쓴다. 익숙한 낯섦, 낯선 익숙함(uncanny)의 이놈은 "날개 돋친 뱀"으로 "혓바닥을 날름거리며" 제멋대로 "내 몸속을 돌아다"니는 놈이다. 이 놈은 "어찌할 수 없는 놈"이고 "참 징그러운 놈"이며, 동시에 "멋진 놈"이기도 하고 "싸가지 없는 놈"이기도 하다. 이놈은 "걸핏하면 내 피를/ 뒤흔드는 놈"이고 "어지럽게 꼬리를 치는 놈"이며, "끊임없이 나를 유혹하는 놈"이고 "모처럼 운 좋게 잡아먹어도" "다시 살아나 제멋대로 날아다니는 놈"이다. 또 "겁 없이 아무 데나 싸돌아다니는 놈"을 생각하면 화자는 "아프고 괴롭"지만 "내 몸속에 깊이깊이 똬리를 틀고 있"어 어찌할 수 없는 놈이다. "날개 돋친 뱀"은 동일자와 다른 낯선 얼굴을 하고 있는 익숙한 얼굴이다. 그 타자는 내 몸속의 또 다른 '나'처럼 보인다. "밖으로 빠져나갈 생각"을 하지 않는 "어찌할 수 없는" 이놈은 무엇일까? 그것은 '나'라는 동일자 속에 단단히 틀어박혀 빠져나오지 않는 또 다른 '나', 내 몸의 또 다른 타자, 즉 동일자의 경계선에 위치한 또 다른 나의 얼굴이다.

내 몸속에 똬리를 틀고 있는 '뱀'처럼 자아 안에는 항상 이질적으로 느껴지는 낯선 타자가 존재한다. 때문에 자아는 언제나 양가적이며 복합적인 혼돈의 실존으로 존재한다. 그것은 '뱀'의 상징적 의미처럼 카오스, 무정형의 상태로 존재한다. 마치 뱀의 이미지가 저주받은 짐승으로 금기의 위반을 통해 카오스의 세계로의 회귀를 음모하며 질서를 교란하고 파괴하는 변칙적인 장애물로서 혼돈의 자질을 가지고 있는 것처럼 말이다. 그러나 화자는 그 무정형과 무질서의 혼돈 상태를 부정하지 않고 내 안의 타자를 타이르듯, 또는 친한 친구를 데리고 놀듯 한다. 화자는 '내' 안에 다른 얼굴의 '나'인 무정형의 카오스와 질서를 교란하고 파괴하는 변칙을 순순히 인정한다. 말하자면 화자는 이성이나 의식이 구성하는 자아뿐만 아니라 그 너머에 존재하며 상황에 따라 몸을 바꾸는 또 다른 나의 얼굴을 수용한다. 타자로서의 뱀은 자아가 지닌 정체성으로서의 질서를 교란하고 위반하는 존재이지만 동일자인 '나'와 함께 엄연히 공존하는 존재이다. 화자는 그러한 타자를 거부하거나 배척하지 않고 함께 화응和應하고 교감한다.

  생각이 문제다 생각이 나를,
   늪으로, 사막으로, 초원으로, 숲으로, 거리로, 사무실로, 시장으
  로 몰고 다닌다
   질척이는 늪에 빠져 있다는 생각!
   거친 사막에 내던져 있다는 생각!
   드넓은 초원에 버려져 있다는 생각
   더러는 아무런 생각도 없이 숲의 그늘에 자리를 펴고 누워 졸고 있
  다는 생각이 들 때도 있다
   그런 때는 어지럽지 않다

그런 때는 아프지 않다
그런 때는 슬프지 않다
생각은 제비의 날개를 갖고 있다 수직을, 수평을, 원을 그리며 나를
데리고 이곳저곳으로 날아다닌다

—「생각」 부분

　위의 시도 「날개 돋친 뱀」과 유사하게 읽힌다. 다만 '뱀'이 '생각'으로 얼굴을 바꾸었을 뿐이다. 이처럼 동일자와 그 몸의 내부를 구성하는 또 다른 타자로서의 '나'는 사뭇 다른 천의 얼굴을 하고 있다. 주체의 의식으로서 '생각'의 밖에서, 말하자면 내 안에 단단히 자리 잡은 '생각' 밖의 '생각'은 늘 제멋대로이다. 내 속에서 동일자와 화해하지 못하고 갈등하고 분열하는 또 다른 타자로서의 '나'는 '나'와는 전혀 다른 생각을 하고 움직인다. 내 안의 타자는 도대체 얼굴을 알 수 없는, 그래서 아무리 애써도 의식으로서는 통제할 수 없는 존재들이다. 하지만 이것은 '나'로부터 따로 분리할 수 있거나 구분할 수 있는 것이 아니다. '나'는 '너'이고 '너'는 '나'인 자타불이의 관계인 셈이다. 그 관계성의 맥락에서 주체의 의식 밖의 '생각'은 주체의 의지대로 움직이지 않는다. 즉 "제비의 날개를 갖고 있"는 '생각'은 뜻하지 않게 "나를 데리고 이곳저곳으로 날아"다니지만 서로 떼어 낼 수 있는 관계나 분리할 수 있는 관계가 아니다. 왜냐하면 자아의 메커니즘이 그러하듯 타자 없이는 자아의 동일성이라는 어떠한 주체도 발생할 수 없기 때문이다. 그런 점에서 이 둘은 한 몸, 동전의 양면으로서 하나이면서 둘, 둘이면서 하나의 짝패를 이루는 불가분리의 관계성을 갖는다.

　그렇기 때문에 그 '생각'은 갑자기 나타나는 것도 아니다. 동일자인 '나'와 항상 엄연히 공존하는 존재이다. 주체의 의식 밖에서, 즉 "생각 밖에서 늘 제멋대로 떠돌고 있는 생각"은 "나를/ 늪으로, 사막으로, 초원으로, 숲으로, 거리로, 사무실로, 시장으로 몰고 다"니는 무서운 타자이다. 타자로서의 생각은 안정되고 평화롭게 "숲의 그늘에 자리를 펴고 누워 졸고 있"을

때도 있고 "내 방 침대에 누워 시집을 읽고 있"을 때도 있지만, 생각이 '나'를 숲이 아니라 도시의 거리, 사무실이나 시장으로 끌고 갈 때는 조금 버겁고 힘들' 때도 있다. 이처럼 '나'라는 존재는 천의 얼굴을 하고 매번 상황에 따라 얼굴을 바꾼다.

요컨대 내 몸속에는 '뱀'이나 '생각'과 같이 제멋대로 얼굴을 바꾸어 변신하는 수많은 존재들이 동거 중이다. 그렇기 때문에 내 안은 혼란스럽고 무질서한 무정형의 상태이다. 자아의 정체성 혹은 주체의 의식으로 안정되게 고정할 만한 것이 존재하지 않는다. '나'는 끊임없이 움직이고 변신을 거듭하는 유동적인 혼돈 그 자체가 되어 버린다. '뱀'이나 '생각'처럼 시 속의 자아는 매번 얼굴을 수없이 바꾸는 존재로 등장하는데, 이러한 행위는 '나'라는 주체를 타자를 통해 수없이 반성하고 성찰하는 과정을 통해 '나'를 상승시키고 자아를 끊임없이 연마하는 과정으로 이해할 수 있다. 왜냐하면 시 쓰기란 타자라는 대상을 통한 자기 발견과 자기 찾기의 한 방법일 수 있기 때문이다.

4. 환대의 윤리와 성찰

보통 자아라는 주체의 의식은 무질서를 질서의 체계로, 혼돈을 안정된 조화의 질서로 바꾸려는 동일성의 원리에 따라 움직인다. 근대적 이성은 자아, 주체, 의식 등을 이분법적으로 중심에 두고 그것들 밖의 이질적 타자의 존재를 인정하지 않는다. 그것은 낯설고 이질적인 존재이며, 그래서 두려움과 공포의 대상이고, 적대적인 존재로서 존재 그 자체로 악한 것이다. 왜냐하면 그것들은 '나'의 동일성을 위협하고, '나'와 동일한 질서의 문법 규칙을 공유하지도 않는 괴물이나 유령으로 인식되기 때문이다. 이들은 두려움과 공포, 적의와 경멸의 대상,[10] 즉 혐오와 증오, 배제와 억압의 대상이다. 이러한 실체화된 대립 구도는 "선을 자아 정체성 및 동일성의 개념과 등가하고, 악의 경험은 우리 밖의 이질적 존재와 연결한다".[11] 그럼으로써 동일자의 시선과 정체성이라는 보편 가치에 의해 이질적 타자의 차이는 폭력적으로 우리 안에서 배제한다.

그러나 이은봉은 무정형과 무질서의 혼돈의 세계를 정형의 질서로운 세계로 변화시켜 자아로서의 조화로운 동일성의 세계를 획득하려 하지도 않으며, 이질적 타자를 동일성의 원리에 따라 동일화하지도 않는다. 왜냐하면 타자는 주체의 인식이 완전히 자기화하거나 동일화할 수 없는 미지의 대상이기 때문이다. 그것은 '낯선 이'로 남아 있고, "타자는 나에 대해 완전한 초월과 외재성이며, 완전히 파악할 수 없는 무한성"[12]이기 때문이다. 시인은 자아가 낯설고 두려운 공포의 대상으로 여기는 타자를 관용과 환대, 사랑과 동감의 윤리에 따라 받아들이고, '나'라는 존재성을 구성하는 한 요소, 말하자면 '생각 밖의 생각', 내 안의 익숙한 낯선 얼굴이라는 타자로 인정한다. 생각 밖의 생각으로서 타자는 마치 내 안에 존재하지만 적대적인 존재로서 밖으로 내쳐질 수밖에 없다. 그러나 화자는 내 몸속에 똬리를 튼 '뱀'이나, 나를 이리저리 이끄는 '생각'이라는 내 안의 다른 타자의 얼굴을 환대하고 인정한다.

이처럼 이은봉 시에서 자아는 주체 중심적으로 단일하거나 안정된 개념으로 정리할 수 있는 것이 아니다. 말하자면 근대적 인간인 우리가 믿고 있는 것처럼 자아는 결코 질서롭게 통일되거나 조화롭게 고정된 개념으로 규정될 수 있는 것이 아니다. 그것은 항상 혼돈의 무질서와 무정형의 세계로 이루어진 것이다. 그렇기 때문에 "내 안에는 지금도/ 뭇 생명과 함께 뭇 죽

---

10 프란츠 파농, 이석호 역, 『검은 피부, 하얀 가면』, 인간사랑, 1998, 145쪽.

11 리처드 커니, 이지영 옮김, 앞의 책, 121쪽.

12 강영안, 『타인의 얼굴: 레비나스의 철학』, 문학과지성사, 2005, 36쪽.

음이 자라고 있"으며 "어제와 오늘과 내일이/ 어지럽게 뒤엉킨 채 자라고
있"(「오늘치의 죽음!」)는 무정형과 무질서의 상태에 있다. 그러나 시인은 무질
서와 무정형의 카오스를 질서와 정형의 코스모스로 환원하지 않는다. 근
대적 질서 체계가 그러하듯 시인은 주체 중심의 '나'라는 질서의 정형성이
'나'를 자유롭게 하기보다는 오히려 구속하고 억압하는 폭력으로 인식하는
것이다.

　　이은봉은 타자를 대상화한다거나 동정하지 않는다. 타자에 대한 윤리는
타자를 대상화하지 않을 때 발생한다.[13] 타자는 다른 어떤 개념 체계의 도
움 없이 오로지 나와 다르다는 이타성 때문에 '나'와 분리되는 존재이다. 타
자성은 그 본성상 타자이기에 가능한 것이다. 말하자면 '나'의 바깥, 타자의
이타성을 있는 그대로 드러내는 것이다.[14] 이와 같은 맥락에서 시인은 내 안
에 존재하는 타자를 동정과 연민, 배제와 차별의 대상으로 간주하지 않으
며, 또 타자를 동일화하지도 않는다. 오히려 시인은 두려움과 공포의 대상
인 타자에 대해 적의나 공포를 느끼기보다는 환대한다. 이럴 때 타자와 진
정하게 만날 수 있겠는데, 그 혼돈스럽고 무질서한 무정형의 타자를 통해
자타불이라는 관계성의 시학을 구현하는 것이다.

　　　　해와 별, 운행을 바꾸고 있다 섣달이다
　　　　조금만 참아라 달 넘어간다
　　　　섣달이라 올해도 어김없이
　　　　해코지하는 놈들 있다 섣달은, 섣달 중에서도 오늘은, 너무도 지쳐
　　　삶의 길 함부로 뒤틀리는 날이다
　　　　한순간 저도 모르게 요동을 치며
　　　　아득바득 지랄을 떠는 것들!

13 자크 데리다, 남수인 역, 『환대에 대하여』, 동문선, 2004, 72~73쪽 참조.
14 서동욱, 『차이와 타자』, 문학과지성사, 2000, 177쪽.

한바탕 야단을 떠는 것들!

…(중략)…

우정이니

신의니, 정의니 하는 것들

한꺼번에 다 잊어버리고

타오르는 질투의 화신이 되어

혼돈의 이름으로, 무질서의 이름으로, 저희들 사이의 따뜻한 관계,

다 깨뜨려 버린다 이것을

뭐라고 하나 이 고통을

해와 별, 운행을 바꾸기 전

잠시 삿된 기운들, 몰려다니며 만드는 이 지랄을 어쩌나!

—「이 지랄을 어쩌나!」부분

화자는 섣달이 지닌 신화적 제의의 시간, 카오스의 상태를 사유하며 쓴다. 섣달은 "해와 별, 운행을 바꾸"는 시간으로 일상의 세속적 지속이 "너무도 지쳐 삶의 길 함부로 뒤틀리는", "삿된 기운들"이 "요동을 치며" "지랄을 떠는", 몽니를 떨고 지랄 발광하는 시간이다. 그 시간은 일상적이며 세속적인 시간의 지속으로부터 새로운 질서로의 이행을 위한 고통의 시간, 혼돈의 시간이다. 섣달에 출현하는 이 "나쁜 기운들은" 일상의 질서와 원칙, 제도와 규약을 위반하고 무질서와 무정형, 혼돈의 시간으로 모든 것을 무화시킨다. 그래서 "우정이니/ 신의니, 정의니 하는 것들"이 상징하는 것처럼 이성적 현실 원칙과 윤리성을 "한꺼번에 다 잊어버리고/ 타오르는 질투의 화신이 되어/ 혼돈의 이름으로, 무질서의 이름으로, 저희들 사이의 따뜻한 관계, 다 깨뜨려 버"리는 파괴력을 행사하는 것이다. 이 파괴력에 의해 세계는 일순간 혼돈 그 자체가 된다. 이 시간은 원초적이며 근원적인 시간, 생명의 질서와 관계를 무화시키고 소멸시키는 시간, 끝이면서 새로운 시작인 태초의 시간, 우주적 태허의 시간을 지시한다. 환언하면 섣달은 코스모

스의 세계로부터 카오스의 세계로의 퇴각을 지시한다.

그러나 이 시간은 모든 신화적 제의의 시간이 그러하듯 무無로 돌아간 코스모스의 세계를 다시금 정화하고 갱생시키는 시간이기도 하다. 그러하기 때문에 섣달이라는 고통의 시간, 그 무질서와 무정형의 혼돈의 시간을 화자는 아래의 시에서처럼 두렵고 공포스러운 불안의 대상으로 생각하지 않는다. 오히려 그 혼돈의 시간은 "캄캄한 행복", 새로운 탄생을 예비한 시간이다. 이 시간은 직선적으로 발전한다는 서구의 진보적인 선형적 시간관으로는 생각할 수 없는 순환 반복의 우주적 재생의 시간이다. 존재의 새로운 탄생의 지점을 환기한다.

달이 조금씩 해를 베어 먹는다
밤이 조금씩 낮을 베어 먹는다
땅거미가 차츰 세상을 덮는다

앞을 볼 수 없다 맹인 악사들이
나팔을 불며 거리를 행진한다
도시를 지키던 개들도 따라나선다

무엇이 두려우랴 구름이
이내 조금씩 달을 베어 먹는데!
무엇이 불안하랴 낮이
이내 조금씩 밤을 베어 먹는데!
두렵지 않다 캄캄한 행복으로
맹인 악사들이 땅거미를 향해 웃는다
도시를 지키던 개들도 따라 웃는다.

―「일식」 전문

화자는 어둠(밤)의 매혹에 이끌리고 있다. 어둠은 빛의 질서와 생산성, 합리성과 확실성을 물리치고 그 자리에 혼돈과 죽음을 불러들인다. 일반적으로 저녁은 낮과 밤이 교차하는, 말하자면 질서와 정형의 세계에서 무질서와 무정형의 혼돈의 세계로 넘어가는 경계의 시간대인 것처럼 일식도 이와 마찬가지의 의미를 갖는 것으로 볼 수 있다. 일식은 태양과 지구 사이에 달이 끼어들면서 달빛이 태양을 가려 일시적으로 어두워지며 빛과 어둠이 교차하는 순간의 현상이다. 일식은 일시적으로 낮이라는 확실성의 세계, 빛의 세계라는 질서를 해체하고 어둠이라는 혼돈의 세계로 바꾸어 버린다. 우주 창조의 신화에서 보이듯 밤(어둠)은 새로운 질서를 창조하기 위한 원초적 카오스의 세계이다. 따라서 카오스의 세계는 빛의 정화를 통해 질서롭게 정리되고 재창조되어야 할 대상이다. 어둠은 우주의 자궁이기도 하지만 어둠은 부정적 대상이기도 하다. 그것은 존재의 부재와 결핍, 죽음의 공포와 죽음의 재생이라는 의미를 동시에 지닌다. 밤의 어둠은 무섭고 두려운 공포의 대상이다. 그러나 위의 시에서 화자는 밤을 두려운 공포의 대상으로 여기기보다는 오히려 그 밤의 유혹에 이끌리고 있다.

신화적 사유, 거칠게 말해서 우주 창생의 순환론적 사유에 의해 펼쳐지고 있는 이 시는 달이 해를 잠식하고, 밤이 낮을 조금씩 잠식하여 어둠, 즉 "땅거미가 차츰 세상을 덮"어 버리는 현상에 주목한다. 이것은 다시 구름이 달을 잠식하고, 낮이 밤을 잠식하여 빛의 세계로 돌아가는 우주 창생의 순환론적 법칙을 따른다. 낮(빛)은 질서와 이성의 세계로서 확실성의 세계이다. 반면 밤은 어둠으로서 이성적 질서가 해체된 혼돈의 세계이다. 밤의 세계에서는 낮이 지닌 이성적 질서로서의 '나'는 물러나고, 무정형의 원초적 카오스의 세계로 들어가는 시간이다. 따라서 일식은 낮의 빛과 밝음이 지배하는 질서의 세계를 물리치고 일시적으로 밤의 카오스라는 어둠과 혼돈과 죽음, 무정형과 무질서의 세계로 퇴각하는 현상이다. 일식은 일시적으로 질서, 정형, 코스모스, 유기적 구조를 해체하고 유동과 혼돈, 무정형과 죽음의 상태를 불러오는 현상이다. 그래서 밤의 어둠이 지닌 무정형과 무질서의 상태는 불안하고 불길한 것이 되어 버린다.

　그러나 화자는 그 어둠의 무질서와 무정형의 세계를 불안과 공포의 두려움으로 인식하지 않고 오히려 "캄캄한 행복", 어둠의 매혹으로 받아들인다. 이를테면 모든 생명은 겨울이 되면 다시 대지의 품속에서 안식하듯이 대지는 내놓은 모든 것을 보호하기 위해 감추는 자기 은폐성으로 말미암아 대지는 이루 다 말할 수 없는 충만함을 보존[15]할 수 있는 것과 같은 이치이다. 이처럼 신화의 순환론적 세계관이나 카오스의 사유를 통해 화자는 낮과 밤, 빛과 어둠의 순환론적 공존을 보여 준다. 밤은 빛의 타자로서 거부되거나 부정되어야 할 것이 아니라 세계를 구성하는 한 부분이다. 이처럼 중심의 해체와 관계의 회복, 다원주의적 사유는 억압되고 배제된 타자에 대한 환대의 윤리학을 통해 가능하다는 사실을 이은봉의 시는 보여주는 것이다.

　인간이 세계의 중심이며, 이성이 인간의 중심이라는 오만을 단념하지 못하고, 또 타자로서의 자기 자신을 성찰하지 못하면 주체는 "자아학적 표류"[16]나 "절대적 내재성의 독재'"[17] 상태에서 벗어나지 못한다. 존재의 자기 실현은 개별적 존재가 이루는 자기실현을 의미하지 않는다. 존재의 자기 실현은 우주적 차원에서 뭇 생명과 조화를 이루는 자아실현을 의미한다. 이를테면 존재의 자아실현은 모든 타자의 차이와 특성, 존재의 이유, 이들의 상생과 공존을 통해 모든 만물이 하나됨을 의미한다. 이와 같은 맥락에서 이은봉의 시는 "자아가 자아이기 위해 필요한 열쇠는 타자를 타자로 놓아"[18] 줌으로써 자기를 구현하고 현상하는 공존의 조화와 타자에 대한 환대의 윤리학을 지향한다.

15 김동규, 『하이데거의 사이-예술론』, 그린비, 2009, 84~86쪽 참조.
16 폴 리쾨르, 김웅권 옮김, 『타자로서의 자기 자신』, 동문선, 2006, 247쪽.
17 장-뤽 낭시, 박준상 역, 앞의 책, 28쪽.
18 리처드 커니, 이지영 역, 앞의 책, 22쪽.

5. 자타불이, 관계성의 시학

자타불이의 관계성 탐색은 이은봉 시의 시적 상상력을 규제하는 정신적이며 전략적인 국면으로 기능한다. 불이의 정신에서 출발하는 그의 시의 전일적 생명의 정서, 동체대비의 관계성, 그리고 타자에 대한 환대의 윤리는 서구의 도구적 자연관과 인간 중심적이며 이성 중심의 가치관을 대체할 수 있는 하나의 대안적 패러다임으로 인식된다. 이러한 문맥에서 이은봉의 시는 이성의 타자에 대한 심미적 성찰의 추구는 근대 질서에 대한 대안적 사유의 패러다임을 제공한다는 의미를 갖는다. 왜냐하면 근대적 이성의 도구화에 대한 반성적 성찰, 즉 자아와 세계의 참다운 관계를 반성적으로 성찰하기 때문이다.

이은봉의 시는 인간과 자연을 분리 구분하여 사유하는 근대적 이성과는 달리 상생의 호혜적 관계로 이해한다. 우주 삼라만상의 존재나 본성은 연기에 의해 이루어졌다. 이러한 이해는 이 세상 모든 것이 수많은 조건들의 결합에 의하여 발생한다는 불교적 세계관의 원리와 유사하다. 그리고 존재와 존재 사이의 유기적 전체성을 기초로 하는 관계의 시학 근저에는 인간 중심적 사유와 문명의 부정성에 대한 비판적 인식이 관통해 흐르고 있다. 이러한 비판적 인식은 궁극적으로 생명의 위기를 초래한 근대적 가치와 질서 체계를 극복하고 대안으로서 상생의 생명관을 제시하는 것이기도 하다.

이은봉은 자아와 세계의 본질적인 내적 연관성의 파괴와 훼손에 대해 매우 적극적이며 전략적인 태도를 취한다. 그의 상상력은 현실의 삶에 토대를 둠으로써 그 삶과 현실을 넘어서고자 하는 역설을 지닌다. 이 점은 불교적 직관과 통찰, 성찰과 각성, 구도와 탐구 등이 그의 시가 추구하는 본질적 요소와 부합하는 바가 크기 때문이다. 이를테면 불교의 선적 직관과 통찰은 시적 직관과 통찰에 다를 바 없고, 불교적 성찰과 각성은 시적 반성과 전망에 상응하며, 시인이 삶과 세계의 비의를 탐구해 나가는 구도의 과정과 유사하기 때문이다. 이은봉의 시는 불교적 상상력을 통해 근대적 문명의 이면에 깃든 환멸과 허무에 대한 반성적 성찰을 수행한다. 그런 의미에서 이은봉의 시는 근대 극복의 대안을 모색하는 문명사적인 차원의 맥락에서 이해할 수 있다. 따라서 그의 시는 모순과 부조리의 현실을 부정하고, 이에 저항하며 참다운 관계의 회복을 지향하는 탈주의 상상력에서 비롯한다.

인간의 자기중심적인 사유는 생명의 통합된 정서보다는 분열되고 해체된 죽음의 정서를 배태하기 마련이다. 이은봉은 자본이라는 물신 욕망의 부정적 현실 속에서 모든 존재를 평등하게 바라보려는 동체대비의 윤리관을 시적 상상력의 밑바탕으로 삼고 있다. 이는 자아와 타자가 고정적이고 독립적으로 존재하거나 서로 분리되고 파편화된 상태의 고립된 존재로서 둘이 아니라 하나라는 물아동근의 인식과 일맥상통한다. 그의 시가 보여 주는 자타불이의 세계관은 직관적 지혜가 깨져 나간 근대사회가 직면한 모순과 부조리를 극복할 수 있는 대안 탐색의 과정으로 이해할 수 있다. 그는 자아와 타자, 주체와 대상, 인간과 세계 사이의 상호 의존적 관계성의 회복을 통해 죽음의 정서로 가득한 근대의 분열적 증상을 극복하려 한다.

요컨대 이은봉의 시는 인간 중심적인 도구적 이성과 과학기술의 기계론적 세계관을 비판적으로 성찰하면서 근대 극복으로서의 대안 명제를 자타불이의 관계성을 통해 모색한다. 이러한 반성적 성찰은 이성 중심의 이분법적 사유 체계와 근대 문명의 억압적 질서를 부정과 비판, 전복과 위반의 방식으로 극복하려는 시도로 집약할 수 있다. 이는 궁극적으로 이성 중심의 근대적 세계관이 파생시킨 문명 현실의 모순과 부조리, 억압과 결핍, 소외와 분열을 극복하고 새로운 세계의 피안에 도달하고자 하는 저항과 탈주의 시적 고투이다. 이를테면 경험 세계의 부정성에 저항하면서 생명 회복의 세계로 나가려는 탈주의 상상력으로 이해할 수 있다. 이러한 의미에서 근대적 질서와 문명, 물신의 타락한 욕망과 풍속, 생명의 위기에 대한 반성적 자각이며 저항으로서의 의미를 지닌다.

동양 정신의 심미적 높이
—김관식론

1. 전통 지향의 반근대성

김관식金冠植 시인은 1934년 충남 논산에서 태어나 1970년 젊은 나이로 생을 마쳤다.[1] 부친 김낙희는 한의사로 지역에서 명망이 높았고, "서원의 전교典敎와 향교의 제관祭官"[2]을 맡을 만큼 유학자로서도 이름이 높았다. 그는 "네 살 때부터 글을 배워 일곱 살에 경서經書를 떼고 혼자 문리文理로 제자諸子를 섭렵하는 한편 시부詩賦를 지"을 만큼 한학에 능통했으며, "동서고금의 시 수천 편을 외"울 만큼 한시에도 조예가 깊었다. 이는 그가 강경상업고등학교를 졸업한 뒤 전주의 성리학자 "최병심崔秉心을 찾아 공부"[3]하였으며, 이후 "정인보·최남선·오세창 등 당대의 노대가들 밑에서 한학을 배"[4]

---

1 성기조成耆兆의 술회에 따르면 김관식은 1970년 6월에 "대전에서 한약방을 경영하는 가형家兄 김창규金昌奎(우식禹植)를 찾아 요양하다 2개월 만에 홍은동 집으로 돌아와 이틀 뒤인 8월 30일 오전 11시"에 영면한 것으로 알려져 있다. 성기조, 「김관식의 시와 동양인의 외로움」, 『청람어문학』 5, 청람어문학회, 1991, 7쪽.

2 김현정, 「김관식 시에 나타난 고향의 의미」, 『현대문학이론연구』 53집, 현대문학이론학회, 2013, 85쪽.

3 성기조, 앞의 글, 6쪽.

4 염무웅, 「편집 후기」, 『다시 광야曠野에—김관식시전집金冠植詩全集』, 창작과비평사,

운 전기적 사실에서 확인할 수 있다. 작고하기 3년 전에『서경書經』(현암사, 1967)을 번역하기도 하는데, 김관식 시에 나타나는 전통주의나 동양의 고대적 정신주의는 이 같은 이력과 연관해 있다.

김관식은 동서인 미당의 추천으로 1955년『현대문학』에「연蓮」「계곡溪谷에서」「자하문 근처紫霞門近處」등의 작품을 발표하며 시단에 나왔다. 그런데 그는 등단 전에 이미 첫 시집『낙화집落花集』을 간행한 바 있다. 그는 1951년 서정주의 소개로 조지훈을 만나 시를 배운다. 그 인연으로 조지훈은『낙화집』서문을 써 주었으며, 그에게 추수秋水라는 호를 지어 주었다.[5] 그 뒤 이형기, 이중노와 함께『해 넘어가기 전의 기도祈禱』(현대문학사, 1955)와『김관식시선』(자유세계사, 1957)을 간행했으며, 사후에『다시 광야曠野에—김관식시전집金冠植詩全集』(창작과비평사, 1976)이 간행되었다. 작품 발표 연대와 역순으로 배열된 이 시전집은 전체 4부 85편의 시로 이루어졌다. 그러나 첫 시집『낙화집』의「서정소곡抒情小曲」가운데 몇 편이「사행시초四行詩抄」라는 제목으로 수록되었을 뿐 한시를 비롯한 나머지는 수록되지 않았다.

김관식은 숱한 기행으로 천상병, 고은과 함께 소위 '문단삼괴文壇三怪'[6]로 일컬어졌다. 이러한 세간의 문학 외적 평가는 김관식의 삶의 태도와 세계관을 이해하는 데 도움을 준다. 그러나 기행에 관련한 인상적 평가는 그의 문학적 성과를 가늠하는 데 가림막으로 작용해 온 것도 사실이다. 그러한 연유인지 사후 그의 시에 대한 평가는 활발하지 못한 형편이었다. 그것은 사후에 주로 기행에 얽힌 회고담 형식의 글이 주류를 이루는 것[7]과 몇 편의 글

1976, 164쪽.

5 김현정, 앞의 논문, 79쪽.

6 고은, 「대한민국김관식평전大韓民國金冠植評傳」, 『세대』 제8권(통권89호), 세대사, 1970, 336쪽.

7 신경림, 「김관식—인간과 문학」, 『월간문학』, 1970, 10. ; 천상병, 「젊은 동양 시인의 운명—김관식의 귀천을 슬퍼하며」, 『창작과비평』, 창작과비평사, 1970, 겨울호. ; 방옥례, 『대한민국김관식』, 동문출판사, 1983.

에서 본격적 분석에 기초한 평가보다는 인상비평적 단평이 주를 이룬 것[8]에서 확인할 수 있다. 아울러 그의 기행과 함께 따라붙는 미당의 동서이며, 육당의 수제자라는 꼬리표 역시 그의 시를 정당한 평가에서 방치한 요인으로 볼 수 있다. 또 문학 내적으로는 한국 현대시사의 새로운 흐름에서 벗어난 "한시적漢詩的 교양敎養에 바탕을 둔 전통 서정시의 세계"[9]를 답습하고 있기 때문이다. 특히 동양 정신에 입각한 의고적 태도와 전통에 기댄 고답적 세계관에 지나치게 편중된 결과이기도 하다.

김관식 시에 대한 비중 있는 연구는 대체로 김관식 시를 관통하는 핵심으로 전통주의나 동양 사상의 의미 범주로 규정하는 데 주저하지 않는다.[10] 이 같은 맥락에서 김관식의 시를 원색적인 감수성과 상고적 낙원 의식을 중심으로 조명한 논문, 에로스의 충동과 상자연의 안분지족, 내강의 정신주의와 성인聖人에의 꿈으로 분석한 논문, 노장적 세계관에 의한 생태학적 관점에서 고찰한 논문[11]을 꼽을 수 있다. 그리고 평론으로 동양사상에 입각하여 욕망의 분출과 다스림, 현실의 고뇌와 갈등을 초월한 이상 세계의 추구로 파악한 글, 현실과 이상의 부조화에서 오는 좌절과 고통을 동양적 자연

---

8 김종철, 「도덕적 관점과 시적 구체성」, 『창작과비평』, 창작과비평사, 1776 가을호. ; 최하림, 「세계의 심화와 질서화」, 『문학과지성』, 문학과지성사, 1977 봄호. ; 조남익, 「박재삼, 김관식의 시」, 『현대시학』, 현대시학사, 1987. 4. ; 송재일, 「김관식의 시세계」, 『문예시학』, 충남시문학회, 1988. ; 이근배, 「시대를 저항한 선비 시인 김관식」, 『시와시학』 8, 시와시학사, 1992 겨울호.

9 신덕룡, 「세속적 삶의 고뇌와 동양정신」, 『서정시학』 2, 서정시학, 1999, 147쪽.

10 남기혁, 「1950년대 시의 전통지향성 연구」, 서울대 박사논문, 1998. ; 전영주, 「1950년대 시의 전통주의 연구」, 동국대 박사논문, 2000. ; 신현락, 「김관식金冠植 시詩에 나타난 노장사상老莊思想」, 『한국어문교육』 9, 한국교원대한국어문교육연구소, 2000. ; 김종미, 「김관식 시에 나타난 동양사상 연구」, 단국대 석사논문, 2012.

11 이은봉, 「김관식 시의 세계 인식」, 『한국언어문학』 제22집, 한국언어문학회, 1983. ; 정효구, 「김관식 시에 나타난 정신세계의 고찰」, 『인문학지』 제14집, 충북대 인문과학연구소, 1996. ; 김옥성, 「김관식 시의 생태학적 상상력 연구」, 『한국언어문학』 제74집, 한국언어문학회, 2010.

관을 통해 극복하는 자존 의식을 중심으로 조명한 글, 현실적 고통과 가난에 비굴하게 타협하지 않는 극기와 극빈의 정신으로 파악한 글[12]들은 김관식의 시적 성취와 한계를 이해하는 데 도움을 준다.

김관식의 시 세계에 대한 평가를 관통하는 대략적인 핵심 내용은 첫째, 『낙화집』과 초기 시는 한시漢詩나 영랑, 미당 등의 영향과 모방 흔적이 짙다. 둘째, 전통주의적 세계관은 자연 지향, 노장사상, 유교, 불교 등 동양 정신에 뿌리를 둔다는 것으로 요약할 수 있다. 이 글은 이러한 기존 논의와 평가를 비판적으로 수용하면서 그의 시 세계를 종합적으로 조감하려 한다. 특히 그의 시 세계를 관통하는 핵심어로서 동양적 전통주의와 고대적 정신주의가 함의하는 의미 가치를 전후戰後 역사적 상황과 연관해 규명하고자 한다. 요컨대 그의 시가 함유한 반근대적 사유의 저항성을 삶의 태도와 연관해 구명하고자 한다.

한국 시단은 오랫동안 근대적인 형식과 내용을 찾아 방황했다. 특히 김관식이 활동한 전후 시단은 새로운 문학을 건설하려는 욕망이 충만했던 시대이다. '〈후반기〉 동인'이나 '〈현대시〉 동인'으로 대표되는 모더니즘 운동과 4·19세대 이후 현실의 구조를 문학적으로 재현하려는 노력이 활발하게 진행되던 시기였다. 하지만 이러한 조류와는 다르게 김관식의 경우는 재래적으로 취급되기 쉬운 동양적 전통과 정신을 전면에 내세우며 끝까지 '동양을 걷어치우'지 않고 고수했다. 그가 펼쳐 나간 동양 정신의 시 세계는 "노장老莊과 불교佛敎와 이백李白을 잘못 합친 전 시대적前時代的"[13]인 행태로 치부되기도 한다. 하지만 그것은 김관식 시인의 창작 원리이자 세계관이고,

동양 정신의 심미적 놀이

---

12 신덕룡, 앞의 글. 배영애, 「현실과 이상의 부조화와 자존의 시학」, 『현대시연구』, 국학자료원, 2001.; 이건청, 「오욕의 현실과 오연한 기개의 시」, 『현대시학現代詩學』 제34권 9호, 현대시학사, 2002.; 이선이, 「극빈의 정신 혹은 욕심 없는 나라의 백성」, 『시작』 제3권 제2호, 천년의시작, 2004.

13 고은, 앞의 글, 339쪽. 330쪽.

도교 · 불교 · 유교적인 동시에 때로는 토착 종교나 기독교에도 맞닿아 있는 통 종교적인 것이다. 이러한 문맥에서 그가 끝가지 고수하고 추구한 동양 정신의 시적 지향과 삶의 태도가 함의하는 핵심적인 의미 가치를 종합적으로 구명하여 그의 시 세계를 이해할 필요가 있다.

김관식의 시는 선배 시인의 모방과 습작 흔적이 역력한 『낙화집』 이후 초기 작품의 세계는 광기 어린 관능의 육체적이며 동물적 생명력, 그리고 강렬한 본능적 충동의 질주와 저돌적인 원시적 감수성의 세계가 주를 이룬다. 이후 본능적 충동의 자아에서 벗어나 동양 정신의 일원론적 세계로 귀의하는데, 이는 다른 맥락에서 치열한 시적 열정과 과감성의 소산으로도 이해할 수 있다. 이를테면 비극적 현실 인식과 동일성 회복을 향한 도정, 육체적 관능의 파토스와 원시적 생명의 탐닉, 그리고 자연 지향과 천균天鈞적 질서의 은일 자족적 세계, 초예超詣의 사상과 호방豪放한 세계관, 현실 초극의 강인한 정신주의로 이어지는 시적 역정은 시적 영혼의 가열한 극기와 김관식 방식의 세계 개진의 과정을 내포한다. 이는 자기 정체성의 세계-내-존재 확립을 위한 정신적 고투의 과정이며, 전후 당대의 근대적 지배 논리와 질서에 대항하는 실천적 고행이 김관식의 시와 삶의 핵심임을 상징적으로 지시하는 것이다. 따라서 구체적인 시적 인식에 내재하는 동양적 정신주의의 전개 양상을 살펴봄으로써 그의 세계-내-존재 인식과 세계관을 이해할 수 있을 것이다.

2. 비극적 현실과 동일성 회복의 꿈

한국전쟁은 민족 분단의 상황과 역사 현실을 가장 고통스럽고 처절하게 경험한 비극적 사건이다. 모든 가치가 붕괴되고 꿈과 이상을 상실한 폐허의 역사 현실은 당대 문인들이 처한 부정할 수 없는 현실적 조건이었다. 전쟁의 비극을 체험한 전후 시인들이 그랬던 것처럼 김관식의 현실 인식도 비극적일 수밖에 없었다. 인간의 존엄성이 유린되는 비극적 현실은 그를 동양 정신의 초월적 가치와 이상적 질서를 갈망하는 길로 유도했다. 말하자면 그의 정신은 폭력적 현실 앞에서 안락한 거처를 찾아 자연과 고대적 영원의 세계를 갈망하였다. 그가 한국전쟁이라는 역사의 폭력과 광기, 동족상잔의 비극적 현장을 경험하면서 파괴와 단절의 세계 정반대의 대척점으로서 전통적 동양 정신이 내포한 일원론적 동일성의 세계를 꿈꾼 것은 어쩌면 당연한 귀결이다.

김관식은 1955년 등단했다. 하지만 그는 1952년 전란 중에 이미 첫 시집 『낙화집』[14]을 발간한다. 이 시집은 제1부 「서정소곡抒情小曲」과 제2부 「금중유수琴中流水」로 구성되어 있다. 「서정소곡」은 4행 단형의 시 20편이 제목 없이 1~20까지 일련번호만 달아 연작시 형태로 수록되어 있고, 제2부는 「금중유수」라는 제목 아래 37편의 한시가 수록되어 있다. 중국의 고전 한시漢詩나 그가 흠모한 김영랑, 서정주, 조지훈 등 선배 시인의 영향과 모방,[15] 그리고 습작의 흔적이 역력한 이 시집은 그럼에도 불구하고 김관식 시의 정신적 원류가 무엇이며, 앞으로의 시적 방향과 진로가 어떻게 펼쳐질지를 예견할 수 있는 방향타를 제공한다. 요컨대 이 시집은 김관식의 전후 비극적 현실 인식과 그 대안으로서 동일성 회복의 꿈이 잠복해 있어 향후 그의 시적 행보를 가늠할 수 있게 해 준다. 아울러 그의 시를 논할 때 거론되는 전통주의와 동양 정신이 어디에서 발원하는지를 지시하고 있다.

---

14 『낙화집』의 안쪽 표지에는 "이 소곡小曲을 삼가 영랑 선생의 영전에 올리나이다"라는 헌사와 J. 키이츠의 "A thing of heauty(beauty의 오기) is a joy forever"라는 시구를 적어 놓았다. 이는 『영랑시집』(1935) 서두에 쓴 방식과 같으며, 「서정소곡」 20편에 제목 없이 일련번호만 매긴 방식도 『영랑시집』과 동일하다. 이렇듯 김관식은 영랑의 시집 형식을 모방하고 있으며, 또한 영랑의 시 한 편을 권두시로 내세운다. 이는 그가 영랑을 얼마나 흠모했는지 짐작게 하는 대목이다.

15 김관식의 전통주의나 동양 정신에 대한 매혹은 조지훈의 전통적 자연관과 미당의 신라 정신을 통한 민족적 정체성의 발견과 연관되어 있다. 전영주, 앞의 논문, 40쪽.

15 허공에 사라지는 반딧불 하나
　　오! 영원永遠에 통하는 찰나의 명멸明滅

　　꿈 하늘을 지키는 푸른 별이여
　　내 혼아 가려마 늬 나라로

16 호젓한 어덕에 무덤이 하나
　　안개와 꿈에 싸이어 지새이나니

　　넋이는 하늘 우에 살으시련만
　　고되인 해골이사 흙 속에 조을걸

17 죽엄에서 풍겨 오는 향 맑은 내음
　　희미른 연긴듯 서리어 오른다

　　내 또한 어늬 날 외론 혼 이끌고
　　푸른 밤 푸른 별을 찾어가오리

—「서정소곡」 부분

　김관식의 시에서 참혹한 전쟁 체험은 대체로 작품의 표면에 직접적으로
나타나기보다는 심층에 내재한 상태로 잠복해 있다. '무덤' '해골' '죽엄' 등
의 이미지로 인해 고독과 절망, 허무와 무상감으로 짙게 물들어 있는 인용
시는 전쟁 체험과 상관해 있다. 이로 인해 운명적인 비애와 절망의 감정이
짙게 드러난다. '반딧불' '영원永遠' '꿈 하늘' '꿈' '푸른 별' '푸른밤'과 '무덤'
'안개' '해골' '죽엄' '외론 혼', 즉 천상과 지상, 빛과 어둠, 꿈과 현실의 선명
한 대립적 이미지에 의해 시는 축조되고 있다. 허공으로 명멸하는 반딧불
을 바라보는 화자의 '외론 혼'은 '꿈 하늘' '푸른별'로 은유한 '영원永遠'의 천

상, 이상적인 '나라'를 '꿈'꾼다. 이를테면 화자의 '외론혼'은 '무덤' '해골' '죽엄'의 절망적 현실을 떠나 '꿈하늘' '푸른별'로 은유된 영원의 이상적이며 초월적 세계 '늬 나라'로 찾아가기를 염원한다. 전쟁이 할퀴고 간 지상의 현실은 '무덤' '해골' '죽엄'이 만연한 절망적 상태이므로 시적 자아에게 "고향적인 편안함을 주지 못하는 세계"[16]이다. 그렇기 때문에 당연히 화자의 심사는 절망과 고독, 허무와 무상감에 휩싸일 수밖에 없고, 그로 인해 지상의 영혼은 비극적 정서로 물들 수밖에 없다. 고독과 절망, 허무와 무상감에 젖은 비극적 영혼은 그리하여 천상의 영원한 이상적 세계로 시선이 향하는 것이다.

참혹한 전쟁이 야기한 비극적 현실 인식에서 '꿈 하늘' '푸른 별' '늬 나라'로 상징되는 이상적 질서와 영원의 세계에 대한 동경과 갈망은 현실을 초월하려는 시인의 욕망과 관련해 있다. 전쟁으로 인한 절망에 휩싸인 김관식의 비극적인 세계 인식은 현실의 피안 세계를 꿈꾼 것이다. 그 피안은 동양적 사유의 기반에서 이루어지며, 그 고대적 동양 정신에서 파괴된 동일성을 회복하고자 한다. 그것은 도연명으로 대표할 수 있는 산수전원과 아무 데도 얽매이지 않는 호탕호방豪蕩豪放한 이백 등의 전통 한시에 내재하는 자연과 동화된 총체적 동일성, 그리고 세속적 현실의 삶에서 벗어나 초월적이고 이상적인 인생을 살아가려는 태도의 동양적 일원론의 세계관에 맞닿아 있다. 이는 궁극적으로 현실을 벗어나 자연으로 돌아가려는 정신적 지향을 내포한다. 말하자면 속된 세계를 초월해 살아가려는 시인의 욕망에 뿌리를 둔 것이다.

> 數椽茅屋接雲林
> 避俗還嫌地不深
> 世外興亡姑舍是

---

16 김옥성, 앞의 논문, 450쪽.

且將詩酒度光陰

—「隱居」 전문

世慮渾忘坐如禪

數椽茅屋小溪邊

迎春有喜開新釀

盡日無心看古篇

鶴伴夜雲歸洞裡

客隨林月到窓前

抱琴因睡山禽語

別界淸眞自獨全

—「漫唫」[17] 전문

전통 시대 시인은 우주나 자연과 교감하는 예지를 소유한 사람으로 여겨
졌다. 시인은 세속의 공리적 속박에 찌들지 않고 자유롭고 평화롭게 살아
가는 멋을 지향한다. 인용한 한시는 번잡하고 물욕이 판치는 세속의 현실을
벗어나 자연에 묻혀 살면서 음양의 기운, 즉 자연과 사물의 미묘한 조화에
순응하는 천기天機의 삶을 노래한다. 사물과 나 사이에 천기가 넘쳐흐르는
물아일체物我一體 물아상망物我相忘의 경지를 보여 준다. 이러한 삶은 세속

---

17 숲속 몇 칸 오두막에 살며/ 속세 피하기에 깊지 않은 것을 도리어 꺼리며/ 세상의 흥망
은 제쳐 두고/ 시와 술로 세월을 보내려 하네(「은거」 전문). 세상 근심 모두 잊고 선승
처럼 앉았네/ 작은 시냇가에 있는 몇 칸 초가집/ 봄을 맞은 기쁨에 새로 빚은 술을 개
봉하고/ 종일 무심히 옛 시들을 보노라/ 학은 들판의 구름을 짝하여 골짜기로 돌아오
고/ 객은 숲의 달을 따라 창 앞에 이르렀는데/ 거문고 안고 조는 사이에 산새가 노래
하니/ 별천지의 맑음과 소박함을 홀로 독점하네(「만금」 전문). 한시 번역은 모두 하영
휘에 의한 것이며, 이후의 것도 마찬가지다. 하영휘, 「김관식의 『낙화집』 소재 한시 번
역」, 『근대서지』 10, 근대서지학회, 2014.

적 욕망과는 거리를 두고 산수 자연에 깃들어 '술'과 '시'와 '거문고'를 벗하며 사는 무위와 무욕의 은자적인 삶이다. 시인은 수연모옥數椽茅屋에서 세상의 흥망성쇠는 제쳐 둔 채 자유롭고 평화롭게 사는 삶의 즐거움을 노래한다. 그는 이처럼 번잡하고 소란한 세속적 삶을 멀리하여 고요하고 정적인 산수 전원의 삶을 추구한다. 그것은 마치 산수 전원에 묻혀 살아가는 은자의 삶을 즐겨 노래한 도연명의 세계관이나 호방하고 초월적인 이백의 태도에 가깝다. 이는 이후 귀거래풍의 산수 자연 세계와 성현들의 삶이 보여 주는 초월적 가치관을 이상적으로 표방하는 시적 전개에서도 연속된다.

화려함이나 번잡스러움을 멀리하면서 세속의 명리에 연연하지 않고 자유롭고 평화롭게 사는 멋은 동양 시학의 충담沖淡에 해당한다. 충담은 "사람의 성품이나 생활 태도, 시의 풍격"을 논할 때 사용하며, "세속에 물들지 않고 소박하게 살아가는 고상한 취미를 지닌 사람을 평가"하는 말로 사용하거나 "인격미를 표현하는 미학 용어"[18]로 동양 고전 시학에서 널리 사용한 개념이다. 과거나 지금이나 혼탁하고 타락한 현실을 떠나 자연에 깃들어 사는 방식은 이상적인 삶의 방식 가운데 하나이다. 김관식의 한시 역시 이와 같은 문맥에서 충담의 생활 방식을 따르며 노래한 것으로 이해할 수 있다. 충담의 세계관은 동양 정신을 근간으로 하는 그의 시나 삶의 태도와 긴밀하게 연결되어 있다.

김관식은 자신의 한시에 앞서 시성으로 일컬어지는 두보의 시구 "不貪夜識金銀氣/ 遠害朝看麋鹿遊"라는 두 구절을 제사題詞로 인용한다. 이를 제사로 앞세운 것은 전란을 겪으며 느낀 현실적 고통과 세속적 현실을 벗어나 자연에 은거하며 무심히 우주적 질서와 천명에 순응하며 살아가는 장자의 진인眞人으로서의 면모를 지닌 두보를 자신에게 투사한 것으로 보인다. 이 진인은 곧 하늘에 잘 맞는 사람[畸人者 畸于人而侔于天]으로서 자아와 세계가

18 안대회, 『궁극의 시학』, 문학동네, 2013, 67쪽.

서로 부정함 없이 혼연 융화한 만물제동萬物齊同의 경지에 이르고 세속적 현실을 초월한 기인(畸人, 奇人)[19]과 같은 인간이다. 김관식은 절망적 현실에서 벗어나기 위해 인간의 탐욕이나 타자를 해치지 않는 불탐원해不貪遠害의 자연에서 사슴이 노니는[麋鹿遊] 이상향을 지향한 것이며, 흔히 그를 일컬어 기인이라 한 이유도 여기에서 찾을 수 있다.

秋月明兮片雲飛

露欲爲霜兮鴈南歸

菊有香兮草無芳

懷家山兮不能忘

　　　　　　　　　　　　　　　　　　—「秋月辭(漢武帝秋風辭韻)」[20] 부분

김관식이 꿈꾸는 이상향은 고향과 같이 분열과 분리가 없는 원초적 동일성을 확보한 공간이다. 『낙화집』의 마지막 한시는 한무제의 「추풍사秋風辭」에서 운을 차용한 「추월사秋月辭」이다. 이 시의 4행 "懷家山兮不能忘"은 시 끝에 덧붙인 "武帝見秋風而悔心萌焉余則步秋月而鄉思動矣"를 통해 해석하면, "한 무제는 가을바람을 만나 후회하는 마음이 싹텄고, 나는 가을밤 달빛 속을 거닐며 고향이 그리워 잊을 수 없구나"이다. 여기서 고향은 단지 태어난 장소라는 제한적 의미를 넘어서 원초적 동일성의 세계를 뜻한다. 고향은 불탐원해의 공간, 즉 "인간의 욕망과 탐욕으로 상실하게 된 것, 폭력으로 인해 잃어버리게 된 평화, 그런 것들이 보존되어 있는 이상향"[21]으로

---

19 장기근 · 이석호 역, 「大宗師」, 『노자 · 장자』, 삼성출판사, 1990, 257~262쪽 참조.

20 가을 달 밝구나, 조각구름 떠가고/ 이슬이 서리가 되려 하는구나, 기러기 남쪽으로 돌아오네/ 국화가 향기롭구나, 풀에는 향기가 없는데/ 고향 생각이 나는구나, 잊을 수 없네(「秋月辭(漢武帝秋風辭韻)」 부분).

21 임수만, 「김관식론金冠植論-'도道,'의 문학, '인유引喩'의 시학」, 『청람어문교육』 제60집, 청람어문교육학회, 2016, 297쪽.

서 원초적 동일성이 오롯이 확보된 세계를 의미한다. 전쟁의 폭력과 인륜의 파괴는 영원성과 이상적 질서의 붕괴를 가장 극명하게 보여 주는 사태이다. 전쟁이라는 비극적 상황은 인간의 보편적 가치가 철저히 짓밟히는 공간이며, 역설적으로 역사의 폭력과 모순을 초월한 이상적 질서에 대한 인간적 갈망이 더해지는 공간이기도 하다. 따라서 그의 시에서 동양의 고풍스러운 세계와 자연의 청정한 공간에서 유유자적하며 소요하는 안분지족의 태도는 이와 연관되어 있다.

김관식은 전쟁의 참혹한 역사 현실에서 근대 질서로 이행해 가는 과정에서 "나는 동양인東洋人"으로서 "서개西改의 박래사조舶來思潮에 전혀 감염感染되거나 침범侵犯당하지 않은 순수純粹 동양東洋의 전통적傳統的 사상思想과 감각感覺과 정서情緒와 예지叡知와 풍류風流를 이 나라 민족 운률民族韻律"에서 "창경고아蒼勁古雅한 시풍詩風을 입법立法"[22]하려는 뚜렷한 의지를 표명한 바 있다. 이는 전쟁의 비극과 근대의 폭력을 극복하는 방법으로 동양 정신의 사유 체계와 윤리적 실천의 심미적 세계를 궁극의 지향점으로 설정한 것을 암시한다. 이러한 의지에 따라 현실의 피안에 있는 초월적 영원성, "항용 나직이 초월계超越界에 숨어서 뜻있는"(「홍련紅蓮이에게」) 영원한 왕국으로 입성하는 일이 그에게는 절실했던 것이다. 이러한 문맥에서 그의 첫 시집 『낙화집』은 전쟁으로 인한 비극적 역사 인식과 함께 무자비하고 냉혹한 역사 현실의 폭력과 무상성으로부터 동양 정신의 일원론적 영원성의 세계로 탈출해 나가는 단초를 보여 준다. 그것은 억압적 현실에 대한 강력한 거절인 동시에 초월적 자기 극복이라는 강인한 정신의 상승 의지와 맞물려 있다.

동양 정신의 심미적 놀이

---

22 김관식, 「서문」, 『김관식시선』, 자유세계사, 1956.

3. 관능의 파토스와 금기 파괴의 욕망

『낙화집』이후 김관식의 초기 작품 세계에는 자연 지향의 은일 자족적 세계나 동양적 정신주의의 세계와는 현격히 다른 면모를 지닌 작품들이 다수 존재한다. 이런 범주의 작품들은 마치 서정주의『화사집』이 이미 포복해 들어가 성취한 강렬한 광기와 관능의 육체적이며 동물적인 생명성, 그리고 본능적 욕망 충동의 폭주가 보여 주는 저돌적 감수성의 세계를 보여 준다. 말하자면 동물적 관능의 격정적이고 탐미적인 도취와 파괴적이고 가학적인 쾌락의 극단적인 세계를 표백한다. 초기의 시편에 색다르게 드러나는 이러한 경향은 숙명적으로 주어진 것으로서 "뼛골 안에 잦아져 녹아 흐르는"(「창세기초創世記艸」) '타고난 설움'(「통곡痛哭」)으로 인한 것인데, 이로부터 연원하는 고열의 고뇌와 갈등 양상이 파괴적이며 공격적으로 강렬하게 표출된다.

격정적 관능의 파토스와 충동적 욕망은 대개 '배암' '두더쥐' '참개구리' '악어' '암내 난 고양이' '황소' 등의 동물적 이미지를 동반한다. 이들은 '피' '먹피' '피보라' '피바다' '피울음' 등 원색적이며 격렬한 피의 붉은 이미지와 '번갯불' '불덩어리' '불길' '불꽃' '피로 물든 햇무리' 등의 감각적이며 강렬한 색채 대비를 통해 파괴적인 욕망을 강렬하게 표출한다. 이처럼 원색적이며 파괴적인 이미지들은 억압된 생명의 내면으로부터 주체할 수 없이 치밀어 오르거나 불타오르는 광기와 같은 종류의 것들이다. 이와 함께 동물적 이미지는 '여편네' '홀애비' '홀에미' '화냥년' '머슴' '부엌데기' 등 비정상적이며 문화적 규범의 중심에서 소외, 배제된 주변적 존재들의 '샛빨간 입술' '대가리' '모가지' '이마빡' 등과 결합하면서 문명 이전의 육체적 충동의 세계를 드러낸다. 즉 격하된 신체 이미지들과 동물적 이미지들이 어울리면서 육욕적 관능과 내면적 갈등의 세계, 그리고 원시적 생명성을 강렬하게 표백한다. 여기에는 "모두가 다 틀림없는 싸탄의 노름"(「지구地球 최후最後의 날에」)판이라는 절망적인 현실에 부딪혀 자폭하는 격렬한 감정의 폭발이 깃들어 있다. 이는 자발적인 것이라기보다는 절망이 압도하는 현실과 비극적인 운명 앞에서 자신을 지키려는 몸부림의 결과이며, 때문에 어느 정도 부정적인 성격을 내포한다. 그런 탓에 격렬한 감정의 폭발을 드러내는 시편들은 한결같이 죽음과 파괴, 자해와 가해, 금기 위반과 전복 등의 섬뜩한 이미지를 동반한다.

> 해가 떨어지면
> 목구멍에 타오르는 불길을 뽑아 바닷물이 들끓도록 울어라…… 울
> 어……
> 한쪽 가슴엔 칼을 지니고
> 또 한 가슴엔 숫돌을 지녀 남몰래 밤낮없이 갈고 갈아서
> 만나는 원수마다 산멱을 찔러 쏟아지는 피를 마시어 목을 축이고
> 백 년 삼만 육천 날을 울음으로 새우리라.
> 오! 타고난 이 설움을 낸들 어이하리야.
> 어이하리야.
>
> ─「통곡痛哭」 전문

혼돈의 심연에서 저주스러운 설움과 폭발하듯 터지는 울음의 통곡으로 인해 인용 시는 인간 본성에 숨어 있는 깊고 어두운 심연의 나락을 체험하게 해 준다. 젊은 날의 고뇌와 고통, 억압된 분노와 결핍으로 몸부림치며 절규하는 이 시는 등단 후 김관식의 시가 본격적으로 자연 지향의 은일 자족적 세계나 동양적 사유의 세계로 나가기 전의 정신적 지형을 엿볼 수 있는 작품이다. 화자의 내면은 억압된 욕망과 이로 인한 슬픔과 분노, 고뇌와 갈등, 그리고 가학적인 동시에 피학적인 파괴적 욕망으로 출렁인다. 이러한 사도마조히즘적 세계, 즉 파괴적이며 충동적인 욕망의 격정적 감정 분출은 "타고난 설움"이 지시하듯 생의 운명적 슬픔과 비극성에서 기인한다. 그리하여 타고난 설움은 화자로 하여금 "목구멍에 타오르는 불길을 뽑아 바닷물이 들끓도록 울"게 만들며, "만나는 원수마다 산멱을 찔러 쏟아지는 피를 마시어 목을 축이"며 "백 년 삼만 육천 날을 울음으로 새우"도록 하는 처

절한 고통과 피맺힌 절규를 동반하도록 한다. 화자는 비극적 운명의 고통 앞에서 처절하게 운다. 피울음으로 통곡한다.

　운명적으로 타고난 설움의 비극성으로 인해 시적 주체의 내면과 그가 대면한 세계는 더욱 절망적이다. 그에게 설움은 "목 줄기 안으로 안으로 한사코 감기기만 감기기만 하여" 끝내 "실마리처럼 풀어 버릴 수 없"는 운명적인 것이며, 천형처럼 "뼛골 안에 잦아져 녹아 흐르는"(「창세기초創世記抄」) 숙명적인 종류의 것이다. 이에 화자는 그로부터 벗어나기 위해 몸부림친다. 천형처럼 타고난 숙명적 설움으로부터 발원하는 자아와 세계에 대한 비극적 인식, 그리고 이로부터 탈출하려는 화자의 몸부림은 "목구멍에 타오르는 불길을 뽑아 바닷물이 들끓도록" 울음을 우는 피학과 "만나는 원수마다 산멱을 찔러 쏟아지는 피를 마시어 목을 축이"는 처절하고 가학적인 공격성으로 나타난다. 이러한 공격적 양상은 "희하얀 모가지를 물어뜯"(「황토현黃土峴에서」)기도 하고 "대가리를 부숴뜨려 종을 울리"(「귀양 가는 길」)기도 하며, "모가지를 비틀어 버"(「광란狂亂의 해후邂逅」)리고 "악어 등어리라도 사정없이 물어뜯"(「해일서장海溢序章」)는 가학적이며 피학적인 성격을 내포한다. 이러한 광기 어린 공격성과 사도마조히즘은 그 자체로 자신에게 주어진 숙명과 그를 구속하는 억압적 세계 질서에 대한 저항과 위반을 암묵적으로 의미한다.

　그런데 화자에게 설움을 주는 '원수', 산멱을 찌르고 싶은 증오의 적대적 대상은 실체가 분명하게 드러나지 않는다. 그 대상은 객관적이고 구체적인 등가물로 나타나 있기보다는 관념적 추상성을 띠고 있기 때문에 다소 막연해 보인다. 이러한 이유로 설움이 유발하는 공격성은 절망적 상태를 드러내는 동시에 결국은 "낸들 어이하리야"라며 체념적인 태도로 귀결되는 것이다. 그럼에도 불구하고 '타오른 불길'과 '들끓는 바닷물'의 이미지가 함축한 카오스적 혼돈과 무질서의 상태, "산멱을 찔러 쏟아지는 피를 마시어 목을 축이"고 싶은 결핍과 갈증, 금기 위반과 공격 충동에서 암시되듯 모든 현실적 윤리나 규범이나 질서를 파괴하려는 욕망은 부정할 수 없이 뚜렷하게 부조되어 나타난다. 이것은 폭압적 현실과 비극적 운명을 견뎌 내고 버티겠다는 정신적 결의의 역설적 표현인 동시에 자기 존재를 확인하기 위한 최소한의 자구책이라는 의미를 갖는다.

> 하늘을 쳐다보면 웃음 좀 웃고 함부로 침을 뱉어 날궂이하는
> 미친년! 미친년! 미친년을 만나면 머리칼 풀어헤친 미친년을 만나면!
> 풀 나무 덮수룩한 숲 그늘에서 잎새들이 소곤소곤 소곤거리듯 무어
> 라고 도란도란 도란거리다
> 그냥, 그냥, 때 묻은 모가지를 비틀어 버려……
> 입술이 타서…… 입술이 타서……
> 차돌 불이 번쩍이는 입술이 타서.
> 거센 숨결이 톱질을 할 땐
> 모래톱에 혀를 박고 죽어도 좋다.
> 미친년이여. 피로 물든 햇무리를 들여마시고 새끼 한 마리 배어나
> 주런?
>
> ──「광란狂亂의 해후邂逅」 전문

> 진땀 흐르는 이마빡으로
> 차디찬 늬 가슴을 마구 문지르다가
> 아아 목말라 목이 타는데……
>
> 희하얀 모가지를 물어뜯으면
> 연지볼에 확 피어오르는 석류꽃이팔.
> 새빨간 입술이 달기도 하다.
>
> 화냥년아 화냥년, 열두 번 화냥질한 화냥년아 화냥년.
> 민들레꽃 가득 핀 들길 위에서
> 쓸데없는 소리라도 왼종일 입 부르터 입덧 나 입 닳도록 지껄이면서

내일이면 잊어버릴 맹세를 하자.

　　　　　　　　　　　　　　　—「황토현黃土峴에서」 부분

금기 파괴적 욕망은 위의 두 시에 나타나는 바와 같이 "피로 물든 햇무리
를 들여마시고 새끼 한 마리 배"고 싶다거나, "새빨간 입술"의 "희하얀 모가
지를 물어뜯"고 싶은 충동에서 절정에 달한다. 이와 함께 "차돌 불이 번쩍
이는 입술이 타서./ 거센 숨결이 톱질을 할 땐" "진땀 흐르는 이마빡으로"
"목말라 목이 타" "늬 가슴을 마구 문지르"는 허기에 찬 결핍과 관능적 욕망,
급기야 "모래톱에 혀를 박고 죽어도 좋다"는 극단적 죽음 충동에 이르면 그
것은 파괴가 품은 경탄을 넘어 비장함이나 혐오감마저 불러일으킨다. 이와
함께 "두더쥐처럼 흙이나 파먹"(「창세기初創世記炒」)는 동물적 자기 비하와 모
멸 의식이 암시하듯 피와 살에 대한 과도한 집착, 강렬한 도취적 분위기를
연출한다. 이것은 "질서와 관습과 제도 속에서 형식적으로 용인"된 "고상
하고 품위" 있는 "애정의 세계가 아니라 폭력이라고 부를 만한 야성 그대로
의 격정적인 성적 충동의 세계를 의미"[23]한다. 강렬한 에로스적 충동은 윤
리나 도덕, 이성이나 합리, 질서나 문화 규범의 범위를 벗어난 본능적 차원
의 것이며, 따라서 반문명적인 원시적 생명의 충동을 강렬하게 내포한다.

인간에게 성은 가장 근원적인 충동의 영역이다. 그것은 가장 "불가사의
하고 가장 위대한 신비의 하나이며 인간 정신의 방대한 미개발 동력원"[24]이
다. 인용 시 두 편은 물론이거니와 본능적 욕망의 파괴적 충동이 지배하는
김관식의 초기 시는 불가사의하고 신비하며, 인간 정신의 방대한 미개발
동력원으로서 원초적 충동의 영역이라 할 수 있는 충동적인 성적 관능의 세
계를 노래한다. 동물적 이미지와 강렬한 피의 이미지, 그리고 '타는 입술'과
'거센 숨결', '진땀 흐르는 이마빡'과 '희하얀 모가지', '석류꽃이팔의 연지볼'

23 정효구, 앞의 논문, 6쪽.
24 콜린 윌슨, 이경식 역, 『문학과 상상력』, 범우사, 1978, 317쪽.

과 '새빨간 입술'이라는 강렬한 육체성과 원색적 이미지와 동태적인 이미지가 결합하여 시 전체는 뜨거운 성적 관능으로 불타오른다. 즉 뜨겁게 가열된 충격적인 성적 행위를 연상하도록 하는 묘사를 통해 전율하는 원초적 관능의 세계를 드러낸다.

원색적이고 격정적이며 동태적인 이미지는 한층 가열된 상태로 타오르는 성적 관능의 충만한 지경을 열어 보인다. 이러한 성적 관능은 마지막 행에 이르러 "입 부르터 입덧 나" 결국 "새끼 한 마리 배"는 결과로 귀결된다. 이것은 '뜨거운 불덩어리'의 '홀애비와 홀에미', "머슴과 부엌데기 사이에 오고 가는 사랑의 열매"라는 진술과 맥락을 같이 하는 것으로서 성을 "암내 난 고양이"(「소상야우瀟湘夜雨」)와 일치시켜 동물적 차원으로 격하시키려는 태도이다. 그리하여 그 농도가 너무 짙어서 차라리 동물적이라 할 만한 성격의 성적 관능을 만날 수 있다. 그것은 불처럼 뜨겁게 타오르는 진한 피와 거친 동물적 호흡으로 이루어져 있으며, 결국 강렬한 도취적 탐닉의 세계를 표상한다.

원초적 성에 대한 도취적 탐닉의 세계에서 화자나 등장인물들이 물어뜯거나 먹고 싶은 대상은 '피'로 상징되는 금지된 것, 부정한 속성을 지닌 것들이다. 궁극적으로 이러한 파괴적인 원초적 욕망은 정상으로부터의 일탈, 금기 위반의 의미를 내포한다. 그러한 금기 위반 행위는 죄와 죽음으로 이끄는 것, 궁극적으로는 일종의 범죄이며 기존 질서에 대한 도전과 위반으로서의 성격을 갖는다. 따라서 피와 살에 대한 강렬한 도취적 탐닉은 단순한 욕망 충동이 아닌 금지로부터 해방된 무無의 상태를 향한 욕망, 죽음의 충동이 지향하는 바 형태가 없는 무정형의 물질적 상태로의 회귀라는 의미를 갖는다. 김관식의 시에서 에로티즘은 죽음과 본질적으로 관련되어 있다. 프로이트에 따르면 죽음 본능의 일부는 그것이 외부를 향해 이동할 때 사디즘에 이르고 이동을 따르지 않는 유기체 내의 다른 일부는 리비도적으로 연결되어 성애적 마조히즘을 이룬다. 김관식이 보여 주는 살과 피에 대한 과도한 욕구는 모든 형태의 금지와 질서를 무로 돌린 원초적 카오스, 죽음의 세계에서 새로운 생명을 꿈꾸는 행위라 할 수 있다. 그것은 또한 초현실주의자 앙드레 브르통이 말하는 문명에 억압된 성욕을 해방시키는 것이야말로 진정한 혁명, 즉 문명에 억압된 삶의 회복이라는 상승하는 에로스의 충동을 포함하는 것이다.

김관식의 초기 시에서 원초적 관능의 황홀과 성적 카니발리즘이 불러일으키는 환희는 파괴적 생명력을 더욱 고열한 극점으로 끌어올림으로써 모든 이성적 질서와 윤리 규범, 고정되고 구획된 모든 현실 원리와 도덕 원리를 위반, 전복하는 힘을 발휘한다. 그의 초기 시를 지배하는 피와 불, 그리고 이와 연관한 원초적이며 동물적인 도취적 탐닉의 언어들은 설움과 울음, 광기와 분노, 파괴와 공격, 고뇌와 갈등, 가학과 피학에 둘러싸인 채 신열에 들뜬 열기를 발산한다. 그것은 전후 비극적이며 피폐한 시대 상황, 혹은 미당의 『화사집』이 발현하는 아우라로부터의 영향과 모방, 인간 존재의 운명적 유한성 등으로 다양하게 설명될 수 있다. 하지만 분명한 점은 인간 본성의 심연에 내재한 나락의 깊이를 현시한다는 점은 부정할 수 없다.

김관식의 초기 시나 이후 살펴볼 자연 지향의 안분지족적인 태도와 동양 정신에 귀의한 시는 모두 부재하는 대상을 고통스럽게 찾아 방황하는 가운데 생산된 것이다. 『낙화집』이후 초기 시에서 에로스에 대한 강렬한 갈망과 탐닉으로 표출된 부재하는 대상은 이후 인간의 영원한 고향인 자연의 원형적 동일성의 세계, 동양의 일원적이며 초월적인 사유 체계로 귀착한다. 하지만 그것 역시 부재하는 대상이거나 시인의 상상력이 투사한 가상의 세계란 점에서는 변함없다. 그것은 모두 부재하는 것, 근대가 저버린 것, 그래서 차안의 현실 세계에서는 붙잡을 수 없는 대상이다. 그런 맥락에서 그가 지향해 간 동양적 정신세계는 마치 그가 삶의 "질곡을 견디게 만드는 환상"이며 "부재하는 실재"로서 "그것 없이는 살 수 없는 힘"[25]이라는 의미를 갖는 것이다. 라캉(Jacques Lacan)식으로 표현하자면 도달할 수 없는 욕망의 대

---

25 권택영, 『영화와 소설 속의 욕망이론』, 민음사, 1995, 32쪽.

상으로서 '오브제 프티 아objet petit a'이다. 이 부재하는 실재가 정신의 힘을 생산하며, 그의 시 쓰기의 핵심을 이룬다.

4. 동양 정신과 무위자연의 천균天鈞적 삶

김관식이 에로스에 대한 갈망과 도취적 탐닉의 세계를 거쳐 안착한 곳은 자연과 동화된 세계, 즉 동양 정신의 일원론적이며 초월적 세계이다. 말하자면 "연자방아 맷돌을 모가지에 매달고 떨어지는 해를 따라 바다에 몸을 던"지는 타나토스의 상징적 통과제의를 거쳐 "새로 틔어 밝아 오는" "해와 같이 솟구쳐 오른 나"(「해일서장海溢序章」)와 "넘쳐흐르는 찬란한 빛"에 "되살아 오르는 숨결"이 상징하는 생명의 '황홀'(「귀양 가는 길」)을 발견한 이후 그는 뚜렷하게 동양적 정관의 단계에 접어든다. 말하자면 "해를 따라 바다"에 투신하는 상징적 죽음의 제의를 통해 다시 "해와 같이 솟구쳐 오"르는 자연 생명의 순환적 연속성과 무시간적 영원성의 세계에 진입한다. 이는 자아와 자연이 일치하는 만물제동의 동일성과 현상계의 시공을 초월하는 동양의 고대적 정신세계로 이행하는 것이며, 상고시대의 무시간성에 자신을 귀속시킴으로써 영원회귀를 꿈꾸는 행위이다.

충동적 욕망과 파괴적 광기의 세계와는 현격히 다른 김관식의 동양 정신과 자연 친화적 달관의 초월 세계는 역사 사회적 함의를 지닌 것이기도 하다. 그는 역사의 광기와 살의의 현장을 경험하면서 역사 현실의 참혹한 세계와 대척을 이루는 동양의 고대적 정신과 이상적 경험 세계로 나아간다. 그의 시가 함축하는 반근대적이며 반문명적인 관점, 즉 모든 인위를 배척하는 무위의 자연관과 삶의 정관적 태도, 그리고 성현聖賢들이 이룩한 웅장한 고대적 정신은 외형적으로 그가 학습한 한학이나 이와 관련해 맺은 교유 관계로 보면 이해 가능한 것이다. 그런데 동양적 가치관과 세계관으로 정신의 날을 갈아 세운 그의 초월 의지는 초기 시에서 개체적 삶이 감당해 오던 욕망과 고통, 절망과 고뇌의 크기를 왜소한 것으로 만들기 쉽다. 현실이 왜소해짐으로 말미암아 그의 행동은 "영원永遠에의 자세姿勢를 취하고 서서/ 조용히 조용히 기도祈禱"(「산山」)하는 것처럼 차분해지고, 마음은 "끼니가 없어도 호올로 안여晏如"(「옥루屋漏의 서書」)한 상태로 고요해진다. 이를테면 "사람이 사는 길은 물이 흘러가는 길"(「자하문紫霞門 밖」)이라는 자연의 이치가 그에게 삶의 왜소하고 일시적이며 근시안적 목적을 버리라고, 그가 지금껏 감당해 온 삶의 무게와 고통을 버리고 마음을 비우라고 가르쳐 주기 때문이다. 그리하여 그의 시는 "초월계超越界에 숨어서 뜻있는 이의 마음과 맞부딪"(「홍련紅蓮이에게」)치고 "초록 바탕의 언덕 위에 앉아서 흐르는 물소리를 듣"(「계곡溪谷에서」)는 초월적 정관의 세계와 무위자연의 품으로 귀의한다.

전쟁이 남긴 인류의 파괴와 참혹한 상황은 초월적이며 이상적 가치로서의 영원성을 무참히 붕괴시켰다. 이러한 외적 조건은 그의 내면으로 하여금 동양 정신의 영원성을 추구하게 한다. 현실이 비극적이면 비극적일수록 인간의 영혼은 영원을 꿈꾸기 마련이다. 이에 김관식이 찾아든 궁극의 지점이 동양 정신에 입각한 자연의 균형과 균제均齊에 맞춰 순응하는 삶, 즉 어떤 작위나 조작도 없는 무위자연의 천균天鈞[26]적인 은일 자족적 삶과 "세속적이고 현실적인 삶에서 벗어나 초월적이고 이상적인 인생을 살아가려는" '초예超詣'[27]의 정신이 구현하는 초월성과 영원성의 지극한 세계이다. 그가 도달한 천균과 초예의 세계는 불교적이며 유교적인 사유로 드러나기도 하지만 두드러진 점은 노장적 세계관에 더욱 근접해 있다. 예로부터 추악하고 혼탁한 세속적 현실을 등지고 산수 자연을 선택하는 것은 보편적으로 추구된 삶의 방법이기도 하다.

아희야, 봄비가 오거들랑 그 어데 이웃에라도 가서 등藤나무 묘종苗

---

26 장기근·이석호 역, 「제물론齊物論」, 앞의 책, 221쪽.
27 안대회, 앞의 책, 546쪽.

種이나 한 포기 얻어다가 사립 앞에 심어라.

그리고 또 늬 친구親舊들이 더러 찾아오거든 뜰 안에 돋아나는 슬기
로운 풀잎들이 하나도 다치잖게 멀찌감치 물러나 행길에서 놀아라.

앞으로 여기 와서 여치와 베짱이가 맑고 가는 목청으로 은실을 뽑아
가을비 멎은 뒤의 시냇물같이 사느라운 노랫가락 나직이 읊으리니.

화초花草밭에는 온가지의 꽃송이가 빛나는 눈웃음을 그윽이 머금고
서로 잘 어울리어 아름다운 얘기를 향기로써 주고받아 한껏 즐거운 삶
을 누리는 모양새를 똑똑히 좀 익혀 보아 두어라

—「양생수養生修」 부분

김관식의 시에서 노장적 세계관은 자연과 동일화된 만물제동의 상태를
보여 준다. 그는 번잡하고 물욕이 판치는 세속적 현실을 벗어나 자연과 조
화를 이루는 삶을 지향한다. 자연을 호흡하며 차분하고 호젓하게 살아가는
사람에게 자연의 모든 사물과 현상은 삶의 진정한 동반자이다. 그러한 차
원에서 인용 시는 "온가지의 꽃송이가 빛나는 눈웃음을 그윽이 머금고 서
로 잘 어울리어 아름다운 얘기를 향기로써 주고받아 한껏 즐거운 삶을 누
리"는 지극한 자연 생명을 노래한다. 즉 어떤 인위적 조작도 개입하지 않
은 자연의 균형과 균제의 조화에 맞춰 순응하는 삶의 태도가 잘 드러나 있
다. 화자는 세속적 현실을 벗어나 우주와 자연 질서에 순응하며 무위와 무
욕의 자세로 자유롭고 소박한 삶을 추구한다. 이러한 시적 분위기나 시인
의 기질, 그리고 인생 태도는 그가 한시에서 세속적 욕망과는 거리를 둔 은
자의 삶을 표현하거나 고요하고 정적인 산수 전원의 삶을 추구한 충담의 미
학과도 부합한다.

인용 시는 『장자』 「양생주養生主」 편에 의지하고 있다. 양생이란 "속세의

모든 오욕五慾을 버리고 오직 천도天道에 순응"[28]하며 자연의 본성에 따라 살아가는 삶을 의미한다. 이에 따라 인용 시는 자연과 하나가 되어 살아가고자 하는 삶의 태도와 자연의 조화에 순응하는 삶의 기쁨과 즐거움을 표백한다. 산문화된 긴 호흡으로 이어지는 시의 내용은 자연과 교감하며 조화롭고 소박하게 살아가려는 시인의 의지가 짙게 표백되어 있다. 화자의 진술은 자연 만물과 조화를 이루며 사는 삶의 즐거움, 그리고 "풀뿌리를 캐먹고 연명延命을 하"더라도 소박한 생활을 유지하는 가운데 '금심수장錦心繡腸', 즉 비단 같은 마음을 지니고 사는 삶의 소중한 의미 가치를 강조한다. 화자는 이러한 가치와 진리를 아이를 청자로 삼아 이야기하는 발화 형식을 취한다. 즉 청유형의 명령조 종결어미와 진리를 깨우쳐 주는 예스러운 의고적 표현의 종결어미를 통해 자연과 더불어 사는 삶의 소중한 가치와 기쁨을 전달한다.

화자는 아이에게 사립문 앞에 "등나무 묘종"을 한 그루 심어 놓고 "슬기로운 풀잎들이 하나도 다치잖게" 정성스럽게 보살피며 가꾸기를 당부한다. 그러면 그 등나무 속으로 여치나 베짱이 등의 온갖 생명이 찾아들어 "맑고 가는 목청"으로 "시냇물같이 사느라운 노랫가락"을 들려줄 것이라는 자연의 당연한 이치를 말해 준다. 또 화자는 아이에게 화초밭의 온갖 "꽃송이가 빛나는 눈웃음"으로 서로 잘 어울리며 아름답고 "즐거운 삶을 누리는 모양새"를 보아 두기를 당부하며, 금심수장의 자세로 "천생天生 여질麗質의 착한 성품性稟을 무양無恙하게 자라도록" 가꾸는 마음가짐을 강조한다. 화자는 시종 자연의 근본적인 이치를 깨닫고 자연과 조화롭게 어울리는 삶의 아름다움을 노래한다. 이와 같은 도가적 관점의 자연관과 가치관은 그의 시에 전반적으로 나타나는 특징이다.

인제는

---

28 장기근 · 이석호 역, 「양생주養生主」, 앞의 책, 232쪽.

산골로 들어가서 취미翠微로나 늙으려다.

햇살 바른 땅을 골라 과일나무나 좀 골고루 심어 두고

이끼 낀 따비 연장 바윗돌에 문질러서 몇 또야기의 팥밭을 일궈 산
도山稻며 씨앗도 간혹間或 더러 삐허야지.

촉촉히 젖어 내려 초록草綠빛 눈망울이 희맑은 봄비 속에 헌 삿갓 제
켜 쓰고 대수풀 여기저기 저절로 돋은 죽순竹筍을 꺾어 어지화로에 소
금 발라 구워 내어 나물 무쳐 놓고

엊그제 새로 빚은 도가지를 허물어 바위 틈에 어리운 샘물과 같이 말
갛게 고인 놈을 우선 한 그릇 오무가리에 담아서 맛보기로 마신 다음,

꼭지 달린 조롱박 종그래기 잔盞으로 철철 넘치도록 그득히 떠서 연
거푸 거후르면 세상은 그만일세

—「시상부柴桑賦」 전문

　　인용 시 역시 세속을 등지고 우주와 자연의 질서에 자신을 위치시켜 무
욕과 무위의 자유로운 삶을 추구하는 태도가 잘 드러난다. 자연과의 친밀
감과 동일성을 토대로 한 교감과 관조적 자세로 살아가는 화자의 내면은 자
족적 충일감으로 넘친다. 화자는 세속을 벗어나 "산골로 들어가서 취미翠
微", 즉 먼 산 엷게 낀 푸른 안개처럼 자유롭고 평화롭게 살기를 희망한다.
시인은 "작록爵祿도 싫으니 산山에 가 살"며 밭을 일구어 "곡식穀食도 심"고
"질그릇이나 구워 먹"으며 청명한 날에는 "동해東海에 나가/ 물고기"를 낚
으며 사는 맹자의 '경가도어耕稼陶漁'(「居山好 1」)와 같은 순일하고 소박한 은
일 자족의 자연적 삶을 지향한다. 이렇게 자연에 귀의하여 자연과 합일을
이룬 상태의 내적 충일감에서 오는 안분지족의 삶은 천방天放, 즉 하늘이
내버려 둔 대로 자유롭게 살아가는 노장적 자세에서 오는 것이다.[29] 화자는
자연과 혼연일체가 되어 어느 한쪽에 치우치지 않고 본성을 따라 자유자재

---

29 장기근 · 이석호 역, 「마제馬蹄」, 앞의 책, 285~287쪽.

로 살고자 하며, 그럼으로써 현실 원칙의 구속과 억압으로부터 해방된 삶을 이룩하고자 한다.

화자는 자연과 동일화된 무욕의 경지에서 스스로 말미암은 그대로의 본성을 해방시켜 자유로운 삶을 살고자 한다. 이러한 삶의 태도가 세속을 벗어나 산골에서 "과일나무나 좀 골고루 심어 두고" "몇 또야기의 팥밭을 일" 구어 씨를 뿌려 먹고 사는 무욕의 소박한 생활에서 삶의 기쁨과 의미를 발견하게 하는 것이다. "대수풀 여기저기 저절로 돋은 죽순竹筍"을 '나물로 무쳐놓고' "엊그제 새로 빚은 도가지를 허물어" "조롱박 종그래기 잔盞"이 "철철넘치도록 그득히 떠" 마시며 세상사를 초탈한 채 유유자적하며 소요하는 그의 모습은 마치 선계를 그린 동양화 속 신선을 닮았다. 세속의 이해득실과 영고성쇠를 초탈한 광달曠達한 태도는 실제 시인의 면모와도 유사하다. 즉 인간사 사소한 일에 연연하거나 구애받지 않고 자연 속에서 '시'와 '술'과 '거문고'를 벗 삼아 자유분방하게 살고자 하는 광달한 태도는 김관식 시에서 빈번하게 그려지는 심미적 주제이다. 세속을 초탈해 달관한 자로서 현실의 예법이나 법도에 구속되기를 싫어하는 모습은 그의 시에서 자주 형상화된다.

> 산중山中에 무엇이 있다더뇨.
> 령嶺 위에 흰 구름이 피고 지지 않습니까.
> 다만 혼자서 즐길 수야 있지만
> 가져다 임에게 바칠 수야 있나요……
>
> 산중재상山中宰相은
> 그림자가 산에서 떠난 적 없어 성시城市의 티끌을 발에 묻히지 않는다.
> 삼층루三層樓 위에 몸을 기대어
> 늙은 소나무에 풍악風樂을 잡히면
> 사죽絲竹이 아니래도 류량嚠喨한 학려鶴唳!
>
> ─「산중재상山中宰相」 부분

그 병瓶 속에는

반쯤 벌어진 복사꽃 가지 위에

팔가조八哥鳥의 울음이 열려 있었고

바람에 에워싸며 주렴珠簾이 흔들리는 소슬蕭瑟한 누대樓臺.

낮잠을 주무시는 노인老人이 한 분.

수단繡緞으로 덮여진 술상이랑 바둑판.

황정경黃庭經과 그리고,

봉래蓬萊 약수弱手의 신선도神仙圖 한 폭幅.

그 누대樓臺의 대뜰 밑 태석苔石 틈엔

자지紫芝 청란靑蘭이 어우러져 사는데

—「매약옹賣藥翁」 부분

　　전통적으로 속된 현실을 초월하고자 하는 이들은 산수 자연을 찾았다. 인용 시는 세속적이고 현실적인 삶에서 벗어나 초월적이고 이상적인 삶을 산 성인 혹은 성현들의 모습을 그린다. 김관식의 시에는 석가모니, 공자, 장자, 노자, 소크라테스 등의 성인을 비롯한 도연명, 이백, 소부巢父, 허유許由, 죽림칠현, 효자 왕상王祥, 신라의 효자 손순孫順 등등 많은 성현이나 설화적 인물, 그리고 이들과 관련한 고사와 전고典故들이 즐비하게 등장한다. 이들은 모두 세속적 현실을 벗어나 우주와 자연 질서에 부합하는 삶을 산 인물들이다. 두 시에 등장하는 인물도 이와 마찬가지이다. 두 시는 중국 남조南朝 시대 산중재상으로 불린 도사 도홍경陶弘景과 "봉래蓬萊 약수弱手의 신선도神仙圖"속 노인을 통해 현세를 훌쩍 벗어나 시공을 초월해 자유롭게 노니는 멋을 그린다. 이들은 한결같이 고결한 정신을 지키면서 현실의 속박을 벗어나 청정하고 초연하게 산 사람들이다. 이를 통해 김관식은 현실속에 살아가는 여느 인간과는 달리 저 상고시대의 이상적 삶을 고집스럽게 지키며 살아가겠다는 의지를 표출한다. 그는 "성인聖人이 되고 싶은 바람"으로 이들과 '사숙私淑'하며 "심상尋常치 않은 하늘만 한 예지叡智"(「의란조猗蘭操」)를 흠모하고 추앙한 것이다.

갑갑한 현세를 훌쩍 벗어나 시공을 초월해 자유롭게 노니는 멋을 드러내는 두 인용 시는 한곳에 매이지 않고 현실을 초월하여 자유자재하며 살아가는 인생 태도가 전경화되어 있다. 우선 「산중재상山中宰相」은 마치 이백이 산에 사는 이유를 묻자 그저 빙그레 웃을 뿐이라는 「산중재상山中問答」[30]의 내용과도 연관해 있다. 도가적 색채를 짙게 풍기는데, 도사로 불린 도홍경陶弘景의 시 「詔問山中何所有 賦詩以答」[31]를 우리말로 번역해 첫 연에 인용하며 시작한다. 그는 황제가 아무리 불러도 "산에서 떠난 적 없"이 은거한다. 이에 그에게 산속에 무슨 즐거움이 있어 서울로 불러도 오지 않느냐 묻자, 산중에 '흰 구름'이 많기 때문이라 돌린다. '흰 구름'은 산중과 세속을 가르는 은유물이다. 이는 "성시城市의 티끌"로 은유된 세속적 가치에 물들지 않은 청정하고 자유로운 삶을 상징한다. 시의 분위기는 "류랑嚠喨한 학려鶴唳", 즉 고고한 학의 청정한 울음소리가 울려 퍼지는 가운데 "굴레를 벗고" "금롱金籠으로 머리를 호사豪奢한 소"를 모는 동양화의 풍경이 압도한다. 이러한 시공을 초월해 자유자재하는 표일飄逸함이 세속적 권위에 거리낌 없이 "제왕帝王의 배 위에 두 다리 들어 얹고 낮잠"을 자거나 "시속時俗의 잡배雜輩"를 "눈자위 사나웁게 흰창을 흘겨"(「죽림부竹林賦」) 당장 쫓아 보내는 도도한 태도와 오만한 자존 의식을 갖게 하는 것이다.

「매약옹賣藥翁」 역시 같은 문맥에서 한층 더 도가적 풍취를 드러낸다. 화

---

30 問余何事棲碧山/ 笑而不答心自閒/ 桃花流水杳然去/ 別有天地非人間(「山中問答」 전문).
31 山中何所有/ 嶺山多白雲/ 只可自怡悅/ 不堪持寄君(「詔問山中何所有 賦詩以答」 전문).

자의 시선은 선계의 풍경과 경물을 따라 그것들을 묘사한다. 마치 신선이 사는 세계를 그린 듯하다. 동양적 이상향의 세계를 상징하는 "복사꽃 가지 위"의 앵무새(八哥鳥), "소슬蕭瑟한 누대樓臺"에서 낮잠 자는 노인과 그 옆에 놓인 술상과 바둑판, 도교 경전인『황정경』과 고대 전설 속 신선이 산다는 "봉래蓬萊 약수弱水의 신선도神仙圖", "누대樓臺의 대뜰 밑 태석苔石 틈"에 자라는 신령한 영지버섯(紫芝)과 고결한 군자의 표상인 난, 죽림칠현의 은거를 상징하는 참대 숲과 그 속에 노니는 동양적 선계를 상징하는 사슴馴鹿 등이 어우러진 이상향의 공간으로 그려지고 있다. 성현들의 삶의 모습은 김관식이 흠모한 이백이나 도연명이 실천한 삶이다. 김관식 역시 악착같은 세속의 욕망을 초탈해 자연 산중에 은거한 입장에서 자연의 품에 안긴 은사의 평화롭고 여유로운 마음을 표현했다.

김관식의 시는 그 지향점이 세속을 초월하여 고상하고 고풍스러운 동양 고전의 세계를 흠모했다. 세속적이고 현실적인 삶에서 벗어나 초월적이고 이상적인 인생을 추구했다는 점에서 그의 시는 초예超詣하며, 영고성쇠를 초탈했다는 점에서 광달曠達하고, 세속의 악착스러움이나 천박함에서 벗어나 있다는 측면에서 호방하다. 아울러 얽매인 데 없이 자연에 묻혀서 살아가는 인생 태도와 세상일을 마음에 두지 않고 매인 데 없이 자유롭고 태평하게 사는 맥락에서는 표일飄逸하다. 이러한 시적 특성은 모두 동양의 가치관과 세계관으로 무장한 정신에서 비롯한다. 그런 점에서 그의 시는 넉넉한 포용력과 그윽한 멋을 맛보게 한다. 그러나 달관과 초월의 드높은 경지는 정신적 귀족주의의 성채城寨로 유폐될 수 있으며, 그것만으로 시대의 고통을 버텨 내는 것도 가능하지 않다. 따라서 그가 펼쳐 보이는 달관과 초월의 정신적 경지는 현실의 박진감을 결여한 채 이루어져 왔다는 비판이 있을 수밖에 없고, 또 그러한 비판은 타당한 지적이기도 하다. 하지만 시인의 입장에서는 전후 가파른 시대의 고통을 넘어서려는 하나의 치열한 모색과 탐색의 한 방법이기도 했을 것이다.

5. 자기 초극과 청빈의 미학

김관식 시의 주요한 특징으로 거론한 동양 정신과 무위자연의 천균天鈞적 삶의 지향은 세속적 현실에서 찾아볼 수 없는 품성과 상고시대에나 있을 법한 장면을 빈번하게 연출한다. 예컨대 "시들지 않는 꽃. 영원永遠한 사람"으로서 설화 속 '항아嫦娥'(「달에 관關한 이야기」)를 노래하거나, "약초藥草밭 풀을 매다" 쉴 틈에 "서너 잔盞 유하주流霞酒에 느긋이 취醉"(「몽유도원도夢遊桃源道」)하는 장면은 다반사로 그려지는 풍경이다. 이러한 태도는 세속적 현실을 초월하려는 의지를 담고 있기에 부패하고 타락한 현실을 질타하고 동시에 현실의 불합리와 모순적 조건을 초극하려는 강인한 극기의 정신으로 나간다. 김관식은 혼탁한 세상에 미련이 없기에 현실 속에서 적극적 응전을 통해 문제를 해결하려 하지 않는다. 그보다는 비속한 현실을 부정하고 자연에 은거하며 자족하는 삶을 선택한다. 자연 귀의의 은일 자족적 태도는 선계로 초월하려는 경향, 지상의 하계를 탈출하여 천상의 선계로 비상하고자 하는 현실 초월적 의식을 강하게 포함한다. 따라서 현실의 구체적 삶과는 유리된 감각으로 인해 비판받아 온 것처럼 시적 긴장력의 한계를 노정하기도 한다.

김관식의 시가 동양 정신의 사유 세계를 선취하려 할 때 그의 시는 교술적 관념에 사로잡히기 쉽다. 세속적 욕망을 버리거나 비우는 자세가 강조될 때, 그의 시 속 인간 개체의 현실적이며 구체적 삶의 원리들은 자연의 이치나 고대적 이상주의에 쉽게 용해되어 버린다. 문제는 삶의 실존적 고통이나 절망조차도 별다른 갈등 없이 자연과 동양적 이상주의에 쉽게 환원된다는 것이다. 이것이 바로 자연 회귀나 동양 정신의 지향이 안고 있는 최대의 취약점이다. 삶의 무게와 빛깔, 고통과 고뇌를 지워 버린 삶이 삶의 구체와 체험을 이룰 수는 없기 때문이다. 그런 삶이란 그가 보여 준 "십 리쯤 떨어진 밖에서라도" 난의 "향기香氣를 알아들을 수 있는 어질고 밝은 귀를 가진"(「의란조猗蘭操」) 공자 같은 성인이거나 기산(「기산箕山」)의 소부와 허유(「소부허유전巢父許由傳」), 산중재상 도홍경(「산중재상山中宰相」), 죽림의 칠현 (「죽림부竹林賦」), 도원경桃源境의 도연명(「몽유도원도夢遊桃源圖」), "처매자학妻 梅子鶴의 임포林逋(「서호西湖 옛 풍류風流」), "자죽림중紫竹林中 관자재觀自在"(「산 념불山念佛」)의 경지에 도달한 인물에게나 가능하다. 그것은 "간肝 처녑처럼 첩첩이 에워싸인"(「양생명養生銘」) 산중의 은일적 세계나 "만뢰萬籟가 구적俱 寂한 화엄華嚴의 세계世界"(「녹야원鹿野園에서」)에서 유유자적하는 세계에서나 가능한 일이다. 요컨대 삶의 구체, 그것을 통과하는 고통의 해결 과정이 거 세되어 있다는 것이다.

세상의 범속한 욕망과 이해관계로부터 유리되어 있으려는 그의 자세는 고여 있다. 이것은 그의 시의 장점이자 취약성을 이루는 하나의 요인을 구 성한다. 자연의 이치와 함께하며 깨닫는 고고하고 초탈하며, 광달하고 표 일한 기품이란 그것대로 끊임없이 부정되거나 갈등과 투쟁의 과정을 거쳐 새롭게 갱신되는 역동성을 담보해야 한다. 그러나 역설적으로 그것은 세속 적 현실 원칙의 구속으로부터 스스로를 자유로운 상태로 풀어놓는 적극적 이며 의식적인 윤리적 실천이기도 하다. 이 점은 현실적 자아가 처한 "가시 가 돋힌" "엄나무마냥 야위어"(「무제無題」) 사는 상황의 극단으로 자신을 "긴 장시킴으로써 내강內剛의 의지인이 되고자 하는 결의"[32]를 곳곳에서 발견할 수 있기 때문이다. 일반적으로 세속적 현실을 초탈하려는 동기나 은둔 지 향은 시인의 천부적인 기질과 부패하고 타락한 사회 현실이라는 두 요소에 서 찾을 수 있다. 이는 또한 시인으로 하여금 그러한 현실에 당당하고 의연 하게 맞서는 정신적 의지를 배태하기도 한다. 그것은 궁핍한 현실과 가난 속에서 고뇌 어린 시선으로 자신의 처지를 대상화하여 거리를 두고 관찰하 며 자기를 초극하려는 단호한 정신적 의지로 세계의 부정성에 맞서는 태도 에서 잘 드러난다.

---

32 정효구, 앞의 논문, 27쪽.

동양 정신의 심미적 놀이

송도松都적 불가사리는 그래도

(하, 그렇지 부가살不可殺이지 둔갑장신遁甲藏身하여 절대로 죽이
지 못했으니까.)

무쇠만을 골라서 먹었다나 보던데

오늘의 불가사리는 찌락배기 황소라 아가리가 넓죽하여 하 그리 먹
성이 좋은가. 그저 닥치는 대로 무소불식武所不息!!?

바다를 팔아먹고 사직공원社稷公園 땅이고 뭐고 심지어는 한강 백
사장漢江白沙場!!!

…(중략)…

부근斧斤이 한 번도 닿은 일 없는 산山꼭대기, 하늘 찌르는 아름드
리 아름드리 거창한 나무. 벌목정정伐木丁丁 산경유山更幽가 아니라
고막鼓膜 찢는 듯 소름 끼치는 오비노꼬 마루노꼬 톱니바퀴 돌아가는
소란한 소리…… 보라! 문명文明이 학살虐殺한 저 울창鬱蒼한 숲속 크
낙한 나무들이 시커먼 시신屍身들을……

—「이제 천하天下는」 부분

인용 시는 단호한 의지로 세계의 부정성에 맞서는 태도가 잘 드러나 있
다. 부패하고 타락한 사회 현실과 정치 풍토에 대한 강렬한 비판 의지가 드
러나는데, 김관식의 다른 시와는 다르게 시적 상황은 보다 구체적이고 현
실적이다. 추락의 역사와 근대 문명의 탐욕이 불러온 폭력을 막아 내지 못
하는 절망감으로 인해 화자의 목소리는 강렬한 저항의 외침으로 솟구쳐 오
른다. 그것은 참혹한 전쟁과 함께 시작하는 근대화의 격변을 겪으며 사회
질서와 삶의 근원이 뿌리째 흔들리는 절망적 상황의 경험에서 비롯한다.
그렇기 때문에 저항의 외침과 비판 의지는 마치 시인의 초기 시에서 가열하
게 끓어오르는 감정의 고열한 파토스를 연속한다. 이를테면 "모두가 다 틀

림없는 싸탄의 노름"인 현실 세계에서 "지독한 염병을 앓"으며 '발광發狂'하
고 '절망絶望'하는 '재변災變과 재앙災殃'의 "괴로운 나날"이라는 상황 인식과
깊이 연관해 있으며, "서리 찬 가슴속에 여즈러진 숫돌에다 칼을 가는"(「지
구地球 최후最後의 날에」) 정신의 결기가 저항적 외침을 가능하게 한 것이다.

　김관식의 청년기 짧은 삶은 참혹한 전쟁과 인류의 파괴, 부패한 이승만
정권과 군부독재, 산업 근대화의 폭력으로 연속하는 현대사의 질곡을 관통
한다. 시인은 그 속에서 문명의 탐식과 독재 정권의 폭력과 근대의 이데올
로기에 대해 저항적 의지를 불태우는 것이다. 화자가 인식하는 근대 문명은
탐욕과 탐식, 파괴와 폭력을 본질로 한다. 화자에게 근대 문명은 '불가살不
可殺', 절대로 죽일 수 없는 '불가사리'처럼 허기진 괴물이다. 이놈은 "찌락배
기 황소"처럼 먹성이 좋아 "바다를 팔아먹고 사직공원社稷公園 땅" "심지어
는 한강 백사장漢江白沙場"까지 무엇이든 "그저 닥치는 대로 무소불식武所不
息"하는 허기진 탐욕과 탐식의 괴물이다. 불가사리로 은유한 문명의 탐욕은
선조 대대로 "부근斧斤이 한 번도 닿은 일 없는" "울창鬱蒼한 숲속 크나한 나
무"로 상징되는 자연의 신성한 영역까지 침범해 무참히 파괴한다. 그리하여
화자는 '문명文明의 학살虐殺'과 "학정虐政의 화禍가 드디어 금수禽獸"에게까
지 미친 것은 물론 "현현玄玄한 궁륭穹窿" 속 "신神의 몽매夢寐조차 설치어 부
안不安"한 지경이 되어 버린 비극적 현실을 질타하고 비판하는 것이다. 화자
는 문명의 독재, 그리고 그 독재를 추동하는 정치 이데올로기의 독재, 그 정
권의 독재자에 대하여 "동포同胞여. 일어나" 저항할 것을 처절하게 외친다.

　김관식의 시는 이처럼 현실의 구체와 가까워질 때, 또는 주체의 욕망이
나 고통과 긴밀히 조응할 때, 말하자면 동양적 정신세계에 천착한 사유 방
식, 그리고 고대적 시간의 영원성, 이상적인 자연의 질서로 초월해 가려는
성향과 멀어질 때 실존적 정신의 살아 움직이는 역동성을 획득한다. 이를
테면 "아방궁阿房宮에 도둑의 떼 불러들이고" "헛되이 만리성萬里城을 쌓"(「무
검撫劍의 서書」)는 부정한 현실과 "둘째의 등록금登錄金과 발가락 나온 운동화
가 어른거리는"(「병상록病床錄」) 현실적 주체가 처한 가파른 상황 속에서 상처

받은 모습으로 결연하게 맞서고자 할 때, 그의 정신은 살아 있는 역동성을 얻는다. 말하자면 현실과의 주체적인 맞섬이 강조될 때, 정신의 힘은 더욱 빛난다. 그동안 그의 시를 평할 때, 이러한 점은 간과되고 현실로부터의 고립이나 초월인 양 지나치게 강조한 나머지 의고적이며 재래적이라는 오해를 샀다. 따라서 현실과의 주체적인 맞섬을 시도하는 입장을 고려한다면, 그의 시에 대한 고착된 편견과 오해는 수정될 수 있을 것이다.

> 해 진 뒤, 몸 둘 데 있음을 신神에게 감사한다!
> 나 또한 나의 집을 사랑하노니
> 자조근로사업장에서 들여온 밀가루 죽粥이나마 연명延命을 하고
> 호랑이표 시멘트 크라푸트 종이로 바른 방바닥이라
> 자연 호피虎皮를 깔고
> 기호지세騎虎之勢로 오연傲然히 앉아
> 한미합동韓美合同! 우정友情과 신뢰信賴의 악수握手표 밀가루 포대
> 로 호청을 한 이불일망정
> 행行 · 주住 · 좌坐 · 와臥가 이에서 더 편안함이 없으니
> 왕王 · 후侯 · 장將 · 상相이 부럽지 않고
> 백악관白堊館 청와대靑瓦臺 주어도 싫다
> G · N · P가 어떻고
> 그런 신화神話 같은 얘기는 당분간 나에겐 하지 않는 게 좋을 것이다.
> ──「호피虎皮 위에서」 전문

현실과의 치열한 대응 속에서 전진하려는 의지는 김관식 시의 본질을 이루는 매우 중요한 요소 가운데 하나이다. 이러한 의지가 그에게 정신의 상향적 역동성을 부여하기 때문이다. 그에게 의지란 현실로부터의 이탈이나 초월을 향해 나아가기도 하지만 현실의 구체를 향해 열려 있는 것이기도 하며, 현실적 전략으로서 정신에 힘을 부여해 주는 것이기도 하다. 이 정신적

힘은 "밀가루 죽粥이나마 연명延命을 하고" "밀가루 포대로 호청을 한 이불"을 덮고 사는 현실의 가파른 어려움을 견디어 갈 수 있는 수단으로 사용된다. 또한 그것은 "한미합동韓美合同"이나 "G·N·P가 어떻고" 하는 "신화神話 같은 얘기"로 은유한 사회의 집단적인 관념과 의식을 인정하지 않고 "기호지세騎虎之勢로 오연傲然히 앉아" 있는 주체의 오만하다 싶은 자기 존립과 끊임없는 각성을 위한 효과적인 전략으로 작용하기도 한다. 때문에 그의 시에서 "바위야 눌러라./ 황소 같은 바위야/ 천근千斤 같은 무게로/ 네가 아무리 눌러도/ 죽순竹筍은 뾰죽뾰죽/ 자꾸만 솟"(「풍요조諷謠調」)는 의지와 강인하고 오만하다 싶은 정신을 앞세워 "허리 굽신거"리며 "제왕帝王의 문턱 절하고 드나들며/ 밑구멍 핥는 지치장舐痔莊"과 "시정市井의 비린내"나는 현실을 부정하고 자신의 정신의 날을 갈아 세우는 모습이 자주 그려지는 것이다.

정신의 날을 갈아 세우기 위한 방법은 끊임없이 자신에 대한 관찰을 도모하는 것이다. 따라서 모든 비판과 고통의 대상은 자기 자신이 된다. 자기 자신에게 시선을 던지는 이유는 "눈 속에 묻혀 눈을 씹어 눈물을 먹"으며 "삼동三冬을 하얗게 얼어서"(「무검撫劍의 서書」) 사는 정신의 순결함과 정직함, 치열함과 강인함을 효과적으로 증폭시킬 수 있기 때문이다. 그리하여 절망이나 고통은 다른 대상에게로 이입되지 않고 자신에게 응축된다. 정신의 날을 세우기 위한 또 다른 방법은 초기 시에서처럼 욕망들을 격렬하고 노골적으로 드러내는 것이었다. 이는 초기 시에서 살핀 것처럼 에로스의 격정적 충동과 동물적 욕망이 힘차고 격정적으로 드러나는 것에서 확인할 수 있다. 욕망이 파괴적이면 파괴적일수록 욕망을 이겨 내려는 정신의 의지는 상대적으로 돋보일 수밖에 없다.

김관식 시가 보여 주었던 두 가지 방향, 즉 관능의 파토스와 금기 파괴의 충동적 욕망을 가감 없이 보여 주는 시편들과 자신의 마음을 비우고 자연의 이치에 순화하는 자세나 초월적 세계를 지향한 시편들은 삶의 현실적 구체와 정신의 가열한 경지를 결합하는 데에서 하나의 목소리를 갖게 된다.

말하자면 현실에 맞서 '가시 돋힌 엄나무마냥 야위어 사는'(「무제無題」) 모습
이나, "천 근千斤 같은 무게"로 아무리 짓눌러도 죽순처럼 솟아(「풍요조諷謠
調」)나는 생명력, "강江물은 흘러도/ 구르지 않는 바위가 되어" "부동심의
자세姿勢"를 잃지 않은 채 "눈 속에 묻혀" "삼동三冬을 하얗게 얼어서" 살겠
다는 극강極强의 정신적 의지는 시적 주체가 처한 가난이라는 현실과 '아방
궁阿房宮' '만리성萬里城'(「무검撫劍의 서書」)이라는 타락한 물신物神의 세계 속
에서 잉태된 것이다. 이는 어떠한 현실의 압력이나 세속적 욕망과도 타협
하거나 굴복하지 않겠다는 결연한 의지를 나타내며, 그것은 정신의 힘에서
비롯한다. 요컨대 타락한 세계와 고통스러운 환경에 맞서 결연하게 대결하
는 주체의 역동적이며 실존적인 정신의 힘을 선취하고 있다. 이는 현실적
삶이 포함하는 고통이나 고뇌와 긴밀하게 조응하기 때문에 가능한 것이다.

> 방房 안 가득찬 철모르는 어린것들.
> 제멋대로 그저 아무렇게나 가로세로 드러누워
> 고단한 숨결은 한창 얼크러졌는데
> 문득 둘째의 등록금과 발가락 나온 운동화가 어른거린다.
> 내가 막상 가는 날은 너희는 누구에게 손을 벌리랴.
> 가여운 내 아들딸들아.
> 가난함에 행여 주눅 들지 말라.
> 사람은 우환憂患에서 살고 안락安樂에서 죽는 것,
> 백금白金 도가니에 넣어 단련鍛鍊할수록 훌륭한 보검寶劍이 된다.
> 아하, 새벽은 아직 멀었나 보다.
> ─「병상록病床錄」 부분

인용 시는 주체가 감당해야 할 현실적 삶의 고통이나 고뇌와 긴밀하게 연
결됨으로써 시적 진정성을 획득한다. 시적 진정성은 삶의 구체에 접근함으
로써 생성되는 종류의 것이다. 그리하여 화자의 심리적 상황은 누구나 체

험하고 공감 가능한 영역이다. 화자는 병들고 궁핍한 가장이다. 그는 한밤중에 깨어 아무렇게나 가로세로 얼크러져 잠든 어린아이들을 보며 고뇌에 잠긴다. 아이의 등록금과 발가락 나온 운동화를 바라보는 병상의 가난한 아비의 심정은 처연하다. 가난과 병상의 불우한 상황에 처한 무력한 아비는 아이들에게 "백금白金 도가니에 넣어 단련鍛鍊할수록 훌륭한 보검寶劍이 된다"는 자기 극복 의지와 정신적 가치를 통해 가난의 시련을 견뎌 내기를 바란다. 그런데 이러한 태도는 관념에 근거하기보다는 현실과의 직접적인 접촉에서 길어 올린 것이기에 시적 진정성을 얻는 것이며, 그리하여 시적 울림이 큰 것이다. 요컨대 "아하, 새벽은 아직 멀었나 보다"라는 현실적 고뇌와 갈등 속에서 생성된 목소리이기 때문에 강인한 정신적 힘이 구체성을 내포할 수 있는 것이며, 시적 발화의 진정성을 강화하는 것이다. 이처럼 암담한 상황에서 자신을 추스르고 정립시켜 나가는 과정에서 정신의 힘이 발현할 때, 그 현실적 구체성과 진정성을 갖는다.

김관식 시에 대한 평가는 현실과 유리된 동양 정신의 관념성을 중심으로 바라보는 시선에서 크게 벗어나지 못했다. 물론 그러한 세계를 부정할 수는 없다. 하지만 분명한 것은 그러한 특성이 역설적으로 역사 사회적 조건에서 발생했다는 사실 또한 부정할 수 없다. 그간의 평가는 이러한 사실을 누락하고 있다. 동양적 정신주의와 재래적 전통성에만 편중된 시선은 그의 시에 대해 오해와 편견을 불러온 요인이기도 하다. 그 오해와 편견은 도시를 중심으로 전개되는 근대 산업사회의 현실에 대한 성급한 집착과 악순환을 거듭하는 정치 현실에 대한 직정적인 관심의 표출이라는 당대적 분위기로 말미암아 더욱 강화된 것이기도 하다.

"한 편의 서정시가 지닌 비사회성이야말로 사회적인 것"[33]이라는 아도르노의 역설적 주장처럼 서정시의 내용이 갖는 보편성은 본질적으로 사회적

33 차봉희車鳳禧, 『비판미학』, 문학과지성사, 1990. 139쪽.

이며 시대적인 것이다. 서정시는 '그것이 사회적인 것을 거부하는 정도만큼 사회를 반영하는 역사적 산물'[34]이다. 서정시가 갖는 "사고의 구조 자체 속에는 이미 내적인 것에서 외적인 것으로, 개별적 사실이나 작품으로부터 그 뒤에 있는 뭔가 보다 넓은 사회 경제적 현실로 나아가는 움직임이 전제"[35]되어 있다. 따라서 김관식이 보여 주는 자연 지향이나 동양적 정신주의를 단순한 현실도피나 현실적 좌절과 패배에서 오는 귀거래의 은둔주의라 평가하는 것은 온당하지 않다. 그의 시는 전후 당대의 비극적 역사 사회 현실과 치열하게 대응하고 반응한 결과물이기도 하다. 그는 그가 추앙한 노자처럼 "어머니의 뱃속에서 여든한 해를 살다가 왼편 옆구리를 가르고"(「자도紫桃 소묘素描」) 늦게 태어난 시인이다. 이것이 김관식의 시적 성취와 한계를 가르는 기준점이다.

6. 동양 정신의 시적 구현

김관식의 시 세계에서 모방과 습작의 흔적이 역력한 『낙화집落花集』 이후 초기 작품은 강렬한 광기와 관능의 육체적이며 동물적인 생명성과 본능적 충동의 질주가 보여 주는 저돌적인 감수성의 세계였다면, 이후 그는 동양적 일원성의 조화로운 자연으로 귀의한다. 이를테면 비극적 현실 인식과 동일성 회복을 향한 도정, 육체적인 관능의 파토스와 원시적 생명의 탐닉, 그리고 자연 지향의 은일 자족적 세계에서 초예와 호방의 강인한 정신주의로 이어지는 시적 역정은 시적 영혼의 가열한 자기 극복 과정을 보여 준다. 이는 세계-내-존재의 자기 정체성과 자존성 확립을 향해 나간 시적 고행

---

34 프레드릭 제임슨, 염홍상 · 김영희 역, 『변증법적 문학이론의 전개』, 창작과비평사, 1984, 47쪽.

35 위의 책, 18쪽.

을 상징적으로 환기한다.

김관식 시가 지닌 동양적 정신주의의 풍모는 한학에 대한 깊은 조예, 당대의 지적이며 문화적 분위기를 거스르는 "기형아畸形兒" 혹은 "이조적李朝 的 지식인으로서 농세적야인弄世的野人"[36]이라는 기질적 성향, 서정주와 조지훈 등이 지니고 있었던 전통 지향성의 영향, 전후의 불우한 당대적 조건이 혼융해 빚어낸 결과이다. 그는 광활한 동양 정신과 사유의 원시림인 고대적 시간과 경험 세계로 투신해 들어가 현실을 돌파할 시적 동력을 찾았던 것이다. 그것은 실험 정신이라 일컫는 당대의 모더니즘적 노력과는 뚜렷이 대척되는 변별성을 갖는 것이다. 이것이 재래적이고 고답적이며 의고적이라는 평가를 받아 온 까닭이기도 하다.

김관식은 역사의 광기와 인간 파괴의 현장을 경험하면서 현실 세계의 대척지인 고대적 정신과 경험 세계로 포복해 들어간다. 그의 시가 반근대적이며 반문명적인 무위자연의 세계를 지향한 것은 무엇보다 세속 현실의 구속과 속박으로부터 해방된 인간 본연의 자유를 획득하기 위한 방법이다. 이러한 맥락에서 원초적 욕망과 억압된 본능의 해방을 통한 현실 원칙과 금기의 파괴 역시 무제한적 자유의 획득을 위한 행위로 이해할 수 있다. 요컨대 분단과 전쟁, 그리고 정치적 독재와 산업화가 불러온 인류의 파괴와 인간 존엄성의 붕괴에서 새로운 근대의 건설이 막 시작되는 현실은 초월적이며 정신적인 가치의 붕괴를 불러온 사실과 무관하지 않다는 것이다. 전후의 공간은 인간의 보편적 가치가 처참하게 짓밟히는 시대였다. 따라서 이상적 세계에 대한 인간적 갈망과 동경은 영원성이 확보된 고대적 경험 세계나 동일성이 확보된 산수 자연을 지향한 것이다.

김관식이 천착한 동양 정신과 초월성의 세계는 역사 사회적인 의미를 함축하고 있다. 그는 전후 새로운 근대 질서의 현실 모순이나 부조리에 대항

---

36 위의 글, 330쪽과 340쪽.

하기 위해 웅장하고 초월적인 가치와 논리가 필요했고, 그것을 동양 정신과 자연과의 합일, 고대적 경험 세계에서 찾았다. 고대적 동양 정신에 대한 강박에 가까운 추구는 '구체적이고 역사적인 시간에 대하여 반항하고 있다는 사실, 즉 위대한 시간의 원초적 경험 세계로의 복귀에 대한 향수[37]에서 비롯한다. 그가 구현하고자 했던 동양 정신의 세계는 자연의 동일성이 보장된 고대적 질서와 가치가 오롯이 살아 있는 시간과 공간이다. 이를 통해 그는 당대의 모순과 부조리, 근대적 논리와 질서를 돌파하려 했던 것이다.

폭발하는 원시적 관능과 생명성, 자연과의 합일, 초월적 세계의 지향, 현실 극복의 강인한 정신주의는 결과적으로 시인의 실존적 고통에서 우러나온 것이다. 그가 폭력적인 근대의 논리와 질서에 저항하기 위해 동양의 전통 정신과 무위자연의 세계, 고대적 시공간의 경험 세계로 나아간 것은 이와 같은 문맥과 연관한다. 그가 구현한 이러한 동양 정신과 무위자연의 삶과 세계는 역사를 신비주의적 관점에서 재구성한 것에 불과할 수 있다. 그러나 '동양인'으로서 "동양東洋의 자연自然과 생활生活을 다시 한번 성찰省察[38]하는 태도와 동양 전통의 정신이라는 명분을 내세워 초월적 경험 세계로 나갔다 할지라도 이러한 시정신은 전후의 피폐한 현실적 상황, 그리고 이로부터 발원하는 심리적 불안과 공포를 극복하기 위한 절실한 대안이었을 수도 있다.

탈주와 귀환

—윤곤강의 시적 여정과 지향점

1. 부정과 희망의 원리

　지금까지 윤곤강[1] 문학의 성취와 한계에 대한 논의는 다양한 방향에서
활발하게 진행되어 왔다. 이 글은 기존 연구가 개진한 성과를 바탕으로 그
의 시적 여정이 품은 의미를 부정적 현실 지각을 통한 '탈주'와 최종 심급
으로서 근원 세계로의 '귀환'이라는 이해의 틀 아래에서 살펴보고자 한다.
서정시는 사회적인 것을 거부하는 정도만큼 사회를 반영하는 역사적 산물

---

1 윤곤강(1911~1950)은 충남 서산에서 태어나 혜화전문을 중퇴하고 일본 센슈우(專修)
　대학에서 수학했다. 그는 1931년 『비판批判』 11월호에 시 「넷城터에서」를 발표하며 시
　작 활동을, 1933년 「반종교문학의 기본적 문제」를 『신계단』에 발표하면서 비평 활동을
　시작했다. 그는 약관의 나이에 등단하여 1950년 타계하기까지 20년의 작품 활동 기
　간 동안 『대지大地』(풍림사, 1937), 『만가輓歌』(동광당서점, 1938), 『동물시집動物詩
　集』(한성도서주식회사, 1939), 『빙화氷華』(명성출판사, 1940), 『피리』(정음사, 1948),
　『살어리』(정음사, 1948)를 상재한 다작의 시인이며, 시와 비평에 대한 전체적인 면모
　는 송기한 · 김현정이 엮은 『윤곤강 전집 1 시』와 『윤곤강 전집 2 산문』(다운샘, 2005)
　을 통해 확인할 수 있다. 그는 시 창작과 함께 적극적으로 자신의 시적 입장을 왕성하
　게 개진해 나간 다산의 비평가이고, 김기림의 『시론』(1947)에 대응하는 시론집 『시와
　진실』(1948)을 펴낸 시론가이기도 하다.

²이라는 역설적 주장처럼 사회적인 속성을 함유한다. 서정시가 갖는 사고의 구조 자체 속에는 이미 내적인 것에서 외적인 것으로, 개별적인 사실이나 작품으로부터 그 뒤에 있는 보다 넓은 사회 경제적 현실로 나아가는 움직임이 전제되어 있다. 그리고 상부구조를 이루는 예술로서 서정시는 사회 경제적 토대 내지 하부구조와의 관계³ 속에서 파악할 수 있다. 이 글은 곤강 시를 일제 말, 그리고 해방기로 이어지는 억압적 상황과 모순, 혼돈과 분열의 부조리한 현실에 대응한 일종의 유토피아 정신의 결과로 보고자 하는 데서 출발한다.

서정시는 역사 현실에서 자유롭지 못하다. 곤강의 시가 부정적 현실에서 탈출하여 근원 세계로 귀환하려는 의식에는 억압과 모순의 역사 현실을 극복하려는 유토피아 의식이 한구석에 도사리고 있다. 그의 시가 지향하는 현실의 부정적 지각을 통한 비판과 탈주, 그리고 근원 세계로의 귀환은 유토피아 정신과 멀리 떨어져 있지 않다. 유토피아 의식은 현실 인식 끝에 발생한다. 여기서 유토피아 의식은 현실을 부정하고 미래를 전망하면서 기존의 부정적 질서를 극복하고자 하는 의지적 태도를 뜻한다. 이러한 의식은 인류 공동체가 추구하는 올바른 세계에 대한 갈망⁴이며, 현실에 대한 분석과 비판을 통해 특정한 사회상을 제시⁵해 주는 힘을 발휘한다. 요컨대 곤강 시의 밑변에는 부정적 현실에서 피안 세계를 꿈꾸는 유토피아적 충동이 자리한다. 그 충동의 심리적 기저에는 현실의 부정적 지각과 비판이라는 부정의 원리, 그리고 이상 세계의 창조라는 희망의 원리⁶가 작동한다.

우리의 근대사는 비극적이게도 식민 근대화로부터 출발한다. 이러한 파

2 프레드릭 제임슨, 여홍상 · 김영희 공역, 『변증법적 문학이론의 전개』, 창작과비평사, 1984, 47쪽.
3 위의 책, 18쪽.
4 마르틴 부버, 남정길 역, 『유토피아 사회주의』, 현대사상사, 1993, 38쪽.
5 김영한, 『르네상스의 유토피아』, 탐구당, 1988, 15쪽.
6 임철규, 『왜 유토피아인가』, 민음사, 1994, 29쪽.

행적 상황에서 우리는 동일성을 상실할 수밖에 없었고, 정체성은 파괴될 수밖에 없었다. 곤강이 문단 활동을 시작한 시기는 일제의 강압적 철권 통치가 극에 달한 일제 말 암흑기였다. 그리고 그가 타계한 시점은 해방을 맞았지만 극심한 이념 대립과 민족 분단이 현실화한 분열과 혼돈의 시대였다. 곤강은 일제 말의 암흑기를 통과해 연속하는 해방기 혼돈의 시대를 살았다. 그가 살아간 삶의 토대로서 역사 현실의 조건은 지극히 불우했고 고통스러웠다. 이러한 역사적 사실을 상기할 때 그의 시의 특성을 당대의 역사 사회적인 조건과 연관해 살피는 방법은 곤강 시의 원류를 이해하는 데 하나의 유효한 접근 방법일 수 있다. 왜냐하면 식민의 정치 · 사회 · 경제 · 문화 현실과 무반성적인 서구 추수적 근대성, 좌우 대립의 갈등과 혼돈의 비극적 상황에 민감하게 반응하면서 그의 창작 행위는 펼쳐졌기 때문이다.

일제 말과 해방기 혼돈의 상황에서 곤강은 누구보다도 현실에 민감하고 치열하게 반응한 문학인이다. 그는 현실과의 길항 관계 속에서 격정적인 자의식을 통해 창작 활동을 펼친 시인이면서 비평가로서 근대시 권역 전체에서 가장 열정적[7]으로 시와 비평 창작에 몰두한 문인 가운데 하나이다. 그의 시 창작이나 비평 행위는 현실 대응의 산물이기도 하다. 당대의 역사 현실은 불우했고 바람직한 미래를 위해서는 이 부정적 현실태를 극복하고 통합할 이상적 가능태의 세계를 모색할 필요성이 있었다. 그런 이유로 그는 "칼날같은 이빨(齒)"이 "미처날뛰"며 "온갓것을 씹어삼키"는 "찬바람의 계절季節"(「동면冬眠」)로 은유된 엄혹한 시대의 '겨울', 죽음의 '만가輓歌'가 울려 퍼지는 비극적 상황에서 탈출하여 근원 세계로 귀환하고자 한다. 이를테면 차안의 현실태를 부정하고 바람직한 삶의 가능태를 '대지'와 '봄', '빛'과 '고향', '누리'와 '전통'으로 표상되는 피안의 자연 생명, 우리 민족 고유의 노래인 고려가요 등 민족어가 내장하는 공동체적 정체성으로서의 민족 정서의 회복

<hr>

7 유성호, 「윤곤강 시 연구─현실과의 길항, 격정적 자의식」, 『한국근대문학연구』 24집, 한국근대문학회, 2011, 95~96쪽.

을 통해 희망의 대안을 찾고자 했다.

일제 말이나 해방의 시기는 외양만 다를 뿐 파행과 혼돈의 양상은 이형 동질의 구조를 지닌 것이나 다름없다. 이러한 사회 구조의 근본적인 내적 모순을 해결하기 위해 곤강은 문학의 적극적인 현실 참여와 실천을 당위 명제로 내세우는 문학적 입장을 밑변에 깔고 출발한다. 그것은 그가 문학적 출발 초기부터 카프KAPF에 참여해 활동한 사실에서도 유추할 수 있으며, 이러한 문학적 입장을 반영하여 현실과 생활을 강조하는 리얼리즘적 성격이 강한 문학적 태도를 견지해 나갔다.[8] 어떤 특별한 역사 현실적 조건이나 상황이 의식적이든 무의식적이든 특정한 성향의 문학적 경향을 생산할 수 있다는 점에 동의한다면, 곤강의 현실 문제에 대한 문학적 관심은 필연적인 귀결이라 할 수 있다.

곤강의 시적 여정과 지향의 밑변을 관통하는 흐름은 그렇다고 리얼리즘이라는 특정한 경향에만 국한할 수 없다. 그의 문학은 당대 주류를 형성하던 '순수서정시/프로시/모더니즘시' 어디에도 귀속되지 않고 독자적인 세계[9]를 이룰 만큼 다양한 면모를 지니고 있다. 말하자면 그의 시는 당대 주류를 이루던 시적 경향의 성격들이 골고루 혼재되어 나타나는 유연성과 탄력성을 지니고 있다. 하지만 분명한 사실은 현실에 대한 응전의 자장권 안에서 그의 창작 행위가 전개되었다는 점이다. 이러한 전제 아래 이 글은 곤강의 시를 현실에 대한 부정적 지각과 탈주의 비판적 인식, 그리고 부정적 현실에 대한 비판적 모색을 통한 근원 회복이라는 이해의 틀을 전제로 접근한다.

8 문혜원, 「윤곤강의 시론 연구」, 『한국언어문학』 제58집, 한국언어문학회, 2006, 284쪽.

9 유성호, 앞의 글, 96쪽.

2. 식민 현실과 부정적 세계 인식

　일제 강점기 말 폭압적 파시즘과 해방기 대립과 갈등, 분열과 혼돈이 지배하는 역사 현실은 절망적인 암흑기였다. 불우한 현실은 식민 주체들에게 좌절과 패배, 상실과 고통, 억압과 굴욕을 안겨주는 공간일 수밖에 없었다. 말하자면 피지배의 식민 주체들이 처한 상황이나 해방의 타율성이 배태할 수밖에 없는 억압과 혼돈의 환경은 정상적인 삶의 공간이 아닌 전망을 상실한 죽음의 공간이다. 곤강의 시에서 시적 주체가 처한 현실 세계는 "눈보라의 대지공세大地攻勢에 대지大地는 명태明太같이 말라붙고"겨울 북풍이 "냉혹冷酷한챗죽을 흔들"어 대는 "멀미나는 고난苦難의 밤", "이제는 울기운조차 없어지고야만 애닲은 목숨들이""사체死體와같이 누어있"(「갈망渴望」)는 절대적 비극의 상황이다. 식민 현실은 '여기도 저기도 이쪽에도 벌거숭이'(「벌거숭이마을」)이고, "오늘도, / 당나귀 목청을 닮은 기동차가/ 두메꾼의 식구를 몰고/ 북北으로 북北으로 울"(「제비가 있는 풍경風景」)면서 쫓겨 가며, "피땀 짜먹은 곡식을/ 값없는 탄식과 맛바꿀"(「가을의 송가頌歌」) 수밖에 없을 만큼 궁핍하고 참혹한 지경이다. 시적 주체는 죽음과 폭력이 세계를 지배하는 척박하고 암울하며, 삶다운 삶을 허락하지 않는 암담한 불모의 현실에 처해 있는 것이다. 이렇게 황폐하고 폭압적인 경험 세계는 시적 주체를 상실과 고통으로 내몰고, 한편으로는 그 현실이 결핍한 부재하는 동일성의 근원 세계를 동경하게 만든다.

　　오오 멀미나는 습성習性의 되푸리여!
　　흘려보낸 어제는 오늘을
　　닥쳐온 오늘은 다시올 내일來日을……
　　―이렇게 낮과 밤이 되푸리될 때
　　거짓의 씨는여름날 구데기처럼 새끼를 치노니

굴屈속처럼 캄캄한 앞길이여!
굼벵이처럼 비약飛躍을 모른 생활이여!
　　　　　　　　　　　　　　　　　　　—「계절季節」 부분[10]

바람 불고 구름낀 대낮이면
음陰달진 그의 묘지墓地우에 가마귀가 떠들고
달도 별도 없는 검은 밤이면
그의 묘비墓碑밑엔 능구리가 목놓아 울고,
　　　　　　　　　　　　　　　　　　　—「만가輓歌 2」 부분

　　곤강 시에서 시적 주체가 처한 현실은 지극히 부정적이다. 말하자면 그
의 시적 생산의 토대를 이루는 경험 세계 혹은 생활 공간은 "언제나 변함없
는 주림의 나라"(「애상哀想」)이거나 "왼누리에/ 검은옷을 입은 밤이/ 죽어넘
어진 태양太陽을 조상"(「O · SOLE · MIO」)하는 굶주림과 죽음, 겨울과 밤(어
둠)이 지배하는 형국이다. 이는 비단 곤강뿐만 아니라 당대의 모든 인간 개
체들이 그랬듯이 온몸으로 겪지 않으면 안 되는 불행과 궁핍의 경험이기도
하다. 인용 시 역시 이 같은 맥락에서 암담한 현실을 바라보는 암울한 시선
과 절망적인 어조로 인해 드러나는 시인의 비극적 세계 인식의 일단을 가늠
할 수 있다. 그리고 이를 통해 현실에 대한 시인의 태도가 얼마나 부정적이
며 절망적인지를 짐작하게 한다.
　　화자는 "굴屈속처럼 캄캄"한 현실의 "묘비墓碑밑엔 능구리가 목놓아" 우
는 비극적 현실에서 "굼벵이처럼 비약飛躍을 모"르며 죽음과도 같은 절망적
생활을 이어 가는 형편이다. 자아의 동일성은 파괴되고, 세계는 불모적이
며, 여기에서 미래의 전망과 구원의 희망은 거의 찾을 길이 없어 보인다.

---

10 시의 인용은 모두 송기한 · 김현정이 엮은 『윤곤강 전집 1 시』(다운샘, 2005)의 원문
을 그대로 따르며, 별도로 시집 이름이나 쪽수는 편의상 생략한다.

이것은 시인이 다른 작품에서 "시퍼렇게 얼어붙은 어름ㅅ장", "칼날같은 이빨(齒)"(「동면冬眠」)이 환기하는 경험 세계의 고통, "굴ㅅ속가튼 어둠ㅅ속"에서 "죽엄 보다도차듸찬 生"(「어둠ㅅ속의 광풍狂風」)을 살 수밖에 없는 절망적 상황, "어둠의 나라 땅밑에 반드시 누어/ 흙물을 달게 빨"(「지렁이의 노래」)며 비참한 삶을 부지扶支해 가는 참혹한 현실 인식과 동일한 것이다. 곤강에게 "세상은 썩은 능금"이며 "곪아터진 국부局部"(「기우杞憂」)처럼 병들고 부패한 것이다. 시인은 주체와 세계가 서로 조화로운 관계를 유지할 수 없는 극심한 대립과 갈등, 부재와 결핍의 상태에 놓여 있다. 이럴 때 자아와 세계가 합일을 이루는 동일성의 서정적 자아는 성립하기 어렵다. 이는 현실의 시인이 자신을 하나의 통일되고 안정된 주체로 인식하도록 허락하지 않는 비극적 상황에 놓여 있음을 환기한다.

> 멀미나는 긴긴밤의 어수선한 꿈자리처럼
> 허구많은 세월歲月의 장벽障壁을 헤여뚫고
> 왼 누리에 불을 붙여주고싶은 죄스러운 꿈이
> 유령幽靈처럼 느러선 집채와 거리와 산모롱이에
> 희게 찢어지는 눈바라처럼
> 미처날뛰다가
> 제풀에 지처 거꾸러진 참혹한 시간時間이다
>
> ──「얼어붙은 밤」 부분

> 푸른 호면湖面을
> 적요寂寥가
> 자취없이 더부렁거릴 때,
>
> 안개처럼 어리운 우울憂鬱 속에
> 허거픈 마음은 잠들줄 모르고

고달픈 육체|肉體는

운명의 영구차靈柩車를 타고

검푸른 그림자 길게 누은

음陰달진 묘지墓地를 부러워한다

—「육체肉體」 전문

　　현실에 대한 비극적 인식은 인용한 시에서도 그대로 반영되어 있다. 인
용 시에서 화자의 자조적이며 절망적인 부르짖음은 자신을 구속하고 있는
현실이 얼마나 강고하고 폭압적인지를 잘 보여 준다. 화자가 처한 계절적
배경은 겨울이며 시공간적 배경은 시의 제목처럼 참혹하게 "얼어붙은 밤"이
다. 화자는 어둠이 지배하는 "멀미나는 긴긴밤" "왼 누리에 불을 붙여주고
싶은" 꿈을 꾼다. 그러나 그 꿈은 지향점을 잃고 '눈보라처럼 미처날뛰다가'
참혹하게 거꾸러지고 만다. 여기에서 밤은 작품의 계절적 배경 겨울과 함
께 암담하고 우울한 언어이며, 그것은 죽음과 맞닿아 있는 시간이다. '미친
듯 몸부림치는 어둠의 광란狂亂' 속에서 목숨은 "숨통만 발딱거"리는 절박한
상황이다. 육체는 고달프고, "안개처럼 어리운 우울憂鬱 속"에서 구원의 가
능성은 찾을 길이 없어 보인다. 그리하여 마침내 화자는 "음陰달진 묘지墓
地를 부러워"하고, "창굴娼窟의 대낮같은 고달픔"은 삶을 "음陰달진 묘혈墓
穴로 휘몰아 보"(「만가輓歌 3」)내고픈 죽음의 충동으로까지 이끌린다. 이렇게
현실을 죽음으로 환원하는 비극적 인식은 역설적으로 현실에 대한 근본적
거부인 동시에 삶의 부정성에 대한 저항이며, 궁극적으로는 현실을 지탱하
는 억압적 질서에 대한 항체를 형성하도록 한다.

회색연기灰色煙氣에 눈을 못뜨고

한지점地點에서 매암도는 생활生活이여!

나는 너에게 고별告別의 인사를 보낸다!

영원히 새로워질 수 없는 썩은생활生活이여!
나는 너의 품에서 순사殉死하기를 거절한다!

오오! 죽지않는 정열情熱이여!
샘물처럼 숨여드는 희망希望과 신념信念이여!

—「고별 Ⅱ」부분

지금은 겨울과봄의 갈림의시절!
우리는 노래하련다 위대偉大한슾음과 항상같이있는 가장큰기쁨을!
푸른옷을떨친 건강한 봄향내여!
싹트는 나뭇닢의 생기스런 기혼氣魂이여!

—「봄」부분

현실의 억압적 질서 체제가 가하는 압력이 강화될수록 이에 대한 반작용
으로서 현실을 탈출하여 근원 세계로 나가고자 하는 충동적 욕망은 이에 비
례하여 더욱 강렬할 수밖에 없다. 시적 감동보다는 인식을 더 강조하는 듯
한 인용 시—시적 완성도는 차치하고—에서 볼 수 있듯이 화자의 격정적인
어조는 자신을 구속하고 있는 현실로부터의 탈출 욕망의 직접적인 토로이
다. 화자는 "죽지않는 정열情熱"과 "샘물처럼 숨여드는 희망希望과 신념信念"
을 통해 "한지점地點에서 매암도는 생활生活", "영원히 새로워질 수 없는 썩
은생활生活"의 무력한 상태에서 벗어나고자 한다. 그리하여 현실의 "위대偉
大한슾음"은 결국 "가장큰기쁨"을 동반한다는 화자의 믿음은 "건강한 봄향
내"와 "싹트는 나뭇닢의 생기스런 기혼氣魂"을 노래한다. 곤강은 시 곳곳에
서 이러한 억압적인 현실로부터의 탈출 의지를 표명하고 있는데, 이것은
앞서 언급했듯 대지(자연), 봄, 빛(태양), 고향(어머니), 누리 등으로 표상되
는 원형적 자연 생명 세계를 통해 이루어진다. 이를 통해 시인은 부정한 세
계를 벗어나고자 희구한다.

특히 곤강의 초기 시는 '겨울' '어둠' '죽음' 등의 이미지로 상징되는 부정적 현실의 엄혹한 상황에서 '봄', '대지', '태양(빛)', '고향'으로 상징되는 자연 생명의 긍정적 세계를 지향하는 다소 도식적인 상상력 속에서 펼쳐진다. 이는 일종의 미래에 대한 낙관적 전망을 지향하는 혁명적 낭만주의의 영향으로 추정[11]할 수 있다. 일제 강점의 식민이라는 역사적 질곡을 온몸으로 감내할 수밖에 없었던 불행하고 궁핍한 상황은 가치 체계의 분열과 정신적 혼돈의 상태, 폭력과 억압이 지배하는 모순과 부조리한 삶 속으로 사람들을 내몰았다. 따라서 비극적인 역사적 상황은 '어둠'과 '밤'과 '겨울'의 이미지를 현실의 알레고리로 인식하게 하고, '빛'과 '태양', 또는 '봄'과 '고향'의 이미지를 현실의 부조리와 모순, 억압과 결핍, 혼돈과 분열을 극복한 이상세계의 알레고리로 인식하게 만든다. 겨울과 봄, 어둠(밤)과 빛(태양)의 알레고리는 곧 죽음의 질서에서 탈출하여 생명의 근원 회복을 암시한다. 왜냐하면 빛과 어둠은 상대의 존재성이 강화하는 만큼씩 그 존재성을 더욱 확연하게 드러내기 때문이다.

암울한 밤의 어둠과 죽음의 겨울로 인식되는 현실은 극복되어야 마땅하며, 빛의 밝음과 생명의 질서가 지배하는 낮의 세계로 전환되어야 온당하다. 이 빛과 어둠의 소박한 알레고리가 언어적 위력을 발휘하고 실천적 계몽의 의지를 고양할 수 있었던 것은 서정시의 조건을 형성하는 역사 현실이 그만큼 타락했고 사악했기 때문이다. 이를테면 자신이 처한 환경에 대한 불만족과 결핍감이 늘어날수록 "아름답고 살진 자연自然"(「창공蒼空」), "향기香氣로운 봄의품안"(「갈망渴望」), "어머니의 젖가슴같은 흙"(「대지大地 2」), "어머니의 품속"으로서 '땅'(「땅」)이 표상하는 영원한 생명의 시원을 향한 동경과 향수는 커져만 갈 수밖에 없다. 엄혹한 현실에서 자연을 지향하는 대개의 시인들이 그러하듯 시인이 궁핍한 현실의 대척점으로 내세운 곳 역시

---

11 김옥성, 「윤곤강 시에 나타난 자연의 의미」, 『문학과 환경』 14권 3호, 문학과환경학회, 2015, 34쪽.

자연(대지), 생명의 봄이다. 이때 자연이나 봄, 고향, 누리는 상실한 낙원의 대용품이나 도피처라는 단순한 의미보다는 적극적으로 회복해야 할 시원의 영역이라는 실천적 윤리성을 띤다.

> 너는 우리들의 굳센의욕意慾을 알리라!
> 어서! 분마奔馬와같이 거름을 달리어라!
> 냉혹冷酷한겨을을 몰어낼 봄바람을 실어오기위하여….
>
> …(중략)…
>
> 지상地上의온갓것을 겨을의품으로부터 빼앗고 향기香氣로운 봄의 품안에다 그것들을 덤석! 안겨주굡은 불타는갈망渴望이며!
> ─「갈망渴望」 부분

> 지붕도 나무도 실개울도
> 죄 다아 얼어붙은 밤과 밤
> 봄은 아득히 머언데
> 싸락눈이 혼자서 나리다 말다……
> 밤이 지새면 추녀 끝엔
> 수정 고두름이 두자 석자……
> 흉칙한 가마귀떼 울음소리와
> 울부짖는 된바람의 휘파람 뒤에
> 따스한 햇살이 푸른 하늘에 빛나
> 마침내 삼단 같이 기인 햇살로
> 아침 해 둥두려서 솟아오면,
> 장미의 술 속에 나비 벌 취하고
> 끊긴 사랑의 실줄은 맺어지리
>
> ─「기다리는 봄」 전문

현실과 미래의 전망이 막혀 버린 상태에서 시인이 할 수 있는 일은 비극적 역사 현실을 부정하고 이상적인 세계를 꿈꾸며 동일성이 회복된 피안으로 탈주를 감행하는 것이다. 동일성의 근원이 파괴된 절망적 현실에서 근원을 꿈꾸는 인간은 현재의 삶이 불만족스럽고 결핍이 강하면 강할수록, 부재 의식이 크면 클수록, 고통이 심하면 심할수록 시원의 세계에 대한 동경과 향수는 더욱 강렬할 수밖에 없다. 반복하지만 곤강 시의 핵심 이미지로서 대지와 빛과 봄은 그의 시정신을 규제하는 중심 이미지로 기능한다. 이런 이미지들은 그의 시에서 부정한 겨울과 죽음, 폭력과 궁핍, 결핍과 부재를 물리치는 초월적 상징물이다. 이때 그것들은 자연 생명, 새로움, 순수, 질서 등의 의미 자질, 이를테면 자연의 질서와 생명의 회복과 이상 세계의 회복이라는 의미를 포함하며, 전망의 확실성과 미래적 가치에의 동경, 열정과 신념, 의지와 구원의 대상이라는 계열적 의미를 거느린다.

곤강은 이러한 이미지들이 지닌 밝음과 생명의 회복을 통해 원형적 생명의 가치와 희망의 세계를 찾는다. 말하자면 어둡고 절망적인 겨울과 죽음 등에 대해 저항적 태도를 취하면서 이상적 세계를 갈망한다. 겨울과 어둠과 죽음의 현실에서 시인은 빛과 생명을 갈망하고 "우리들의 굳센의욕意慾"과 "불타는갈망渴望"을 통해 부정한 현실을 무화無化시키고 새롭게 정화된 질서의 세계가 회복하기를 꿈꾼다. 시인은 '냉혹한 겨울', '얼어붙은 밤', '까마귀 떼 울음소리'로 은유한 현실의 부정성을 폐절하고 "향기香氣로운 봄", "따스한 햇살", "아침 해"로 상징되는 새롭게 정화된 생명의 질서, 즉 "끊긴 사랑의 실줄"이 회복되기를 희원한다. 암담한 현실에 대한 분노와 역사의 고난과 어둠의 알레고리로서 밤과 겨울은 "봄의향내"와 "삼단 같이 기인 햇살"의 "아침 해"가 솟아나는 정화된 세계를 기약하는 것이다. 이러한 부분은 억압적 현실과 어둠을 물리치고 피안 세계를 열망하는 시인의 의지적 태도를 엿볼 수 있게 한다.

빛과 어둠은 낮과 밤, 생과 사라는 본능적이며 원형적인 상징 체계의 출발점이며, 흔히 이 체계는 긍정적인 것과 부정적인 것, 선과 악의 상징[12]적인 대립적 이미지로 쓰인다. 이에 따라 어둠이 짙으면 짙을수록 빛에 대한 갈망은 더욱 강렬한 것처럼 한국 근대시의 향일성은 비단 곤강에게만 해당하는 것이 아닌 일반적인 특성이다. 이는 그만큼 서정시의 현실적 조건과 경험 세계가 어둡고 황폐했다는 사실을 역설적으로 환기한다. 돌이키면 역사 현실의 어둠에서 빛이, 겨울에서 봄의 알레고리는 발원하고 절망에서 희망의 빛을 틔우고자 하는 열망이 우리 근대시의 출발이기도 했다. 곤강의 시에서 생명의 빛과 어둠이 내포하는 죽음의 알레고리는 부조리와 악, 모순과 고통, 결핍과 부재의 현실을 돌파하려는 정신, "들을 보면서 날마다 날마다" "가까워오는 봄의 환상을 찾"(「언덕」)는 염원의 전망이 잠복해 있다.

식민 현실은 빛과 어둠처럼 이분법적으로 단순하게 세계를 인식하게 했다. 압도적인 어둠의 비극성과 궁핍한 시대의 삶에서 곤강은 "밤마다 고쳐 죽는 넋에" "돌혹이 돛"(「넋에 혹이 돛다」)도록 고뇌하고 번민하지 않을 수 없었다. 이러한 현실의 압도적인 비극성과 시대의 궁핍은 현실을 혼돈과 무질서의 어둠의 세계로 인식하도록 매개한다. 말하자면 역사 현실의 알레고리로서 어둠과 겨울, 혼돈과 무질서가 가져오는 비극성은 그의 시적 출발의 무의식을 강력하게 규정한다. 빛과 어둠은 질서와 혼돈, 이상과 현실의 이분법적 자장 안에서 작동하기 마련이다. 이 같은 인식 구조는 지금 여기의 타락한 세계를 부정하고 시인 개인뿐만 아니라 우리가 궁극적으로 이룩해야 할 참다운 세계의 모습을 너무도 선명하게 각인시켜 준다. 현실을 어둠으로 인식하고 피안의 빛을 꿈꾸는 이러한 의식의 또 다른 발원지는 식민 근대화 과정이 노정하는 착취와 수탈, 가치의 물화, 향락과 소비문화 등 도시 문화가 배태한 부정성이다.

---

12 르네 위그, 김화영 역, 『예술과 영혼』, 열화당, 1974, 114쪽.

3. 물신 욕망과 도시 생태 비판

곤강은 문학적 출발 초기부터 카프KAPF에 참여한다. 이러한 전기적 사실은 표면적으로 그가 누구보다도 현실 문제에 대해 고민이 깊었으며, 문학의 현실 참여와 실천성에 많은 관심을 가졌음을 지시한다. 단순하게 말해 문학은 어떤 식으로든 현실을 반영하고 현실에 참여한다는 논리를 따르면, 당대의 현실은 타락했고, 따라서 문학은 이를 변혁하기 위한 사회적 실천력을 갖추어야 한다. 타락한 사회에서는 누구든 그 타락의 현실로부터 결코 자유롭지 못하다. 곤강 역시 이러한 상황의 논리 구조에서 그의 문학적 지평을 넓혀 갔다. 이때 그의 시에서 발견할 수 있는 내용 중 하나가 착취와 타락의 위악적인 식민 근대성에 대한 비판적 인식이다. 일제에 의해 식민지 착취의 일환으로 추진된 파행적이며 기형적인 근대화 혹은 도시화는 비판적 지식인에게 간과할 수 없는 문제이기도 하다.

> 지금 낮과 밤을 분석分析하는 네온싸인이 반짝이고 군중群衆은 그불빗을짜라 움직이고 멈추고……
>
> 도회都會의 가슴팩이에 매달려 몸부림치며 울녀나오든 광상곡狂想曲도 지금 시간時間과공간空間을 넘어무아몽중無我夢中의 별세계別世界인 미몽迷夢의 흐릿한 쑴길우에 고히 잠들고
>
> 멀리 암흑暗黑속에 잠긴 산영山影조차 조소嘲笑할듯이 충천沖天의 기세氣勢를 자랑하는 웅대雄大한건물建物사이로
>
> 창백蒼白한 얼골우에 눈물을 먹음은 달빛이 니히리즘의노래를 구슬히 맛추고잇다.
>
> 이것은 현대문화現代文化의 찬란燦爛한서광曙光의 남은빗을 자랑하는 과학문명科學文明의 최고봉最高峰!
>
> ―「폭풍우暴風雨를 기다리는 마음」 부분

서구의 경우 근대적 도시화는 산업혁명 이후 전면화된다. 우리의 경우는 개화 계몽기 이후일 것이다. 따라서 도시, 도시 문화, 도시적 삶에 대한 문학적 형상화가 시작된 것은 물론 개화기 이후부터라 할 수 있다. 개화 계몽기는 근대화에 대한 열망으로 인하여 도시는 긍정적 이미지로 수용 표현될 수밖에 없었다. 예컨대 춘원에게 도시는 문명화의 척도이며 근대화 수준의 절대적 지수이다. 그러나 식민 근대가 본격적으로 진행되면서 도시의 공기는 사람을 자유롭게 한다는 식의 긍정적인 이미지만으로 재현되지 않는다. 특히 전통의 붕괴, 규범의 훼손, 불공평한 분배, 가치의 물화, 인간 소외 등 도시가 팽창함에 따라 여러 문제를 야기하면서 도시는 더 이상 긍정적 이미지로만 수용 표현되지 않는다. 일찍이 백철이 간파했듯이 근대 도시 현실 중 작가의 눈앞에 나타난 것은 착하고 아름다운 것보다는 속되고 추하고 악한 것이 더 많다.[13] 식민 근대의 전개 과정은 불가피하게 많은 문제를 발생시킬 수밖에 없고, 무엇보다도 식민지의 도시화가 본원적인 초과 잉여 수탈의 전진기지로 작동한다[14]는 사실을 피부로 확인할 수 있었기 때문이다. 이에 따라 억압적 신분제도의 철폐와 신분 상승의 기회 공간, 보다 풍요로운 경제적 환경, 말하자면 더 이상 무한한 가능성과 자유를 약속한 공간으로 인식될 수만은 없었다.

음산한 묵시적 후광을 드리우고 있는 인용 시는 도시 문화가 거대한 괴물처럼 번식함에 따라 발생하는 인간의 왜소화와 소외, 왜곡된 도시적 삶의 허무하고 소비적인 양상을 비판적으로 바라보고 있다. 화자는 도시에 갇혀서 본원적 인간성을 상실하고 "허무虛無의나라로 줄다름"치는 세태의 풍속을 비감하게 재현한다. 이를테면 삶이 '황금黃金'과 '향락享樂'에 의해 허무하게 소비되는 풍경을 통해 도시를 탈신화화한다. 그러면서 화자는 "도회의 더러운재를 씨서줄 굵은 비발"이 쏟아져 타락한 세계가 정화되기를 염원한

---

13 백철, 『신문학사조사新文學思潮史』, 신구문화사, 1982, 250쪽.
14 이성욱, 『한국 근대문학과 도시문화』, 문학과사회사, 2004, 62쪽.

다. 현란한 "네온싸인이 반짝이고 군중群衆은 그빛을싸라 움직이고 멈추"는 '별세계別世界'로서의 도시는 "현대문화現代文化의 찬란燦爛한서광曙光"이며 "과학문명科學文明의 최고봉最高峰"으로서의 위세를 자랑한다. 그런 도시는 "귀貴엽고 엡분 자식子息"과 "다른 한편에는 천賤하고 더러운 자식子息을 길러내"며 "향락享樂과 무답舞踏을 춤추고 다른 한편에 죽엄의 만가輓歌를 외우"는 야누스의 얼굴을 하고 있으며, 지극히 부정적인 증상들이 펼쳐지는 곳으로 묘사된다. 그 도시는 "폼페-의 찬란燦爛한문화文化를 재ㅅ속에 파뭇"은 "화산火山의 폭파爆破"로도 "좀처럼 탈듯십지안"고 "문허질듯 십지안"을 만큼 견고한 위세를 자랑한다. 현란하게 빛나는 '네온싸인의 찬란한 서광', 혹은 "이렇게 훌륭한 지상낙원地上樂園"('당구장撞球場의 샛님들」)으로 은유된 모조신화에 대한 시인의 부정과 비판과 저항은 불모적인 식민의 도시공간에 대한 반성적 성찰에서 비롯하는 것이며, 물신이 조장한 향락과 풍요가 배면에 감춘 죽음을 투시하고 이를 정화하고자 하는 의지와 열망의 표현인 것이다.

화자에게 도시의 밤은 "증오憎惡와 음모陰謀와 부수復讐와 계획計劃의 불길이 활활 타오르는" 비정한 공간이고, "황금黃金과 권세權勢"로 은유된 물신의 힘이 지배하는 병리적인 공간으로 인식된다. 이처럼 도시는 곤강에게 지옥의 세속적 현대판처럼 지각된다. 자본과 문명의 욕망이 배태한 도시, 도시화, 도시적 삶, 도시적 문화에 대한 곤강의 시선과 반응은 비판적 차원을 넘어서 거의 혐오에 가깝다. 이러한 반응은 도시 공간이 삶을 얼마나 폭력적으로 왜곡하고 파괴하며, 인간의 정신을 얼마나 황폐화시키는지에 대한 시인의 인식 수준을 엿볼 수 있게 한다. 도시 문명과 문화적 양태에 대한 시인의 거부감은 물론 식민 근대와 도시 문명이 불가피하게 초래하는 부정성에서 비롯한다. 하지만 그 거부감과 반감의 심리적 밑변은 농경 문화적 공동체 사회에 익숙한 의식과 뿌리 깊은 생활 관습에서 기인한 것으로도 볼 수 있다.

농경문화에서 근대 도시로의 이행은 편리와 편안, 쾌락과 향락의 대중적 보편화라는 전에 경험할 수 없었던 전혀 새로운 삶의 얼굴로 다가온다. 하지만 그 이면에는 공포와 혐오의 감정을 동시에 내포한다. 이러한 상황에서 도시의 풍속을 부정적 태도로 지각하는 것은 자연스러운 일이기도 하다. 식민 도시에 대한 도저한 반감은 "증오憎惡와 음모陰謀와 부수復讐와 계획計劃의 불길이 활활 타오르는""허무虛無의나라", "세균細菌의뿌리 백힌" "도회都會의심장心臟", "거리의 불당不當한존재存在", "도시都市의 더러운째" 라는 윤리적으로 불온하고 위생학적으로 불결한 표현으로 말미암아 도시의 부정성과 식민지성을 극대화한다.

이와 함께 "창窓 문마다/ 새하얀 얼굴을 내어민 여공女工들"(『팔월의 대공』), "비누물같고 오줌빛같은 삐−르"에 "허리끈을 느추는" "술취한 신사紳士들" (『주료酒寮』), 불빛을 따라 "불나비의 넋으로 모여"드는 '사람들'(『다방茶房』)을 바라보는 시선도 도시에 대한 곤강의 태도를 엿볼 수 있게 한다. 이러한 도시의 궁핍과 고통, 물신 가치와 폭력, 관능적 쾌락과 향락, 비인간화와 소외 등의 이미지는 도시가 배면에 은폐하고 있는 죽음을 투시하는 행위이다. 화려한 동경의 대상이었던 도시가 불모의 삭막한 사막으로 변해 버린 것이다. 도시는 욕망 충족의 전시장이며, 군중들은 "현대문화現代文化의 찬란燦爛한서광曙光의 남은빗을 자랑하는 과학문명科學文明의 최고봉最高峰"인 "웅대雄大한건물建物"에 포위되어 대지로부터 추방된 것이다.

영하零下 사도四度!
주판珠盤알로만 안락安樂을 흥정할 수 있다고 신념信念하는 그 사나
이의 제이부인第二婦人이
삼칠연식三七年式 포−드로 아스팔트를 스케−팅한 다음,

뒤미처 딸어대서는 또한놈의 포−드!
그속에는 피아노마저 끄려먹은 젊은 음악가音樂家S군君이 타고 간다

무엇이고 유선형流線型을 조아하는 그여자女子의 구미口味에도

주판珠盤알로만 안락安樂을 흥정할 수있다는 그 사나이의

유선형流線型배때기만은 싫증症이 낫나?

—「가두街頭에 흘린시詩」 전문

쇼-윈도-의 검정 휘장에

슬쩍 제얼굴을 비춰보고

고양이처럼 지나가는 거리의 아가씨야!

어대선지, 산푸란시스코의 내음새 풍기는 째즈가,

술잔속에 규라소-를 불어넣는구나!

향기香氣없는 조화造花, 자외선紫外線없는 인조태양人造太陽,

벽壁도 땀을 흘리는 「원마遠磨 스토-브」,

돈으로만 살수있는 유방乳房의 촉감觸感.

아아! 인조대리석人造大理石 테-블 우에 코를 비벼보는 심정.

—「야음화夜陰花」 부분

근대 문명의 압축적 표지인 도시의 삶에 대한 비판 정신이 겨누는 여러
지점 중 하나는 거리의 풍경이 자아내는 물신 욕망과 현시, 관능적 에로티
시즘과 관음이다. 도시는 체험의 일회적 순간성과 익명성을 해방으로 간주
하는 과격한 자유주의적 경향으로 흐르기도 하는데, 이들은 퇴폐적 관능미
와 찰나적 쾌락을 추구[15]하며, 대체로 물신에 사로잡힌 욕망의 화신으로 그

---

15 송승철 · 윤혜준, 「대도시의 인구 집중과 그 문화적 반영」, 『인문학연구』 제4집, 한림
대 출판부, 1997, 34쪽.

제2부 정신의 놀이, 마음의 길이

려진다. 말하자면 인용 시는 도시를 향락과 관능적 쾌락, 부도덕과 윤리의 몰락, 물신 팽배와 소외, 인간성 상실 등의 이미지와 연관한 비판적 풍자와 혐오의 태도를 취하고 있다.

화자는 마치 벤야민이 말하는 보들레르의 산책자와 같이 '아스팔트 위를 채집하는 방식'으로 거리의 풍경을 스케치한다. 말하자면 화자는 대상에서 멀리 떨어진 위치에서 대상을 질서 정연하게 포착하는 방식이 아닌 대상에 바짝 접근해서 대상의 움직임과 활력을 실감 있게 스케치한다.[16] 그럼으로써 우선 「가두街頭에 흘린시詩」에서처럼 시적 대상인 "사나이의 제이부인第二婦人", "삼칠연식三七年式 포-드" 자동차, "젊은 음악가音樂家S군君", "사나이의/ 유선형流線型배때기"가 함유하는 정신적이며 윤리적 비정상의 도시 풍경이 포함하는 의미의 구체성과 다양성을 포착해 낸다. 이러한 수법은 과장된 기법을 사용하는데, 즉 "주판珠盤알로만 안락安樂을 흥정"한다거나, "아스팔트를 스케-팅한"다거나, "피아노마저 끄려먹"는다는 표현에서처럼 과장을 통해 대상은 자신의 부정적 특징을 비교적 선명하게 드러내도록 하고 있다. 이러한 수법을 통해 시인은 물신주의적 욕망과 도덕적 타락을 풍자적으로 비판한다.

아울러 「야음화夜陰花」도 이와 같은 맥락에서 읽을 수 있다. 이 작품 역시 거리의 풍경에서 채집한 시이다. 화자는 "인어人魚를 닮았다는 계집들"과 유흥을 즐긴 후 '갈지자字' 걸음으로 "종각앞에 오줌을 깔기고/ 입으로는 데카단스를 외우는 무리"와 쇼윈도에 "제얼굴을 비춰보고" "지나가는 거리의 아가씨"에게 시선을 준다. 이들을 바라보는 화자의 의식에는 암울한 현실을 외면한 채 퇴폐적 향락을 탐닉하는 풍조에 대한 조소와 비판적인 시선이 흐르고 있다. 서구 자본주의 도시 문화의 새로운 상징이라 할 수 있는 '째즈'와 "술잔속 규라소"로 은유된 도취적 향락의 이미지가 결합하면서 욕

16 이성욱, 앞의 책, 48쪽.

망에 들린 무리들의 무반성적인 삶의 태도를 비판하는 것이다. 향락에 도취된 도시의 밤거리는 '조화造花', '인조태양人造太陽', "돈으로만 살수있는 유방乳房의 촉감觸感"이 암시하듯 모든 것이 인위적으로 조작되어 자연성이나 인간성이 거세된 장소이며, 성애마저도 돈으로 교환되는 물신의 신전인 것이다. 도시는 사람들에게 흥분과 자극을 공급하는 출처가 되고, 거리는 모든 것을 사고팔 수 있는 상품화된 공간이다. 시인은 도시 문화의 왕성한 쾌락 탐닉과 교환가치가 지배하는 당대 도시 문화의 퇴폐적이고 향락적인 현주소를 선명하게 양각함으로써 그 부정성을 전경화한다.

인용 시에서 도시는 물신 욕망이 현시되는 공간, 쾌락과 향락의 공간으로 부조되고 있다. 주지하다시피 근대문학은 영웅이나 비일상성의 특별한 사건을 대상으로 삼던 전근대의 양식과 달리 일상 그 자체를 특별한 문제 영역으로 취급하는 데서 출발한다. 거리의 풍경이나 쇼윈도는 일상의 특별한 문제적 현상을 드러내는 중요한 요소 가운데 하나이다. '거리'나 '쇼윈도'는 근대성에 내재한 일상성의 무의식적 욕망을 가장 잘 현시하는 곳이며, 도시의 물질적 풍요라는 행복의 미래를 보장해 주는 상품의 바다이다. 그러므로 근대 문명의 압축적 표지인 도시 문화에 대한 곤강의 비판 정신이 겨누는 지점에 '거리'와 '쇼윈도'가 있는 것은 자연스러운 일이다. 그런 측면에서 인용 시에서 '거리'나 '쇼윈도'는 소비와 향락의 황홀경에 빠져 부유하는 군중, 허영과 퇴폐의 생산지인 것이다. 이러한 양상은 매끄럽게 빠진 몸매를 자랑하는 포드 자동차에 외설적 시선을 연결시킴으로써 도시의 천박하고 퇴폐적이며 향락적인 이미지에 대한 환유적 풍자의 기능을 발휘하도록 한다. 그럼으로써 시인은 도시의 풍속을 부정적 속성으로 이미지화한다. 또한 '조화造花', '원마遠磨 스토-브',[17] '인조대리석人造大理石 테-블'으로 매개되는 차갑고 매끄러우며, 딱딱하고 건조한 도시 동물로서의 인간관계,

---

17 '원마遠磨 스토브'는 '달마達磨 스토브'의 오기인 듯하다.

그리고 외래 왜색倭色 문물에 도취한 도시 문화 풍조를 상징화함으로써 그에 대한 비판적 정신을 드러내고 있다.

거리의 군중들은 욕망에 들린 무반성적인 무리들이다. 반면 곤강 자신은 도시 문화로 대표되는 현실 세계에 대해 도저한 비판 의식을 지닌 성찰적 자아이다. 고쳐 말하면 곤강은 그들을 바라보는 정신적으로 우월한 관찰자의 위치에 있으며, 동시에 군중을 매개로 비판적 성찰을 수행하는 반성적 '도시 산책자'라는 존재의 위치에 자리하고 있다. 이러한 표면적 구도를 좀 더 자세히 살펴보면 여기에는 여러 문제들이 가로놓여 있다는 것을 알 수 있다. 현란한 거리의 매혹과 쇼윈도의 황홀경에 도취한 군중, 그 환각의 군중들을 바라보는 곤강, 이 두 항의 대칭으로 이루어져 있는 구도에는 사실 당대 군중들이 가진 욕망의 실체와 역사성, 물신주의, 식민지성, 근대에 대한 시각 체험, 군중을 바라보는 관찰자의 관음적 시선 등 아주 복잡한 양상이 얽혀 있는 결절점이 자리한다.

결국 곤강의 비판적 시선은 식민 근대의 전망 상실을 향해 있다. 그에게 도시 경험은 이국정서에의 탐닉이나 강박이 아닌 매혹을 생산하고 매혹에 의해 생산되는 환각과 도취, 황홀경의 물신주의에 근거를 두고 있는 식민 근대의 성격이 더욱 심화된 국면에 놓여 있다. 이러한 국면에서 그의 식민지 도시 문화에 대한 시선은 환멸적이며, 따라서 그에 대한 비판 의식 역시 강렬한 것이다. 그에 따라 곤강은 부정하고 타락한 현실의 대척지로서 존재의 근원이 살아 있는 세계에 대한 강렬한 열망과 동경, 의지와 희원을 품게 된다. 지금 여기의 압도적인 절망적 현실은 계몽의 등대가 비추는 불빛을 따라 희망의 세계로 나가려 하기 십상이다. 여기에는 지금 여기의 죽음과 같은 현실에 처한 시적 주체의 이상 세계에 대한 동경, 현실을 돌파하려는 의지적 태도, 즉 어느 정도의 초월적 유토피아 의식이 작동하고 있다.

4. 원형적 근원 세계로의 귀환

1930년대 한국문학에서 거리나 쇼윈도는 카페나 백화점처럼 도시의 중심적인 무대장치로서 기능한다. 이 무대장치 속에서 사람들의 행동을 특징짓는 것은 특별한 일 없이 거리의 쇼윈도를 바라보면서 어슬렁거리며 걸어다니는 행위이다. 이때 거리와 쇼윈도는 에로티시즘과 상동성을 갖는다. 도시의 스펙터클을 이루는 것 중 중요한 요소 가운데 하나가 에로티시즘이라는 사실은 더 이상의 설명을 요구하지 않는다. 거리의 군중은 욕망의 집어등에 모여드는 맹목적인 어족이며, 물신 욕망과 상품의 휘황에 현혹되어 그 앞에 떼로 몰려드는 맹목의 존재들이다. 다시 말해 물신의 광채에 자신을 들여다볼 줄 모르는 채 욕망의 심연에 빠진 무반성적 존재들이다. 이러한 비판적 인식은 당대 시인들이 그랬던 것처럼 여성과 군중에게 모아져 있다. 그녀, 그리고 그녀가 포함된 군중의 무리는 쇼윈도 앞에서 소비와 자아 연출의 욕망에 들린 '모던 걸'이고, 외부 자극에 무조건적으로 몰려가는 반성을 몰각한 '모던'을 지상 가치로 추구하는 불빛을 향한 어족, 맹목의 군중이다. 곤강에게 도시적 근대성의 경험이란 눈부신 외형과 불빛, 풍요로운 외관, 겉을 화려하게 치장한 데서 비롯하는 부정적 속성을 지닌다.

곤강 시에서 식민지 근대성의 부정적 인식은 농경 사회의 공동체적 전통 정서의 파괴, 도시로 유입된 민중들의 빈민화, 각종 노동자로 전락한 도시 노동자, 향락과 도덕적 타락, 소외와 물신 팽배 등을 증언[18]하고, 그것에 대한 비판적 태도를 전경화하는 데서 잘 드러난다. 압도적인 현실의 부정성은 결국 근원의 세계, 그 근원의 정체성이 오롯이 보존된 대지, 자연, 생명, 고향, 전통, 그리고 이런 이미지들이 내포한 민족의 공동체적 정서와 의식의 세계를 지향한다. 이를 도식적으로 이해하면, 식민지 근대성과 도시 체

---

18 전혜자, 「1930년대 도시 소설 연구」, 한국 현대문학연구학회, 『한국문학과 모더니즘』, 한양출판, 1994, 10~11쪽. ; 임헌영, 「도시와 문학—한국문학에서의 도시의 의미」, 『문학과 이데올로기』, 실천문학사, 1988, 169쪽.

험, 체험의 환멸과 낙원 상실 의식, 식민 근대성 및 죽음의 도시 문명 탈출을 통한 낙원의 회복 내지는 귀환의 동선으로 파악할 수 있을 것이다. 이러한 동선은 식민 근대성, 도시와의 심각한 불화와 마찰과 갈등을 겪으며 이에 대한 비판력을 획득하고, 그 부정성의 대안으로서 동일성이 확보된 원형적 근원 세계로의 귀환으로 요약할 수 있겠다.

유토피아 의식의 충동은 "현재 상태에 대한 불만과 그로 인한 고통으로 인해 탄생한다".[19] 곤강 시가 자연과 대지, 봄과 빛(태양), 고향(시골)과 어머니, 생명과 누리, 전통과 민족 정서라는 근원 세계를 재신화화하고, 이를 파괴한 식민 근대성과 이데올로기를 탈신화화하려는 기획은 모두 현재 주어진 현실에 대한 불만과 고통, 환멸과 결핍의 체험으로부터 출발한다. "행복한 사람은 몽상을 좇지 않는다. 오직 만족을 모르는 자들만이 몽상"[20]을 좇는 법이다. 주어진 현실에 만족하고 안온한 행복감을 느끼는 자는 결코 유토피아를 꿈꾸지 않는다. 유토피아는 억압받으면서 고통스럽게 현실을 살아가는 자들이 꾸는 꿈이다. 유토피아는 원초적으로 자유와 행복한 삶에 대한 꿈이며, 억압적 현실을 전복하고 새로운 세계를 건설하려는 의지의 산물이다. 그리하여 시인이 찾아든 세계는 자연의 생명이며 어머니로서의 고향, 공동체적 삶을 오롯이 보존하고 있는 전통의 공동체적 세계이다.

> 오란 오란 아주 오오란 옛적
> 땅덩이 배포될 그 때부터 있었더란다
> 굴속처럼 속이 훼엥한 느티나무
> 귀 돛인 구렁이도 산다는 나무……
> 마을에 사는 어진 사람들은

---

19 박설호, 「유토피아, 그 개념과 기능」, 『이화어문논집』 제18집, 이화어문학회, 2000, 9쪽.

20 S. 프로이트, 정장진 역, 『창조적인 작가와 몽상』, 열린책들, 1996, 39쪽.

풀 한포기 뽑는 데도 가슴 조리고

나무 한가지 꺾는 데도 겁을 내어

들에 산에 착하게 사는 온갖것을

한 맘 한 뜻으로 섬기고 받들었더란다

안개 이는 아침은 멀리 나지 않고

비 오고 눈 나리는 대낮은 집에 웅크리고

천둥에 번개 이는 저녁은 무릎 꿇고 빌어

어질게 어질게 도란거리며 도란거리며 살았더란다

　　　　　　　　　　　　—「느티나무—옛이야기처럼」 전문

현실의 압도적인 폭력성과 고통, 그로 인한 현재 상태에 대한 불만과 결핍은 부재하는 세계의 아름다움을 향한 시적 지향으로 이어진다. 삶의 총체성이 파괴된 타락한 세계에 살고 있다는 것에 대한 불만과 반성적 되새김은 시적 주체가 피안의 저 너머에 눈을 두고 있다는 것을 의미한다. 이러한 태도는 인용 시에서와 같이 선험적으로 존재했던 조화롭고 평화로운 세계를 상정하는 맥락에서 소박한 낭만적 동경, 또는 적극적으로 해석해 유토피아 의식의 표현으로 이해할 수 있다. 그리하여 동일성의 뿌리를 찾는 것, 곧강은 그곳 시원 세계로 탈주해 '고향'으로의 귀환을 감행하는 것이다.

인용 시는 지극한 고요함과 평화로움, 그리고 온화한 안정과 생명이 조화롭게 깃든 '마을—같은 제목과 소재를 다루는 시가 여럿 있다—, 즉 다른 시에서 "목화꽃 희게 희게 핀 밭고랑에서/ 삽사리"가 "암탉을 쫓"(「마을」, 『조광朝光』, 1940)거나, "숲으로 이어진 길섶에" "소방울ㅅ소리"와 귀뚜라미 울음이 "왼 마을을 에워싸고/ 방울을 흔들며"(「마을」, 『예술부락藝術部落』, 1946) 울어 대는 정경을 경이롭게 재현한다. 이로써 시인은 우리가 잃어버린 원형적 질서의 세계를 복원한다. "들에 산에 착하게 사는 온갖" 존재들을 "한 맘 한 뜻으로 섬기고 받들"며 사는 '어진 사람들의 마을'은 현세적인 모순이 제거되고 신성한 생명의 리듬이 충일한 원형적 공간으로 재현된다. 인간

은 낙원 상실 이후 원초적 공간을 동경하였고, 무의식은 그곳으로 되돌아
가라고 주체의 욕망을 끊임없이 충동질한다. 흔히 모태 회귀라는 말로 표
현되는 원초적 공간에 대한 향수와 그리움은 인간 심리의 보편적 무의식이
기 때문이다. 시인의 '마을'은 자연으로서의 모성이 지닌 힘과 보호, '온갖
것을 섬기고 받들며' 존재하는 모든 것들이 서로 "어질게 어질게 도란거리
며" 어울려 사는 지극히 조화롭고 평화로운 공간이다. 이렇게 현실에 상처
받고 고통받은 시인은 잃어버린 '옛적 마을'의 정서를 재현해 낸다. 모든 현
실의 억압적 원칙과 요구를 물리치고 '마을'로 상징되는 초역사적인 영원의
세계를 복원하는 것이다.

   곤강은 자신의 실존성을 포함한 당대 식민 주체가 동일성의 세계로부터
추방되었다고 인식한다. 그리고 그 세계가 안겨 주는 고통과 억압을 넘어
서기 위하여 총체적 동일성의 세계를 복원하고 그곳으로 귀환하려 한다. 시
인은 식민의 폭력과 고통, 근대성의 타락한 물신과 퇴폐적 향락, 파편화된
시간에 저항하면서 현실에 부재하는 세계, 말하자면 농경문화적 생명 공동
체 혹은 자연에 순응하며 조화롭고 평화롭게 삶을 구가하는 원형적인 세계
로 찾아든 것이다. "사람과 소"가 "단둘이 이야기하면서/ 해가 지도록 밭"
(『경전耕田』)을 가는 "들릴듯 들리는듯" "머언 들"(「부르는 소리」)로의 찾아듦,
그곳으로의 귀환은 곧 잃어버린 세계, 상실한 낙원, 빼앗긴 대지, 짓밟힌
생명을 향한 강렬한 열망을 환기한다. 이를 통해 시인은 그것의 온전한 회
복 의지를 드러내는 것이다. 그런 의미에서 시인의 욕망은 단순한 낭만주
의적 충동이 아닌 부정한 현실을 폐절하고 행복의 나라를 건설하려는 유토
피아 의식과 연관되어 있다는 것이다.

     살어리 살어리 살어리랏다
     그예 나의 고향에 돌아가
     내 고향 흙에 묻히리랏다

…(중략)…

눈에 암암 어리는 고향 하늘

궂은 비 개인 맑은 하늘 우혜

나무 나무 푸른 옷 갈아입고

종다리 노래 들으며 흐드러져 살고녀 살고녀……

— 「살어리(長詩)」 부분

담을 끼고 돌아가면

하늘엔 하아얀 달

그림자 같은 초가 들창엔

감빛 등불이 켜지고

밤 안개 속 버드나무 수풀

머얼리 빛나는 둠벙

어디선지 염소 우는 소리……

— 「달밤」 부분

엄마에게 손목 잡혀

꿈에 보던 외갓집 가던 날

기인 기인 여름해 허둥 지둥 저물어

가도 가도 산과 길과 물뿐……

벌떼 총총 못물에 잠기고

덤불 속 반딧불 흩날려

여호 우는 숲 저 쪽에
흰 달 눈섭을 그릴 무렵

박넝쿨 덮인 초가 마당엔
날 보고 웃는 할아버지 얼굴은
시드른 귤처럼 주름졌다

—「외갓집」 전문

　어느 시대나 사람들은 낙원을 꿈꿔왔다. 이상적 낙원으로서 유토피아는
말 그대로 현실에 부재하는 공간이다. 이 세상 어디에도 존재하지 않는 이
상향으로서 행복한 나라를 추구하는 의식은 인류의 보편적인 정서적 전통
이며, 문학적 관습이다. 이런 점에서 그것은 현실적이지 못하기 때문에 현
실 원칙에 어울리지 않는 허무맹랑한 말처럼 들리기도 한다. 하지만 인간은
'아직 없음'으로 '항상 새것을 산출하려는 희망과 창조적 충동을 가진 동물'[21]
이다. 요컨대 곤강이 지향하는 낭만적 동경, 또는 유토피아적 전망은 지금
여기가 아닌 미래의 건강하고 행복한 삶에 대한 의지를 함축하는 것이며,
궁극적으로는 희망에 찬 가능태로서의 세계 전환이라는 의미를 지닌다.
　인용 시는 당대의 부정적 사회가 회복해야 할 세계가 어떠한 세계인가를
역상逆像으로 보여 준다. 곤강의 시에서 전통적 서정 자아가 등장하는 적지
않은 작품들은 시적 자아가 처한 현실과 갈등 대립하는 가운데 발생하는 자
의식적 표현이 강하게 노정된다. 인용 시도 이와 같은 문맥에서 이해한다
면, 시의 문면에서 배어나는 짙은 서정성은 세계와의 불화 끝에 시인이 최
종적으로 도달한 지점이 어떠한 세계인지를 환기해 준다. 그가 안주해 '살
고 묻히고픈' 세계는 '종다리 노래 흐드러지고' "담을 끼고 돌아가면" "초가

---

21 이성규李成珪, 『중국의 유토피아 사상』, 지식산업사, 1990, 22~23쪽.

들창"의 하늘과 "박넝쿨 덮인 초가 마당"에 "하아얀 달"이 떠오르는 '고향', "여호 우는 숲 저 쪽"에서 흰 달이 눈썹 모양으로 솟아오르는 원형의 공간으로서 '고향'이다. "별이 떨어져 돌이 되는 머언 골"("산」)은 시원의 원형으로서 고향이다. 이렇게 곤강의 시적 지향은 원초적 세계로의 만남과 귀환을 의미한다. 그 시원의 공간은 현실과의 긴장이 배태한 유토피아적 공간으로 궁극적으로 회복해야 할 세계이다. 이는, 이를테면 시원의 원형적 공간 회복과 그곳으로의 귀환은 실존적 동일성을 찾으려는 적극적인 시적 실천으로 이해할 수 있다. 유토피아는 부재하는 공간이므로 우리를 더욱 매혹하는 힘이다. 유토피아는 지상에 존재하지 않는 행복한 나라이기 때문에 더 강한 매혹으로 우리를 부른다. 억압적 현실의 고통과 결핍에서 자유로울 수 없었던 곤강은 총체적 동일성이 확보된 이상적 세계를 꿈꿀 수밖에 없었던 것이다.

유토피아 사상은 현실 비판이라는 부정의 원리와 바람직한 규범의 제시라는 긍정의 원리를 동시에 지니고 있다. 부정의 원리는 현실 사회의 부조리와 모순을 고발하여 사회 개혁 사상을 고취시켜 주며, 긍정의 원리는 인간 세계의 가능성에 대한 신뢰를 통해 이상 사회의 목표와 방향을 제시함으로써 역사적 창조의 바탕이 된다. 반복하지만 유토피아는 현재 상태에 대한 불만과 그로 인한 고통으로 인해 탄생한다. 곤강 시가 자연, 생명, 고향, 시원으로서의 근원을 재신화화하고, 이를 파괴한 식민 근대의 이데올로기를 탈신화화하려는 기획은 모두 현재 주어진 현실에 대한 불만과 고통으로부터 출발한 것이다. 그럴 때 곤강이 종국에 귀환한 고려가요의 세계, 신라의 향가의 변주는 초시간적 영원성에 대한 갈망의 표현이기도 한 것이다. 요컨대 시집 『피리』에서 말한 '나의 누리'("머릿말 대신」)나 마지막 시집 『살어리』에서 말한 '겨레의 노래'("책 머리에」)로 은유한 언어, 정서, 심미적인 세계는 바로 분리와 분열, 대립과 갈등이 존재하지 않는 유토피아와 등가적인 세계라 이해할 수 있다.

그리고 "짐승과 버러지를 읊은것만 엮어모"(후기)은 『동물시집動物詩集』이나, 기타 다른 시집에서 종종 보이는 동물 표상 역시 위와 같은 문맥에서도 이해할 수 있다. 곤강 시의 동물 표상이나 이미지가 내포하는 의미에 대해선 여러 관점의 논의[22]가 있다. 이들의 해석은 물론 타당하다. 특히 송기한 교수가 지적한 곤강 시의 "동물 이미지는 인간의 이성이 개입될 수 없는 어둠의 영역에서 솟아나는" "광기와 무의식, 본능이 혼란스럽게 뒤엉켜 있는" "카오스적 세계"[23]를 보여 준다는 견해는 시사하는 바가 크다. 말하자면 그의 시에서 동물 이미지는 문명과 인위, 인간의 이성과 도덕에 대항하는 이미지로 읽을 수도 있다. 다양한 동물성로 표현되는 원시적 생명의 역동성에 대한 곤강의 탐구는 인위적 문명, 인간의 이성, 윤리 도덕, 근대적 합리성, 인간 중심의 권위적 문화에 의해 압살된 본능과 생명, 이성과 자본의 독재와 폭력에 의해서 건설된 근대적 도시나 질서를 허물고 원초적인 무의식의 생명 세계의 복원이라는 의미와 연관해 있기 때문이다. 동물성이 지닌 원초적 세계는 분별과 윤리 이전의 때 묻지 않은 원시적 생명력과 넘치는 관능의 세계이기 때문이다.

요컨대 이러한 동물성이 사라지고 자연의 본능이 거세된 세계는 생명의 세계로부터 추방당한 세계이다. 곤강이 동물을 소환한 것은 물론 동물적 속성을 알레고리 수법으로 활용하려는 의도도 있겠지만, 어쩌면 근대적 질서가 파괴한 차안의 저편에 존재하는 문명 이전의 본능과 생명성을 회복하고자 하는 시적 접근일 수 있다. 어쨌거나 곤강의 『동물시집動物詩集』이 한 권

---

22 광기와 무의식, 본능이 혼란스럽게 뒤엉켜 있는 카오스적 세계를 보여 주는 동시에 시인의 내면과 의식을 투영하는 매개물(송기한, 「윤곤강 시의 욕망의 지형도」, 송기한 · 김현정 편저, 『윤곤강 전집 1 시』, 다운샘, 2005.), 이념과 정경情景, 생활과 일상日常의 표상으로 활용(한상철, 「윤곤강 시의 동물 표상 읽기」, 『어문연구』 77, 어문연구학회, 2013.), 생물 다양성과 생태학적 관점에서 '살아 있음'과 생명 인식을 드러내기 위한 소재(남진숙, 「윤곤강 시의 생물 다양성과 생태학적 상상력」, 『문학과 환경』 13권 2호, 문학과환경학회, 2014.)로 쓰이고 있다는 견해가 있다.

23 송기한, 위의 글, 429쪽.

의 동물도감에 가까울 만큼 다양하고 풍성한 동물들의 생태와 속성, 형태와 생리에 대한 정교한 탐구와 상상력의 세계를 보여 주는 것은 이채롭다. 전통적으로 우리 서정시는 식물적 상상력에 기반하는 경향이 강하다. 이런 사실을 고려하면 곤강 시의 동물적 상상력은 우리 시사에서 소중하고 희귀한 사례라 할 수 있을 것이다.

5. 탈주와 귀환

곤강의 시가 내장하는 자연 지향이나 원형적 세계로의 지향은 식민 체제와 해방기 분열과 혼돈이 낳고 양육한 결과로 이해할 수 있다. 식민의 현실과 혼돈의 해방기는 강압과 굴욕, 분열과 혼란의 공간일 수밖에 없었다. 그러한 식민과 해방기 혼돈의 현실은 곤강에게 좌절과 패배, 상실과 고통, 억압과 굴욕을 안겨 주는 공간일 수밖에 없었다. 결과적으로 그의 탈주와 근원으로의 귀환은 현실이 주는 좌절과 패배, 상실과 고통, 억압과 굴욕에서 기인하는 것이다. 그는 지금 이곳의 현실과는 다른 동일성의 피안 세계를 자연, 어머니, 대지, 생명, 고향, 전통에서 찾았다.

곤강은 일제의 억압과 폭력과 파시즘이라는 정치적 현실, 해방 후 정치적 혼란 앞에서 이상 사회를 꿈꿀 수밖에 없었다. 그가 이러한 부정적 현실에서 탈주하여 도달한 이상적인 세계는 원형의 시공간이다. 그는 원형적 세계로의 귀환을 통해 구원받고자 했다. 그러므로 그의 시는 현실적 조건과는 전혀 다른 자아와 세계의 동일성이 확보된 원형적 세계를 동경하고 재현함으로써 부조리하고 모순에 찬 현실을 되비추는 역상으로서의 의미를 지닌다. 그가 원형적 공간, 자연과 고향, 전통 가요와 민족 정서의 세계로 귀환한 것은 곧 지금의 역사적 현실과는 다른 세계상으로서의 사회를 꿈꾼 결과로 볼 수 있다. 요컨대 곤강의 시는 궁극적으로 회복해야 할 세계가 어떠한 세계인가를 역상으로 제시한다.

곤강 시에서 압도적인 현실의 부정성은 결국 근원의 세계, 그 근원의 정체성이 오롯이 보존된 대지, 자연, 생명, 고향, 전통, 그리고 이런 이미지들이 내포한 민족의 공동체적 정서와 의식의 세계를 지향한다. 이를 도식적으로 이해하면 압도적인 현실의 비극성, 식민지 근대성과 도시 체험, 체험의 환멸과 낙원 상실 의식, 식민 근대성 및 죽음의 도시 문명 탈출을 통한 낙원의 회복 내지는 귀환의 동선으로 파악할 수 있을 것이다. 이를테면 식민 근대성, 도시와의 심각한 불화와 마찰과 갈등을 겪으며 이에 대한 비판력을 획득하고, 그 부정성의 대안으로서 동일성이 확보된 원형적 근원 세계로의 귀환으로 요약할 수 있겠다.

이 글에서는 곤강의 시에 나타나는 현실의 부정적 지각과 비판적 인식, 그리고 부정성에 대한 대안 명제의 탐색 과정을 추적하여 곤강의 시적 여정이 함축한 의미를 거칠게나마 살폈다. 그럼으로써 그의 시적 인식과 부정적 현실에 대한 안티테제로서의 대안 명제가 혼돈의 역사적 상황에서 차지하는 의미를 규명하였다. 이것은 그의 시적 인식과 의미가 혼돈의 현실에서 어떠한 시적 가치를 지니는지 살피는 것이기도 했다. 여기까지 말했지만, 그럼에도 불구하고 곤강의 시는 지나친 관념 혹은 감정의 과잉 분비에 의한 미성숙한 제작이라는 혐의로부터 자유로울 수 없다. 매몰차게 말하면 지나치게 과도한 감정의 격앙된 상태는 시적 감동을 동반할 수 없다. 곤강의 시는 여러 특징적인 측면에도 불구하고, 몇몇 서정성 짙은 작품을 제외하고는 시인의 고조된 감정만을 드러낼 뿐 시적 감동을 통한 새로운 인식으로 이끄는 데 성공했다고 보기에는 다소 의문의 여지가 있다.

곤강이 자의식의 늪에 빠져 왜 이렇게 격정적으로 부르짖는지는 충분히 이해할 수 있다. 하지만 진정 현실적 고통과 상처를 오롯이 드러내기 위해서는 격앙된 감정, 폭발하는 부르짖음만으로는 부족하다. 물론 이러한 한계는 비단 곤강에게만 적용할 수 있는 부당한 문제 제기가 아닌 당대의 시가 보편적으로 포함한 한계이기도 하다. 시적 주체에게 현실 체험이 아무리 충격적이라 해도 그것이 시 속에 편입되기 위해서는 미적 정련과 언어의 심미적 세공을 거쳐야 하는 법이다. 그렇지 않고 관념적 구호나 여과되지 않은 목소리가 시 속에 생경하게 노출될 때 시적 주체의 뜨거운 정열을 확인할 수는 있지만, 결코 미적으로 감흥을 준다고는 평가할 수는 없을 것이다.

전아典雅와 충담沖淡의 풍격
—권덕하의 『귀를 꽃이라 부르는 저녁』, 정완희의 『붉은 수숫대』

1. 삶의 감각과 풍취

문명의 역사가 타자를 폭력적으로 착취하고 가난에 빠뜨림으로써 자기 존재를 현시하고 유지해 왔다는 것에 동의한다면, 이에 대한 비판적 반성과 성찰은 깨어 있는 정신이 마땅히 수행해야 할 윤리이자 실천적 의무이다. 하지만 그 윤리나 의무에서 비롯하는 반성과 성찰의 언어는 현실을 잃고 지적 유희와 담론의 방법으로 소비되기도 한다. 그것들은 어느새 낡고 단단한 돌이 되어 오히려 우리 영혼을 억누르고 강제하는 또 다른 억압의 기제가 되어 버린 것이다. 자유로운 정신에서 우러나왔던 비판적 성찰과 담론의 언어들은 어느 틈엔가 다시 완고한 상징 질서로 중심을 차지하고 우리를 억압하는 것이다.

지배 질서나 담론을 위반하고 전복하려는 탈주와 전복, 이탈과 전복의 욕망은 너무나 인간적인 것이다. 그것은 인간과 세계의 변화를 이끄는 지적이며 예술적인 힘의 원천으로 작용한다. 하지만 그것이 자기반성과 부정의 미덕을 잃고 막강한 상징 권력을 얻어 목소리를 높이며, 언설적 담론의 발견에 과도한 의미를 부여하는 것이 오늘의 현실이다. 이에 받아 든 두 권의 시집, 권덕하의 『귀를 꽃이라 부르는 저녁』과 정완희의 『붉은 수숫대』는 현란한 지적 담론과는 다른 차원에서 삶의 진솔한 감각과 풍취를 느끼게 해 준다. 이들 시집은 막강한 상징 권력을 등에 업고 위세를 펼치려 들거나 자신들의 시적 발견에 과도한 의미를 부여하려 들지 않는다. 모든 강제와 필요성, 현실 원칙의 권력과 유용성은 필연적으로 어떤 사물이나 삶의 행위로부터 심미적 속성을 앗아 갈 수밖에 없다. 그러나 이들 시집은 아름답거나 때로는 추하거나, 기쁘거나 때로는 고통스러운 삶과 존재의 현상과 행위들을 감각하고 향유하는 데 집중한다.

두 시인의 시집은 때로는 전아典雅하고 진밀縝密하며, 때로는 충담沖淡하고 소야疏野한 시법으로 삶과 세계를 구성하는 세목에 시적 시선을 보낸다. 삶의 구체적 감각과 풍취를 오롯이 드러내는 이러한 시적 풍격風格의 파노라마는 지적 언설과는 다른 서정시의 고유한 맛과 멋을 선사한다. 그러므로 현란한 이미지와 감각의 직접성을 앞세운 문화 현실에서 서정시의 존재 이유와 가치를 새삼스럽게 느끼게 한다. 왜냐하면 삶과 세계 대한 근본적인 물음을 제기하기 때문이다. 그것은 지적 담론이라는 상징 권력으로 우리를 억압하는 강박의 언어가 아닌 구체적 경험 연관에서 우러나온 언어로 삶의 비의를 드러내고 비루한 시간 위에서 펼쳐지는 삶을 고통스럽게 위무해 준다.

권덕하와 정완희의 두 시집은 가난하고 비루한 시간 위에 펼쳐지는 삶의 고통과 아름다움을 동감의 시선으로 담아낸다. 그것들은 모두 자잘하고 사소한 영역에 속한 것이지만, 그리고 흐릿한 흔적으로 남아 있는 것이지만, 이들 시인의 시와 삶의 육체를 구성하는 살과 뼈이다. 다만 상대적으로 권덕하의 시집이 고통스럽게 아름답다면, 정완희 시는 다소 투박하면서 수더분하다. 이를테면 권덕하의 시는 웅숭깊고, 정완희의 시는 투명하다. 권덕하의 시가 은폐와 불투명의 심미성을 추구한다면, 정완희의 시는 거리를 지우고 시선을 제거하는 드러냄의 전략을 지향한다. 요컨대 옛 동양 시학, 당나라 말엽의 시인 사공도司空圖의 비평 용어(안대회, 『궁극의 시학』)를 빌려 권덕하 시의 풍격이 전아하고 진밀하다면, 정완희 시는 충담하고 소야하다.

2. 전아의 미와 진밀縝密의 작법

권덕하 시인의 『귀를 꽃이라 부르는 저녁』은 시인의 세 번째 시집이다. 그의 시는 웅숭깊은 내면과 심층을 다 드러내지 않고 음미할 가치를 행간에 숨겨 두고 있다. 그는 곧이곧대로 시적 의식이나 감정을 드러내지 않는다. 그보다는 시적 주제를 숨겨 암시하고 함축해 보여 주는 작법을 사용한다. 따라서 그의 시는 곱씹을수록 맛이 나고 깊은 여운을 남긴다. 이는 목적에 직진해 가는 정보 전달의 언어적 기능과는 다른 미적 언어로서의 시가 지닌 본질적 속성이며 효과이다. 이왕 사공도의 비평 용어를 사용했으니, 그가 개진한 시품詩品에 따른다면, 시인의 전체적인 시적 풍격은 흐트러짐 없이 전아하고 진밀한 시학을 지향하는 것으로 이해할 수 있다.

권덕하의 시가 전아하다는 것은 법도에 맞고 아담하며, 속되거나 경박스럽지 않고 점잖고 침착한 태도의 시법을 따른다는 것이다. 그리고 진밀하다는 것은 잘 빚어진 항아리처럼 시적 구성에 빈틈없고 촘촘히 잘 짜였지만 경직되지 않고 유연한 자세를 취하고 있다는 것을 의미한다. 물론 전아하고 치밀하다 하여 그의 시가 개성이 없다는 것은 아니다. 오히려 빈틈없고 흐트러짐 없는 시법에 의해 감추어진 비밀스러운 불투명성과 반쯤 은폐되도록 조탁하는 시법으로 말미암아 시적 의미는 한순간 번뜩이며 매혹적인 빛을 발산하는 효과를 거둔다. 왜냐하면 폭로될 수 있는 것은 본질적으로 아름다움이 아니며, 아름다움은 본질적으로 현상하기를 망설이는 것이기 때문이다. 아름다운 대상이나 감흥은 '아! 좋은 것이 아니다. 아름다움은 고통스러운 사유와 상처를 동반한다. 요컨대 아름다움이나 숭고는 매끄럽고 '좋은' 것이 아니라 삶과 세계에 대한 고통스러운 사유를 지속할 수 있어야 한다.

『귀를 꽃이라 부르는 저녁』에 실려 있는 시편들은 일체의 '꽃'과 '풀' 등의 자연 사물, '귀'와 '입' 등의 몸을 구성하는 신체 기관, '소리'와 '길(역)' 등의 관계와 소통 행위를 환기하는 대상들의 이미지가 서로 총체적으로 결합한 상태에서 타자와의 "상호 표현적 관계"(「시에 관한 열 개의 단상」)를 맺는 교감과 공감의 세계를 지향한다. 이러한 가운데 시인은 주체의 자기 독단과 주체 중심의 세계 인식을 반성적으로 성찰하고, 훼손된 생명의 근원과 총체성을 회복하고자 한다. 이를테면 시인이 자연 사물과 현상 속에서 발견하는 삶의 보편적인 이법과 우주적 질서, 그리고 이들과 교감하고 동화하는 과정의 경험 연관이 이 시집의 주된 시적 테마를 이룬다.

권덕하 시는 교감의 과정에서 자연 사물이나 타자와 상호 표현적 관계를 맺고 동감하고 공감하는 세계 인식의 총체성을 지향한다. 시인의 이러한 지향적 태도는 훼손된 삶의 보편적인 이법을 생동감 있게 되살리고, 동시에 자연 사물이나 이웃하는 모든 '숨탄것'(「산내에서」)들의 생명과 타자의 고통과 슬픔을 '귀꽃'으로 듣고 함께 겪어 내려는 자세라 할 수 있다. 그의 시 쓰기는 "말이 주술적 차원과 마법에 홀리게 하는 차원을 상실하고, 말이 한때 가졌던 신비한 역할이 없어진 오늘날"(안드레이 타르코프스키, 김창우 옮김, 「봉인된 시간」), "말이 말맛을 모르니 귀맛을 느낄 수 없고 귀맛을 모르니 말맛을 느낄 수 없"(「대도시 오감도五感圖」)는 오늘의 "타락한 언어"에서 벗어나 "익숙해서 지나친 만상의 특이성과 감촉"하며 "잊고 살던 어떤 존재를 실감"하는 행위에 다름 아니다. 그것은 "귀를 꽃이라 부르고, 꽃을 귀가 부르면 귀와 꽃이 동시에 상응하여 생동"(「시에 관한 열 개의 단상」)하는 모든 생명의 시원을 감각하는 윤리적이며 심미적 행위로서의 시 쓰기이다. 시인은 "함께 길을 잃었던 그곳" "생명이 시작된 곳" "물이 더럽혀지지 않은 곳" "생명이 시작된 곳" 그 "시원으로 돌아가"(안드레이 타르코프스키, 《향수》) 뭇 존재를 '귀꽃'으로 부르며 그 비밀스러운 소리를 '귀꽃'으로 듣는다.

> 내 눈길 닿지 않는 곳에 피어
> 마음 모서리 품고 있다
> 들리지 않는 몸 그늘에 물드는 꽃

다른 꽃을 등에 얹어도 속 좋게 웃지만
부끄러울 때 가장 먼저 붉어지는 꽃

외면할 때는 외려 상대와 마주하다
불현듯 먹먹해지는
빈집 같은 꽃

빗소리 바람 소리 들이고
혼잣소리 넋두리 다 듣고 어두워져도
모르는 척하며 말없이 곁에 있다
외로움에 사무친 몸 기울어
기가 막히면 가장 먼저 우는 꽃

—「귀꽃 1」 부분

그 귀는 소리의 개울 따라 걷는 초승달이다가, 내 속내에 뜬 종이배
였다가, 사람 사는 이야기에 여위어 석등에 기댄 그믐달이다가,

잠들 때는 들리는 쪽 베개에 묻고 고요에 잠기다가, 구름 소복하고
탑을 도는 탑을 도는 울음소리에 뒤척이는 꽃이네

—「귀꽃 2」 부분

'귀꽃'을 테마로 하는 세 편의 연작시 가운데 하나인 이 시는 전아하고 진
밀한 시인의 시법과 시풍을 명징하게 보여 주는 사례라 할 수 있다. 시인의
말 그대로 표제시를 비롯한 이들 연작시들, 그리고 '귀'와 '소리'와 '꽃'에 연
관해 펼쳐지는 시편들은 "귀를 꽃이라 부르고, 꽃을 귀꽃이라 부르면 귀와
꽃이 동시에 상응하여 생동하는 기운"을 감각하고, 모든 존재자를 '귀꽃아'
(「시에 관한 열 개의 단상」)라고 부르며 상호 존중하고 공존 공감하려는 시인의

윤리적이며 심미적인 태도를 엿볼 수 있다. 주체와 대상의 상응 생동을 감각하는 이러한 시선의 심미성은 '귀'나 '꽃', '소리'와 '길' 등에 연관한 이미지들로 변주되면서 다양하게 꽃 피어난 존재들의 '소리'를 듣고 '길'을 걷는 행위를 통해 공감으로 수용된다. 즉 귀에 연관하여 입과 몸과 소리, 꽃과 연관한 씨앗과 사랑과 생명의 근원을 파급하며 시의 의미를 풍요롭게 한다. 시인은 그 존재자들이 자신의 존재성을 드러내는 '소리'를 경험하고 시로 담아내는 것이다. 그 소리는 고통스럽게 아름다운 것이다.

　권덕하의 시는 이 고통스러운 아름다움으로 인하여 시정시가 마땅히 지녀야 하는 본연의 전아한 가치를 따른다. 왜냐하면 상처나 고통이 없으면 삶의 어떠한 진리나 이법에도 이르지 못하기 때문이다. 동일자의 지옥 안에서는 삶과 세계에 대한 어떤 진리나 이법도 감각될 수 없다. 거기에는 오직 동일자의 확고부동한 긍정과 독재만이 있을 뿐이다. 어떠한 사건이나 사고도 없는 시, 상처처럼 고통스럽지 않은 시, 그리고 상처처럼 고통스러운 아름다움을 느끼지 않는 시에는 그저 긍정의 세계만 있을 뿐이다. 만약 고통과 상처가 없으면 동일한 것, 익숙한 것이 계속할 뿐이다. 시인은 '귀꽃'으로 상처와 고통 속에서 발현하는 존재의 실체적인 타자성이 내뱉는 소리를 듣고 이에 동감한다. 이렇듯 '귀꽃'은 갖가지 다양한 존재의 소리를 감각하는 촉수이며 몸으로 받아들이는 신체 기관이다.

　시인은 '귀꽃'의 다양한 진면목을 반쯤씩 드러내는 은폐와 존재의 상호 의존성에 기반한 방향 전환을 통해 대상에 곧장 직진해 가지 않는다. 시인이 바라는 시선의 방향을 '귀꽃'이라는 시적 대상으로부터 다른 부수적 대상으로 계속 자리를 옮겨 놓는다. 시인은 입과 몸과 소리, 씨앗과 사랑과 생명 등 부수적인 대상을 중심 대상으로 바꾸고, 중심 대상인 '귀꽃'을 부수적인 대상에 숨기며 드러냄으로써 한순간 언뜻 모습을 드러낼 뿐이다. 왜냐하면 심미적 아름다움은 중심 대상 옆에서, 부수적인 대상 사이에서 발생하는 것이기 때문이다. 그럼으로써 시인이 추구하는 "생명은 물론 비인생령까지 존중"하는 "시詩의 마음"과 "남의 처지와 아픔에 공감하고 그 고통을 이겨 내는 아름다움을 살리는" "삶을 위한 심미적 가치"(『시에 관한 열 개의 단상』), 즉 그가 추구하는 시적 언어의 본질과 의미는 심화 확장된다. 그것은 일종의 윤리적 개인의 심미화라 할 수 있을 것이다.

'귀꽃'은 석탑이나 석등이나 부도 등에서 기단의 모서리나 옥개의 모서리, 혹은 귀마루 끝에 새긴 꽃 모양의 장식을 가리킨다. 그것은 모나고 각지며 중심에서 소외된 공간에 피어난 꽃이다. 그런데 시인은 모서리에 새긴 '귀꽃'에 중의적인 의미를 연쇄적으로 부여한다. 때문에 '귀꽃'에서 여러 가지 의미를 다각도로 음미할 수 있다. 모서리나 귀퉁이에 새긴 장식인 '귀꽃'은 "눈길 닿지 않는 곳"에 핀 꽃이다. 그런 귀꽃은 "부끄러울 때 가장 먼저 붉어지"고 "외면할 때는 외려 상대와 마주하"며, "빗소리 바람 소리" "혼잣소리 넋두리 다 듣고 어두워져도" "말없이 곁에 있"고 "외로움에 사무"칠 때는 "가장 먼저 우는 꽃"(『귀꽃 1』)으로서 만사 만물과 교응하는 규정할 수 없이 '다정' '다감'(『귀꽃 2』)한 무엇으로 주변에서 본질의 중심을 중심으로 있게 만드는 절대성을 갖는 것이다. 또 '귀꽃'은 "개울 따라 걷는 초승달이다가" "속내에 뜬 종이배였다가, 사람 사는 이야기에 여위어 석등에 기댄 그믐달"이기도 하며, "탑을 도는 울음소리에 뒤척이는 꽃"(『귀꽃 2』)으로써 "웃음과 울음과 물음이 리듬을 타고 계속 변주하는 세상" "만상의 특이성과 감촉함"으로써 "사회적 삶의 원형"(『시에 관한 열 개의 단상』)의 회복을 꿈꾸는 언어이기도 하다.

일 년 열 달 꼬박
숨비 소리 내쉬며
성산포 바당에서 오십 년 물질했는데

이어도사나 이어도사나
혼잣소리 흥얼거리며
자식들 낳아 길렀는데

스킨스쿠버 장비 사용하면 백 사람이 하는 일을 혼자 할 수 있다는
데 왜 그렇게 하지 않지요,
　기자가 묻는 말에

　영 사는 아흔아홉은 어떵 살코
　　　　　　　　　　　　　　　　　—「잠녜 물질」 부분

　우리 사회는 근대성의 핵심 가치인 기계론적 세계관, 진보적 시간관, 물
신주의, 도구적 이성의 지배가 팽배한 자본주의 문명의 정점에 와 있다. 인
간은 모든 이웃과 공존해야 한다는 당위적 윤리를 망각한 채 세계의 주인
으로 행세해 왔다. 물신의 욕망과 이성의 독재는 자연을 파괴하고 인간적
삶의 본래적 원형을 훼손해 온 것이다. 따라서 정점에 이른 자본주의의 견
고한 기율과 이성 중심의 세계관에 대하여 일정한 반성적 움직임과 항체를
형성하는 일은 인간의 근원과 실존의 의미를 이해하고 평화와 공존의 가치
를 구현하는 데 불가결한 것이다. 인용 시는 제주 '잠녜(해녀)'의 전언을 통
해 인간의 자기애적 표류와 절대적 내재성의 독재 상태에서 벗어나 세계를
구성하는 하나의 타자로서 자신을 성찰할 것을 요구한다. 생명 공동체 안
에서 존재자의 자기실현은 개별적 존재가 이루는 자아실현을 의미하지 않
는다. '잠녜'의 전언은 존재의 자아실현이라는 것이 우주적 차원에서 이웃
하는 뭇 '숨탄것들'(「산내에서」)의 생명과 조화를 이루는 삶의 실현이라는 사
실을 보여 준다.
　따라서 권덕하 시인이 지향하는 '사회적 삶의 원형'은 생명 공동체적 사
유를 연상하게 한다. 인용 시는 시인의 표현대로 "원시적인 물질을 하면서
도 효율성보다는 이웃의 처지를 먼저 고려"(「시에 관한 열 개의 단상」)하는 제주
'잠녜'의 나와 이웃한 "흰나비 하나, 까마귀 둘, 풀잎 여럿, 침묵에 뿌리내
린 나무들, 숨탄것들 모두"(「산내에서」)에 대한 관심과 배려의 정신이 오롯이
양각되어 있다. 제주 '잠녜'는 "스킨스쿠버 장비 사용하면 백 사람이 하는

일을 혼자 할 수 있다는데 왜 그렇게 하지 않"느냐는 물음에 '그렇게 하면 이렇게 물질로 살아가는 나머지 아흔아홉은 어떻게 사느냐'고 반문한다. 제주 '잠녜'의 반문에는 숨탄것들에 대한 배려와 존중, 관심과 사랑이라는 사회적 삶의 원형적인 공동체적 정신이 내포되어 있다. 이는 바로 개인적 삶과 사회는 유기적으로 긴밀하게 생명의 그물망으로 연결된 우주의 살림집으로 보려는 사유를 함축하는 것이다. 그러므로 제주 '잠녜'의 삶의 방식은 곧 만물이 협동 상생하고 공존하면서 조화를 이루는 삶과 노동 모델을 환기한다.

권덕하 시집의 곳곳에는 상호 의존적이고 공생을 추구하는 시적 사유가 숨어 있다. 시인에게 자본주의 문명은 "이윤에 눈먼 자본가"(「문명의 문맹」)의 "대차대조표"가 종교적 신앙이 되어 버린 현실이다. 현란한 문명의 도시는 "살의에 찬" "카인의 무의식"(「대도시 오감도五感圖」)을 토대로 건설되었으며, 결코 "채울 수 없는 아귀들 허기가/ 용암처럼 꿈틀대"(「국gook」)는 욕망의 왕국을 이루고 있다. 이를테면 "식인들이 살을 구워 먹기 시작하면서 사뭇 살벌해지는 사회"(「대도시 오감도五感圖」)에서 시인은 "서로에게 가만히/ 관심을 내보이는"(「관심을 보이다」) 사랑과 일제히 날아올라도 제 "이웃을 밀치지 않는"(「새」) 배려의 심미적 윤리 의식을 강조한다.

권덕하 시는 이러한 심미적 윤리로 인하여 모든 이웃하는 존재의 소리와 울음에 민감하게 반응한다. 그의 시는 궁핍하고 가련한 삶을 호명하면서 동시에 자기 주변을 둘러싼 현재적 삶의 원형으로서의 근원을 노래한다. 그것은 하나같이 아프게 아름다운 삶에 대한 서사이며, 대상의 고통을 그대로 이해하고 뒤따라 느끼는 동감의 윤리적 세계를 보여 주는 것이기도 하다. 그래서 그의 시는 "시멘트 틈새 씀바귀꽃도 살랑이며 수긍"(「수긍首肯」)하고 "담장 아랫도리 금 간 곳마다" 풀들이 자라 "바람의 입놀림인 양 나비 두엇 누"(「하지夏至」)비는 상처의 꽃으로 인해 고통스럽게 아름답다.

3. 충담한 생활과 소야의 미감

『작가마당』을 통해 등단한 정완희의 『붉은 수숫대』는 시인의 세 번째 시집이다. 그의 시집은 다소 투박하면서 수더분하다. 여기에서 수더분하고 투박하다는 것은 의미의 자질이 비교적 은폐나 비밀 없이 투명하게 드러나 있다는 뜻이다. 그의 시는 시적 대상이나 감정에 대해 거리를 지우고 있다. 그의 시는 시적 대상이나 감정에서 시선을 제거한다. 요컨대 그의 시법은 일상적 경험 연관을 별다른 시적 의장이나 기교 없이 투박하고 수더분하게 드러낸다. 이러한 시법을 역시 사공도의 비평 용어를 빌려 말한다면 충담하고 소야하다 할 수 있다. 그의 시는 숨기지 않고 투박하며 수더분하게 진솔해 진술한 생활 감정을 드러내는 데 치중한다.

정완희 시집에서 대개의 시는 각박한 도회지를 떠나 고향에 회귀해 살아가는 소박한 농촌 생활 체험에 연관한 소소한 일상을 주요한 시적 테마로 삼는다. 물론 그의 시는 자본주의 시장의 경쟁 논리가 지배하는 산업 현장에서 "힘도 권한도 별로 없이 책임만 막강한 관리자"(「인부수첩29 사과문에 부쳐-김해화 시인에게」)로서 겪는 애환과 고통, 그리고 고단하고 위태롭고 불안한 노동 현실을 주시하기도 하고, "탈북보다 취업이 더 어렵다는 나라"(「구인 유감」)의 "쥐와 닭의 세월을 지나 이제는" "가족 단위로 갑질하는 조씨 일가의 냄새"(「안개의 냄새」)나는 정치 현실에 대한 관심을 시적 여과 없이 직설적으로 거칠게 내보이기도 한다. 하지만 전체적으로 농촌에 귀의해 살아가는 생활 감정의 시가 주를 이룬다.

> 봄이 오는 언덕 햇살 아래로
> 가장 먼저 돋아나는 새싹
> 머위나물의 쌉쌀한 맛을 보았다
>
> 텃밭에서 꽃밭까지

땅속에서 연결된 줄기를

연이어 지상으로 밀어 올리는

뽑아도 뽑아내어도 끈질긴 생명력

모내기가 시작될 무렵이면

머윗잎 대궁을 잘라 데쳐 껍질을 벗겨

살이 통통한 꽃게를 넣고 된장을 풀었던

엄마가 멍우라고 불렀던

오늘 응달진 산언덕까지

어여쁜 봄 처녀 늘씬한 다리 같은

하얀 잎 대궁 솟아오른다

—「머위」 전문

인용 시는 농촌 생활의 소소한 즐거움을 탐닉하는 가운데 탄생한 작품으로 보인다. 정완희 시는 자연과의 재결합이 가져다주는 건강하고 훈훈한 기쁨을 노래하는 데 주력한다. 신을 저버린 문명, 그 안의 현대인은 모두가 실향민이라는 어느 철학자의 견해를 떠올리지 않더라도 자연은 인류 원형의 고향이다. 그것은 잃어버린 낙원, 황금시대를 강렬하게 표상하는 상징으로 자리한다. 문명은 시원으로부터 분리 이탈해 왔지만, 그 계몽 이성의 강렬한 힘에 비례하는 만큼 그곳 근원으로 다시 돌아가려는 꿈과 욕망, 그리움과 향수를 강렬하게 불러일으킨다. 도시적 삶의 혼돈과 불모적 현실 저 너머에 위치한 고향으로서의 자연은 정완희 시인을 비롯한 모든 인간에게 안정된 정체감과 귀속감을 부여해 준다. 그 속에서 시인은 낙천적일 정도로 순진무구함에 짙게 물들어 있다.

인용 시에서 생명이 약동하는 봄의 정취를 완상玩賞하는 화자의 태도는 간결하고 의식은 간명하다. 별다른 시적 기교나 의장 없이 봄의 생명성을

제3부 풍경의 울림과 떨림

200

감각할 뿐이다. 이를테면 화자의 감정은 다분히 자연 친화적인 서정으로 짙게 물들어 있다. 햇살을 받아 "봄이 오는 언덕"에 "가장 먼저 돋아나는" 머위의 새싹을 완상하는 화자는 "뽑아도 뽑아내어도 끈질"기게 "텃밭에서 꽃밭까지" "연이어 지상"으로 솟아나는 생명력에 감복한다. 이러한 감복은 마침내 "하얀 잎 대궁 솟아오"르는 머위의 모습을 "어여쁜 봄 처녀 늘씬한 다리 같"다는 단순한 의인화를 통해 기운생동하는 아름다운 봄날의 정취를 드러낸다.

봄은 따사롭고 부드러운 감각을 불러일으키며, 무엇보다도 생명이 탄생하고 재생하는 계절이다. 부활의 봄이 오고, 화자는 죽음과도 같은 기나긴 겨울의 얼어붙었던 대지에 "가장 먼저 돋아나는" 머위의 새싹을 본다. 그리고 생명의 환희를 느낀다. 이러한 간결하고 단순한 시적 감흥에도 불구하고 굳이 비약적인 의미를 찾자면, 이 안에는 농경문화 혹은 농경적 삶에 대한 희원이 어렴풋이 서려 있음을 감지할 수 있다. 화자는 생명 탄생의 경이 앞에서 환희하며 농경문화의 먼 기억으로 돌아가는 것이다. 이를테면 "모내기가 시작될 무렵" "머윗잎 대궁을 잘라 데쳐" "살이 통통한 꽃게를 넣고 된장"을 풀어 먹었던, "엄마가 멍우라고 불렀던" 풍요로운 과거의 기억으로 전이되면서 은연중에 농경적인 삶의 회복을 희원하는 그리움과 향수의 정서를 내비친다. 이는 자연의 공동체적 삶으로부터 유리된 자의 그리움이며, 일종의 낙원 회복의 염원이기도 하다. 그러한 꿈이 자기 착취적인 도시적 삶과 노동을 버리고 시인을 자연의 삶으로 이끈 동인이며, 그러한 삶의 생활 감각을 그대로 표출한 것이 그의 시라 해도 크게 잘못된 이해는 아닐 듯하다.

이처럼 정완희 시는 자본 논리와 시장 권력의 물신이 지배하는 도회의 노예적 삶을 떠나 고향인 시골에 귀의한 욕심 없고 평화롭고 담담한 일상의 생활 감각을 시화하는 데 주력한다. 즉 세속의 공리적인 속박에 찌들지 않고 평화롭고 담백한 모습, 자본 논리에 따른 현실 원칙의 구속 없이 자유롭고 평화롭게 살아가는 멋이 그의 전체적인 시풍이다. 따라서 그의 시는 화려함이나 번잡스러움을 멀리한 가운데 평화롭고 한적하게 지내는 생활을 소박하고 자연스럽게 드러낸다. 그의 시는 별다르게 조탁하거나 기교를 부린 느낌 없이 투박하다는 점에서 충담의 시풍에 속할 만하다. 이러한 풍격은 실제 시인의 삶의 태도와 작품이 서로 긴밀히 연결되어 있어 작품이 곧 작가의 삶과 세계관을 그대로 드러내는 데서 비롯하는 것이기도 하다.

> 울창한 신우대 숲에서 늘어지게 잠을 자고
> 산 아랫집 텃밭을 보니 고구마 넝쿨 풍성하다
> 지난봄 언덕 칡뿌리 캘 때 봐 둔 곳이다
> 노루 그물 이중으로 방책도 좋아
>
> 빗속으로 한 바퀴 돌아보니 틈새가 있네
> 아래로 파면 이까짓 그물이 대수랴
> 라디오 소리 요란해도 주인 없는 거 다 안다
>
> 네 고랑을 파 먹으니 배가 부르네
> 북북북 꿀꿀꿀 두 고랑은 내일 먹어야지
>
> ――「고구마 횡재하다」부분

초연하고 순진무구한 정서로 인해 고요함과 평화로움, 그리고 온화한 안정감을 맛보게 하는 인용 시는 시인의 현재적 삶과 세계관을 가늠할 수 있게 한다. 시인은 자신이 일군 고구마밭 "네 고랑을 파 먹"은 멧돼지에 가탁해 무욕의 너그러움과 낙천적일 정도로 순진하고 무구한 정서를 표백한다. 그것은 "동네 까치들"에게 자신이 가꾼 달콤한 사과를 다 내어 주고 "올해에도/ 내 사과는 한 개도 없"(『착과』)지만 이를 순순히 긍정하는 무욕의 천진한 태도와 같은 것이다. 자신이 애써 일군 고구마 밭 "네 고랑을 파먹"은 멧돼지에 대해 화자는 별다른 현실적 대립이나 증오, 갈등이나 부정 없이 동심의 시선으로 유쾌하게 받아들인다. 그러한 까닭, 즉 화자의 천진한 감수성으로 말미암아 시는 동화적 메타포를 환기하기까지 한다. 그리하여 이 시는 정복과 착취, 생산성 증대의 대상으로서의 자연이나 노동이 아닌 그것의 원형적인 모습으로서 공존의 윤리적 심미성을 충일하게 담아낸다.

시골 고향의 자연은 말 그대로 모든 생명이 조화롭고 평화롭게 구현되는 낙원의 상징이다. 시인은 경쟁과 착취, 근면성과 생산성, 성취와 욕망 충족을 숭배하는 물신 지배의 도회지 삶을 청산하고 시골인 고향으로 회귀해 텃밭에 고구마를 심었다. 그런데 고향 동네에는 "집집마다 유모차 끌고 다니는 할미들뿐"이어서 "텃밭 농사도 잘 안" 짓고 고작해야 "마당 화단에 상추나 오이"만 심을 뿐이다. 이러한 상황에서 시인은 고구마밭을 일군 것이다. 그런데 고구마나 땅콩을 좋아하는 멧돼지에겐 "몇 년째 식구들이 늘"고 "먹을 것이 부족"한 형편이다. 그런 차에 시인의 텃밭 고구마는 "넝쿨 풍성"하게 자라고 있다. 시인은 고구마밭에 뭇 짐승들의 접근을 막기 위해 "노루 그물 이중으로 방책도 좋"게 설치하고 사람이 있는 것처럼 "라디오 소리 요란"하게 틀어 놓는다. 하지만 멧돼지에게는 그물도 요란한 라디오 소리도 별 대수가 아니어서 "네 고랑을 파 먹"고 "두 고랑"만 남긴 것이다. 이를 목도한 시인은 그것을 재치 있게 멧돼지의 처지에서 "네 고랑을 파 먹으니 배가 부르네", 나머지 두 고랑은 "북북북 꿀꿀꿀"거리며 "내일 먹어야지"라며 모든 이해득실의 관계를 물리치고, 순진무구한 동화적 태도로 수용한다. 이를 통해 시인은 성가신 멧돼지와의 대립과 갈등을 해소하고, 그것 또한 자연의 한 일부임을 인정하며 무욕의 기쁨을 맛보는 것이다.

농촌에서 자라 도시에서 상처받으며 산 사람이라면 언젠가는 자본주의 시장 권력이 지배하는 불모적인 삶을 떨치고 고향의 자연으로 회귀하고파 한다. 오늘날 도시는 "묵시록적 상황의 집약적 상징"이며, 이와 대척점에 위치하는 자연의 고향은 "그러한 부정적 현실의 지평 너머에 떠오르는" "영원할 수밖에 없는" "구원의 자리로 인식"(남진우, 「묵시록적 시대의 글쓰기」)되기 때문이다. 이러한 꿈은 정완희 시인뿐만 아닌 상처받은 대개의 사람들이 갖는 보편적 무의식이다. 시인에게 나고 자란 생명 공동체로서의 고향은 말 그대로 모든 생명이 조화롭고 평화롭게 구현되는 낙원의 상징이다. 따라서 인용 시를 비롯한 그의 시에 도드라진 농촌 생활의 서정은 단순한 귀촌 귀향 이상의 의미를 지닌 것이라 할 수 있다. 그가 고향이라는 삶의 원형적 터전으로 회귀한 것은 훼손된 삶의 원형을 회복함으로써 일종의 생명 공동체의 이상이 실현될 수 있다는 믿음 때문이리라. 그의 시에서 자연과 인간이 별다른 갈등을 보여 주지 않는 이유도 여기에 있을 것이다.

> 누구는 질소 과다라 하고
> 누구는 인산과 가리가 부족하다 하고
> 누구는 장마철 배수 문제라 하고
> 누구는 생리적 낙과라고 하고
> 또 누구는 껍질 벗겨 생명을 위협하라 말한다
>
> 겨울에 발효된 퇴비 한 포를 발등에 덮어 주고
> 인산과 가리가 포함된 복합비료도 묻어 주고
> 이른 봄 약국에서 붕사 한 봉지를 사 물을 타서 주고
> 여름에는 무성한 도장지와 속가지 잘라 내지만
>
> 도무지 알 수가 없다
> 스스로 건강 상태에 맞추어 낙과를 조절한다는
> 감나무는 사람의 간섭으로 더욱 복잡해졌다
> 열 살 감나무에서 아홉 개의 감을 건졌다
> 올가을엔 홍시 몇 개를 건질 수 있나
>
> ―「감이 떨어진다」 부분

욕심 없이 평화로운 평정의 상태에서 세속의 공리에 물들지 않고 소박

하게 살아가는 시인의 생활 태도가 잘 드러나는 인용 시는 그의 삶의 태도에 걸맞게 어떠한 화려함이나 세련미, 시적 기교나 의장 없이 평이하고 투명하다. 다만 평화롭고 한적하게 지내는 생활을 소박하고 자연스럽게 드러낼 뿐이다. 시인은 "몇 년째" 변함없이 "열매를 땅으로 떨어뜨"리는 감나무를 걱정한다. 몇 년째 계속되는 감나무의 낙과에 대해 사람들은 이렇다 저렇다 그 원인과 해결책을 말한다. 그리하여 시인은 처방에 따라 "발효된 퇴비"도 뿌려 주고, "복합비료도 묻어 주고", "붕사 한 봉지 사 물을 타서 주고", "무성한 도장지와 속가지"도 솎아 주었지만 도무지 백약 처방이 무효하다. 그러나 그러한 현상은 "스스로 건강 상태에 맞추어 낙과를 조절"하는 감나무의 자연적인 자기 조정일 뿐인데도 "감나무는 사람의 간섭으로 더욱 복잡"해진 형국이 되어 버린 것이다. 시인은 이를 깨닫고 "열 살 감나무에서 아홉 개의 감을 건"지고도 흡족해하며, "올가을엔 홍시 몇 개를 건질 수 있나" 마음을 설렌다.

생산성 증대에 기초한 문명의 무한한 진보라는 개념은 이데올로기와 종교, 지역과 국가의 경계를 넘어 전 지구적으로 풍미하는 절대적 신화이다. 그런 가운데 어떠한 충격적 사건도 인식의 전환을 가져다주지 않고 무화되어 버리는 곳이 문명의 도시이다. 도시는 공동체적 유대와 소통의 가능성이 배제된 세계이다. 그곳은 자기 소외와 무관심이 지배하는 공간이다. 정완희는 이러한 비속하고 천박한 도시를 떠나 고향의 자연으로 회귀해 생산력 증대와 착취의 대상으로서의 노동이 아닌 노동의 본래적인 원형적 가치를 실천함으로써 훼손된 삶의 모습을 회복하고자 한다. 따라서 그의 시가 농촌 생활에서 느끼는 소소하고 투박한 감정을 그릴 때, 그것은 인용 시에서처럼 다소 거칠고 시골티가 물씬 풍기는 종류의 것이다. 그러므로 그의 시는 충담하고 소야한 미를 담고 있다.

생활 감정을 투박하게 드러내는 정완희의 시법은 세련미보다는 다소 거친 미감을 준다. 그의 시는 고향인 시골에 묻혀 자본과 문명의 현실 원칙에 구애됨 없이 자유롭고 엉성하며 인위적 조작 없이 거칠게 살아가는 시인의 삶의 지향적 태도가 짙게 표백되어 있다. 얽매인 데 없이 자유로운 방외인으로서의 삶의 지향적 태도로 인해 시는 진솔하다. 요컨대 그의 시는 시인의 삶의 태도를 반영이라도 하듯 본성이 자연스럽게 나타나도록 내맡기고, 인위적 조탁이나 수식을 멀리하는 시법을 따른다. 이로 인해 장중하거나 화려하지 않고, 살지고 기름진 느낌이 제거된 천연의 맛을 느끼게 한다. 정완희는 격식을 벗어던지고 세련미와 일정한 거리를 둔 소야한 시풍을 따르는 것이다. 그러나 아름다움은 현상하기를 주저하고 망설이는 것이며, 본질적으로 폭로되지 않을 때 매혹적이다.

파란과 곡절의 지리학

—이용호의 『팔순의 어머니께서 아들의 시집을 읽으시네』

　　여행은 일상을 넘어서려는 충동적 의식과 연관한다. 황동규의 표현처럼 여행은 일종의 '정신적 가출'이다. 익숙한 지배 질서에서 이탈한다는 의미에서도 그렇고, 새로운 세계와 자진해 부딪치려는 태도에서도 그러하다. 여행은 일상의 완고한 현실 원칙을 넘어서 체험과 감각과 지각의 갱신을 이룩하게 한다. 낯선 장소로 자진해 투신하는 여행은 삶의 낡은 형식에 새로운 활기를 북돋아 주고, 일상에 찌든 감각과 상투적 의식에 활로를 열어 준다. 관념이 아닌 육체의 직접 접촉을 통해 세계를 감각할 때, 세계 내 존재들은 날것의 눈부신 관능의 자태를 드러낸다. 여행은 감성 구조를 바꾸어 삶의 원초적이며 생생한 생명을 느끼게 하고, 현실 원칙에 마비된 감각과 매몰된 의식을 일깨워 새로운 발견으로 이끈다.

　　이용호 시집은 여행의 기록으로 읽기를 강제하는 듯하다. 왜냐하면 시인이 정주하는 공간을 떠나 여러 타지를 체험하며 얻은 시들이 즐비하기 때문이다. 시집의 절반 이상은 여행을 통해 만난 지역의 장소성과 깊이 연관해 있다. 시인 스스로 「저자 산문·시인의 말」에서 밝히고 있듯, 이번 시집은 저 어둡고 혹독한 환멸의 80년대를 '체 게바라를 읽으며 통과'(「체 게바라를 읽는 겨울밤」)한 후 "정신적 공허함을 메우기" 위해 여행을 떠났고, 그곳에서 인간의 "가장 아름다운 모습"인 개별 주체가 자신의 노동에 최선을 다하는 "구체적 삶의 모습"을 "직접 확인"한 체험에서 비롯한다. 시인은 여행의 형식을 통해 장소성, 즉 개별 지역의 특수한 정체성이라 할지라도 그것이 불가피하게 함유할 수밖에 없는 공동체적 삶의 역사·사회·문화적 의미를 탐색하면서 "시의 의미 지평"을 확장하려 시도한다. 이를테면 현실의 여러 국면들을 상상이나 관념이 아닌 접촉을 통해 신체적으로 감각하며, 그 구체를 탐색하고 의미화하려는 시도로 볼 수 있다. 그것은 상상에 의해 주입된, 그리하여 왜곡 가능한 심상 지리의 접근법을 넘어서는 것이다.

여행은 미지의 특정 장소가 지닌 이질적이며 진기한 풍물과 사상事象에 대한 감각적 지향이나 낭만적 동경일 수도 있다. 하지만 이용호의 경우는 이와는 전혀 다른 내질을 함유하고 있다. 그의 여행은 각 지역의 특수한 개별적 장소에 내재하는 기층민들의 삶과 생명의 역사와 그들이 축적해 온 고유한 정서로서 "죽음으로도 닿지 못하는 눈물의 계곡"(「대할망의 눈물」)이 품은 한恨의 내질을 확인하는 일에 가깝다. 한은 양면적인 의미 가치를 지닌다. 한은 민중들의 비애와 설움 이면에 "세상의 많은 평화와 위로가 끝내 봉쇄될 수 없는 믿음"(「백조일손지묘」)과 "천국으로 올라가든 지하로 내려가든" 간에 "어딘들 못 갈까 보냐"(「계단의 문법」)는 표현처럼 그것을 극복하려는 생명의 역동성과 미래에 대한 신명 어린 낙관적 신념을 내포한다. 말하자면 그의 시는 여행을 통해 장소성이 함유할 수밖에 없는 민중 공동체의 역사·사회·문화적 의미들을 탐색하고 발견하는 데 바쳐진다. 시인이 역사 현실의 주인공들과 만나는 이 시간 여행에서 발견한 것은 단순하고 소박한 진실들, 그리고 그 진실들의 현실적인 패배이다.

이용호의 여행은 타자의 삶에 대한 발견과 탐색이라는 측면에서 시적 지평의 확장이라는 의미를 갖는다. 시인은 역사의 한복판, 헐벗은 삶의 심연에 자리한 집단의 육성을 절실하게 들려준다. 사람들이 살아가는 모습에 대한 애착과 연민의 정서로부터 그의 시는 싹튼다. 그의 시는 "서로의 온기를 나눠 갖는 판잣집"과 "일터에서 돌아온 가난한 아버지들이" "고단한 담배를 피우"는 "도시 변두리"(「나의 서정시는」)의 결핍과 부재의 서정에서 움튼다. 이러한 맥락에서 여행의 문법과는 다른 작품들 역시 중심에서 소외되고 배제된 변두리 주변의 가파른 삶과 노동 현장에 착목해 있다. 예컨대 열악한 조건에서 노동에 최선을 다하는 "하청업체 노동자"(「그의 휴대폰」), 생계의 막다른 상황에 몰린 '세탁소 주인'(「우리 동네 백옥 세탁소」), "3년째 말을 잃은"(「애도하는 시간이 오면 우리는」) 세월호 참사 유가족, "한때 따뜻한 거처와 든든한 처자식을 거느린 가장"(「소멸에 깃들다」)이었던 노숙자, 매일을 "로프에 마지막 생을 거는"(「거미 인간」) 유리창 청소부, "주민등록증을 건네고 하루를 저당 잡히는"(「환절기」) 일용직 노동자 등 기층민들의 삶과 연관해 있다는 것이다. 이들 작품은 민중 토대의 현실 인식을 바탕으로 가난하고 억눌린 사람들의 삶의 현장과 구체, 그리고 그들이 품고 있는 애환과 정한, 슬픔과 분노, 울분과 고통을 결곡하게 노래한다.

결핍과 부재의 서정, 기층민을 토대로 한 시정신은 이용호 시의 밑변을 이루는 초석이다. 이런 이유로 인하여 시인의 여행은 목적지를 두지 않고 한가롭게 거니는 산책이 될 수 없으며, 무념무상의 상태로 자유자재하는 소요逍遙의 형식과는 전혀 다른 것이다. 길고 "먼 순례의 길을 뚜벅뚜벅 건너가는"(「풍천 장어」) 그의 여행은 의도성 없이 대상이 눈에 들어와 그냥 보이는(見) 것을 완상玩賞하는 형식이라기보다는 오히려 주체의 보려는 의지가 적극 개입한 관觀·간看·망望의 의미에 가까운 의식적 행위이다. 따라서 여행의 형식은 그의 시적 실존의 원적에 대한 비유일 뿐만 아니라, 이 시집의 고유한 문법이자 정신과 방법을 규제하는 시적 전략이다. 무엇보다 여행의 문법은 삶의 비유나 갑갑한 일상으로부터의 막연한 탈출이 아니라, 적극적인 시 쓰기로서의 의식적인 실천 행위이다. 그 시적 실천은 사람들이 살아가는 구체적인 삶에 기록되어 있는 운명 속으로 걸어 들어가 그 실체적 모습을 직접 확인하고, 거기에서 삶의 연속성과 진정성을 발견하는 일이다. 그럼으로써 시인은 살아 있음의 고뇌와 황홀을 감싸 안는다.

단 한 번의 순례로 언덕을 만나 사랑을 하고

기러기의 발을 잡고 울기도 했을 날들엔

서둘러 결별을 각오한 물길들이 서슬처럼 번져 나갔다

그대는 근원을 알 수 없는 곳에서

겸손하게도 두 손을 모으기만 한다

누군가는 곧 떠나겠지, 저 언덕을 넘어가겠지

우리들 삶의 강둑에는 항상 슬픔이 존재하지만

나는 이제 하나도 뉘우치지 않고 싶다

—「회룡포」부분

　　지역의 장소가 시화되는 방식은 여행이 보편적이다. 이용호가 찾아간 특정한 장소는 우선 단순한 차원에서는 시의 소재를 제공하고 시적 상상력을 촉발하는 계기로 작용한다. 그의 시에서 장소는 그것을 해석하는 다양한 욕망들, 이를테면 정치·사회·역사적 관점에 의해 정의될 수도 있지만, 이 시에서처럼 개인의 내면 정황에 따라 사적인 인식이 반영되기도 한다. 화자는 "직선도 머리를 숙이고 휘돌아 나가"고 다시 "물결이 휘돌아 오는" 회룡포의 지리적 특성을 통해 삶에 대한 지극한 통찰을 보여 준다. 노을이 번지고 해가 지는 강둑에서 "갈대의 묵시록을 읽는" 마음의 풍경은 적막하고 쓸쓸하다. 휘돌아 온 강물이 "언덕을 만나 사랑을 하고" "서둘러 결별을 각오한" 듯 "물길들이 서슬처럼 번"지며 휘돌아 나가고 다시 휘돌아 오는 강물의 지리적 형상은 삶이 필연적으로 지닐 수밖에 없는 파란과 곡절을 은유한다. 그런 탓에 어떤 처연한 슬픔을 느끼게 한다. 삶은 "근원을 알 수 없는 곳에서 바람을 타고 온" 것, "아무도 해독할 수 없는 암호와 같은 것"이어서 운명적으로 "우리들 삶의 강둑에는 항상 슬픔이 존재"할 수밖에 없다. 좌절과 방황, 기다림과 그리움, 만남과 사랑과 이별, 회한과 애달픈 비애의 감정이 물결처럼 일렁이는 마음의 무늬는 처연하다.

　　회룡포의 지리적 풍경은 일종의 삶의 본질을 지시하는 기호이다. 풍경은 객관적이고 구체적이어서 시인의 정서를 외면화하는 암시적 효과를 발휘한다. 이를테면 전통적인 서정시의 문법을 따르는 정경교융情景交融, 즉 시인의 감정과 외부의 풍경이 서로 잘 융화된 상태를 보여 준다. 시의 풍경을 구성하는 세목들 '긴긴 강물' '기러기의 발' '모래바람' '노을이 닿을 수 없는 곳의 갈대' '언덕으로 지는 해' 등은 시적 자아의 정서적 상태를 암시하는 기호이며, 그 기호들이 자아내는 정서는 쓸쓸하고 슬프고 애틋하다. 내밀한 풍경의 세목들은 화자의 내면에서 출몰하는 어떤 예감과 회한과 갈등을 암시해 준다. 시인은 풍경을 묘사하며 자연의 순리와 인생에 대한 철학적 질문을 던지기도 하고, 만남과 사랑과 이별이 파급하는 짙은 향수의 정서를 밀도 있게 묘사한다. 지난 시간에 대한 회한의 감정과 생에 대한 소망이 교차하며 묘연杳然한 감정의 곡절과 구구한 사연이 겹쳐 슬픔의 정서는 더욱 깊어지는 것이다.

결국 풍경을 구성하는 구체적인 사물들은 삶의 운명에 대한 내면적 반응의 상관물이다. 화자는 사물에 드리워진 마음을 통해 방황과 슬픔의 정서를 환기하고, 궁극적으로 삶의 비극성을 수용하고 넘어서려는 의지적 태도를 확인한다. 즉 좌절과 방황, 기다림과 그리움, 만남과 사랑과 이별, 회한과 갈등, 파란과 곡절 속에서도 끝내 "겸손하게도 두 손을 모으기만" 하는 회룡포의 자연 지리가 함의하는 심미적 윤리성을 통해 현실에 의해 좌절당한 비극적 의식을 잠재우고, 결국 다시 "서둘러 물결이 휘돌아 오는" 생명의 회귀성에 의해 삶이 근원적으로 내포한 비극성을 포용한다. 그런 까닭에 "우리들 삶의 강둑에는 항상 슬픔이 존재하지만" "나는 이제 하나도 뉘우치지"도 "어디에서건 함부로 무릎을 굽히지"도 않겠다는 대결 의식, 삶에 대한 신념과 의지를 확인할 수 있는 것이다. 그리하여 회룡포의 물결처럼 굽이굽이 돌아 끝내는 "환하게 웃으며 이제 한 생이 이루어"지는 극적 풍경에 도달하며, 그럼으로써 궁극적으로는 생을 포용하고 긍정하게 된다.

바다도 작은 가슴으로 한 세월을 버틸까 먼저 세상 떠난 아내의 음

성이 모래사장으로 가끔씩 기어 나온다 무정한 사람, 슬리퍼 하나 사
서 내일은 아내의 산소에 가야겠다고 사내가 거친 숨을 몰아쉬었다 가
게에서 흥정을 하는 아낙의 그림자 위로 아내의 환영이 멀리서 장맛비
로 밀려오고 있었다 사내는 눈물을 훔치다 말고 바다가 전해 주는 비
릿한 냄새를 맡는다 그래, 이젠 일어나야지 내 생애에 가장 빛나던 순
간으로 다시 돌아가자, 집으로 걸어가는 사내의 등 뒤로 수평선이 아
득히 출렁이고 있었다

―「월내항」 부분

앞서 살펴본 「회룡포」가, 특정 장소가 시적 자아의 내면과 교융交融하며
시적 주체의 느낌을 외면화하는 계기로 작용한다면, 인용 시는 시적 주체
의 내면세계보다는 객관적인 현실의 조형 세계로 나간다. 말하자면 개인
적 내면세계에서 발생하는 정서적 파동보다는 공간이 포함하는 객관적 삶
의 구체에 보다 더 접근해 있다. 중요한 점은 추상적 공간에 구체적 삶의
모습을 부여함으로써 '월내항'은 특정한 삶의 터인 장소가 된다. 일반적으
로 공간이 개념의 차원에서 이해되는 것이라면 장소는 경험의 차원에 더 가
깝다. 이 푸 투안에 따라 공간이 장소가 되려면 개념을 만드는 능력뿐만 아
니라 운동감각적 경험 및 인지적 경험이 필요하다고 할 때, 그런 의미에서
'월내항'이라는 항구는 "내륙에서 버림받은 꽃씨들"로 은유된 필부 필녀들이
이곳에서 "제 몸의 뿌리를 내리며 발버둥" 치는 운동감각적 경험과 변방의
항구로 떠밀려 온 '사내'로 상징되는 "이름 모를 풀들"이 "저마다 힘에 겨워"
"비명 소리"를 내는 고단한 삶에 대한 인지적 경험 세계를 보여 준다. 그럼
으로써 내면을 벗어난 장소의 물성을 짙게 남겨 놓는다. 이를 통해 '월내항'
은 사건과 사물들의 집합에 대한 맥락이나 배경이라는 장소성을 획득하고,
현실의 구체에 더 가까워진다.
　　시인은 내륙으로부터 밀려나 '월내항'에 뿌리를 내리려 발버둥치는 한 사
내의 파란과 곡절의 슬픈 사연을 길게 들려준다. 항구나 포구, 섬(제주)과

바닷가는 이용호의 시를 구성하는 중요한 모티프이다. 특히 시집의 제1부와 제2부에 집중적으로 포진한 시들이 그러한데, 이들 시는 역사 현실과 그 안에 축적된 민중들의 비애와 설움과 비탄, 슬픔과 고통과 분노에 착목해 있다. 그러면서 동시에 비극적 운명에도 불구하고 지속될 수밖에 없는 삶의 연속성과 진정성, 생명의 역동성을 탐색한다. 이들 시는 울분과 비탄, 침통하고 비분에 찬 정서가 주조를 이루며, 뒤틀린 역사 현실과 민생을 걱정하는 비판 정신이 짙게 배어 있다. 따라서 시상의 전개는 단조롭지 않고 기복이 많다. 즉 파란과 곡절의 변화가 풍부한 까닭에 사연이 많다. 사연이 많은 까닭에 시형은 대체로 길고 산문화된다.

요컨대 이러한 모티프들은 구체적인 삶의 세계와 역사 현실, 그리고 그것이 어쩔 수 없이 품을 수밖에 없는 민중 정서로서의 한의 세계로 진입하는 중요한 계기로 작용한다. 화자가 그리는 '월내항'의 풍경 소묘 안에는 "내륙에서 버림받은 꽃씨"와 "이름 모를 풀"로 상징되는 한 '사내'와 아내를 잃은 사건과 염기의 비릿한 사물이 유기적으로 얽혀 장소의 고유한 정체성을 실현한다. 말하자면 '월내항'을 구성하는 다양한 요소들과의 유기적인 관계에 의해 의도적으로 해석됨으로써 그곳은 파란과 곡절의 기복 많고, 또 고단한 "한 세월을 버"텨 내고 "이젠 일어나" "생애에 가장 빛나던 순간으로 다시 돌아가"는 삶의 역동성과 낙관성, 신명성과 긍정성을 함의한 장소로 의미화된다. 이는 "차단된 뱃길"이 다시 열리고 "어기여차, 아버지께서 힘껏 닻을 들어 올리신다"(「신두리 해안사구」)는 신명 어린 태도와 맥락을 같이한다. 말하자면 밀폐된 내면적 풍경의 심상에 대한 것이 아닌 신체적 감각을 통해 지각한 구체적 장소, 현재적 삶이라는 장소성을 획득한다.

장소는 인간의 삶과 자연의 질서가 융합된 곳으로 인간이 세상을 직접적으로 경험하는 중심을 이룬다. 이용호의 시에서 장소는 생활 세계에서 직접 경험되는 세상이다. 따라서 '월내항'을 비롯한 장소 특정적 시들에 나타나는 화자의 정서적 감정은 사실적 자료로 획득되거나 체험된 것으로 재현되어 장소적 텍스트로 생산된 것이다. 예컨대 「북촌리」「다랑쉬굴」 등을 비롯한 제주 4·3 사건과 관련한 작품들이나 역사적 사건의 현재적 함의를 내포한 「죽호정」「황토현」「노적봉」 등등의 많은 작품들이 좋은 사례이다. 이들 작품은 시적 주체의 내면 정황에 따라 사적 인식이 반영되기도 하지만, 전적으로 내적 삶으로 침몰하는 시적 주체의 개인적 세계가 아닌 삶의 구체적이고 보편적인 역사 현실에 관심을 둔 것이기에 장소성의 의미 가치를 더욱 크게 발현한다. 그럼으로써 시인의 여행은 현저하게 현실 탐구의 성격을 강화하게 된다. 시인은 여행을 통해 주체의 내적 삶의 바깥에 엄연히 존재하는 경험적 현실 세계와 보편적 타자의 공간을 확인한다. 그럼으로써 그가 방문한 추상적 공간은 정서적 심리적으로 깊은 유대를 갖게 되는 인간 실존의 심오한 중심으로서의 구체적 장소성을 획득하며, 아울러 현실적 삶의 역사적 조건에 대한 물음을 동반하게 된다.

> 이 섬사람들 모두 이렇게 죽고 나면 누가 있어 씨앗을 뿌리고 말을 먹이고 소 돼지를 칠 것인지, 아아 이런 날이 올지 몰랐다고 대할망은 자신의 발등을 낫으로 찍으며 섬을 만든 걸 후회하며 울고 또 울었습니다
>
> 대할망은 한라산에서 엉덩이를 들고 일어나 한 발로 한라산을 딛고 팔 한쪽으로 성산봉을 안으며 관탈섬을 빨랫돌 삼아, 꼭 한번 좋은 세상으로 바뀔 날이 올 것이야, 칭얼거리는 바다를 손주처럼 달래며 위독한 연기를 온몸으로 들이켜다가, 죽음으로 닿지 못하는 눈물의 계곡이 이 섬에 있다는 걸 비로소 깨달았습니다
>
> ―「대할망의 눈물」 부분

특정 지역의 설화나 역사적 사건은 장소의 정체성을 형성하는 중요한 요소이다. 제주라는 섬은 내지와는 다른 다양한 풍물과 풍속, 자연 지리적 환경과 역사 문화적 정체성을 지니고 있다. 그 가운데 제주 4·3 사건은 제주

의 역사 문화적 정체성을 규정하는 한 요소일 뿐만 아니라 불행한 우리 근대사 전체를 관통하는 참혹한 비극성을 상징적으로 웅변한다. 이를 소재로 다루는 인용 시는 역사적 장소와 사건, 그리고 그것을 기억하는 현재적 삶을 다루는 여타의 많은 시들과 함께 역사적 사실을 바탕으로 시인의 경험과 신화적 상상력을 통해 재현한 장소적 텍스트라는 성격을 갖는다. 그래서 그의 시에 등장하는 역사적 사건이나 이야기, 사물이나 풍속 등과 연루한 장소는 현재적인 의미 활동으로 가득 차게 된다. 이때 장소에 대한 정서를 의미하는 시인의 장소감은 주로 역사적 또는 신화적 사건과 결합되어 상징적 의미로 현재화되며, 시인 개인이나 공동체의 경험과 기억, 문화적 풍속과 자연 사물을 통해 의미 있는 장소성을 획득하게 된다.

처참한 역사 현실, 짓밟힌 생명, 파괴된 인간 존엄성, 훼손된 평화의 실상을 발로 확인하는 과정에서 나온 이 시는 제주 창조 신화 설문대할망 이야기와 제주 4·3 사건에 기초해 있다. 시인은 섬을 창조한 여신 설문대할망이 이 비극적 사건을 겪으며 느낀 울분과 비탄, 좌절과 고통, 침통하고 비분에 찬 심정을 통해 역사 현장을 추체험한다. 그 체험의 내용은 역사의 참혹성과 비극성이다. 시인이 만난 것은 단순 소박한 진실들, 그리고 그 진실들의 현실적 패배이다. 풍요롭고 평화로운 섬의 "순하기만 한 백성들이" 총탄과 화염에 "여기저기 쓰러져" 죽어 가는 상황은 생명 창조와 풍요의 여신으로 하여금 "자신의 발등을 낫으로 찍으며 섬을 만든 걸 후회하며 울고 또 울"게 할 만큼 참혹하고 파괴적이며 잔혹하고 비극적인 것이다. 태초의 경험과 역사적 경험이 충돌하는 상황에서 제주에 부여되었던 정체성인 모든 신성성과 생명의 풍요로움과 평화가 파괴되는 상황을 시인은 추체험하는 것이다. 특히 설문대할망의 신화적 신성성과 비속한 역사 현실의 폭력성이 맞물리는 집단 기억의 기저가 충돌하면서 시는 깊은 고통과 슬픔을 강화한다.

비극은 현재이기도 하며, 다가올 미래에도 지속될 수밖에 없는 역사이기도 하다. 역사에는 정체될 수 없는 삶과 애환, 저항과 투쟁, 좌절과 희망이 끊임없이 공존한다. 때문에 제주 4·3 사건이 지닌 역사적 장소성은 당대에 되풀이 강조되면서 동시에 이를 극복하기 위한 객관적 실재로 존재한다. 말하자면 살육과 학살, 참담하고 비극적인 역사적 사실에 대한 묘사에 이어서 "죽음으로 닿지 못하는 눈물의 계곡이 이 섬에 있다는 걸 비로소 깨달"았다 표현했을 때, 그것은 참담한 현실의 확인으로부터 오히려 참담한 아름다움을 확인하는 역설적 표현이기도 하다. 그런 의미에서 참담한 역사 현실 속의 삶은 "꼭 한번 좋은 세상"이 다시 올 것이라는 변화의 가능성에 대한 미학적 탐색이다. 그러한 탐색과 확인이 민족사적 역사 현실의 정치적 조건에 대한 탐구로 심화되는 자리에서 이용호의 파란과 곡절의 역사적 시간과 지리적 공간으로의 시적 여행은 빛을 발한다.

동양 시학에 실경實境이란 개념이 있다. 말 그대로 진실한 경지, 거짓이나 허구의 풍경도 아니고, 들뜨고 과장된 감정이 아닌 진실한 예술적 경지를 뜻한다. 즉 거짓이 아닌 진실한 풍경과 감정을 담아낸다는 뜻이다. 요컨대 귀로 듣고 눈으로 보며 정신이 만나고 마음이 맞아들이는 시적 경지를 말한다. 이용호의 이번 시집은 역사 사회 현실의 생생한 풍경을 그린다는 점에서 그 가치를 평가할 수 있을 것이다. 그의 시는 비통과 울분이 무겁게 짓누르지만 신명 어린 낙관적 긍정을 잃지 않는다. 삶과 역사의 파란과 곡절, 살아 있음의 고통과 황홀을 동시에 감싸 안는 데 이 시집의 매혹이 자리한다.

근원 회복과 악몽을 살아 내는 방식
―강흥수의 『새벽길』

1. 시 쓰기의 기원

　강흥수 시집 원고를 받아 들고 번민이 깊다. 모든 작품은 사막과 같은 것이어서 해설을 쓰는 일은 사막을 건너는 행위에 다름 아니다. 오아시스를 꿈꾸며 걷지만 저만치 보이던 오아시스는 막상 그곳에 가면 또 저만큼 물러나 있다. 작품은 항상 흘러넘침이어서 차액을 남긴다. 작품에 대한 해석적 의미나 가치는 발설되는 순간 더 깊이 자신의 모습을 숨겨 버린다. 다가섰다 치면 다시금 저만큼 물러나는 신기루 같은 것이 작품이다. 모든 작품이 그러하듯 강흥수의 시집에도 역시 언표화를 거부하는 천의 얼굴이 숨어 있다. 이 글은 그중 몇 얼굴을 만난 기록일 뿐이며, 사막을 건너며 만난 오독과 편견의 기록일 뿐이다.

　시인은 시로 말하고 작품은 시인의 세계를 총체적으로 구성한다. 그런 점에서 시는 시인의 고유한 경험에서 우러나온 소산이다. 사람들은 삶을 살아가면서 자신의 영혼을 짙게 물들이고 간 시간의 흔적, 그것이 견디기 힘든 아픔이든 눈부시게 찬란한 황홀이든, 그 심연으로부터 결코 벗어날 수 없다. 우리는 아련한 듯 선명한 기억의 쓰라림과 눈부심으로부터 해방될 수 없으며, 그 파장으로부터 한시도 잠잠할 수 없다. 지난 시간의 흔적은 자아의 내면을 구성하고 현재적 삶에 부단히 개입해 들어오게 마련이다. 자신의 경험적 의미를 현재적 시점에서 재구성하는 시적 작업은 주체가 자신의 삶을 연속적으로 정립하려는 노력의 일환이다. 그러므로 기억 속으로 들어가는 시적 행위는 참된 자아를 회복하고 자기 정체성을 확인하는 일과 관련을 맺는다. 그리하여 경험을 응시하려는 태도는 시 쓰기의 근원적 욕망과 기원을 이룬다.

기억이 경험한 모든 것을 수량적으로 다 담고 있는 것은 아니다. 이를테면 시인은 작품 속에 자신의 다양한 경험 가운데 절실한 경험의 윤곽만을 어렴풋이 드러낼 수 있을 뿐이며, 그것의 원형은 시시때대로 항상 얼굴을 바꾸며 불쑥불쑥 현현한다. 불쑥 내민 얼굴은 현재적 자아의 정체를 환기시킨다. 어떤 특정한 사건과 이미지는 어찌하여 왜 문득 반복해 떠올라 마음을 흔드는가. 불쑥 재생되는 모든 사건과 잔상들, 문득문득 의식의 표면으로 떠오르는 경험의 얼룩들은 상징적 의미를 품고 주체의 설명할 수 없이 깊은 심연을 구성한다. 그리하여 강홍수에게 기억은 자아의 근원 회복과 자기 정체성을 확인하고 현실을 견디어 내도록 하는 힘이다.

2. 결핍의 시간과 근원 회복의 꿈

생을 구성하는 세목의 얼룩진 흔적들은 슬프고도 아름다운 것이다. 자잘한 생의 흔적으로 얼룩진 세목들에 대한 시적 반추는 뿌리침이라기보다 오히려 그 자잘함으로 인해 애착인 사로잡힘이다. 이와 동시에 그것은 경험적 사실들의 억압과 결핍의 현실에서 벗어나려는 욕망과 관련된다. 이러한 시 쓰기는 체험의 재인식을 통해 자기동일성을 확인하면서, 기억의 억압으로부터 벗어나려는 쓰라린 고투이며 노력이다. 강홍수의 시들은 그가 경험한 쓰라림과 눈부심의 기억이 심층에서 우러나는 울림의 기록이다. 때문에 그 심연을 이루는 원체험과의 관계에서 그의 시 읽기를 시작할 필요가 있다.

산 중턱으로 끌며 오르는 꽃상여

그 화려한 핏빛 휘장에 가슴은 철렁 내려앉고

자취 생활을 하느라 한 달간 보지 못한 부모 형제들이

절절한 그리움으로 떠올랐지

꽃상여 맞이하듯 흐드러지게 핀 진달래꽃들은

눈시울 붉게 초가 고향 집이 떠오르게 했지

그날따라 교정 뒷산에는

까마귀 소리 왜 그리 처연스럽게 메아리치고 있었는지

이제는 아파트 거실에서 바라보는 창밖

서울 한복판 홍등가 불빛 위로 까마귀 소리 날아간다

—「꽃상여」 부분

　강홍수 시 쓰기의 기원을 이루는 원형적 체험은 무엇일까. 그것은 유년의 아름다운 시절과 행복한 공간으로부터 분리된 삶의 흔적이다. 즉 그의 시에 표명된 유년 시절 이후 지금까지 삶은 "고독의 병이 깊"고 "영혼이 가는 길은 머나"(「나의 길」)먼 것처럼 막막한 것이다. 이 막막함은 과거부터 지금까지, 혹은 그것이 미래의 시간까지 지속될지도 모르는 떠남과 이별, 분리와 불안의 경험으로부터 비롯하는 것으로 보인다. 그의 시는 이 막막함으로부터 벗어나 원초적 본향, "영혼이 돌아갈 본향"(「집」)으로서의 '집'을 지향한다. 그의 시 곳곳에 진술된 바로 일찍이 시인은 "열네 살"(「산등성이」) 중학 시절부터 부모 곁을 떠나 대학 시절까지 오랫동안 자취 생활을 한 것으로 암시된다. 유년기 이후 고향과 부모를 떠난 생활은 "스무 번의 이사를 다녔"을 만큼 정처 없이 떠도는 변경의 쓰라린 삶의 과정이며, 그 시간은 "간장에 밥 비벼 먹"(「집」)으며 부모 형제에 대한 "절절한 그리움"으로 "눈시울 붉게" 만드는 사무친 삶의 여정이다. 현재는 지나가는 반면 과거는 그 자체로 자기 자신 안에 보존되는 것이라 할 때, 절절하고 "눈시울 붉게" 만드는 기억은 생생하고 강렬하게 그의 내면에 보존되어 시의 표면으로 불쑥 얼굴을 내미는 것이다.

그런데 문제는 과거 시간의 쓰라린 경험이 지금도 여전히 지속된다는 점이다. 화자는 창밖을 바라보며 과거를 생각한다. 그러면서 그 과거의 기억과 추억이 현재의 상황과 동일하다는 의식을 내비친다. 화자는 "아파트 거실에서 바라보는 창밖"의 "홍등가 불빛 위"를 날아가는 '까마귀 소리'와 "흐드러지게 핀 진달래꽃"의 뒷산에서 메아리치던 '까마귀 소리'를 동일시한다. '까마귀 소리'로 은유된 아픈 상황에 대한 기억은 현재도 마찬가지이다. 현재 상황은 결구에서 두 행의 진술로 짧게 처리되었지만, 화자는 과거 상황을 확장시켜 놓음으로써 그것을 정황적으로 현재와 유사하게 겹쳐지도록 한다. 그럼으로써 현재 화자의 내면적 고통의 깊이는 보다 절실하게 환기된다. 과거 상황이 현재의 의식 속으로 끼어들면서 현재를 더욱 아프게 지각하도록 하는 것이다. 이는 베르그송의 말을 빌려 현재의 과거에로의 퇴각이 아닌 과거의 현재에로의 진전이다. 기억은 단순히 지나간 시간을 회고하는 내용이 아니라 자아와 현실을 인식하도록 작용하는 형식이다. 그는 여전히 과거와 다름없이 막막하고 처연하다. 그러므로 과거 사건에 대한 독백조의 회고적 진술에 이은 현재적 시점의 결합은 단절과 고립, 결핍과 부재에서 우러나오는 탄식이다. 이는 그 경험으로부터 벗어나기 힘든 현실 인식을 암시한다.

처연하고 어두운 음색으로 읊조리는 「꽃상여」는 강흥수 시의 원적原籍과 지금 시인이 처한 심리적 정황을 동시에 짐작하게 해 준다. 시인은 지금 창밖을 바라보며 상념에 젖어 있다. 밤 시간의 창은 거울과 달리 자아와 외계를 동시에 인식하도록 기능한다. 창은 자기 얼굴을 반영하고, 또 바깥의 대상을 동시에 인식할 수 있게 한다. 창을 매개로 시인은 '꽃상여' '진달래꽃' '까마귀 소리'를 연상하고, 이를 통해 현재 자신의 처지가 과거의 상황과 다를 바 없음을 들여다본다. 그는 자신의 운명을 처연하게 응시하면서 근원적으로 집을 잃고 떠돌아 살 수밖에 없는 운명, 결핍과 부재의 현실을 과거적 경험을 통해 쓰는 것이다. 자기동일성을 상실한 내면 응시는 시적 주체의 우울하고 막막한 실존 의식을 드러낼 수밖에 없다. 아름다움을 상징하는 꽃과 소멸의 죽음을 상징하는 상여, 음산한 까마귀 소리와 "흐드러지게 핀 진달래꽃", 휘황輝煌한 "홍등가 불빛"의 선명한 대조와 결합은 시적 주체의 고립 단절된 막막한 심사를 더욱 짙게 고조시킨다.

과거 상황과 현재 상황의 불가역적 동일성, 근원으로부터 분리되어 있다는 의식, 그러한 고립과 단절 의식이 강하면 강할수록 결핍과 부재의 대상에 대한 그리움은 더욱 짙고 절실할 수밖에 없다. 부재와 결핍, 동일성의 세계를 상실한 자아가 나가는 길 가운데 하나는 시적 주체를 지금 여기의 차안이 아닌 미래 시간, 그 피안의 미래 시간으로 이끄는 것이다. 그래서 시집 곳곳에는 "본능처럼 이어지는 삶의 방식", 그 "거룩한 본능"(「거룩한 본능」)의 지속과 기대에 대한 믿음을 포기하지 않으려는 의지적 태도가 자주 나타난다. 예컨대 다소 관념적이며 직설적지만 "영혼의 고향에 다다를 때까지"(「폭우 속에서」) "사랑이란 영혼의 양식을 지고/ 생애의 목표점까지 좀 더 가까이 기필코 가자"(「첫 날」)는 등의 진술과 같은 경우이다. 화자의 미래 시간에 대한 의지는 신념과 같아서 "인생은 백지 위에 스스로 그리는 작품"(「인생 화가」)으로 "백지 같은 세상에 새 길 만들며"(「새벽길」) 갈 것을 희망한다. 이러한 의지적 신념에서 비롯한 미래 전망은 결핍과 부재의 시간을 벗어나 내일에는 동일적 총체성을 확보할 수 있다는 가능성에서 비롯한다. 그래서 과거와 현재적 시간은 미래를 동경하고, 이 현실이 아닌 다른 내일의 약속을 향한다.

의지적 신념은 시적 주체가 변경의 쓸쓸한 삶으로부터 벗어나 참된 자아를, 부재와 결핍의 세계에서 존재의 본향을 회복하기 위한 고투의 여정에서 비롯된 것으로 이해할 수 있다. 그런 점에서 그의 시는 동일성이 훼손된 변경의 삶이 촉발하는 불안과 결핍을 거두어 내려는 충동이 시적 동인을 촉발하는 경우가 많다. 시적 주체가 처한 현재적 삶은 "더듬이 다친 불나방 같이 방향을 잃"(「빌딩숲」)은 상황이며, '외톨이' '왕따' "바보이고 부적응자"(「나의 길」)로 자각된다. 때문에 그의 시의 궁극에는 존재의 근원 회복에 대한 희구가 자주 표상된다. 그러므로 어머니, 아버지, 고향 등과 연루된 존재의 근원이나 미래 시간에 대한 소망적 희원은 그의 삶이 도달하고자 하는 구원의 영토이자 실존적 각성을 의미한다. 그것은 모두 존재의 자기 승화, 존재의 자기 회복을 전제로 하는 것이다. 이러한 전제가 부재와 결핍에 대한 물음의 절박성, 혹은 존재 전환의 가능성을 낳는 것이다. 그것은 존재의 폐쇄된 영역 속에 갇혀 있는 시인에게 존재의 새로운 경험을 가능케 한다. 중요한 것은 부재와 결핍의 원리를 성취하고 그러한 상태를 유지하는 것이 아니라 역설적으로 그것의 가능성을 통해 존재의 전환을 꿈꾸는 것이다

체력 유지 위해 토한 밥을 개처럼 다시 먹으며
자취 생활 하던 중학생 시절
청운의 꿈을 펼치고자 저승사자마저 돌려보냈으며
직장에 적성을 꿰맞추며 허위허위 여기까지 왔는데
이제는 떠밀려 표류하는 난파선 같은 신세

인생 결실 맺을 시월은 아직도 멀었는데
결산하여 안식할 겨울은 더더욱 멀었는데
방향감각 잃은 개미처럼
인생 대로변에서 밀려나 당혹스럽게 서 있다

이제 다시 또 가야지
낮은 세상으로 처음 찾아온 비가
어울리고 어울리면서 새 길 만들어 바다에 다다르듯
나 또한 낯선 땅 낯선 얼굴들과 조화를 이루며
영혼의 고향에 다다를 때까지 가고 또 가야지
                                    —「폭우 속에서」부분

폴 리쾨르에 따르면 시간 체험이란 현재를 중심으로 과거와 현재와 미래의 균열을 극복하고 통합하려는 정신의 긴장으로 나타나며, 균열을 통합하려는 의지로 시간 체험이 생긴다. 이때 시간 체험이란 항상 현재에서 일어나는 지각된 경험이며, 관념의 산물이다. 과거란 과거사에 대해 현재 일어나고 있는 기억의 경험이며, 미래란 미래사에 대한 현재의 기대나 예상된 경험이다. 지나간 시간을 현재 시점으로 다시 떠올려 기억하는 과정은 지속되는 시간 속에서 과거를 현재로 되돌려 놓는 과정이며, 미래의 경험을 예기하는 것이다. 강흥수의 시에 드러나는 시간 경험의 양상은 과거를 현재로 끌어들이고, 이를 통해 미래의 다른 시간을 예기하려는 시도이다. 그에게 과거와 현재의 경험이 '난파선처럼 방향감각을 상실한 채 표류'하듯 떠도는 위태로운 균열의 시간이라면, 미래에 기대된 시간은 균열과 파편성을 통합해 자기동일성을 회복하려는 의지적 태도로 예기된다.

전체 4연으로 구성된 인용 시는 현재에서 과거로, 다시 현재에서 미래로 진행한다. 말하자면 인용 시의 전개는 폭우가 쏟아지는 현재의 시점에서 중학생 시절의 고단했던 자취 생활과 "꿰맞추며 허위허위 여기까지" 버텨 온 직장 살이의 과거사, 그리고 "인생 대로변에서 밀려"나 있는 현재 상황에 이어서 "영혼의 고향에 다다"라 균열을 봉합하려는 미래 시간으로 진행된다. 이러한 전개는 화자가 처한 현재의 심리적 정황을 지시한다. 또한 화자의 자의식은 물론이거니와 현실 인식의 양상을 반영한다. 즉 현재는 과거와 다른 것이 아닌 동일한 상황의 연속적 지속이라는 것이다. 이를테면 "표류하는 난파선"처럼 위태롭고 "방향감각 잃은 개미처럼" 떠도는 현재의 시적 자아는 "토한 밥을 개처럼 다시 먹"고 "적성을 꿰맞추며 허위허위" 살아온 지난 시간의 삶과 조금도 다른 것이 아니다. 자기동일성을 상실한 이러한 균열과 위태로운 삶에 대한 인식은 미래의 시간에서 존재의 자기 회복에 대한 의지적 희구로 통합하려는 양상을 보인다. 예컨대 "영혼의 고향"으로 표상된 통합된 미래의 시간은 "어울리고 어울리면서 새 길 만들"고 "낯선 땅 낯선 얼굴들과 조화를 이루"는 상상의 세계이거나, "행간을 연결시켜 문장을 완성"해 "의미가 통하게 하는 글자"(『의와 고와 과와 와』)의 속성 같은 연속과 상통의 삶이다. 그는 과거나 현재나 다름없는 "생활의 한파를 뚫고" "땡볕 같은 세상 삭히며"(『마늘처럼 고추처럼』) "백지 같은 세상에 새 길"(『새벽길』)을 내려는 미래 시간의 갱신을 꿈꾸는 것이다.

인간의 경험과 의식의 반영이라 할 수 있는 문학작품에서 시간은 세계와 존재에 대한 인식의 내적 질서를 긴밀하게 형성하는 요소로 기능한다. 시간에 대한 시인의 의식은 시인의 세계에 대한 주관적인 인식 태도나 방식과 결부된 문제이므로 그것은 시인이 추구하는 '지향된 작가적 의식'을 뜻한다. 즉 시에서 시간 의식은 시적 주체가 지향하는 세계에 대한 어떤 의식을 표상하는 것이다. 그러므로 시인의 실존적 자의식은 물론이거니와 세계 인식 내지는 현실 파악의 양상을 보여 준다. 그런 점에서 강흥수의 과거나 현재의 경험적 현실은 부재와 결핍, 단절과 고립의 시간으로 인식되는 것이다. 이런 의식은 과거나 지금과는 다른 피안을 꿈꾸게 한다. 따라서 존재의 근원 회복에 대한 시인의 희원은 그의 삶이 궁극적으로 지향하는 작가적 의식을 드러내는 것이다. 다시 말해 시인의 지향된 의식은 구원의 영토, 미래의 시간에 "영혼이 돌아갈 본향"(『집』)을 지시한다. 그것은 모두 존재의 자기 승화 내지는 존재의 자기 회복이나 전환에 대한 열망을 환기한다.

3. 몽유, 현실의 환시와 자기 정체성의 확인

강흥수에게 어린 시절 집을 떠난 고립과 단절의 기억은 어둡고 음산한 얼굴을 하고 그를 놓아 주지 않는 듯하다. 이러한 떠남은 따뜻한 모성과 부성의 행복했던 유년으로부터 청소년기 때 이른 사회로의 이행, 즉 통과제의의 고통스러운 입사식入社式을 의미한다. 그리고 그 입사식이 또다시 좌절되는 과정이 청소년기의 쓰라린 경험이며, 그 연장을 이루는 것이 성년기의 사회적 경험이다. 그것은 일종의 이식移植된 삶이다. 그래서 "돌덩이 같은 걸음을 떼고 떼야 하는 인생길" "짓누르는 무게를 초석처럼 지탱"(「숙명」)
하려는 의식의 저편에 "저물녘의 땅거미처럼 엄습"해 "마음속을 끝 모를 어
둠으로 채워 넣는 불안"(「불안의 원천」)에 떠는 자아의 얼굴이 자주 출현한다.
즉 막막한 삶일망정 초석처럼 견디며 살아 낼 수밖에 없다는 현실 인식과
미래 시간에 대한 소망에도 불구하고, 그는 자주 잠 속에서 가위에 눌리(「가
위눌림」)는 악몽과 구몽懼夢에 시달린다. 시집 제1부를 구성하는 '잠'과 '꿈'과
'죽음'에 관한 시편들이 그 사례이다.

　보통 꿈의 시학에서 주체는 현실이 불만스럽고 삶의 상처와 결핍에 고통
받을 때 그만큼의 관성으로 현실감각보다는 도취적인 몽환과 다른 세계를
지향하는 문법을 취한다. 달리 말해 꿈의 시학은 무한과 절대, 이상과 동
경, 그리고 자기도취와 현실도피의 세계로 침몰할 위험이 도사리고 있다.
그러나 강홍수의 꿈은 그런 세계로 나가지 않고, 단지 결핍된 현실과 본래
적 근원으로부터 분리 이탈된 자아를 환유하는 기능에서 멈춘다. 그는 악
몽이나 불안몽을 작품에 끌어들임으로써 의식 상태에 내재하는 실존적 공
포와 불안, 두려움과 무서움 등의 심리적 국면을 드러낸다. 그리고 지극히
미미하지만 꿈과 환상을 통해 원망을 성취하려 한다.

　꿈은 무의식에 잠재된 기대나 원망, 그리고 불안한 영상으로 나타난다.
하지만 강홍수 시에서는 주로 악몽과 구몽과 불안몽이 대부분을 차지한다.
말하자면 그의 시에서 꿈은 현실에서 오래 숙성된 쓰리고 아린 상처와 고
통이 덧나고 재현되는 공간이다. 그의 시는 꿈의 또 다른 속성인 기대, 원
망, 혹은 억압된 소망의 대리 충당으로 나가기도 한다. 하지만 그보다는 삶
의 상처와 결핍, 부조리하고 끔찍한 일상의 경험을 반영하는 거울로 기능
하는 측면이 강하다. 그의 꿈은 현실의 은유로서 자아의 고통과 마음의 질
곡이 드러나는 자리이다. 거기에는 심연에 잠재한 불안과 상처의 흔적이
얼룩져 있고, 이룰 수 없는 대상이 황홀하게 현현했다가 "깨어 보니 흔적
없이 사라지는"(「아름다워 슬픈 꿈」) 무상성이 내재되어 있다. 꿈속에서 고통
은 더욱 사무치고 상처와 결핍과 부재는 더욱 불거진다. 따라서 그의 꿈은

자신의 생애와 현존재의 결핍이 드러나는 자리인 동시에 내면의 상처를 대면하는 형식이다.

　강홍수에게 밤의 '잠'과 '꿈'은 그리 건강해 보이지 않는다. 잠은 낮의 생산적이고 근면하고 유용하고 목적적인 노동과 현실 원칙 뒤에 오는 건강한 휴식과 평온의 자리이다. 그러나 그에게 밤은 경건한 명상이나 달콤한 몽상의 자리도 아니고, 그런 밤의 잠은 숙면과 평안과 안식의 시간도 아니다. 잠 속의 꿈은 상처의 드러남이고 치유이며 불가능한 소망이 현현하는 자리이다. 그에게 꿈은 치유나 소망의 실현이라기보다는 상처의 드러남이며, "잠은 나날이 죽음과 친해"(「잠과 꿈」)지는 죽음의 유혹과 같은 것이다. 꿈은 "죽음의 문으로 들어가는 것"(「죽음의 문」)과 같이 불길한 것이다. 이렇게 '잠'과 '꿈'을 이루는 불길하고 두려운 세목들은 현실이 건강하지 못하다는 것을 보여 준다. 요컨대 그에게 '잠'과 '꿈'은 "손가락 하나 까딱거릴 수조차 없"(「가위눌림」)는 '가위눌림'의 악몽처럼 불길하고 불안하며 두려운 공포로 표상된다.

> 불안감은 희망을 끝 모를 바닥으로 추락시켰지
>
> 그렇게 절망의 늪 속으로 빠져드는데
>
> 갑자기 선착순을 시켰어
>
> 나무뿌리 밑을 다른 사람들은 쑥쑥 잘도 통과하는데
>
> 나는 뚱뚱하지 않은데도 버벅거리기만 했어
>
> 달리기와 장애물 통과쯤은 항상 자신 있었는데
>
> 무엇인가 나에게 달라붙어 방해하는 것처럼
>
> 내 몸이 당최 말을 듣지 않는 거야
>
> 벌칙으로 받게 될 약물 투여와
>
> 낙오가 되면 총살되는 수용소
>
> 살아 나갈 자신감을 상실한 절망 속에서 깨어 보니
>
> 오십한 살의 새벽 세 시 반이었네
>
> ──「경고」 부분

강홍수에게 꿈은 공포와 죽음의 체험이다. 인용 시의 구조는 일종의 몽유의 형식으로 구성되어 있다. 이를테면 꿈을 통해 현실이 아닌 환상의 다른 세계 내지는 다른 공간, 그러니까 이계異界로의 여행과 귀환의 구조를 갖고 있다. 화자는 "뜻대로 풀리지 않는 나날"의 "밤에 꿈"을 꾼다. 화자는 '생체 실험 수용소로 끌려'가고, 그곳에서 공포와 불안감으로 "살아 나갈 자신감을 상실한 절망"을 겪은 다음 "새벽 세 시 반" 꿈에서 깨어난다. 꿈이 지닌 특성 가운데 하나는 이계성異界性, 혹은 이계 체험 구조이다. 꿈은 현세적인 시간과 공간을 초월하는 회로이다. 이때 꿈의 내용은 억압된 소망이나 잠재의식의 충족, 혹은 억압의 끈을 풀어 버리기도 한다. 하지만 그보다는 공포스럽고 불안한 현실의 심리적 국면들이 '생체 실험의 수용소'라는 압축 전치된 악몽의 이미지로 환시幻視되어 있다. 여기서 '생체 실험의 수용소'는 화자의 현실 공간을 환유하며, '생존'을 가늠할 수조차 없는 "절망의 늪"은 화자의 불안하고 막막한 심리적 국면들을 은유한다.

인용 시는 꿈에 진입하는 입몽과 몽중 이계의 환상 세계와 그 꿈에서 깨어나는 각성의 과정으로 구조화되어 있다. 그런 점에서 마치 현실을 액자 틀로 하고 꿈을 내부 이야기로 하는 유몽遊夢의 모티프, 혹은 몽자류 액자형의 이야기 구성을 취하고 있다. 이러한 양상은 「꿈속의 꿈」 「잠과 죽음」 「죽음의 문」 「오한」 「가위눌림」 「아름다워 슬픔 꿈」 「꿈속의 고갯길」 등에서 대체로 비슷하게 펼쳐진다. 이들 작품에서 꿈은 모두 이계로 진입하거나 몽환적 환상의 세계로 들어가고 나오는 통로 구실을 한다. 따라서 현실을 액자 틀로 하고 꿈을 내부 이야기로 하는 액자 이야기 형식의 시적 변형이라 할 수 있다. 이러한 유몽의 시적 구조는 대부분 꿈의 환시를 통해 화자 자신이 처한 현실이나 내부의 상흔, 혹은 심연에 도사린 결핍된 한 장면을 드러낸다.

또한 이러한 꿈속의 환시는 현실 상황과 화자 자신의 심리적 문제, 그리고 자신의 정체성에 대한 질문을 동반하는 계기로 작용한다. 바꿔 말하면 화자는 꿈을 통해 자신 안에 무섭게 웅크리고 있는 또 다른 자아의 얼굴과 현실을 만나고, 본래적인 근원에서 이탈 훼손된 자신의 정체성에 대해 질문하는 것이다. 즉 "얼굴이 시퍼런 실금으로/ 그물처럼 갈라진 채 좀비 같은 모습"과 "낙오가 반복되면 총살되는 수용소"가 곧 자신의 얼굴과 현실이라는 것을 상징적으로 드러내는 데서 확인할 수 있다. 요컨대 이러한 꿈속의 환각과 환시는 화자의 심리 상태와 일상의 현실을 암시해 주고, 본래적 근원에서 벗어난 분열된 자아의 정체성을 확인하는 일과 다름없다.

> 초록 들판 끝 막다른 길에 나타난
> 쫘악 벌린 뱀 아가리 같은 시커먼 동굴
> 어둠 속에 삼켜질 것만 같아 내키지는 않았지만
> 되돌아갈 수도 없고 진입 외엔 선택의 여지가 없었어
> 한 발 한 발 내디딜 때마다
> 수렁텅이에 빠져드는 듯한 두려움
> 때로는 쥐가 찍찍거리며 발등 스치며 지나가고
> 벽을 더듬거릴 때는 물컹한 것이 쥐어져
> 등줄기에 서늘한 땀이 흘러내리기도 했어
> ─「인생살이 꿈속을 걷다」 부분

강홍수의 꿈은 비명과 가위눌림과 잠꼬대로 가득 차 있다. 그의 꿈의 시학은 캄캄하고 참혹한 풍경을 배경으로 한다. 그것은 차라리 악몽의 풍경이다. 꿈은 이성의 가면을 벗고 자신의 참혹한 얼굴을 바라볼 수 있게 한다. 그가 시화하는 꿈의 형상은 현실보다 더욱 선명하게 현실적인 풍경을 보여 준다. 그의 시에서 꿈의 풍경이나 이미지는 환상이지만, 그 모든 몽염夢念이 사실보다 더한 사실이 되는 장소이다. 말하자면 그의 꿈은 단순히 현실로부터의 이탈이나 환상을 지향하는 것이 아니라 역사적 현재에 관한 것이다. 그의 시는 꿈속으로 들어가는 듯하지만 사실은 그 과거의 기억이나 환시를 통해 현재적 의미를 끊임없이 환기하는 것이다. 그는 고립과 소외, 결핍과 부재라는 일상적 경험의 실체를 꿈을 통해 정직하게 바라보고 그것

을 존재의 모순, 경험의 모순으로 받아들이는 것이다. 그러나 그것은 우리를 죽음에의 충동이나 환각의 세계로 이끌고 가기보다는 삶에 대한 실존주의적 의식을 더욱 치열하게 만드는 계기로 작용한다.

인용 시에서 인생길은 꿈길, 혹은 꿈길은 인생길로 등가된다. 꿈은 길 없이 깊은 세상이다. 화자는 지금 그 길 없이 깊은 심연의 세상을 헤매듯 가는 중이다. 역시 꿈—편력—깨달음의 현실이라는 고전적인 몽상의 시학으로서 몽유의 문법을 취하고 있다. 꿈속의 편력은 몽환적이고 환상적이다. 마치 꿈속의 일과 이미지를 의식의 통제 없이 자동기술적으로 서술해 나가는 초현실주의적 수법으로 인해 어떤 논리적 맥락이나 연결을 거부하는 듯하다. 다만 우리는 꿈속의 길 없이 끝 모를 깊은 심연의 깊이로 이끌려 들어가는 화자의 모습을 어렴풋이 볼 수 있을 뿐이다.

시의 전반부는 유년 시절, 인용된 중반부는 고통스러운 입사식의 통과제의를 통과하는 과정, 후반부는 입사식의 동굴을 통과한 뒤의 모습이다. 이런 구조는 마치 인생의 생로병사나 희로애락을 펼쳐 놓은 것처럼 보인다. 화자는 참새들의 재잘거림, 시냇물에 노니는 송사리 떼, 쑥이 돋는 초록 들판을 거쳐, "쫘악 벌린 뱀 아가리 같은 시커먼 동굴"로 진입한다. 그리고 고통스럽게 "동굴을 통과"한 뒤 가을 햇살의 "감처럼 달콤한 낮잠"의 휴식, 다시 잠에서 깬 뒤 "늙은 노을"이 찾아들고 "저승길처럼 깊"은 계곡의 줄다리를 통과해 마침내 "의도하지 않았던 모험을 무사히 마"친다. 이것은 너 나 다를 것 없는 삶의 전개 과정에 다름 아니다. 그리고 모험을 마친 뒤 마침내는 "주저앉고 싶었던 다리가 참나무처럼 불끈 팽팽해졌"다는 결구의 진술에서 알 수 있는 것처럼 완결된 양상으로 전개된다.

어렵사리 새우잠 든 밤의 허우적거리는 꿈속

찾아온 빚쟁이에게

몇백억 원인지 몇천억 원인지 다 줘 버렸는데도

어느 순간 그 수표 보따리가 내 수중에 들어와 있다

빚진 돈의 무게에 짓눌린 몸과 마음은

우물 속에 빠진 것처럼 그 자릴 벗어나지 못하고

가져가라고 어서 가져가라고 몇 번을 내줬는데도

잠시 후 껌 딱지처럼 찰싹 달라붙어 있는 빚 보따리

—「오한」 부분

　반복하지만 강홍수의 꿈의 시학은 대체로 행복의 시학을 지향하지 않는다. 꿈속에서 도망자는 영원히 추적자로부터 벗어날 수 없다. 아킬레스는 헥토르를 잡으려 하지만, 그의 노력은 번번이 수포로 돌아간다. 헥토르 역시 그에게서 완전히 벗어나지 못한다. 「오한」은 우리가 잘 알고 있는 꿈에서의 이러한 부동성(moving immobility)의 경험, 즉 아무리 움직이려 몸부림쳐도 계속 같은 자리에서 꼼짝하지 못하고 붙잡혀 있던 경험을 그리고 있다. 이와 함께 「가위눌림」을 비롯한 작품에서 가야 할 곳을 알지 못하고, 아니 가야 할 곳이 어딘지 모른 채 가야 하는 악몽의 경험은 일종의 현실의 비유로서 생생한 일상의 경험이다. 이 생생한 악몽은 우리를 진정 행복하고 환상적인 꿈의 세계로 들어가게 하지 않는다. 거꾸로 악몽과도 같은 현실의 자리에 잡아 두고 우리의 의식을 아프게 찌른다. 말하자면 "손가락 하나 까딱거릴 수조차 없"(「가위눌림」)는 꿈속의 상황, 아무리 뿌리쳐도 "껌 딱지처럼 찰싹 달라붙"는 '빚'은 현실의 은유이다.

　다시 무언가로부터 쫓기는 꿈을 생각해 보라. 온 힘을 다해 발을 움직여도 몸은 제자리, 나를 쫓는 이는 성큼성큼 달라붙는다. 도주는 무의미하다. 꿈속 빚에 짓눌린 화자의 상황이 이와 비슷하지 않은가. 꿈속의 화자는 "찾아온 빚쟁이에게" 다 내주고 도망치려 한다. 그러나 "우물 속에 빠진 것처럼 그 자릴 벗어나지 못하고" 빚은 다시 "껌 딱지처럼 찰싹 달라붙"는 형국이다. 이는 현실에서 충분히 벌어질 수 있는 상황이며, 악몽처럼 섬뜩하다. 이 악몽은 일종의 우화, 혹은 현실의 비유이다. 우리는 여기에서 자본 권력의 망에 걸려 허우적거리는 푸코의 주체를 연상할 수 있을 것이며, 무의미와 부조리한 현실에 사는 우리의 실존적 상황을 떠올릴 수 있을 것이고, 신학적으로는 원죄의 빚을 지고 무의미와 물욕의 '지옥탕'에 빠져 방황하는 주체를 볼 수 있을 것이다. 어떻게 보든 화자가 처한 상황은 이상적 자아에 대한 요구와 기대를 저버리고 좌절에 빠진 상태이며, 거기에서 오는 무력감, 고립감, 고독감과 그 뒤로 이어지는 실존적 체념의 상태, 두려움과 불안에 떠는 화자의 모습은 분명해 보인다.

> 혼자 자취 생활을 하던 내게
> 아리따운 아가씨가 생겼다는 감격에 취했는데
> 깨어 보니 흔적 없이 사라지는 황홀한 꿈
>
> 현실보다도 소중하고 아름다워 슬프디슬픈 꿈
> 끝나 버린 애틋함을 떠올리며 터벅이는
> 오십한 살의 콘크리트 길이 딱딱하고 머나멀다
>
> —「아름다워 슬픈 꿈」 부분

강흥수 시의 유몽의 형식은 현실로부터의 탈주와 몽환적 세계를 지향한다는 점에서 낭만적 충동의 것이지만, 그 내용은 대체로 무섭고 기괴하고 불길한 형상의 악몽이거나 구몽이다. 그리고 꿈은 언제나 깨어나기 마련이다. 꿈의 깨어남과 현실 귀환은 일반적으로 꿈속의 것은 헛되다는 무상감을 드러내고, 현실의 덧없음과 허무감을 드러내기도 한다. 역시 입몽과 탈몽의 형식을 지닌 인용 시는 꿈을 통해 현실에서 억제된 만남과 원망을 실현하는 동시에 그것이 그지없이 허망하고 무상하다는 각성의 일반적인 몽유의 문법을 취하고 있다. 각성된 현실은 "빚진 돈의 무게에 짓눌린"(『오한』) 상태로 은유되거나 낙오되면 "총살되는 수용소"(『경고』)로 환유된다.

꿈속에서 고단하고 궁핍한 '자취 생활'의 대학 시절로 돌아간 화자는 한 "아리따운 아가씨"를 만나고 "황홀한 꿈"에서 깨어난다. 그런데 꿈에서 깨어난 현실은 "딱딱하고 머나"면 "오십한 살의 콘크리트 길"이 환기하는 것처럼 막막하고 생의 온기를 느낄 수 없는 상황이다. 그는 꿈속에서 "목련꽃 하얀 미소를 지으며 찾아"온 "미지의 여인"(「꿈속의 꿈」)이나, 어린 시절 "홀연히 나타나 동행하던 당고님과 사촌 형"(「꿈속의 고갯길」)을 만나기도 한다. 말하자면 꿈은 시간과 공간을 초월한 이계로의 떠남을 통해 현실에서 억제되고 억압된 결핍의 대상과 행복한 만남을 실현한다. 이러한 가상적 충족은 꿈의 깨어남을 통해 실은 허망하게 사라지는 것이다. 하지만 그것은 화자의 심리적 국면의 저변에 깔린 결핍된 욕망과 현실의 내질을 가늠케 해주는 것이기도 하다.

꿈속에서 "아리따운 아가씨"나 "목련꽃 하얀 미소를 지으며 찾아"온 "미지의 여인"(「꿈속의 꿈」)을 만나는 장면에서 시인은 꿈을 통해 억압되고 결핍되었던 애욕의 뿌리를 드러내기도 하고, "당고님과 사촌 형"(「꿈속의 고갯길」)과의 동행에서는 부재함으로 더욱 그립고 애틋했던 원망의 대상을 만나기도 한다. 하지만 허망하게도 그것은 "황홀한 꿈", 곧 환시일 뿐이다. 꿈은 결핍된 대상과 만나게 해 주면서 동시에 그 대상과 비정하게 단절시킨다. 이런 점에서 꿈은 이중적이다. 환언하면 꿈이란 욕망을 반사하는 거울이기도 하지만, 동시에 양면의 짝패처럼 깨고 난 후에 그 허망함을 통해 각성하게 되는 자기 확인의 거울이기도 하다. 꿈은 '미지의 아리따운 여인'으로 은유된 욕망의 대상과 아름다운 만남을 가능하게 하지만, "흔적 없이 사라지는" 것이고, 그는 다시 막막한 현실 앞에 놓일 뿐이다. 그러나 그는 여기서 멈춘다. 그에게 꿈은 다만 현실과 자아의 내면을 비추는 거울일 뿐이다.

결국 강흥수는 꿈에서 결핍된 무언가를 찾아 헤매지만 그것에는 결코 이르지 못하고 닫힌 상황에 봉착하고 만다. 이러한 경험은 닫힌 현실의 여러 단면에 대한 비유라 할 수 있다. 말하자면 꿈을 소재로 하는 그의 시는 불투명한 환상의 공간으로 독자를 이끌며 몽유의 경험을 들려준다. 그가 꾸는 악몽은 몽염의 현실에 대한 탐색이며, 그것은 현실로부터의 도피도 아니고, 극복도 아니다. 이러한 시 쓰기는 그 악몽을 살아 내는 방식으로서의 시 쓰기이다.

4. 모색, 운명의 수락과 악몽을 살아 내는 방식

　시는 시인의 내밀한 기억이나 감성을 섬세하게 반영한다. 그것은 깊은 심연의 우물에서 길어 올린 물과 같다. 그 물속에는 시인의 회상, 꿈, 체험의 시간이 녹아 있다. 따라서 시는 시인의 현재적 삶과 표정의 기록이다. 강홍수의 시집에 자주 등장하는 꿈은 단지 기대 원망, 불안이나 결핍의 반영이 아니다. 그것은 현실의 풍경이며, 우리 모두가 보편적으로 처한 피할 수 없는 운명이라 할 수 있다. 악몽은 몽염의 현실에 대한 탐색이며, 그것은 악몽을 살아 내는 한 방식이다. 그런 측면에서 그의 시는 정직하다. 몽유의 형식으로 위장하지만 그것은 관념이 아닌 경험적 일상에서 축적되고 흘러나오는 분비물이기 때문이다.

　강홍수는 삶을 가장 낯설고 척박한 것으로 드러내면서도 그것을 긍정하고 삶에의 의지를 확인한다. 그에게 있어 삶의 허무주의적인 성격의 긍정은 허무주의의 긍정으로 귀결하지 않고 보다 넓은 의미에서의 삶의 긍정으로 나아간다. 이러한 그의 태도는 "죽음은 세월 따라 졸음처럼 육체에 스며들"지만 "컹컹 개 짖는 소리"를 들으며 "아직 깨어 움직일 때라는"(「잠과 죽음」) 사실을 각성하거나, "악쓰듯 짖어 대는 노점 상가의 개 소리조차 뜨"(「땡볕 소리들」)겁게 살아가는 생명의 한 현상으로 보는 데서 잘 나타나 있다. 이를테면 척박한 삶에 대한 비극적 인식 안에 이미 그것의 구원이 놓여 있는 것이다. 왜냐하면 이 헛된 삶의 시간을 긍정함으로써 비로소 우리는 그 안에서 최소한의 의미를 길어 올릴 수 있기 때문이다. 우리는 저마다의 방식으로 악몽을 살아 내는 것이다. 따라서 우리는 시인의 이러한 태도를 운명에 대한 사랑으로 부를 수 있을 것이다. 그런 점에서 강홍수 시의 빛나는 지점은 세속적 남루와 비애를 껴안는 데 있다. 왜냐하면 인위와 지적 조작과는 거리가 먼 간절한 일상의 마음에서 울리는 음성이기 때문이다.

> 가져갈 것도 없는 방마다 자물통 꽈꽉 채워졌는데
> 도둑고양이 같은 바람이 들락날락거리더니
> 미닫이문의 유리들은 비명처럼 깨어지고
> 곰팡이 난 벽들은 낙서처럼 쫙쫙 금이 가고
> 태풍이 며칠 머물다 간 후에는
> 늙은 뼈마디 같은 녹슨 철근마저 드러났다
> 달무리가 술에 취한 듯 유독 흐느적거리는 날엔
> 바람이 귀신 소리로 밤새도록 술래잡기하는 집
>
> ―「외딴집」부분

　외딴 폐가의 모습을 어둡고 황량한 음색으로 묘사하는 인용 시는 근원적으로 버려지고 퇴색되거나 잊히고 떠돌 수밖에 없는 실존의 상황에 대해 쓰고 있다. 실존적 운명의 무상함에 화자의 시선은 처연하고 아리다. 주인으로부터 버려진 하찮은 '외딴집', 마당에 "식객처럼 눌러앉은 잡풀들", 깨진 유리창의 비명과 벽의 금과 흉측하게 드러난 녹슨 철근은 우리 삶의 내부에 감추어진 어두운 생존의 의미를 환기한다. 그러나 그것은 어둠도 죽음도 악몽의 풍경도 아니다. 차라리 그것은 우리 삶의 실체와 육체를 구성하는 현실이고 살(肉)이다. 우리는 이미 근원으로부터 추방되고 세계로부터 소외된 지 오래다. 여기에 우리가 돌아갈 근원이나 세계가 존재할 수 있을까. 근원의 동일성이나 세계의 총체성이란 애초부터 부재하는 것은 아닐까. 만약 그렇다면 우리는 이 운명의 구조 안에서 버티면서, 살아가야 하고, 그럼에도 불구하고 우리는 삶을 모색해야 한다.

> 세월의 무게가 온몸에 올라탄 할머니는
> 폐지를 가득 실은 리어카와 함께 잠시 숨을 고르고

파마머리 아줌마는 자전거에서 내려

무엇을 살피고 찾는지 연신 두리번거리고

이십 대 한 쌍은 자기들밖에 없는 것처럼

찰싹 달라붙어 마냥 행복하고

육십 대 아저씨는 오늘 저녁 한잔 어떠냐며

핸드폰으로 누군가를 불러내는 중이고

건너편 신호등 바뀌길 이제나저제나 바라보던 나는

아리따운 여인과 눈길 마주쳐 쑥스러운데

—「횡단보도」부분

　화자는 횡단보도 앞에 서 있다. 그는 별다른 시적 묘사나 기교 없이 시선에 들어오는 소소한 대상을 차례대로 건조하게 관찰한다. 눈에 들어오는 대상이나 현상에 대해 자신의 감정을 이입하거나 의식의 개입을 최대한 절제하면서 묘사할 뿐이다. 하지만 각자 분주하게 움직이는 상황에 대한 화자의 시선은 경쾌하고 유쾌하다. 사소하고 소박하여 하찮아 보이는 일, 하찮은 물건에 대한 관심은 근원으로부터 추방된 시인이 버티고 살아 내는 한 방식일 것이다. 삶의 구조는 평범하고 보잘것없는 것이기도 하다. 때로는 비루하고 남루한 것이기도 하다. 그러나 일상의 삶은 하찮은 일들로 반복 재생되지만, 역설적으로 그러한 삶의 구조는 삶의 한 순간 순간마다 새로운 것이며 소중한 것이기도 하다. 왜냐하면 그것은 피할 수 없는 유물론적 현실이며, 삶의 구체를 구성하는 것이기 때문이다.

　삶은 근원적으로 보잘것없는 것이기도 하지만 우리는 그것을 긍정하고 수락할 수밖에 없는 운명이기도 하다. "세상은 잠시 머물다 가는 유랑지"(「집」)처럼 정처 없고, "꿈 못 이루는 인생길 나그네"같이 막막하고 고단한 것이다. 이러한 삶의 모종의 비극성 속에서 그럼에도 불구하고 우리는 "살아갈 날들에 대한 소망을 듬뿍 담아 김장"(「김장하기」)을 할 수밖에 없다. 이를테면 삶이 지닌 모종의 비극성 속에 생성되는 생명의 시간이 웅크리고 있는 것이기도 하다. 삶은 쓸쓸한 것이지만 설레는 것이기도 하고, 외롭고 쓸쓸한 가운데 격렬하게 울려 나오는 "부푼 희망으로 가슴 뛰는 소리"(「물방울 소리」)일 수 있으며, 시의 소리도 역시 마찬가지이다. 시인에게 삶은 항상 비루한 가운데 풍요로운 생명을 품고 있으며, 생의 풍요로운 가운데 남루함을 반복하는 것이다. 강홍수의 시에서 일상의 반복과 재생이 가져오는 외로움과 쓸쓸함은 이렇게 극적 반전을 이루는 것이다. 이에 따라 그의 삶과 시 쓰기는 어떤 대단한 것이 아닌 "변방의 꽃" "시골 변두리 같은 꽃"(「진달래꽃 같은 시」)과 같이 무한히 긍정되는 어떤 것이다.

특히 시집 제3부의 시편들은 원체험으로서의 결핍과 공포스러운 삶의 한가운데를 견디며 건너가는 시들과 다른 내질을 지니고 있다. 여기에서는 일상의 하찮고 소소한 물건과 사건, 사소하고 소박한 일화에서 얻은 시편들을 확인할 수 있다. 소소한 일상은 벗어나야 할 무엇이라기보다는 끊임없이 생을 살아 있게 하는 구성 요소이며, 그런 의미에서 삶의 구체이다. 이를테면 역설적이게도 삶의 비극적인 운명의 구조와 소박하고 사소한 경험들은 삶의 세부를 증명하는 구체적 요소인 것이다. 때문에 시인이 일상에서 사소하게 경험하는 일들이나 내면의 파동들은 모두 시적인 것들을 품게 되는 것이다.

시집의 제3부를 구성하는 시편들에서처럼 일상에서 만나는 하찮고 시시하다시피 한 일들은 모두 일상적 삶의 구체이며, 따라서 시의 공간에 자리할 가치를 지니는 것이다. 아내, 어머니, 일상의 군상들에서 비롯하는 시편들의 특장은 시적 주체가 사소한 일화에 반응하면서 분비되는 생각들로 오롯이 구성되고 있다는 데 있다. 말하자면 어떤 시적 가면을 쓰거나 위장의 수법 없이 순간의 현상적 사건을 최대한 정직한 시선으로 받아들인다. 「질투」「설레게 하는 여자」「그나마 건졌네」「시어머니와 며느리」「역행하는 여자」 등속의 시가 대표적 사례이다. 예컨대 "진짜 부부가 아닐 거야" '숙덕거리는 아주머니들'에 대해 "우린 진짜거든요!!!"(「우린 진짜거든요!!!」) 쏘아붙이는 장면이나, 막걸리 한 잔에 "얼굴이 불콰"해진 이유를 "오월은 막걸리가 장미꽃이 되는 계절"이라고 대꾸하는 장면을 모두 일상을 끌어안으려는 시인의 태도에서 비롯하는 것이다. 이들 작품에서 시인은 소소하고 하찮으며 보잘것없는 듯한 일상을 소재로, 때로는 경쾌하고 발랄하며 때로는 가볍고 고요하게 감각해 낸다. 이러한 작품들은 강흥수 시의 또 다른 심미적 지형을 이룬다.

강흥수의 시는 일상의 소소한 경험을 가볍게 감각해 내는 필법으로 인해 내면에서 우러나오는 표정이 솔직하게 표현되어 있다. 이러한 지점은 앞서 살펴본 그의 기억의 시학이나 꿈의 시학과는 다른 양상을 보이는 특징이다. 시인은 자신의 표정을 감추기 위해 꿈의 가면을 쓰고 때로는 짐짓 위장하는 수법을 쓰기도 하지만 일상의 소소함을 가볍게 터치하듯 감각하는 시들은 가면이나 위장과 거리가 멀다. 요컨대 가면이나 위장 없이, 숨김이나 감춤 없이 현상 세계의 맨얼굴을 자연스럽게 담아낸다. 그것은 강흥수의 시 쓰기가 대단한 무엇이라기보다는 현상의 진면목을 발견하는 장소로 긍정하는 태도에서 비롯하는 것이다.

5. 근원 회복을 위한 꿈꾸기

좌절된 자리의 저편에 강흥수 시집의 실체가 놓여 있을지 모를 일이다. 그리하여 처음처럼 번민이 깊다. 모든 작품은 사막과 같은 것이어서 해설을 쓰는 일은 사막을 건너는 행위에 다름 아니다. 오아시스를 꿈꾸며 걷지만 저만치 보이던 오아시스는 막상 그곳에 가면 또 저만큼 물러나 있다. 작품은 항상 흘러넘침이어서 차액을 남긴다. 작품에 대한 해석적 의미나 가치는 발설되는 순간 더 깊이 자신의 모습을 숨겨 버린다. 다가섰다 치면 다시금 저만큼 물러나는 신기루 같은 것이 작품이다. 모든 작품이 그러하듯 강흥수의 시집 역시 언표화를 거부하는 천의 얼굴이 숨어 있다. 이 글은 그중 몇 얼굴을 만난 기록일 뿐이며, 사막을 건너며 만난 오독과 편견의 기록일 뿐이다.

우리는 기억의 쓰라림과 눈부심으로부터 해방될 수 없다. 그리고 현실의 경험 자아는 그 기억의 파장으로부터 자유로울 수 없다. 지난 삶의 흔적은 경험 자아의 내면을 구성하고 현재적 의식에 부단히 개입해 들어오게 마련이다. 그리하여 기억을 현재적 시점에서 재구성하는 시적 작업은 주체가 자신의 삶을 연속적으로 정립하려는 노력의 일환이다. 따라서 기억 속으로 들어가는 강홍수의 시 쓰기는 참된 자아를 회복하고 자기 정체성을 확인하는 일에 다름 아니다.

강홍수 시에서 과거나 현재의 경험적 현실은 부재와 결핍, 단절과 고립의 시간으로 인식된다. 이러한 의식은 과거나 지금과는 다른 피안을 꿈꾸게 하고, 존재의 근원 회복이라는 지향성을 드러내는 것이다. 다시 말해 시인의 지향된 의식은 구원의 영토, 미래의 시간에 "영혼이 돌아갈 본향"(「집」)을 지시한다. 그것은 모두 존재의 자기 승화 내지는 존재의 자기 회복이나 전환에 대한 열망을 환기한다. 그리고 몽유의 형식은 닫힌 현실의 여러 단면에 대한 비유라 할 수 있다. 꿈을 소재로 하는 그의 시는 불투명한 환상의 공간으로 독자를 이끌며 몽유의 경험을 들려준다. 그것은 몽염의 현실에 대한 시적 탐색이다. 따라서 그의 시 쓰기는 일종의 악몽을 살아 내는 방식으로서의 시 쓰기이다.

아직도 번민이 깊다. 한 시인의 작품이 내장하고 있는 창조적 개성과 미적 형질의 내밀한 영역, 그 도달할 수 없는 이상의 영토에 조금이나마 근접해 가고픈 글쓰기의 이상, 혹은 글쓰기의 근원적 욕망 때문이다. 그러나 오아시스를 꿈꾸며 사막을 건너는 글쓰기의 이상과 욕망은 번번이 좌절될 수밖에 없다. 삶도 마찬가지이다. 내가 바라는 대상은 다가서면 다시금 저만큼 물러서 있는 신기루와 같다. 사막처럼 황량하고 절벽처럼 까마득한 질곡을 견뎌 내는 과정이 삶의 길이다. 강홍수의 삶이나 시 쓰기 또한 오아시스를 꿈꾸며 걷는 행위에 다름 아니다. 그의 시 쓰기는 황량하고 척박한 사막 같은 현실, 부재와 결핍 속에서의 근원 회복을 위한 꿈꾸기이다. 다가서면 저만치 멀어지는 오아시스. 때문에 죽음 전까지는 결코 도달하거나 잡을 수 없는 대상을 꿈꾸며 길을 갈 수밖에 없는 삶의 운명적 구조를 수락하는 일, 그것이 그의 시 쓰기이고 삶을 견뎌 내는 방식인 것이다.

윤슬이 산란하는 풍경의 울림
—김선태의 『햇살 택배』· 황구하의 『화명』

1. 견자의 시선

시인은 보고 깨닫는 자이다. 보고 깨닫는 견자見者로서의 시적 주체는 세계의 사물과 현상을 바라보고 그 본질적 성품을 깨닫는다. 그러한 깨달음은 이성의 논리나 합리를 초월한 직관적 통찰에 의해서 가능하다. 김선태 시인의 시집 『햇살 택배』(문학수첩)와 황구하 시인의 시집 『화명』(시와에세이)은 자연이나 사물의 풍경과 인간 삶의 다양한 사건들, 혹은 시적 주체의 기억에 각인된 사건의 풍경이 현상하는 은밀한 본성을 바라보고, 그 의미를 통찰하고 의미화하는 견자의 시학을 견지한다. 두 시인의 시는 이성과 합리를 떠난 직관적 통찰을 통해 사물이나 현상이 품은 풍경의 비의를 포착하는 데 주력한다. 그럼으로써 사물이나 현상의 풍경이 현상해 내는 은폐된 또 다른 본질을 시적 언어를 통해 탈은폐화함으로써 그것을 세상에 현전하게 만든다.

사물이나 현상, 혹은 체험적 사건을 바라보고 이들이 품은 비의를 알아채며, 그것을 삶의 보편적 원리나 이법으로 수용하려는 태도로 볼 때, 그것은 불교적 의미의 견성見性에 가깝다. 이러한 의미에서 두 시인의 시법은 불교적인 의미에서 자기를 보고 깨닫는 자각, 곧 견성의 의미에 근접해 있는 개념이라 말할 수도 있을 것이다. 그러나 두 시인의 시집에서 견성은 자기의 본성을 깨달아 보고 참된 자기를 알게 되는 것을 의미하는 것일 수도 있지만, 그보다는 평상적인 경험과 습관으로는 생각하기 힘든 계시와 직관에 의해 창출되는 비전을 제시한다는 측면에서 랭보적인 견자의 태도에 가깝다. 견자로서의 눈을 통해 김선태 시인과 황구하 시인은 시적 대상의 숨겨진 의미를 불러냄으로써 대상의 현존을 드러낸다. 하이데거의 전언을 고쳐 표현하자면 비가시적인 대상으로서의 사물을 가시적인 대상으로 만드는 부름, 즉 언어 일반이 가지는 힘으로서 명명 행위를 통해 사물에 새로운 의미 가치를 부여하고, 자신은 물론 존재 일반을 개시開示한다.

습관적이고 일상적인 사람의 눈으로는 보지 못하는 것을 보는 자가 견자이다. 그런 의미에서 모든 시인의 눈은 견자로서의 시선을 갖는다. 왜냐하면 견자로서의 시가 투시력의 언어로 직조되는 것은 통찰의 시선과 직관의 감각에 의해 포착된 지각이기 때문이다. 그런데 김선태와 황구하 시인의 시집은 직관에 의한 세계의 통찰과 사물의 풍경이 배후에 지니고 있는 의미를 발견하기 위해 일상의 자동화된 인식론적 관점과 습관적 태도를 벗어나 풍경의 이면에 자리 잡은 삶과 세계의 이법을 투시한다. 이를 투시적 상상력이라 해도 무방할 것이다. 그리고 시적 대상에 대한 관조적인 포즈를 통해 세계의 곳곳에 파편적으로 존재하는 듯한 사물들에게 총체적인 존재의 이유와 의미를 부여해 준다. 그럼으로써 시인은 자아와 세계의 화해 내지는 삶의 유기적 총체성을 회복시키고자 한다. 두 시인은 대상의 의미화를 통해 비루한 파편성과 개체성을 뛰어넘어 시적 대상을 새로운 존재로 전환시킨다.

2. 윤슬이 산란하는 생명의 빛

가라타니 고진에 따르면 풍경은 하나의 인식 틀이다. 시선이 하나의 시각과 관점, 위치와 태도, 이념과 감정 같은 것을 의미한다면 풍경은 그것을 바라보는 시선 주체의 인식론적 프리즘과 같은 성격과 기능을 발휘하기 때문이다. 견자로서 시인의 시각 장이나 의식의 장에 풍경이나 대상이 일단 들어오면 그것은 시적 주체의 의식에 의해 의미화되고 새로운 존재로 전환된다. 따라서 풍경의 시적 묘사란 단순히 외부의 사물이나 현상을 그리는 일과는 다른 것이다. 말하자면 풍경의 발견이며 창출로서 하나의 존재를 세계에 창출하고 현전하게 만드는 행위이다. 존재하지만 아무도 보지 않거나 보지 못했던 풍경을 살아 있는 존재로 부각시키는 것이다. 따라서 견자로서 시인의 시선은 풍경의 의식이며, 의식의 풍경이다.

　김선태 시인의 시집 전편을 아우르는 시적 의식의 저변에는 대체로 자연을 바라보고 상호 화응하는 소소한 즐거움과 깨달음이 내재해 있다. 시인의 시선은 항상 자연에 가닿아 있으며, 자연 사물이나 풍경, 그리고 체험의 정제된 잉여가 그 밑변을 이룬다. 자연은 시적 영혼을 양육하는 젖줄이라는 말을 방증이라도 하듯 김선태 시인의 시집은 자연의 비유에서 많은 영감을 얻는다. 이를테면 시인의 시선이 지향하는 풍경의 의식을 가장 잘 드러내는 경우는, "풍경은 공짜"며 "둥글"고, "텅 비어 있"으며 "애초 주인이 없으니 보는 자가 임자"인 고로 "행복은 공짜"이며 "애초 주인이 없으니 느끼는 자가 임자"(「풍경은 공짜다」)라는 자족적인 시적 진술에 잘 나타나 있다. 시인은 둥글고 텅 빈 허虛, 물질적 욕망의 채움이 아닌 모든 것을 비우고 그 자리를 자연의 원만함과 순리로 채우려는 비움의 탐식가이다. 이를테면 자연의 너그러움과 순리를 포용하는 삶의 궁극적 지향점을 설정하고 있는 것이다. 다시 이를테면 이순의 나이에 접어든 시인의 시선은 "가는 곳마다 세상이" '밝아지고, 따뜻해지고, 둥글어지는' 지경, 원만한 생명, '세상의 배꼽'(「달인」)으로 은유된 생명과 우주의 근원적 중심을 꿈꾸는 것이다.

　　곁에 따라와 앉은 계집아이 이름도

　　하필 윤슬이다

　　몇 해 전 죽은 민박집 주인의 딸이다

어부인 아비처럼 까미로 살지 말라고

지어 준 이름이다

오늘처럼

윤슬의 아비를 삼킨 바다는

파란만장의 표정을 지우기 위해

반짝반짝 세수를 할 때가 있나 보다

윤슬의 눈빛도 환하게 또랑거린다

하루 종일 윤슬을 번갈아 본다

물고기는 안 물어도 좋다

—「윤슬」부분

　자연에는 삶의 규범과 표준이 내재하고, 김선태 시인은 그것을 발견하
는 삶을 지향하려는 태도를 보인다. 말하자면 "마음은 아직도 무거운 시간
을 내려놓지 못"했고, "애써 밝아지려는 표정의 배후에 어둔 그림자가 여전
하"지만 "이순이 눈앞"인 시인은 "이젠 봄 햇살처럼 환한 시간 쪽으로 가닿
고 싶"은 내면의식의 지향이 이번 시집을 관통한다. 시인의 내면은 고통스
럽지만 "어두운 기억 속에서 꽃이 피길 바"(「시인의 말」)라며, "윤슬의 아비를
삼킨 바다"에서 "윤슬이 찬란"하게 반짝거리고 "환하게 또랑거리"는 삶과
세계의 밝은 면을 바라보며 삶을 긍정하고자 한다. 시인은 "치욕이라는 유
산만 가득한 내가 가는 곳마다 저주가 빗발"(「미귀 혹은 불귀」)치는 참혹한 기
억, "겨우내 춥고 어두웠던 골방"(「햇살 택배」), "울음을 가두는 감옥"(「벽장 속
의 시간」)인 폐쇄된 '벽장'의 기억에도 불구하고 윤슬의 빛처럼 산란散亂하는
찬란한 햇살, "햇빛도 천 이랑 만 이랑 넘실대"(「감잎 물고기」)는 생명의 파장
을 감득하려는 의식의 지향성을 보인다.

　인용 시에서 시인은 바다에 아비를 잃은 '윤슬'이라는 이름의 계집아이

와 햇빛에 반짝이는 바다의 잔물결 '윤슬'을 동시에 바라보고 있다. 그리고 그 시선의 내질은 삶의 위안과 약동하는 생명, 자연 생명의 이법을 거스르지 않고 순응하고 화응하는 즐거움의 발견이다. 그럼으로써 시인은 어두운 기억의 저편에 자그맣지만 강렬하게 빛나는 산란하는 윤슬의 파동을 감지한다. 거기서 시인은 파란만장한 삶의 표정에도 불구하고 반짝반짝 환하게 또랑거리는 삶의 약동을 보는 것이다. 이러한 시적 발상은 "밭 한가운데/ 나란한 봉분 한 쌍"이 그 밭을 "평생 일구던 노부부를 닮았"고 "오늘은 젖무덤 같은/ 그 봉분에 등을 기대고/ 아들 내외가 밭일을 하다"가 "쉬고 있"는 모습이 편안하며, "젖무덤 너머"로 "어린 마늘 싹들이 연두색/ 유치처럼 돋"아나고 있다는 진술의 시적 의식과 연속되어 있다. 물론 이러한 시적 의식의 지향은 여성성 내지는 모성의 원형적 생명성과도 자연스럽게 연동되어 있다.

> 예로부터 탐진만은 수많은 바닷물고기들의 산란장
> 허리까지 숭숭 빠지는 갯벌엔 조개가 지천이라
> 탐라 사람들 육지와 내통했던 통로가 이곳 아닌가
> 비취색 고려청자도 이곳에서 탄생했으니
> 페로몬 냄새 진동하는 탐진만은
> 한반도의 거대한 요니이더라
> 질펀한 생명의 고향이더라
>
> —「요니」부분

시는 언술 주체의 내적 의식의 외면화라 할 때, 그 내적 표현의 계기는 대체로 대상과의 관계 혹은 접촉에서 비롯한다. 그리고 시인의 시선에 의해 포착되는 시적 대상은 객관적인 것의 재현이라기보다는 하나의 인식 작용의 결과로서 의식화된 의미 가치이기도 하다. 김선태 시인의 시집 『햇살 택배』에서 빈번하게 접촉하는 자연 대상은 바다, 달, 갯벌 등과 같은 이미지이다. 시인은 이들 자연의 풍경과 그 속의 대상들에 인격적 동일성을 부여한다. 바다의 이미지는 대체로 인용 시에서와 같이 '생명의 잉태와 탄생의 성소'이며, 달은 '세상의 배꼽'(「달인」), 갯벌은 '바다 생명들의 자궁'(「무안 갯벌」)과 같은 여성적 이미지들로서 생명성을 나타내는 의미 계열을 거느리고 있다. 이들은 "날마다 바람과 뜨거운 사랑을 나"누어 "새로운 생명을 잉태"(「바다의 팜므파탈」)하는 매혹과 성적 관능성을 포함한 여성성이나 생명을 잉태하고 관장하는 모성의 이미지를 갖는다. 자연에 대한 인격적 의인화를 통해 성적 관능성과 모성적 생명의 풍요로운 세계와 경이로움, 자연 생명의 이치를 드러내는 대상으로서 이들은 그의 시집에서 자주 등장하는 이미지이다

김선태 시인이 바라보는 시선의 중핵에는 자연을 의식화하려는 의지가 담겨 있다. 그의 시집에서 자연 생명에의 도취와 경이는 감각적인 관능과 직결되는 성적 표현의 방식을 자주 따른다. 이 지점에서 역시 이 시집에서 발견할 수 있는 시인의 미학적 충동의 일면을 만날 수 있다. 화자는 전남 강진에 위치한 '탐진만'이라는 공간을 '요니'라는 산스크리트어의 여성 성기에 비유해 육체화한다. 말하자면 그곳은 일종의 "생명 탄생의 성소", "생명의 고향"으로 육체화된 공간이다. 화자는 자연의 공간을 여성적 신체로 육체화 내지는 의인화한다. 그런데 이 육체화는 관능적 묘사로 인해 에로틱한 상상력을 자극한다. 즉 비밀스럽고 관능적인 성적 묘사의 방식으로 공간의 형태를 비유해 조망함으로써 탐진만의 지리적 풍경 안에 넘실거리는 은밀하고도 풍요로우며 신비한 생명의 향연을 향해 화자의 시선은 초첨화된다. "페로몬 냄새 진동하는 탐진만"은 그리하여 결국 생명의 폭발적 에너지를 뿜어낸다.

새벽마다 식구들 위해 장독대에서 기도하시던 어머니, 음식일랑 무엇이건 잘 곰삭혀 맛깔스러운 밥상을 차리시던 어머니, 좋은 기운은 품고 나쁜 기운은 뱉어 내시던 어머니, 속에 있는 걸 모두 퍼 주시다 정작 당신은 텅 빈 어머니

옹기에는 해와 달과 별이 뜨고 지고 비가 오고 눈보라가 치는 어머
니의 세월이 있고, 느릿느릿 걸어가시던 어머니의 구부러진 길이 있
고, 평생토록 몸뻬 입고 쭈그려 앉아 밭을 매시던 어머니의 동그란 뒤
태가 있다

—「옹기」 부분

김선태 시인의 시집에서 생명의 이미지들은 모성의 이미지와 결속하며
'어머니'라는 대상과의 동일성으로 집결된다. 인용 시에서 어머니와 옹기는
동일지정이다. 옹기는 식구들을 위한 아낌없는 헌신과 사랑으로 "정작 당
신은 텅 빈 어머니"의 등가물이다. 옹기와 어머니에 대한 화자의 시선은 동
일한 의미를 갖는다. 옹기는 어머니의 심미적 등가물로서 기능하며 어머니
의 생애와 마음을 등가적으로 재현하는 대상이다. 그리하여 옹기와 어머니
는 물리적 시간을 초월하여 영원한 현재 속에 존재하게 된다. "돌아가신 어
머니가 여전히 살아 숨 쉬"는 영원한 생명성을 획득하는 것이다.

영원한 현재성은 무한한 시간성, 현실의 물리적 시간이 아닌 무시간성으
로 인해, 환언하면 물리적 시간을 초월하는 시적 인과성의 논리에 따라 영
원한 생명성을 확보한다. 그것은 파괴되거나 훼손될 수 없는 일종의 영원
한 생명의 동일화이다. 말하자며 김선태 시인의 시에서 빛이 산란하는 생
명의 파장은 순간이 아닌 영원성을 지향하며, 자연 대상이나 사물에 대한
의식은 그것이 현상하는 실체적 모습이 아니라 그 속에 내재하는 생명의 영
원성에 대한 의식화이다.

3. 화명의 울림이 교응하는 삶의 발견

무엇을 관찰한다는 것은 사물이나 현상을 주의 깊게 자세히 살펴본다는
행위를 의미한다. 관찰한다는 것은 태도와 관점의 문제로 주관적일 수도

있고 객관적일 수도 있다. 그런데 어떤 대상을 순전히 객관적인 태도로 본다는 것이 가능한 것이기나 할까. 특히 주관적인 감정을 위주로 하는 서정시에서 우리가 어떤 사물이나 현상을 보고 느끼는 감정은 지극히 주관적인 것이다. '본다' 혹은 '관찰한다'는 태도와 관점의 주관성이 어떤 느낌이나 기분과 같은 감정의 상태와 결부될 때는 더욱 그러하다. 따라서 기분이나 느낌 같은 감정은 인식이나 지각의 정신 활동에 관심을 갖는 사유의 논리 체계로는 객관화하기에 모호한 것이다. 하지만 그것은 이성보다 근원적인 것이다. 사물과 현상은 이성적 체계로서의 정신적 인식을 통해 지각되기 이전에 기분이나 느낌에 의해 먼저 열리는 것이기 때문이다.

황구하의 시집 『화명』은 삶에서 필연적으로 경험할 수밖에 없는 상처의 흔적을 물끄러미 바라보고 관찰하면서 그것들과 섞여 동감하는 울림의 시학에서 출발한다. 그의 시집의 중핵은 아마도 "함께 이루는 생"의 '황홀'(『화명』)을 노래하는 데 바쳐지는 의미론적 차원에서 찾을 수 있을 것이다. 그것은 상처의 흉터가 유발하는 통증인 동시에 상처의 흔적으로부터 발생하는 삶에 대한 사랑의 역설이다. 이때 상처나 신산한 삶의 풍경은 자신의 것일 수 있지만, 대개 시인의 시선은 타자의 상처나 아픈 내면을 응시한다. 이러한 시인의 응시는 삶이 근원적으로 품고 있는 상처와 아픔을 조용한 자세로 관찰하고 상처의 흔적을 위무하고 치유하는 행위이다. 그의 시집은 자연의 풍경이나 풍경 속에 존재하는 사물과 인물들의 형상이나 속성을 보고 관찰해 얻는 동감의 울림으로부터 출발한다.

　　찬바람 혹독할수록 시장은 시끌벅적하다

　　상주 풍물시장 간이 정류소 버스 한 대 기우뚱 서자
　　알록달록 꽃 몸뻬 노파 뒤뚱뒤뚱 보퉁이에 얹혀 내린다
　　파카 속에 목을 집어넣고 있던 장꾼들
　　우루루 몰려가 보퉁이 끌고 당기고 장이 익는데

단단히 여미고 쟁인 보퉁이 통째로 풀어져

호두며 대추 땅콩 곶감 푸지고 자지러지고 통통통 튄다

—「풍물시장」 부분

시골 시장의 소란스럽고 활기 넘치는 풍경을 묘사하는 인용 시는 우선 "상주 풍물시장"이라는 공간에 대한 시각적 재현을 보여 준다. 화자는 시골 장터에서 벌어지는 생동감을 '알록달록, 뒤뚱뒤뚱, 우루루, 통통통, 쭈글쭈글, 쿨럭쿨럭'과 같은 의성어와 의태어 등 동태적인 시각적 이미지와 청각적 이미지의 혼용을 통해 제시함으로써 시장이라는 공간의 풍경을 실감나는 정밀한 감각으로 구축한다. 이러한 현장감 넘치는 실감의 감각으로 인해 시장이 내포하는 약동하는 정서적 기운이 직접적으로 환기되고 있다.

주목을 요하는 점은 공간의 풍경을 현재적 시점으로 재현 묘사하는 시들에서 이야기와 사건이 발생하고 있다는 것이다. "찬바람 혹독할수록 시장은 시끌벅적하다"라는 묘사적인 진술은 하나의 공간에 인물들의 행위와 사건의 이야기를 발생시킨다. 그럼으로써 함께 어울려 혼용하는 필부 필녀의 삶의 양태는 구체적 현실감을 확보한다. 화자는 시장 풍경을 통해 발현하는 주관적 감정의 동일성을 토대로 그들의 정서와 동감하고 일체화한다. 이러한 역동적 생동감과 현실감은 감정의 절제를 기반으로 하는 행위의 묘사를 통해 풍경을 제시함으로써 은연중에 사건과 이야기를 전달한다는 것이다. 이를 통해 인물의 행위와 이야기로 소란스러운 공간은 하나의 인간 삶의 이야기와 행위가 내재하는 서사적 공간으로 재구축된다. 화자의 풍경을 바라보는 관찰자적 입장과 대상을 동일화하려는 충동은 "찬바람 혹독할수록" 더욱 생동감 넘치고 상호 교응하는 익명의 삶이 품은 역설을 긍정하고자 하는 태도라 할 수 있을 것이다.

시집 『화명』에는 어머니를 비롯한 아버지, 이모 등의 인물과 다양한 시인들은 물론이거니와 다양한 동식물이 등장하는 것을 자주 발견할 수 있다. 이들은 서로 유기적으로 연속되며 상호 의존적으로 기대어 존재한다. 이를테면 "나무는 물고기의 혈통이라는 생각"과 "숲은 스스로 길을 내는 물소리 물고/ 아주 먼 길 거슬러 유영하는 어족의 나라"(「나무에서 물고기를 구하다」)처럼 상호 차별적이거나 위계적으로 존재하지 않는다. 이러한 사실에서 비추어 보아도 황구하 시인의 시집에는 풍경이 품고 있는 다양한 인간의 삶과 자연 사물들이 서로 화응하려는 시적 의식이 투영되어 있다는 것을 알 수 있다. 이들은 너 나 할 것 없이 대등한 존재의 지위를 얻고 있으며, 함께 동감하고 호응하면서 삶의 아픔과 기쁨 모두를 아우르는 울림을 발현한다. 화자는 부산하고 소란한 풍경을 통해 삶은 남루하고 혹독한 것이기는 하지만 그럴수록 역설적으로 강렬한 생명성과 연루되어 있다는 점을 환기한다.

집 한 채 짓는 인생살이 자식들 그렁저렁하고 영감 간 지 수수 년 꽃 따라 사람 따라 시상 기경 한판 잘 한기여 노인이 백지 노인이가 지 몸도 맴도 옹골지게 지탱 몬 하든 끝장인 기라 삭신 내리앉고 몸띠는 쑤시고 인제는 귀도 눈도 어둔지 맥 짚어 쪼메참 씨다듬을 줄도 알아야 는디 남사시럽데이 나 많은 할마시가 우쩨다가 노망이 나도 단디 났제 뭔 놈의 맴이 아직도 꽃놀이패맹그로 이키나 나부대는지, 아이구 춘삼월 호시절 다 어디로 갔노

―「꽃놀이패」 부분

황구하 시인의 시에서 풍경은 정지된 정태적 공간이 아니라 그 속에서 인물들이 움직이는 역동적이며 생동하는 풍경이다. 그 속에서 사소한 사건과 인물의 행위가 펼쳐짐으로써 풍경은 하나의 이야기를 획득한다. 그런데 이러한 이야기의 사건 제시는 구술성으로 나가 그의 시의 독특한 미학적 특이 지점을 형성한다. 인용 시처럼 할머니나 늙은 어머니의 입을 빌려 전달되거나 아버지와 같은 구체적 청자를 대상으로 이야기를 전달하는 구술 또는 구연의 어법은 삶의 신산한 정경을 가감 없이 부조해 내는 데 효과적으로 기여한다. 그럼으로써 단순한 넋두리의 구술이 아닌 그들의 삶이 내장

한 한 생애의 역사적 재현으로 기능한다.

이와 같은 구술성은 표준어, 일정하게 규범화되고 통일된 정서법으로는 포섭되거나 표현할 수 없는 삶의 결들을 투박한 육성을 통해 그대로 담아내는 매력이 있다. 투박하며 거친 육성은 주로 우리가 표준어로는 포섭할 수 없는 삶의 역사적 현장성과 질감을 구체적이며 생생하게 전달하는 데 적절히 기여한다. 이 비표준화의 사투리와 지방색 짙은 방언 등으로 이루어진 입말들은 중앙집권의 표준화 정책과 근대 산업사회로의 재편이 추진되면서 표준어란 이름으로 억압되고 소멸의 길을 걸었다. 이런 말들에 들어앉은 농경문화적 삶이나 기층 민중들이 경험한 생생한 삶의 구체를 탈색시켜 버렸다. 개별적 특수성, 지역성이나 계층성이 지닌 차이는 공동체적 단일성이나 균질성 확보라는 이념에 의해 배제되거나 순화되었다. 사투리나 방언, 비속어, 은어 등은 표준화라는 근대국가의 이념에 의해 더 이상 정상적 소통, 혹은 어떤 가치나 의미를 담보해 낼 수 없는 무용한 것이 되어 버린 것이다. 그것은 차라리 정상적 질서와 체제, 보편 구조와 문법을 해치는 것이었다. 그러나 황구하 시인은 이와 같이 쓸모없이 퇴출되어 버린 방언이나 사투리, 비속어나 은어 등의 시적 사용을 통해 개인적 삶의 역사적 생애를 구체적 감각으로 전달한다.

구술성과 방언을 통해 시인이 궁극적으로 언표화하려는 세계는 삶의 애환과 곡절을 위무하고 그 가치를 재맥락화하려는 시적 전략일 것이다. 이로써 시인은 화명의 울림이 교응하는 삶의 발견을 완성한다. 말하자면 이 시집의 가장 중요한 미학적 특징으로 독창적인 언어 구사를 꼽을 수 있다. 독창적인 언어 사용은 바로 표준어가 아닌 방언으로서 개체적 삶의 상처를 위무하고 삶을 긍정하려는 화해와 치유의 방법론이며 의미론이다. 시인은 방언이나 입말 등 구술 언어와 구연의 어법을 통해 특별한 시적 미학을 창출하는 것이다. 방언의 구사는 표준어로는 달성하기 어려운 새로운 언어와 의식의 수용이며, 거기에는 보편적 서민들의 삶의 애환과 곡절을 구체적이며 효과적으로 형상화하고 전달하려는 특별히 의도된 시적 미학이 내재되어 있다. 따라서 방언이나 입말 투의 적극적인 활용은 시인이 의도하는 시의 미학을 위한 언어적 수사이고 구조적 장치로 보아야 할 것이다.

> 금니 필요 없다 말짱 다 헛것인 겨 화장허고 나믄 그거 하나 남아 그
> 것도 이놈 저놈 쌈 난다는디. 시상이나 이거 아니믄 내가 삼시 세끼 어
> 찌 챙기겠냐, 아이구 그르케 깨적거리지 말구 어여 푹푹 먹어라, 별것
> 있간디 사는 동안 잘 먹고 잘 싸고 가는 날 잠자듯이 잘 자믄 그게 젤
> 루 큰 복인 겨, 금이 최고냐 은이 최고냐 아무리 덜그덕거려도 내 입
> 맛에 맞으믄 그게 금이여
>
> ―「금니 삽니다」 부분

> 근디 쟈들 벌짱 아이데이 산비둘기, 까막깐치 푸루룩 올라갔다 푸룩
> 푸룩 내려오고 콩새, 박새 포로록 올라갔다 포록포록 내려오믄 다른
> 놈들 또 차게차게 올라갔다 내려오는 기라 시방까지 밥그릇 쌈하며 해
> 꼬지하는 거 내사 한 번도 못 봤데이 저 쪼매난 보리똥 물고 저리 순허
> 고 둥글게 사는 것 보면 참말로 저 대오 무슨 하늘 말씀 한 구절 한 구
> 절 물어 나르는 행렬 같데이
>
> ―「보리똥경」 부분

인용 시에서와 같이, 그의 시에서 방언이나 구어적 말투가 향토적인 정서만을 담아내기 위한 것으로 보는 것은 다소 소박한 해석이다. 그보다는 표준어로는 번역 불가능한 관념과 사상, 삶과 세계의 구체를 환기하기 위한 전략이라 보는 것이 더욱 타당하다. 황구하는 방언이나 사투리, 입말 투를 전략적으로 사용함으로써 다소 낯설고 생소한 느낌을 경험하게 한다. 아울러 표준어의 억압에서 일탈하는 쾌감을 맛보게 한다. 말하자면 표준적 언어 규약이라는 강제된 근대의 억압적 이성이나 이념에 의해 왜곡되지 않는 원형적이며 순수하고 자연 친화적인 삶의 역사성과 현장성을 포섭해 내는

효과를 발휘한다. 황구하 시인의 시집에서 이렇게 독특하게 발화되는 방언이나 구어적 말투의 시적 형상화 작업은 표준어로는 번역될 수 없는 자연적 삶의 질감 내지는 그러한 삶의 역사적 구체성을 오롯이 재현하고자 하는 언어의 상황적 기능에 가깝게 쓰기 위한 전략으로 이해할 수 있다.

결과적으로 황구하의 시는 근대적 언어 규범인 표준어로부터 일탈되어 있거나 강제적으로 배제된 방언의 적극적인 사용을 통해 근대성에 억압된 개체들의 신산한 삶의 질감을 그대로 재현하려는 의식의 소산이며 역사적 삶의 복원이란 의미를 지니는 것이다. 그것은 또한 근대성을 지탱하는 균질화된 규약과 문법과 체제에 저항하는 것으로 볼 수 있다. 이러한 저항의 자장 안에는 방언의 사용 계층이라는 타자성에 대한 성찰을 동반하는 것이다. 즉 근대적 균질성을 전제로 하는 사유 체계에 의해 그 가치와 의미가 소외되고 폄하되는 이질적 타자성에 대한 새로운 성찰이며, 그것을 배격하고 규제하는 억압과 불평등에 대한 저항의 의미로 읽을 수 있을 것이다.

황구하 시에서 입말 투 구사나 비어, 속어, 사투리, 은어 등의 빈번한 사용은 일종의 언어의 문화결정론적 가설이 품은 허구적 논리나 말은 시대나 지역, 계층에 따라 다를 수 있는 까닭에 이를 그대로 사용하면 의사소통에 장애가 초래될 수 있어 표준어를 사용해야 한다는 논리에 대한 저항이며 위반이다. 그것은 근대적 질서와 중앙집권적 체제가 강제하는 억압성을 전복하고 다양성과 특수성을 수용하고자 하는 태도에서 비롯한 것이다. 또한 달리 말해 민족 공동체의 동질성 회복이나 문화의 통합이라는 관점으로 살핀다면 오히려 표준어는 역설적으로 탈표준성이나 반동질성을 내포하기 때문이다. 비어, 속어, 사투리, 은어 등은 상황에 따라 취사선택되어야 할 어휘 목록이지 버려야 하거나 정제해야 할 언어 목록이 아니다. 그것은 삶과 문화의 살아 있는 구체성과 다양성과 개별적 특수성을 담아내는 유용한 언어일 뿐이라는 것이다. 왜냐하면 탈중심의 현대사회에서 어느 특정 계급이나 계층, 지역은 더 이상 문화의 중심을 차지하지 않기 때문이기도 하다.

다양성과 특수성, 지역성과 개별성은 우주적 평등의 이념과 윤리, 인간의 존엄성과 동질성의 가치라는 원칙을 기반으로 존립하는 것이다. 그러나 근대적 질서와 이념은 이러한 원칙적 가치를 실현한다는 명분으로 특수한 개별적 계층과 계급, 지역성의 배제와 차별을 내세우는 방향으로 전개되었다. 특정한 계급이나 계층, 지역이 사회 문화의 표준이나 기준이되어서는 평등의 원칙과 개체적 인간의 존엄성은 보장될 수 없다. 따라서 황구하 시인이 균질적 표준어를 거부하고 구술의 방언적 말투를 전략적으로 수용하는 의도는 무차별화된 자연 상태로 회귀함으로써 더 큰 단위의 동질성과 인간 평등의 가치를 확보하려는 기획이 숨어 있다. 즉 자연의 상태에서 모든 존재 대상들이 자연스럽고 조화로운 울림으로 교응하는 삶, "저 쪼매난 보리똥 물고 저리 순허고 둥글게 사는" 새들이 "무슨 하늘 말씀 한 구절 한 구절 물어 나르는 행렬"에 동참하는 삶의 발견으로 이해할 수 있을 것이다. 이것이 바로 시인이 바라는 "함께 이루는 생"의 '황홀'(「화명」)인 것이다.

연대와 실존의 원형을 향한 도정

—옥빈의 『업무일지』 · 박경희의 『그늘을 걷어 내던 사람』

1. 시적 발견과 상상적 대안

시는 발견되는 것이다. 세상에 존재하는 모든 사물과 현상, 존재의 양태
는 시적이다. 그럴 것이다. 어쩌면 시인의 직능은 이런 것들을 예민하고 미
세한 촉수를 통해 감각하고 포착해 표현하는 일일 것이다. 세계에 임재臨
在하는 시적인 것들에 대해 취하는 시인들의 빈번한 자세 가운데 하나는 사
물이나 생의 현상의 본성 속에 깃든, 혹은 시적 주체의 의식과 삶의 경험에
각인되어 있는 대상들의 물성이나 본성을 해석하고, 그 의미와 가치를 표
현하는 것이다. 시적인 것들은 저마다 독특한 본래적인 물성, 본성을 지니
고 있다. 이 본래적인 물성만이 자신의 본질을 드러낼 수 있는 가장 직접적
이고, 유물론적 형식의 옷을 입힐 수 있다.

옥빈의 시집 『업무일지』는 도구나 연장, 공구나 기계로 대변되는 사물의
본성과 도구나 연장을 이용해 살아가는 건강한 노동의 삶이 친화적으로 연
대하는 세계를 그린다. 이 시집은 주로 인간 삶, 특히 노동의 현장에서 소
소하지만 유용하게 쓰이는 도구나 연장이 품은 사물의 본성과 쓰임을 통해,
물성에 대한 사물의 철학을 통해 드러나는 삶의 철학을 구현한다. 그러면서
그것과 더불어 노동하는 건강한 삶이 조화롭게 연대하는 모습을 보여 준다.

254

반면 박경희 시집 『그늘을 걷어 내던 사람』은 그늘진 지층의 저류지에 축적된 시간의 흔적과 의식에 각인된 실존적 원형으로서의 삶의 내질을 해석하고 시화한다. 그의 시집은 주로 상실된 삶의 아픔과 설움을 지닌 시적 주체의 주변 인물들의 의식이 발화하는 투박한 목소리를 통해 가감 없이 변함없는 삶의 실존적 원형을 표백한다.

서정시의 발화점은 많은 경우 실재와 상상, 현실과 꿈 사이의 긴장에서 비롯한다. 철저히 이성에 의해 파악되는 현실이나, 혹은 과잉된 감정에 의해 매몰된 상상은 세계의 복합성과 인간의 다면성을 제대로 담아낼 수 없다. 말하자면 인간과 세계의 복합적 인식과 다면적인 정서를 편파적이고 단편적으로 담아낼 수밖에 없는 결함과 한계를 노정한다. 따라서 시의 올바른 한 길은 복잡하고 다단한 현실을 포착하는 동시에 이를 초월 극복할 수 있는 상상적 대안 세계를 상징적으로 통합해 제시할 수 있어야 한다. 때문에 서정시는 우리가 몸담고 살아가는 결핍과 부재의 현실에서 그럼에도 불구하고 현실을 견디고 버텨 내려는 욕망 사이의 긴장에서 발아하는 새로운 탄생의 영지靈地에 대한 기록일 수밖에 없다.

따라서 주관적 입지가 지배적인 서정시라 할지라도 감정이 기생해 살아가는 숙주나 한 개체의 발화 양식으로 그치는 것이 결코 아니다. 오히려 시는 "몸살 같은 사랑을/ 다시 시작"(「베어링을 갈며」, 『업무일지』)하려는 삶의 적극적인 의지가 발현하는 양식이며, "불임된 자신을 한 송이 꽃으로 피우"(「무화과」, 『그늘을 걷어 내던 사람』)는 것처럼 생을 향한 존재의 지향점을 극명하게 표명하는 언어의 집이다. 시, 시인은 현실과 상상의 길항을 통해 세상을 대면하고, 세계의 창을 보다 넓고 멀리 열어젖히려는 열망의 상상적 기록인 것이다. 옥빈이나 박경희의 시집 역시 그것이 노동이든 사물이든, 사랑이든 연민이든, 기억이든 고향이든, 상처든 슬픔이든, 그 무엇이 됐든 삶에 대한 애착이나 의지와 견고하게 결속 연관해 있다. 그럼으로써 우리에게 삶과 존재의 심층과 본질을 담담히 대면하게 한다. 옥빈은 일상적이며 평범하게 존재하는 사물의 본성, 박경희는 삶의 지층에 축적된 실존의 원형을 통해 우리를 아득한 존재의 심원으로 데려간다.

2. 노동과 도구의 연대

옥빈의『업무일지』는 그의 세 번째 시집이다.「시인의 말」에서 밝히고 있듯 이 시집은 "그동안 써 왔던 노동 현장의 공구들이나 장비, 노동자들"을 중심으로 한 서정을 표백한 작품들로 구성되어 있다. 이러한 이유로 인간 삶의 유물론적 현장에서 발견되는 도구로서의 사물이나, 이 도구들의 쓰임과 연관을 맺는 방식과 의미 내용의 가치들이 시집을 이해하는 핵심 주제로 기능한다. 그런 만큼 그의 시는 피할 수 없는 생업의 노동 현장에서 장비, 공구, 연장, 기계 등과 같은 도구적 사물과 유기적으로 연관하면서 그 사물의 철학과 연관한 삶의 철학, 삶의 의미를 파악해 내는 데 주력한다.

도구적 사물과의 유기적 연관 내지는 연속이라는 대목에서 우리는 다음과 같은 옥빈 시인의 시집이 내포한 시법을 자연스럽게 간파할 수 있다. 첫째는 장비나 연장, 공구로 대변되는 도구적 사물을 삶의 어떤 깨달음을 가능케 하는 매개자로 비유하는 방식, 둘째는 도구를 사용하는 노동 현장의 체험적 직접성을 사물 안에 내재하는 하나의 속성으로 간접화하는 방식, 그리고 직접적으로 시인의 주관적 의식을 토로하는 것이 아닌 장비나 공구 등으로 대변할 수 있는 상관물을 시의 표면으로 불러들여 그 속성들로 하여금 시적 발화의 주체가 되도록 하는 방식을 취한다는 것이다.

> 보람찬 하루를 입는다
> 더러워지는 일 늘 하루치의 일당보다 많은 작업량을 마치고 자랑처럼 먼지를 턴다
>
> 툴툴거려도 떨어지지 않는 흙이나 먼지, 기름때는 적이 아니라 동지……, 내 존재 이유다

패전의 귀환은 없다
내 안과 밖의 경계선에서 하루의 교전은 늘 신성하다
그런 날이면 저녁은 청국장 하나로 푸짐했고 막 오븐에 구워져 나
온 빵처럼 행복했다

─「작업복」부분

　누구나 인식하듯 노동은 신성한 것이다. 비판적 논쟁의 여지가 없는 것은
아니지만, 가령 칼뱅의 직업 소명설에서처럼 노동은 신의 부르심에 따르는
성스러운 사명이다. 그것은 평범한 사람들의 세속적 활동이다. 하지만 근
대 이후 우리가 가진 직업으로서의 노동은 그 자체가 신성한 신의 부르심에
따르는 행위에 다름 아니다. 옥빈 시인은 "신이 인간에게 준 최대의 선물"
(「출근」)인 일상의 노동, 이를테면 "할 일을 하다 보면 나누고, 붙이고, 맞추
고, 잡아 주고, 뚫고, 연결하고, 다듬는"(「연장」) 저마다의 일로써 "각기 다
른 부품이나 기능이/ 하나의 목적을 위해 만들어지는/ 그곳에 동참"(「드라이
버」)해 다른 것들이 하나가 되어 "더불어 사는 세상"(「커넥팅로드」)을 지향하려
는 태도를 줄곧 보여 준다. 그래서 시인은 사물 안에 또는 "긴 노동의 축적
물"(「노하우」) 안에 쌓여 있는, "기쁜 일이었는데, 생각하니 눈물이 나"(「생산
성 향상에 대하여」)는 것과 같은 애환에 둘러싸인 양가적인 삶의 의미나 흔적
들을 응시하고 오롯이 채집한다.
　옥빈의 시에는 노동 현장에서 활용되는 다양한 도구나 공구, 기계 장비들
이 주요한 시적 발화의 동기를 이루는 소재로 쓰인다. 예컨대 면장갑, 체크
밸브, 전기모터, 커넥팅 로드, 안전화, 사다리, 망치, 드라이버, 줄자 등
이루 헤아릴 수 없는 일상적 노동 현장의 소소하며 다양한 도구들이 총체적
으로 호출되어 저마다의 얼굴을 내밀고 의미화된다. 이들은 시집에 빈번하
게 등장해 시인의 상상력을 충동 자극한다. 노동의 신성함을 느끼는 시인
의 의식적 자세가 짙게 표백된 인용 시는 그 가운데 한 편이다. 화자는 "더
러워지는 일 늘 하루치의 일당보다 많은 작업량을 마치고" 털어도 "떨어지

지 않는 흙이나 먼지, 기름때"를 '상생해야 할 동지', 자신의 "존재 이유"라 말한다. 화자는 고단한 노동의 시작과 끝을 보람차고 "희망찬 하루"로 인식하고 "뻑적지근한 저녁"이지만 여기에서 더할 나위 없는 행복을 느끼며 노동하는 인간으로서 자신의 존재 이유를 분명히 규정한다.

마찬가지로 노동 현장에서 만나는 각기 다양한 도구들은 일정한 기능을 통해 삶의 원리나 철학, 성찰과 반성을 드러내는 유효한 보조관념의 은유로 쓰인다. 이를테면 "보잘것없는 기능들도 실은 큰 일을 해내"며, "싸우는 법 없이 달가닥거리며 잘 살아"(「공구함」)가는 공동체적 모습이나, "둥글게 살아가는 그와/ 올곧게 살아가는 그 사이"에서 "곧은 마음을 둥글게 살"(「커넥팅로드」)고자 하는 중용의 마음가짐, 또는 "구석구석 보살펴 온 구릿빛 사랑"을 "검게 타 버린 후 겨우 알"(「윤활유」)게 된 "윤활유 같은 사람들" 등 관계와 의미에 대한 소중한 깨달음과 지혜 등의 성찰적 진술에서 잘 드러난다. 이러한 인식의 심층적 토대는 인간과 사물이 맺는 관계에 관한 시적 주체의 깊은 성찰에 의해 구축된 것으로 보인다. 도구, 즉 사물에 대한 인식과 노동에 대한 신성한 인식은 그의 시를 추동하고 숙성시키는 발효제라 할 수 있다. 이 지점에서 옥빈 시의 변별적 음역과 시적 영토가 개척되고 있다.

절단기, 용접기, 망치, 바이스 플라이어, 드릴, 스패너, 그라인더……

해결할 놈들 손볼 때는 절단 내고, 지지고, 때리고, 물고, 파고, 조이고, 갈아 버리고……

할 일을 하다 보면 나누고, 붙이고, 맞추고, 잡아 주고, 뚫고, 연결하고, 다듬고

——「연장」 전문

하이데거가 사물을 도구라는 영역으로 제한하고, 우리가 살고 있는 세계를 물리적 공간이 아닌 도구적 연관들이 맺는 의미의 그물망으로 본 탁견이 떠오른다. 잠깐 그의 말을 간추리자면 도구는 무언가를 위해 만들어졌으며, 도구가 지시하는 쓸모들이 모여 그 연관성의 그물을 만들고, 인간 삶의 목적과 의미를 드러낸다는 것이다. 말하자면 인간 사회와 문명은 저마다의 목적을 위해 쓰일 수 있는 다른 도구들을 곁에 두고 있으며, 다른 도구들과의 연계망을 형성하며 사회를 조직하고 운영해 나간다. 어느 매체 철학자의 말대로 도구는 인간의 확장이며, 우리와 공존하고 우리와 함께 진화한다.

따라서 도구는 인간이 이루려는 목적을 지시한다. 그런 점에서 옥빈 시인의 도구적 사물과 도구를 사용하는 노동을 소재로 하는 시들은 구체적 사물 속에서 삶의 이법을 읽어 내는 비유물로서의 성격을 획득한다. 그것은 사물事物이라는 한자 말이 지시하는 의미 차원을 생각하면 쉽게 납득할 수 있는 부분이다. 사물은 일, 사건, 사태를 뜻하는 사事와 물리적 대상을 뜻하는 물物의 결합어이다. 물物은 정적이다. 그러면서 물리적인 단일성과 공간성으로 규정된다. 반면 사事는 동적이고 시간적이며 관계적인 양상을 포함한다. 사물은 특정 공간을 점유하고, 도구는 특정 목적을 위해 기능하는 물리적 대상이다. 하지만 시간, 장소, 상황에 따라 누가 그것을 사용하는가에 따라 각기 전혀 다른 의미체로 변한다. 이러한 까닭에 옥빈의 시에 등장하는 도구나 연장, 기계나 공구 등은 시간, 장소, 상황에 따라 대개 노동하는 삶의 이법이나 가치를 환유하고, 그 속에 포함된 삶의 애환을 녹여 은유하는 객관 상관물이다.

옥빈 시인이 이 시집에서 애용하는 시법은 구체적인 사물의 외관과 속성을 원용하여 비유를 얻어 내는 것이다. 가령 위의 인용 시에서처럼 다양한 공구들의 명칭과 기능적 속성을 원용하여 시인은 "나누고, 붙이고, 맞추고, 잡아 주고, 뚫고, 연결하고, 다듬"는 본질적인 기능적 행위를 통해 도구가 지향하고 목적하는 바의 궁극적 지점, 쓸모의 이상적 세계를 꿈꾼다. 그래서 한결 우의적이고 사물 해석의 투명성을 보여 준다. 이 같은 사물 해석의 투명성은 곧 구체적인 사물의 속성과 기능을 통해 다른 것들이 연관하여 사물이든 타자든 "더불어 사는 세상"(「커넥팅로드」)의 조화롭고 아름다운 삶과 세계를 추구하는 것이다.

이러한 시인의 안목은 가령 "적당한 타협과 알맞은 것들이 요구되는 이 세상"(「늦은 저녁」)과 "바로 서지 않는 세상"(「수평자」)을 교정하고 올바로 기능하도록 수리하려는 욕망을 낳기도 한다. 따라서 사물이나 도구는 인간과 삶의 의미를 포괄하는 관계의 매개물, 유기적 연관의 관계 시학을 구축한다. 그렇다고 하여 옥빈 시인이 사물들을 쓸모의 차원에 종속된 도구만으로 취급한다는 것을 의미하지는 않는다. 그는 도구들을 자연도 인공적인 대상도 아닌 그 사이에서 출현하고 유동하고 진화하며 인간과 관계 맺는 사물의 차원에서 만난다. 그의 시를 읽는 동안 경물경인敬物敬人이라는 말이 퍼뜩 스치는 것도 이러한 이유 때문이다. 이는 보편적 인간의 윤리이자 가치일 것이다. 각박하고 몹시 분주한 세상에서는 사람에게도 그러해야겠지만, 오히려 일상의 평범한 사물들과 지극하게 마주하고 만나는 시간의 확장이 필요할지 모르겠다. 사람을 업신여겨서가 아니라 사람과 더욱 지극하게 궁극의 지점에서 만나기 위하여, 그리고 사람과 문명의 가장 반짝이는 얼과 혼이 거기에 깃들어 있을 수도 있기 때문이다.

구체적인 사물을 통해 삶의 보편적 이법을 발견하고, 거기에 삶을 투사하는 방식의 옥빈 시인의 시적 시선은 이 시집 개개의 시편들을 통해 다양하고 풍부하게 그 심미적 형상들을 확인할 수 있다. 이러한 시적 특징은 물론 옥빈 시인만의 고유한 시적 방법론이자 그를 다른 시인이나 시들과 변별할 수 있게 하는 유효한 시적 존재론이다. 그의 시의 신비는 도구, 사물의 신비이며, 이 은밀한 신비를 환기하는 것에 있다.

3. 저류지의 삶과 실존의 원형

박경희 시인의 『그늘을 걷어 내던 사람』은 그의 두 번째 시집이다. 「시인의 말」에서 밝히고 있듯 이 시집은 작은 "밭을 일구"며 "소소한 것"들과 인연을 맺고, "그 밭에 들어가" 스스로 "돌들깨, 도깨비바늘"이 되어 그 안에서 그들과 함께 "바람에 흔들리"는 농경적 삶의 파동과 풍경을 구어체의 입말로 그려 내고 있다. 이쯤에서 알 수 있듯이 그의 이번 시집은 자신이 태어나 몸 들어 사는 고향의 어머니, 아버지, 할머니, 그리고 그 주변 인물들의 애틋한 생활상이 시의 구심점을 형성한다. 박경희 시인은 주로 이들의 생애나 삶이 지닌 애틋하면서도 근대적 문명성이 소거된 삶에 투영된 삶의 실존적 원형을 시화하는 데 초점을 둔다.

서정시를 비롯한 문학 작품에서 어머니, 아버지, 할머니 등은 고향과 함께 기억의 원형, 의식의 기저를 형성한다. 대개의 경우 어머니나 아버지, 고향은 시·공간적인 원형을 이루게 마련이다. 그래서 이들은 어떤 인상적인 풍경과 장면, 이야기를 동반한다. 박경희의 시집에는 이들을 비롯한 그 주변 인물들과 관련한 이야기가 애틋하게 펼쳐져 있으며, 실존을 원형적으로 규정하는 가족의 이야기가 진하게 퍼져 있다. 가족 서사나 그 주변 인물의 이야기는 대체로 슬프고 처연하며, 남루하고 애처롭다. 시집에 자주 호명되는 어머니, 아버지, 그리고 그 주변 인물들을 대상으로 연속되는 시인의 시선은 "처마에 번진 노을이 그의 눈물인 것처럼 꽃잎이 춤을 추"(「실종된 봄」)듯 슬프고 처연하며 애처롭다. 하지만 "아버지가 왔다고 옆에 누워 내 젖을 만졌다고 간지러워서 웃었다 지지 않은 달빛 속으로 들어간 부끄러움 한동안 빤히 창밖만 바라보던 어머니"(「웃음달」)의 심정처럼 따뜻하고 아름다운 정경으로 이야기된다.

돈 없다면서 바지며 윗도리며 브라자까지 산 어머니 저승 가신 아버지 불러다 브라자 보여 주려고 무지개색으로 샀느냐고 망사에 야시시한 것이 가슴이 맞아야 내가 입든지 하는데 그러다가 아버지 가시며 남겨 둔 돈 다 쓰겠다고 하자 어머니 하시는 말씀, 거덜 난다고 목구멍에 거미줄 치지는 않으니까 걱정하지 말라고 내 돈 내가 쓰는데 옆댕이 붙어 살면서 지글지글하게 참견한다고 말년에 과부 돼서 평생 못써 본 돈 좀 써 보겠다는데 지랄이냐고 병들면 약 들고 무덤 들어갈 테니 걱정 말라며 거울 앞에서 이놈 차 보고 저놈 차 보고 창문 밖에 똥딴지꽃 쿨럭쿨럭 잔기침 뱉으며 짐짓 모르는 척 딴짓한다

—「똥딴지꽃」 전문

박경희의 시를 살아 숨 쉬게 하는 원초적 생명력은 한마디로 섬세한 서정을 바탕으로 기저 민중들의 삶에 천착한 서사의 힘으로 표현할 수 있다. 그는 그동안 우리가 서민 정서로 미화해 온 비애, 설움, 한의 정태, 소극·수동적인 태도를 넘어서 있다. 그는 서민적 비애와 설움의 정서를 계승하는 동시에 서민적 정서가 근본적으로 함유한 낙관성·역동성·생명성을 잃지 않고 지속한다는 것이다. 말하자면 그의 시는 애잔하고 신산하지만 온기로 따뜻하고 해학으로 웃음 짓게 한다. "눈 없는 씨는 땅속에서도 뒤틀린 힘을 다해 위로 오를 길을 찾"아 "한 송이 꽃으로 피"는 생명력과 생의 의지를 지향한다. 그것은 특히나 가족 서사와 더불어 주변 인물들에 관한 이야기를 펼칠 때 두드러지게 부조된다. 가령 이름과 관련하여 해학적으로 묘사되는 "오점지 아비"(「오광」), "암으로 투병 중인 아내를 위해 스스로 무당"(「꼬리 긴 별」)이 된 사내, "그저 젖가슴에 묻어 둔 전대 생각에 파마 할매 지랄을 하는지 뭐를 하는지 도통 생각 없는"(「봄날」) 성주 할매, "저승길 가자, 가자 하니 귓구멍에 그저 소쩍새 소리만 들렸을 거라는"(「가을밤에 부는 바람」) 앞집 황소 아줌마 등등에 대한 시적 진술은 한결같이 슬픈 상황이지만 해학적이다. 이 해학으로 인해 소멸과 상실의 정서는 그럼에도 불구하고 생의 따뜻한 온기를 품고 신명스러운 기운을 얻게 되는 것이다.

인용 시도 마찬가지의 의미망에서 읽을 수 있다. 어머니의 목소리를 빌려

산문체의 구어로 전개되는 시상은 전통 민중예술 판소리 사설의 양식처럼 고전적인 구술의 감각적 표현으로 일관해 발화되고 있다. 아버지와 사별한 늙은 어머니는 소멸이나 상실, 결핍과 부재의 상황에서 위안을 삼고자 "돈 없다면서"도 나이에 어울리지 않게, 뚱딴지처럼 "망사에 야시시한" 무지개색 브래지어까지 사와 "거울 앞에서 이놈 차 보고 저놈 차 보"는 중이다. 화자는 이러한 어머니의 나이에 어울리지 않는 뚱딴지같은 행위를 타박하면서도, 이런 어머니의 행동을 "잔기침 뱉으며 짐짓 모르는 척 딴짓"으로 딴청을 부리며 수긍한다. 어머니의 뚱딴지같은 행위를 꽃으로 바라보는 화자의 시선은 생은 허무하고 고단하지만 그럼에도 불가피하게 솟아나는 생에 대한 아련한 그리움과 생의 의지를 동시에 포함하는 것이다.

덧붙이자면 삶의 속성이란 세월의 풍화 풍상을 겪으면서 차츰차츰 소멸해 가는 것이다. 그렇지만 이 소멸의 양상은 또 다른 생성을 준비하는 불가피한 과정이기도 하다. 어쩌면 모든 소멸과 상실, 결핍과 부재, 허무와 공허의 안쪽에서 생성의 기운이 잉태되는 것일 수 있다. 사실 만남과 헤어짐, 실재와 부재, 충만과 결핍은 서로 한 몸으로 결속되어 동거하며 발현하는 두 가지 현상일 뿐이다. 박경희의 시집에는 소멸과 상실, 결핍과 부재의 이미지들이 가득하다. 생의 쓸쓸함과 애처로움, 허무함과 처연함의 정서적 기운이 지배적이다. 늙고 기울어지는, 저물고 퇴색해 가는 시적 대상들은 그래서 생을 화려한 것이 아닌 냉혹하고 허무한 것으로, 생성 지향적인 것이 아닌 소멸 지향적인 것으로 받아들인다. 그에게 생의 형식은 어두운 "그늘을 걷어 내"(「바라보다가 문득,」)는 과정의 연속인 것이며, "살아도 그만, 가도 그만 그래도 살겠다고 상처투성이 잇몸"으로 "소금 밥알을 모"(「폐염전」)시는 행위와 같은 것이다.

소멸 지향성은 불가피한 삶의 형식에 대한 우화이지만, 그것을 초월하는 그의 시법은 생동감 넘치는 현장 구술의 어법과 비속어나 방언 등을 통해서 이루어지기도 한다. 인용 시는 통사론적으로 문장 종결어미 없이 "~고"의 연결어미를 통해 끊김 없이 연속된다. 이러한 어법은 이 시뿐만 아니라 여타의 시에도 지배적으로 드러나는 양상이다. 여기에서 주목해야 할 점은 바로 누군가의 입과 의식을 통해 다성적으로 발화하는 시의 구문들은 예외 없이 유장하고 가쁜 산문적 호흡을 채택한다는 것이다. 이런 점에서 이 시집의 거의 대부분의 시편들은 이와 같은 산문적 구술의 형식을 취하는데, 왜 시인은 산문시형이라는 숨 가쁘고 유장한 호흡률을 통해 인물들의 내면 의식을 표출하고, 대상이 품은 내면을 묘사하는 것일까. 그것은 위의 인용 시와 마찬가지로 아래의 시에서처럼,

> 뒤집어 봐야 뒷박인 줄 알고 좆 끝으로 밤송이 발라 봐야 지 좆 끝만 아프지 누구 좆도 안 아프다고 여길 가 봐도 저길 가 봐도 찬밥 덩어리인 줄 모르고 이리 기웃 저리 기웃 잔소리는 오만 가지 지 잘난 줄만 알고 남 잘난 줄을 모르는 기둥에 고무줄로 매단 빗마냥 이리 튕기고 저리 튕기고 그래도 제자리로 잘도 돌아온다고 십 년 객지 생활에 철드는가 싶더니 이건 그놈이 그놈이고 그년이 그년이라고
>
> ─「슬픈 이야기」 부분

하는 시적 진술을 통해 확인할 수 있다. 요컨대 산문시 형태들의 가쁜 호흡률과 유장한 속도는 시인이 바라보는 대상들에 대한 연민과 사랑의 시선을 함축하고 있다. 처연하고 애처로우며, 외롭고 슬픈 연속적 사연들이 끊이지 않는 숨 가쁜 호흡을 동반하기 때문에 그것이 바로 외적 리듬의 형식으로 나타난 것이라 생각할 수 있다. 요컨대 산문적 리듬과 유장한 호흡률을 통해 아무리 말해도 멈추거나 끝낼 수 없는 깊고 옴팡진 사연을 감각적이며 물리적으로 반영하는 시적 표현 방법일 수 있다. 이를테면 "벗어나려 했던 것들로부터/ 벗어날 수 없었던 바퀴의 그늘"(「리어카의 무게」)로 은유된 걷어 낼 수 없는 "삶의 그늘을 펴"(「팔자八字」)내며 삶을 지속할 수밖에 없는 보편적 운명을 드러내기 위한 시적 고려라는 것이다. 결국 그의 시는 구구절절한 구연의 어법을 통해 그늘지고 신산한 삶의 형상과 과정을 내용 형식

으로 융화해 드러내는 언어의 미학을 구현한다. 이 지점이 이 시집이 잉태한 심미성의 극점이다.

역시 연결어미 "~고"로 연속되는 마치 판소리 사설조와 같은 통사적 문장 구조로 진술되는 인용 시는 처연하고 애처롭지만 그보단 해학적인 효과를 유발한다. 그러나 중요한 점은 후자에 있다. 말하자면 애처로움과 처연함은 표준어의 강제에 의해 도태될 수밖에 없는 방언이나 비속어, '좆' 등과 같은 신체어 등을 통해 표준 문법의 검열 없이 해학적으로 형상된다는 점에 있다. 박경희 시는 표준어, 일정하게 규범화되고 통일된 정서법으로는 포섭되거나 표현할 수 없는 기층적 삶의 미세한 결들을 투박한 육성을 통해 그대로 담아내는 매력이 있다. 투박한 육성은 주로 우리가 표준어로는 포섭할 수 없는 삶의 현장과 맨얼굴을 형상화하고 전달하는 데 기여한다. 그의 시에서 다중의 형상을 담아내는 언어는 표준어의 강제된 문법이 그은 빗금 저편에 서식하는 언어를 통해서이다. 물론 거기에는 인용 시에서처럼 속어와 비어도 크게 한몫의 기능을 담당한다.

말하자면 박경희 시의 언어 미학은 구술 어법과 근대가 규정한 표준적 언어 관습을 위반한다는 것이다. 독창적 언어 사용은 표준어가 아닌 방언이나 비속어로서 그의 시의 주제이자 방법론이며 의미론적인 차원에서 작동하는 것이다. 무엇보다도 그의 시집은 근대적 문명사회에서 발설할 수 없는 방언과 비속어, 문어체가 아닌 구연 구술의 어법 등의 적극적 구사를 통해 각별한 언어미학을 창출한다. 인용 시에서 살필 수 있는 것처럼 박경희의 시는 비속어, 방언의 구어적 발화를 통해 독특한 의미 영역을 생성한다. 그는 지역적 방언의 서술형 어미, 동사, 명사, 음운, 어휘들을 가리지 않고 육성 그대로의 말투를 통해 구사하면서 독특한 시적 반향을 창출한다. 그의 시에서 방언의 구사는 표준어로는 달성하기 어려운 구체적 삶의 질감을 구현하기 위한 전략적 수법인 것이다. 말하자면 방언이나 비속어의 빈번한 구사는 그 지역의 향토적인 정서의 표출이라는 단순한 내용주의 시각을 넘어 시어로서의 방언 활용에 대한 미학적이며 구조적 기능에 대한 면밀한 탐구를 요구한다.

　박경희 시에서 방언들은 대부분 지방어와 표준어의 일대일 대응이 가능한 경우도 있지만, 표준어로터 음운변화를 거쳐 형성된 언어가 아니라 완전히 새롭게 발화된 어휘들이거나 표준어로는 번역 불가능한 어휘들이다. 그것은 표준어로는 번역 불가능한 관념과 사상事象을 지시한다. 그래서 그의 시는 생경한 효과를 준다. 방언을 낯설게 느끼지 않을 수 없는 이유는 표준어라는 강제성과 균질화된 규범을 요구하는 언어 체계를 벗어나 가장 자연스러운 상태의 인간의 모습, 실존적 원형을 그리는 데 있기 때문이다. 요컨대 표준어로는 번역될 수 없는 자연적 삶의 질감 내지는 그러한 삶의 질감을 오롯이 재현하고자 하는 언어의 상황적 기능에 보다 더 가깝게 쓰기 위한 전략으로 이해할 수 있다.

　박경희의 시는 시종일관 방언, 비어, 속어 등의 생소한 어휘들과 어투로 가득 차 있어서 읽는 이로 하여금 당황스럽게 만든다. 방언의 낯선 어휘들로 수놓은 당돌성, 표준어로부터 일탈한 언어 표출은 그 자체로 미적인 효과를 거둔다. 말하자면 표준어의 정서법이나 문어체 표기법에서 크게 일탈한 생소한 방언들과 음성들이 충돌하면서 독자의 주의를 집중시키는 효과를 거둔다. 이로 볼 때 박경희는 놀랍게도 고유의 토속어인 방언과 구술의 어법을 통해 낯설게 하기의 효과를 창출한다. 이 낯설음은 바로 그의 시의 중요한 존립 기반이다. 위의 시에서처럼 발화 상황은 낯설고 투박한 비속어와 방언 구사가 없으면 평범하고 진부할 수도 있는 산문으로 전락했을 것이다.

　결과적으로 박경희의 시는 근대적 언어 규범인 표준어로부터 일탈되어 있거나 강제적으로 배제된 방언의 사용을 통해 근대성과 그 근대성을 지탱하는 균질화된 규약과 문법과 체제에 저항하는 것으로 볼 수 있다. 이러한 저항의 자장 안에는 방언의 사용 계층이라는 타자성에 대한 성찰을 동반하는 것이다. 즉 근대적 균질성을 전제로 하는 사유 체계에 의해 그 가치와 의미가 소외되고 폄하되는 이질적 타자성에 대한 새로운 성찰이며, 그것을 배격하고 규제하는 억압과 불평등에 대한 저항으로 읽을 수 있다.

절임과 무화無化

─윤형근 신작 시

    윤형근 시인은 1984년 『문예중앙』을 통해 등단했다. 등단 이후 시인은 두 권의 시집 『사냥꾼의 노래』(열음사, 1989)와 『나는 신대륙을 발견했다』(중앙 M&B, 1990)를 연달아 상재했다. 그리고는 지금까지 시집을 내놓고 있지 않다. 그런 상황에서 그의 근작 시를 대면하는 일은 우선 반갑고 놀라운 일이다. 그도 그럴 것이 두 권의 시집을 내고 30여 년간 시집을 선보이지 않다가 근작 시를 통해 시인의 존재를 확인할 수 있었기 때문이다. 무엇보다도 나날이 수없이 많은 시집이 쏟아져 나오는 판국에 이렇게까지 긴 시간을 침묵하는 시인도 있다니, 드문 일이어서 신기하다는 생각도 들고, 그런 만큼 또 그 연유가 궁금하기도 하다.

    폐절하고, 윤형근의 근작을 접한 첫 느낌은 절여진 상태에 있다는 것이다. 시간의 흐름 탓인지, 또는 이제 막 초로에 접어드는 연치 때문인지 그의 시와 삶에 대한 태도는 '절임 배추처럼 숨이 죽어'(「김장 백서」) 있는 상태로, "흔적을 덮고 썩어서 흙"(「겨울 길」)으로 무화無化한 원형의 세계를 지향하는 듯하다. 시라는 한자를 파자하면 말씀 언言과 절 사寺로 구성되어 있음을 알 수 있다. 이를 풀면 '말씀의 사원' 혹은 '사원의 말씀'일 것이다. 시란 그러므로 언어로 지은 경건한 사원, 침묵의 언어 사원일 것이다. 절이란 말의 어원은 '젓'에서 나왔다고 전한다. 젓은 오랜 시간 곰삭는 숙성의 과정을 거쳐 만들어진다. 그리고 우리가 절을 한다는 것은 몸을 최대한 낮추는 것, 몸을 가장 작게 만드는 것, 자신을 최대한 무화시키는 행위에 다름 아니다. 절은 젓을 담거나 배추를 절이는 것, 자기의 존재성이 가질 수밖에 없는 부피의 거품을 최대한으로 죽이는 것에 비유할 수 있겠다. 그런 의미에서 우리는 또 잘 절여진 배추를 '숨이 죽었다'거나 '숨이 모아졌다'고 표현한다. 따라서 몸을 낮추어 작게 만드는 절은 바로 숨결을 고르고 가지런히 모으는 행위이다. 잘 절여진 상태로 몸을 낮추어 작게 하고 숨결을 고요하고 잔잔하게 몸 안에 모은 상태를 우리는 또 겸손이라 부른다. 윤형근의 근작은 '잘 절여져 숨 죽은 겸손'(「김장 백서」)의 상태, "명상의 발자취"도 '발자국'도 '흙'이 되고 '흐트러져'(「겨울 길」) 말끔하게 무화된 세계를 지향한다.

시는 자신의 몸을 최대한 낮추고 작게 하는 데서 나오는 절간의 말씀, 경건한 묵상의 언어, 그 묵언처럼 말씀의 숨결을 가지런히 모으려는 일과 같다. 그것은 영혼 깊은 곳에서 우러나오는 경건한 명상의 언어에 가까운 것이다. 잘 절여진 몸의 겸손한 상태와 숨이 죽은 상태의 깊이 가라앉은 심연의 영혼이 내뱉는 침묵의 언어로 이루어진 것이 시인 셈이다. 이러한 언어는 존재의 깊이를 알 수 없는 내밀성의 광맥으로 우리를 끌어들인다. 일상적 의식 저편의 내밀한 광맥 속에서 보이지 않는 존재의 심연을 바라볼 수 있게 한다. 이를테면 처음과 끝, 현실과 환상, 순간과 영원이 공존하는 심연의 광맥 속에서 우리는 일상의 진부하고 때 묻은, 나날의 공허하고 분주한, 무겁고 여백 없는 삶에서는 결코 얻을 수 없는 어떤 고양된 감각과 생기를 찾게 한다. 윤형근의 시는 이러한 문맥에서 가까이 다가갈 수 있다. 절임의 각성, 그리고 숙성의 과정, 현상적 자아의 욕망을 무화하는 과정을 거쳐 새로운 존재로의 전환과 생성을 꿈꾸는 지점에 그의 근작은 위치해 있기 때문이다.

몇 년을 걸어온 산과 들의 추억에 젖어
상큼한 흙냄새, 풀 냄새를 떠올리며
굳은살과 양말을 뚫고 뿌리털 내리듯
땀 흘려 나가던 탐험의 날들을 그려라
이슬을 차며 들떠 오르던 아침과
노을에 귀소하며 고개 숙이던 저녁

어제의 발은 오늘 묻어 버렸네
내일은 새 이름으로 발 뻗기를 꿈꾸며
난바다의 물결을 헤쳐 나가거나
어느 밀림의 진흙을 물고 구를지라도
지상에 날인하듯 남기는 발자국마다
풀씨가 날아와 안기어 싹트기를

—「어느 신의 뒤안길」 부분

전통적인 서정시의 문법을 따르는 인용 시는 버리고 갈 수밖에 없는 길 위의 운명을 노래하고 있다. 때문에 여기서 우리가 느낄 수 있는 것은 시인의 쓸쓸하고 적막한 마음의 얼룩이다. 생의 '뒤안길'로 사라지는 '헌 운동화'를 바라보는 시선에는 적막하고 쓸쓸한 정서가 깔려 있다. 시인은 쓸쓸하고 적막한 생의 궤적을 추억하며 "내일은 새 이름으로 발 뻗기를 꿈꾸"고 "발자국마다/ 풀씨가 날아와 안기어 싹트기를" 희원한다. 그 희원은 무겁게 짓눌린 존재로부터 육탈肉脫해서 얻은 가벼움에 대한 자각에서 비롯한다. 시인은 뒤안길로 사라지지만 '풀씨'로 은유한 '새 이름'으로 '발자국마다 싹' 틈으로써 존재의 전환과 생성을 이룩하기를 희원하는 것이다. 이를 위해서는 낮추고 버리고 비울 수밖에, 자신을 지극한 상태로 무화할 수밖에 없다. 그것이 길 위의 생이며 운명이며 긍정이다.

시인은 의류 수거함에 버려진 "헌 운동화 두 짝"을 통해 생의 과정이 남긴 궤적을 상상적으로 추억하면서 '새 이름'으로 은유된 것처럼 존재의 새로운 생성을 꿈꾼다. 시인의 내면 풍경을 구성하는 세목들은 "아파트 의류 수거함에 던져진" "헌 운동화 두 짝"과 연관한다. '산과 들의 추억' '탐험의 날들' '이슬' '아침', 그리고 이런 아름답고 역동적이며 생명이 생동하는 이미지와 대조적 의미 계열체인 '난바다의 물결' '밀림의 진흙' '노을' '저녁' 등의 이미지는 모두 생의 황홀과 고뇌, 기쁨과 고통, 희열과 슬픔, 빛과 어둠을 대비적으로 암유한다. 시인은 삶의 이러한 양면적 속성을 투시하면서 고뇌하는 자의 참담한 포즈를 취하는 대신에 모든 것을 포용하는 가벼운 마음의 상태, 모든 것을 절이고 무화한 상태, 이를테면 "지상에 날인하듯 남기는 발자국마다" 풀씨가 가볍게 "날아와 안기어 싹트기를" 바라는 긍정의 아름다운 언어 구성물을 만들어 낸다. 버리고 갈 수밖에 없는 길 위의 운명, 이러한 포용과 긍정의 정신은 절임의 각성, 그리고 숙성의 과정과 무화의 과정을 거쳐 새로운 존재로의 전환과 생성을 꿈꾸는 것이다.

벌레가 훑고 지나간 배추는 잎에 구멍이 송송
고라니가 무청 뜯어 먹은 무는 몽당연필 신세
존재의 결핍을 고춧가루와 마늘, 젓갈이 메워 줄지
아내가 배추와 무를 다듬고 목욕재계시킬 때
나는 흰 수염의 쪽파 옹을 벗기고 양념 버무리지
파 뿌리는 흙을 꽉 물고 뻗대다가 수염 뽑히고
보이지 않는 아내의 시선이 소금을 뿌리자
배추와 함께 숨이 죽어 겸손해진 나의 고개
절임 배추를 빨래 짜듯 비틀어 넘기면 아내는
잎잎이 양념을 바르고 무와 쪽파도 피범벅
너희 채소들 항상 양념에 대해서만 현존하리니

271

유순하게 익어서 배추를 벗어나야 김치로 서리니
반듯한 깍두기의 거드름도 파김치의 쏘는 맛도
자유롭게 부드럽게 신성한 몽상으로 익어 가리라

　　　　　　　　　　　　　　　　　—「김장 백서」부분

　김장을 담그는 구체적인 계기를 통해 펼쳐지는 유현幽玄한 몽상과 가볍
고 경쾌하게 연발하는 은유적 언어 구사에 의해 축조되는 이미지 조형의 인
용 시는 시인의 내면세계가 지향하는 바를 암시해 준다. 시인은 일체의 사
회적 조건이 유발하는 억압과 부자유스러움에서 벗어나고자 하는 초탈에
대한 강렬한 집착을 보이며, "존재의 결핍"을 불러오는 현실 저편에 있는
심원하고 유현하며 유연柔軟한 존재로의 전이를 꿈꾼다. 그 꿈꾸기는 일종
의 자아에 대한 존재론적 각성을 동반한다. 그 각성의 최종 심급에는 몸을
가장 작게 낮추며 숨결을 고르고 모으는 절임, 자신의 존재성을 최대한 죽
이는 행위를 통한 유연함과 자유로운 존재에로의 '다가감'(「겨울 길」)이 내포
되어 있다. 시인은 잘 절여져 숨 죽은 겸손한 상태의 고요하고 잔잔한 자아
의 근원, 결핍되어 있는 존재로부터 벗어나 어떤 중심과 궁극의 지경을 찾
아 나가고자 하는 것이다.
　전통적인 서정시의 문법에 따라 독백의 어법으로 펼쳐지는 시상들은 정
연하게 시인의 내면의 무늬를 현시한다. 시인으로 하여금 절임에 의한 존
재의 각성을 이루게 하는 근본적인 원인은 "존재의 결핍" 때문이다. 즉 애
초에 "나는 자유로운 존재로 선고되었지만" 현실 원칙이 규율하고 강제하
는, 예컨대 "시간에 매이고 기계적으로 반복되는 일에 치였"다는 진술이
암시하듯 존재의 자유, 존재의 근원, 존재의 중심을 박탈당했기 때문이다.
인간의 실존은 현실 세계가 강제하는 근면성과 목적성, 유용성과 생산성
으로부터 자유로울 수 없다. 현실 원칙이 지배하는 세계에서 '나'는 확실성
에 의해 사고하고 목적에 따라 기계처럼 일하고 유용한 생산성을 목표로

활동한다. 아내와 함께 '김장'을 담그는 행위는 시인에게 이러한 현실 자아의 활동을 폐절하고 존재의 근원적인 자유를 각성하게 하는 계기로 작용한다. 시인은 "숨이 죽어 겸손"한 절임 배추처럼 자신도 '젓갈'과 '소금'과 '양념'에 의해 버무려져 "유순하게 익"기를 꿈꾼다. 배추가 '김치'로 절임과 무화의 과정을 통해 존재론적 전환을 이룩하는 것처럼 자신도 자동 반복 강박적인 현실 원칙의 강제와 압박, 억압과 구속에서 벗어나 존재론적 자유를 얻고자 희원하는 것이다.

'백서'란 현상을 분석하고 미래를 전망하는 내용을 핵심으로 한다. 시인은 김치를 담그는 과정과 현상을 묘사 분석하고 미래를 전망하는데, 그 궁극의 지점에는 "자유롭게 부드럽게 신성한 몽상"으로 "유순하게 익어서" 새로운 존재로 생성되기를 전망하는 희원의 태도가 자리한다. 이러한 태도가 함축한 의미는 단순히 생에 대한 김치의 절임이라는 비유를 넘어서 시인 자신이 처한 운명의 구조를 응시하고 그것을 따뜻하고 부드럽게, 숨 죽은 낮은 자세로 '겸손'하고 '유순'하게 감싸 안는 보다 깊은 성찰적 서정의 세계를 드러내 보인다는 데서 찾을 수 있다. 그 서정의 성찰적 꿈꾸기는 '신성한 몽상'으로서 어떤 근원, 어떤 절대, 어떤 중심, 어떤 궁극의 상태를 환기한다. 이를테면 '김장'은 그 궁극의 상태로 전환 생성하는 삶을 표상한다. '김장'은 자신을 무화한 채로 잘 절여져 숙성된 존재로의 전이를 비유하는 것은 물론이거니와 이와 함께 우리가 읽어야 할 의미는, "시간에 매이고 기계적으로 반복"되는 실존의 억압적 운명을 각성하고 존재의 전환을 이룩해 '현존'하려는 강렬한 삶의 실천적 의지인 것이다.

'김장'은 말하자면 일종의 육탈과 무화를 통한 '자유롭게 부드럽게' 새로운 존재로의 전환과 해방, 혹은 존재의 확장과 생성이라는 의미를 함유한다. 이러한 각성의 정신은 자신이 처한 현실적 자아의 실존적 조건과 상황을 정직하게 바라보고, 그 정직한 바라봄과 각성을 통해 삶의 지향적 좌표를 설정하려는 시적 태도를 지시한다. 이러한 각성과 정직성, 숨 죽은 절임과 겸손의 자세, 무화의 정신이 '신성한 몽상'인 것이다. 자신을 무화하는 절이고 숙성되는 과정으로서의 '신성한 몽상'은 다분히 "시간에 매이고 기계적으로 반복된 일에 치"여 있다는 진술이나, 다음의 인용 시 「어제 읽은 책」에서처럼 죽음의 질서가 지배하는 파괴적 현실의 부정성에 대한 시인의 인식과 연관해 발생하는 것으로 보인다.

세계는 묵시록적 파멸을 향해 치닫고 있으며, 인간과 자아 독재의 폭력적 현실에서 구원은 자기중심의 협소한 욕망에서 벗어나 존재론적 자기 각성과 희생을 통해서 이룩될 수 있는 것이다. 말하자면 '신성한 몽상'으로 은유된 절임과 낮춤, 숙성과 무화라는 겸손의 심미적 윤리성에 구원의 빛이 내재해 있다는 것이다. 이렇게 각성된 자아의 반성적 의식은 근작 시편의 정신과 주제를 규제하는 창작 원리로 작동하고 있는 듯하다. 물론 혼돈의 묵시록적 현실 세계에서 구원이 시인의 각성과 희생을 통해 이루어질 수 있다는 믿음을 일반적 사고로 쉽게 납득할 수는 없는 노릇이지만, 또 당면한 묵시록적 현실 구조의 문제와 모순을 해결하기에는 지나치게 소극적이고 현실성 없는 시적 믿음에 불과할 수도 있지만 그 믿음은, 그 심미적 개인의 윤리성은 시인이라면 포기해서는 안 되는 이상적 가치인 것이다. 이것은 우리 시대 시인이 처한 불가피한 운명이며 소명이기도 한 것이다.

하나의 문장이
길짐승이 되어 뛰어간다
귀를 쫑긋 세우고 산을 타는 토끼
방향도 모른 채 질주하는 치타
지축을 울리며 서둘러 가는 코끼리
숲은 온갖 소리를 머금으며 깊어진다

무거운 먹장구름이 하늘을 덮는다
한 줄의 시가 재갈이 물리고

날아가는 탄알이 새를 꿰뚫고 구름에 박힌다

불도저 소리가 숲을 뒤흔들며 난도질한다

하나의 문장이 굉음에 짓밟히고

씽씽 달리는 차에 치인 노루는

포도에 새로 얼룩진 껌 딱지로 포장한다

—「어제 읽은 책」 부분

루카치의 저 유명한 전언처럼 밤하늘의 별을 따라 길을 가던 시대는 행복했다. 하지만 밤하늘의 빛나는 성좌, 아련히 빛나는 등대의 불빛, 마음의 우상이 사라진 지금 우리는 혼돈의 시대를 건너고 있다. 재앙(Desaster)은 "별이 아닌 것", "별들의 보호로부터 벗어남"(한병철, 『아름다움의 구원』)을 의미한다. 빛나는 이념의 중력이나 중심의 인력, 최종적 진리의 별이 사라져 재앙이 임박한 세계를 우리는 살고 있는 것이다. 우리가 몸 들어 사는 세계는 여러 층위에 걸쳐 이전과는 현격하게 다른 변화와 변동의 와중에 있다. 그런데 문제는 그 변화나 변동이 다분히 부정적인 결과를 향해 치닫는다는 것이며, 그로 인해 불길한 예감에 휩싸인다는 것이고, 종국에는 미래에 대한 어떠한 전망도 보장할 수 없다는 데 있다. 말하자면 그것이 어떤 총체적인 파국을 예감하게 한다는 것이며, 그 파국을 멈출 어떠한 방법이나 대안을 쉽사리 모색할 수 없다는 데서 오는 불안감은 우리를 더욱 혼돈의 늪으로 빨아들인다. 그러나 혼돈은 절망감을 불러일으키기도 하지만 역설적으로 새로운 세계, 지금 여기 차안의 세계와는 다른 피안의 세계에 대한 부푼 기대와 꿈을 불러일으킨다는 점에서 희망적이기도 하다.

인용 시는 이러한 묵시록적 시대의 혼돈과 파국을 예감하는 시인의 감각이 짙게 표백되어 있다. 지금 여기 차안의 현실은 물론이거니와 머지않아 필연적으로 다다를 재앙, 임박한 파국에 대한 예감으로 인해 미래는 불길하고 묵시록적이기만 하다. 인용 시는 세계의 혼돈과 불안감, 파국에 대한 불길한 예감, 자본 독재의 논리와 문명의 폭력성을 드러내는 방식이 다소 도식적이지만, 세계에 대한 어떠한 믿음의 확신도 미래에 대한 어떠한 희망도 지워 버린 냉철한 정신으로 인해 명징한 비판력을 획득하고 있다. 그 비판력은 순진무구하고 낙천적인 동화적 상상력의 상징적 비유를 통해 전개되는 앞의 두 연에 이어 마지막 3연에서 갑작스러운 비약을 통해 비정하고 폭력적인 현실 상황의 극적 대조가 불러일으키는 선명한 인상으로 얻어진 것이다. 특히 '시' '새' '구름' '길짐승' '숲'에 대한 아름답고 원형적인 상징적 비유를 통해 얻어진, 말하자면 모순과 분리, 대립과 갈등, 억압과 구속을 폐절하고 일체의 혼융으로 건설한 사랑과 생명의 원형적 왕국의 무차별적 파괴가 환기하는 비극적 분위기는 암울한 전망을 더욱 강화하는 효과를 발휘한다.

이 시는 마치 문명사 혹은 근대사를 압축하는 듯하다. 제목에서처럼 시인이 "어제 읽은 책"은 '시'와 '날짐승', '문장'과 '길짐승'이 혼연일체로 혼융한 상태이다. 시인은 '신성한 몽상'과 낙천적이며 동화적인 순진무구함으로 충일한 아름다움과 건강하고 훈훈한 기쁨을 노래한다. 거기에는 "한 줄의 시가/ 새가 되어 날아"가 "달에 꽂히"고 "하얀 날개로 해를 가리"고 "하늘의 멱살을 움켜쥐"고 '구름'이 그런 "새들의 말풍선으로 피어"나 무한히 파동波動해 나가는 생명의 은밀한 떨림과 울림이 내재해 있다. "하나의 문장"은 "길짐승이 되어" "산을 타"고 "지축을 울리며" 들판을 '질주'하고 "숲은 온갖 소리를 머금으며 깊어"지는 원초적인 자연 생명의 신비와 황홀이 자리하는 것이다. 요컨대 자연 풍경의 은유적 묘사를 통해 시인이 궁극적으로 말하고 싶은 것은 아마도 자아와 세계의 원초적 만남과 교감이 불러일으키는 경계를 두지 않은 생명의 충만함과 황홀감일 것이다.

그러나 제목이 암시하듯 이 충만하고 황홀한 풍경은 지금 오늘의 것이 아닌 '어제'의 것이다. 충일한 황홀경의 시적 분위기는 이내 "무거운 먹장구름이 하늘을 덮는다"는 다소 상투적인 비유를 통해 전복된다. 시적 자아는 갑작스러운 비약을 통해 일체의 혼융으로 건설한 사랑과 생명의 원형적 왕국을 전복한다. 이러한 극적 반전은 지금 여기 혹은 미래 지속의 암울한 상황을 강렬하게 환기한다. 시인의 꿈꾸듯 황홀한 몽상의 시선, 자아와 세계의 모든 경계가 사라진 천진난만한 동화적 상태, 하늘을 날고 지축을 흔들며 질주하는 상승과 확산의 이미지 운동은 폭력과 파괴의 실상으로의 극적 전이를 통해 대조됨으로써 잔인한 현실의 비극성은 더욱 강화된다. 그리고 날짐승과 들짐승 등 동물적 이미지는 분별과 윤리, 인위와 제도, 이성과 합리 이전의 원시적 본능의 생명성으로 인해 문명에 대한 대항적 이미지로 읽히는 종류의 것이다. 이 시에서 동물이나 식물 이미지—시인의 근작에 등장하는 동물과 식물 이미지를 유심히 보라—로 표현되는 원시적 생명성과 역동성에 대한 탐구는 그러므로 압살된 본능과 파괴된 원형적 세계의 실상을 드러내는 것이며, 그럼으로써 우리가 처한 현실의 잔혹성을 강화하는 데 기여한다.

　현실의 잔인함과 무도함 혹은 무감각은, "시가 재갈이 물리고" "탄알이 새를 꿰뚫고" "불도저 소리가 숲을 뒤흔들며 난도질"하고 "한 줄의 시"와 "문장이 굉음에 짓밟히고" "차에 치인 노루"의 시체가 아무렇지도 않게 "껌딱지로 포장"되는 잔인한 현실은 "지옥의 세속적 현대판"(유종호, 「난폭 시대의 시」)에 다름 아닌 것이다. 우리 시대의 비극은 어쩌면 아무도 비극의 현실을 비극적으로 인식하지 않는다는 데 있다. 중요한 것은 혼돈과 비극에 처해서 그 혼돈과 비극성을 자신에 대한 근본적인 비판과 갱신의 계기로 삼아야 한다는 것이다. 시인의 비극적 현실 인식은 근작 시 몇 편에 의한 개념적 정의로 쉽고 단순하게 환원될 수 없는 종류의 것이지만, 굳이 말하자면 그것은 자아의 각성과 존재의 무화, 즉 '절임'과 '겸손'의 심미적 윤리성을 함께 동반하는 것이다. 이는 궁극적으로 심미적 윤리성을 통해 우주 만물의 황홀한 생명을 지속하고 자유를 확장할 수 있다는 믿음으로부터 비롯한다. 요컨대 주체의 심미적 윤리성을 현실 원칙이 지배하는 파괴와 폭력, 모순과 분리, 대립과 갈등, 억압과 구속의 질서에 대항하여 새로운 삶을 가능하게 하는 방법으로 인식하는 것으로 볼 수 있다.

그리하여 우리 주변에 난무하는 냉소적 허무의 태도, 존재의 부조리, 경험의 모순, 저급한 계몽주의적 태도에 비켜서서 시인이 노래하는 서정의 세계는 아래의 시에서처럼 '숲에서 길을 놓는 시인의 길', 환언하자면 인간적 욕망 자체를 아예 비움으로써 기존 현실을 반성적으로 성찰하며 새로운 현실을 꿈꾸게 해 주는 지극한 세계이다. 시인은 "한 줄의 시가 재갈이 물리고" "탄알이 새를 꿰뚫고" "불도저 소리가 숲을 뒤흔들며 난도질"하고 "하나의 문장이 굉음에 짓밟히"는 무자비한 폭력의 잔혹한 현실에서 새로운 삶의 척도를 찾아 길을 놓는 것이다. 이게 시, 시인의 길이란 것이다. 시인은 자본 논리의 폭력적 욕망과 문명의 무도한 야만성을 분명히 자각하고 있다. 그럼에도 분노나 탄핵의 언어로 드러내지 않는 것은 시라는 양식이 현실이라는 욕망의 구조에 대응하는 또 다른 욕망의 구조가 아니라는 점을 명확하게 인식하고 있기 때문이다.

> 호수에 헤엄치는 시어 몇 마리
> 마음에 품고 나무가 잉태한다
> 잔잔한 목탁 소리가 풍경을 흔들고
> 땅속에 움츠렸던 냉이가 솟아난다
> 봄을 입에 물고 힘차게
>
> 꿈에서 깬 시인의 맨발
> 풀잎이 감싸고 길을 묻는다
> 시인의 집은 시가 아닌가?
> 저 멀리 퍼져 가는 너의 향기
> 이슬 굴러 빛나며 길이 떠오른다
>
> ─「꽃 피는 시인」 부분

시인이 놓는 길은 존재하는 사물의 마법과도 같은 은밀한 비의, 이를테면 '꽃을 찾아' '꽃잎 헤치며 꽃술로 다가가' '향기를 뿜어내'는 경이와 황홀의 세계를 향해 있다. 시인이 놓는 길, 그 가치의 척도는 자신의 충만 속에서 스스로 움직이며 대상과 혼융하는 세계를 환기한다. 따라서 그 세계는 "단어 한 알 콩알"이 될 수 있고, 그것이 "땅속으로 굴러 싹트고" "꽃 피고 열매 풍성히 맺혀" 자유로이 "제멋대로 노래를 부르다가" "지상에 된장국 냄새"로 피어나는 순환 변전하는 자연의 품 깊숙한 곳에 숨은 신성, 지극한 생명의 황홀을 지시한다. 시인의 언어는 천진난만하고 리듬은 경쾌하다. 꽃 피어 사방으로 향기를 내뿜고 "바람이 꽃잎 떨구고 날리"는 생명의 축제, "단어 한 알 콩알이 되어" 싹트고 열매 맺히고 옹기종기 모여앉아 제멋대로 노래 부르다가 흩어져 달아나 종국에는 "지상에 된장국 냄새 퍼지고", 호수의 "시어 몇 마리/ 마음에 품고 나무가 잉태"하고 "목탁 소리가 풍경을 흔들고" "냉이가 솟아"나는 이 장엄한 축제의 장은 더 없는 밝음과 기쁨과 충만한 생명의 활력으로 가득 넘쳐흐른다.

시인은 어린아이처럼 생명의 황홀한 세계 앞에서 경이로운 눈으로 경탄의 언어를 토해 낸다. 시인의 경탄의 목소리는 '꽃향기'나 '된장국'처럼 세계 저편 사방으로 울려 퍼지고, 경이로운 시선은 '냉이'로 은유된 생명이 힘차게 솟아나 풍경을 흔들어 대는 모습처럼 동심원을 그리며 번져 간다. 이러한 신비롭고 장엄한 광경은 스스로를 비우고 낮춤으로써 세계와 합일하려는 순진무구한 욕망의 발로에서 비롯한다. 시인은 모든 갈등과 불화를 넘어서 화해하고 결합하고자 하며, 여기에서 혼융의 이미지가 탄생하는 것이다. 스스로를 가장 낮은 자세로 완전히 비우고 절인 무화의 상태로 사물 깊숙이 침투하여 혼융하는, 그럼으로써 자아와 세계가 혼연일체가 되는 경이와 경탄의 순간은 창출된다. 이것이 시인이 꿈꾸는 세계이다. 시인은 '맨발'로 은유한 자연 상태, 즉 문명의 인위적 세계를 폐절하고 '풀잎'에 길을 물으며 세계 저편으로 나가고자 한다. 그곳에는 풀잎의 향기가 "저 멀리 퍼져" 나가고, 풀잎 같은 시의 향기가 "이슬 굴러 빛나며 길이 떠오"르는 황홀이 자리한다. 그곳에 시의 집, 시인의 집이 자리하는 것이다. 그리하여 풀잎이 지시하는 저편의 길에 있는 시가 "시인의 집"이며, 그것이 '시인의 길'이라는 비유가 완성된다.

숲과 꽃과 나무와 바람, 콩알과 싹과 열매와 노래, 호수와 나무와 소리와 냉이, 맨발과 풀잎과 이슬로 이어지는 이미지의 연쇄가 연출하는 푸른빛의 향연과 식물들의 푸른 함성과 초록빛 향기는 결국 '빛나는 길'로 모아지며 만물이 화해롭게 조응하고 공존하는 교향악을 들려준다. 이렇게 우주적 규모로 전개되는 몽상의 시학은 상승과 하강과 수평 운동을 펼치며 상상력이 촉발된 순간의 원초적 감각을 경이롭게 선사해 준다. 그리하여 이 시는 햇빛에 빛나는 여울물 속의 은피라미 떼처럼 싱싱하게 반짝이며 활기에 차 약동하는 것이다.

떠나간 그가 지난가을까지 메고 다니다가
벗어 놓은 지게가 하늘 한 귀퉁이를 지고
작대기에 기대 버티고 있는 듯 산에는
온통 매달린 잎 다 떨구고 헐벗은 것들
언젠가 오두막 세우고 불 피워 밥을 지으며
나무 사이로 명상의 발자취 남겼지만
낙엽은 흔적을 덮고 썩어서 흙이 되었네
그가 떠나간 길에 발자국도 어느새
고라니, 산토끼의 어지러운 발길에 흐트러져
어쩌면 그는 깊은 산속 어느 등성이에서
가볍게 열구름 잡아타고 날아올랐을지도
어떤 구름은 새털로 덮여 포근한 데다
정신적 기상까지 용솟음쳐 쏘아 보낸다는데
세상에 지게 하나 남겨 놓은 채

겨울의 끝으로 떠나간 사람을 기억하네

—「겨울 길」 부분

　앞서 언급했듯이 시인은 존재의 결핍, 그리고 참혹한 현실에서 벗어나 어떤 근원, 어떤 중심, 어떤 궁극의 절대적인 자유의 경지를 지향한다. 그 지향이 곧 현상적 자아의 무화를 통한 절임의 심미적 윤리학이며, 그 중심에는 존재의 확장과 전환과 생성이라는 의미가 자리한다. 이럴 때 그의 시는 내적 세계로 회귀하려는 욕망이 더욱 강렬하게 작동한다. 현상적 자아를 물리치고 어떤 근원, 어떤 중심, 어떤 궁극의 자아를 향한 열망이 그를 몽상의 시학에 침잠하도록 한다. 시인의 근작은 대체로 현실과의 적극적인 대응보다는 마음의 그림자를 따라가거나, 혹은 인용 시에서처럼 구체적인 사물을 그리기보다는 사물에 드리운 마음의 무늬를 그리는 데서 단적으로 드러난다. 말하자면 사물들은 그의 시에서 현실에 대한 시적 자아의 내면적 반응의 상관물로 나타난다. 그의 근작에서 사물과 풍경은 시적 자아의 미묘한 마음의 일렁임을 묘사하고 현상하도록 기능하는 것이다.

　인용 시는 "설피도 신지 않고 눈 쌓인 숲속"을 향해 '지게' 하나 남겨 두고 떠나간 '그 사람'이 "지금 어디에 다가가고 있을까?" 하는 의문에서 시작한다. 시인은 '그'의 떠남을 스스로의 자의지로 '다가간다'고 말한다. 그것은 주체의 지향적 의식에 의한 적극적이며 정신적인 의지에 의한 실천인 것이다. '그'는 오직 "세상에 지게 하나 남겨 놓은 채/ 겨울의 끝"으로 아무것도 남기지 않고 주체적 의지에 의해 자발적으로 떠난 사람이다. 이후의 시적 전개는 '그'가 다가간 곳이 어디인지에 대한 시적 해명, '그'가 다가간 곳이 어디인지에 대한 상상이다. '그'가 떠난 숲은 "매달린 잎 다 떨구고 헐벗"었으며, "명상의 발자취"조차도 낙엽이 "흔적을 덮고 썩어서 흙이 되"었고, "떠나간 길에 발자국도" 짐승들의 "어지러운 발길에 흐트러"졌을 만큼 무화되었다. 숲은 잎을 다 떨구고 발자취는 썩어 흙이 되고 발자국은 흔적도 없

정임과 무화無化

이 흐트러져 사라진 것이다. 시인은 그렇게 흔적도 없이 사라진 '그'가 "깊은 산속 어느 등성이에서/ 가볍게 열구름 잡아타고 날아올랐을지도" 모른다고 짐작한다. '그'가 가볍게 올라탄 흐르는 "구름은 새털로 덮혀 포근"하고 "정신적 기상까지 용솟음"치는 지상의 한계를 초월한 세계이다. 그 세계는 마치 동양의 도교적 선계를 연상하게 한다.

3인칭 '그'는 누구일까? 분명히 단정할 수는 없지만 시인 자신을 대상화한 인물이 아닐까? 말하자면 현상적 자아가 추구하는 이상적 자아, 삶의 이상적 모델이 아닐까? 타락한 세속의 현실적 삶에서 벗어나 초월적이고 이상적인 인생을 살아가려는 자신의 태도를 비유적으로 대상화한 인물일 수 있다는 것이다. 이쯤 되면 옛 동양 시학의 초예超詣나 표일飄逸이라는 개념을 떠올리지 않을 수 없다. 속된 세계를 초월해 살아가고자 하는 태도를 의미하는 초예는 글자 그대로 '훌쩍 뛰어서 간다'는 뜻인데, "열구름 잡아타고 날아올랐을지도" 모른다는 표현은 이와 얼마나 닮았는가. 아울러 표일은 매인 데 없이 자유롭게 현실을 초월하여 자유자재하며 살아가는 풍격風格을 뜻한다. 현실을 벗어나 "열구름 잡아타고 날아"오르는 초월의식, 현실의 구속을 벗어나고자 하는 자유와 해방에 대한 염원, '정신적 기상이 용솟음치는' 상승적 초월 지향의 태도는 또 얼마나 도가적 색채를 짙게 드리우고 있는가. 이처럼 세속적 현실을 초탈하려는 의식은 시인의 근원적 욕망에 뿌리내리고 있는 것이다.

시인은 현실을 무화하고 초월하여 머나먼 선계로 훌쩍 날아가 자유롭고 싶은 자아를 몽상하는 것이다. 현실을 무화하고 초탈하려는 시인의 정신적 동기는 은둔을 지향하는 타고난 천부적 기질과 부패하고 타락한 현실이라는 두 가지 요소에서 찾을 수 있다. 그런데 이 두 요소가 결합하면 상승 작용은 더욱 강하게 발현된다. 아무래도 그럴 것이다. 시인은 현실 원칙의 억압과 구속, 모순과 부조리, 파괴와 폭력, 부재와 결핍을 몽상을 매개로 훌쩍 벗어나 자유롭고자 하는 것이다. 이러한 시인의 정신적 지향은 개념적 정의로 쉽게 환원될 수 없는 것이지만, 굳이 말하자면 무화와 절임을 통

해 얻는 생명에 대한 예민한 감각, 모든 것을 버리고 비운 상태의 자유로움
에 대한 끝없는 갈망을 의미한다고 말할 수 있겠다. 윤형근의 근작은 '그'가
모든 것을 무화하고 절인 상태로 떠난 "겨울의 길", 그 "겨울의 끝"에서 생
명의 봄이 움트고 새로운 존재의 지평이 열리는 세계를 향해 있는 것이다.

천균天鈞의 리듬이 펼치는 풍경의 교향악
—구재기 신작 시

1. 자연, 경전經典의 말씀

대자연의 질서나 속성을 따르려는 서정시의 미적 태도는 전통적인 것이다. 그것은 물론 자연의 섭리에 순응하는 인생 태도와 시에서 자연스러움을 추구하는 창작상의 방법까지를 의미한다. 말하자면 시적 주체의 세계관과 함께 시에서 지나친 조탁과 과장, 어떤 인위적 조작 없이 자연스러움을 느끼도록 창작하는 방법을 가리킨다. 자연 친화적인 정서를 매개로 시인의 사상과 관념을 표현하는 시적 경향의 시들은 본질적으로 자아와 세계의 전체적 동일성을 지향하는 전통 서정시의 특성을 함유하는데, 이는 구재기 시의 여러 미적 특성 가운데 하나로 이 같은 범주의 맥락에서 이해할 수 있을 것이다.

구재기 시인은 1978년 『현대시학』에 서정성 짙은 「으름넝쿨꽃」과 「입추立秋」를 발표하며 등단한 이래 최근 『제일로 작은 그릇』(천년의시작, 2020)에 이르기까지 20여 권에 가까운 시집을 상재했으며, 지금도 활발한 작품 활동을 펼치는 중이다. 긴 시적 역정이 지닌 미적 세계를 제한할 수 있다는 위험을 무릅쓰고, 그의 시는 대체로 자연과 인간이 조응하는 삶의 풍경이 정서적 유대감을 불러일으키는 지점에서 발원한다. 거칠게 말해 그의 시는 인간과 자연이 서로 분리되지 않은 일체적 동일성의 감각에서 비롯한다.

자연이란 문자 그대로 절로(自) 그러함(然), 그런 줄도 모르고 그러함[不知所以然而然]의 의미를 지닌다. 구재기의 시는 대자연의 절로 그러한 속성이나 질서를 따르는 미적 태도, 곧 자연을 닮고 따르려는 태도를 시종 견지한다. 그것은 창작 방법이나 주제적 국면에서도 동일하다. 그에게 시는 힘들여 찾아야 할 무엇이 아니다. 그것은 주위에 존재하는 사물과 현상에서 자연스럽게 포착해야 할 대상이며, 자연에 몸을 맡긴 채 "물처럼 흐르면서"(「홍시 경전」) 자연이 들려주는 "물 흐르는 소리"(「뚝방 밑 포도밭」, 「한가위 전날에」)를 듣고, 자연이 펼치는 생기 넘치는 풍경을 경전처럼 읽는 것에 다름 아니다. 아래의 시에서처럼 자연은 그에게 경전經典이다.

> 늘 새라새로이
> 살아 있는 물처럼 흐르면서
> 가파른 길을 밝혀 가는
> 붉은빛이 될 수 있을까
>
> 어두웠던 울안에도
> 잦아 있던 사립문 밖에도
> 서서히 깨어나기 시작하면
>
> 온몸으로 받고도
> 이웃의 어깨 위에 내려앉아
> 붉은 경전의 온기로 차고 넘치는
> 산골짜기 작은 마을의 이른 아침
>
> 텃새들이 날아와

지상에서 가장 높은 하늘

가까운 감나무 가지 위에서

빛의 문장 하나씩 입에 물고 있다

―「홍시 경전經典」부분

　자연과의 동일성에 기초한 교감과 동경, 그리움과 향수를 자극하는 구재기의 시적 정서의 기저에는 인간도 자연의 일부, 자연을 구성하는 한 개체라는 인식이 내재한다. 인용 시는 그의 시가 발원하는 지점을 선명하게 지시한다. 현실 원칙이 강요하는 모든 가치와 욕망을 초월해 자연 대상에 대한 순수한 관심만이 전면에 부각되어 있다. 근시안적 현실 인식에 천착하기보다는 내면에서 우러나오는 목소리에 귀 기울이는 시인의 정관적 태도를 엿볼 수 있다. 특히 이 시가 보여 주는 극도의 자연 서정성은 일상적 현실의 의식 저편에 위치한 원초적 세계와 연관해 있다. "붉은 경전의 온기로 차고 넘치는/ 산골짜기 작은 마을"로 표상된 세계는 따뜻하고 부드러운 원체험의 공간이다. 그 공간에서 시인은 일상의 진부하고 공허한 삶에서는 감득할 수 없는 어떤 고양된 감각과 생기를 얻고 있는 것이다. 그로 인해 우리는 이 작품에서 헤아릴 수 없는, 그러니까 "텃새들이 날아와" "빛의 문장 하나씩 입에 물고 있"는 지극한 평화와 고요, "온기로 차고 넘치는" 따뜻한 안정감과 충일감으로 인해 조화와 지복으로 가득한 은밀한 성소, 신성한 내부의 비밀스러운 기쁨을 맛보게 된다.

　감나무 가지에 매달린 붉은 홍시에서 "경전의 말씀"을 읽고 "길을 밝혀 가는/ 붉은빛"이 되기를 희망하는 시인의 태도는 지극히 경건하다. 그리하여 홍시의 붉은 빛으로 불타오르는 감나무는 신성하고 신화적이기까지 하다. "지상에서 가장 높은 하늘"의 "감나무 가지" 끝에서 "빛의 문장 하나씩 입에 물고 있"는 텃새들이야말로 상상력이 시인에게 선사한 은총, 신의 선물이 아닐까. 감나무는 대지에 내린 뿌리보다는 하늘을 향한 직립성과 불꽃처럼 빛나는 형상이 강조됨으로서 우주적 에너지로서 빛의 권능을 느끼게 한다.

특히 "산골짜기 작은 마을의 이른 아침" 텃새들이 "지상에서 가장 높은 하늘"의 "감나무 가지 위에" 날아와 "빛의 문장 하나씩 입에 물고 있다"는 이 아름다운 결구에 이르면 마치 가시적인 현실 저편에 자리한 신비적 질서의 원형적 세계로 우리를 이끄는 듯하다.

2. 천균天鈞적 리듬의 교향악적 풍경

일체의 규율과 규범, 제도와 억압이 제거된 순수 상태, 현세적 시간의 분열과 모순이 말끔히 사라진 초시간의 영역으로 들어올 것을 권유하는 듯한 이 시가 궁극적으로 의미하는 것은 무엇일까. 아마도 그것은 자아와 자연 세계의 원초적 만남, 그리고 여기에서 비롯하는 은밀한 떨림, 그 떨림의 생명적 리듬에의 동참일 것이다. 구재기 시가 보여 주는 자연 질서에 순응하고 이를 거슬리지 않고 따르려는 태도는 『장자』의 「천운天運」 편에 등장하는 "도에 몸을 싣고 하나가 된다[道可載而與之俱也]"는 인간 주체와 자연의 동일적 관계성을 연상하게 한다. 동시에 「제물론」에 나오는 "자연의 균형에서 쉰다[而休乎天鈞]"는 대목의 '천균天鈞'을 떠올리게 한다. 즉 자연스럽게 균형이 잡혀 있는 세계에서 자연의 섭리와 변화에 조응하며 살아가는 모습을 취한다는 말을 생각하게 한다. 이는 인간 중심의 사유나 세계관, 위계적 질서 체계가 아닌 자연의 그저 그러한 균형과 리듬에 속한 존재로 자신을 정향定向하고 위치하려는 세계관으로 볼 수 있다.

자연 서정을 노래하는 시가 그러하듯 구재기 시는 자연을 인간 주체와 분리된 이질적 대상이나 타자성으로 사유하지 않는다. 그의 시는 자아와 세계의 동일성에 대한 열망을 내포하고 있다. 그것은 현실적 삶의 가변성과 파편성, 근원 세계의 상실과 혼돈으로부터 탈주하려는 일종의 시적 고투이다. 시인은 그 현실 세계 저편에 위치한 자연에서 안정된 정체감과 귀속감의 세계를 꿈꾸는 것이다. 요컨대 타자에 대한 "상호 존중의 윤리와 함께" "생태 지향적이며, 미학적으로 고양되고, 자비 넘치는 세계를 창조할 수 있는 인간의 잠재력"을 환기하는 '인간성의 재마법화(Re-enchanting)' 혹은 피폐해진 '인간성의 매력'(머레이 북친, 『휴머니즘의 옹호』)을 발견하고 회복하려는 태도로 볼 수 있다. 따라서 인간과 자연의 조화로운 일원론적 사유에 기초한 구재기 시의 세계를 천균의 리듬이 펼치는 풍경의 교향악이라 부르고 싶다.

저수지가 산녘에서

나무를 베어 내고 있다

우지직, 나무는 쓰러지면서

지상에서의 마지막 시간들을,

살아온 나이를 밑동에 둥글게 보여 주었다

쓰러지면서 부러뜨린

말라붙은 열매가, 잔가지가, 잎사귀가

저수지 위에 튕겨져 떨어졌다

그때마다 물낯에 새겨지는

나무의 동그란 나이테

열매나 잔가지나 잎사귀가 새겨 놓은

물낯 위의 나이테는 한결같았다

저수지 물낯 위에 그려진 나무의 연륜

처음 물낯에 닿자마자

작고 귀엽고, 앙증맞고 활기차더니

점점 물낯 위로 번지고 퍼지면서

더 큰 원을 그리면서 아스라해지면서

드디어 사라지기 시작하더니

마침내 흔적조차 보이지 않았다

—「나무의 연륜」 부분

허위성, 문명의 폭력성과 파괴성에 대한 시적 수용은 이미 상당한 문학사적 성취를 이룬 상태이다.

이와 함께 일군의 시인들은 생명성과 인간성이 절멸한 부조리하고 황폐한 도시를 떠나 영원하고 따뜻한 생명의 온기로 가득한 어머니 품 자연으로 찾아들었다. 이러한 태도는 우리 시대의 지배 신화, 혹은 거대 신화가 사라진 이후 자본 권력의 물신이 조장하는 가짜 신화, 도시 문명의 신화에 대한 반작용으로 나타나는 일종의 대응 신화라 할 수 있다. 자연의 재再신화화라 할 수 있는 이러한 시적 수용, 혹은 생태주의적 사유 역시 문학사적으로 상당한 축적을 이루었다. 도시와 문명의 가짜 신화에 환멸과 염증을 느낀 일군의 시인들에게 자연은 부정적 현실 저편에 존재하는 영원한 구원의 자리일 수밖에 없다. 왜냐하면 모성이란 부성과는 다르게 중앙집권적인 억압에 기초하지 않으며, 궁극적으로 우주적 자궁으로서의 의미를 지니기 때문이다.

천지 사방이 자연이며 고향이고, 생명이며 '엄니'인 동일성의 세계를 그리워하는 인용 시는 이와 같은 문맥에서 이해할 수 있을 것이다. 우리는 어머니, 대지, 우주의 자궁 자연을 저버리고 근원으로부터 추방되었다. 우리는 풍요와 안락, 편리와 쾌락 이면에 도사린 도시적 실존의 부조리함과 삶의 비정성, 이를테면 도시적 일상이 주는 불만족스러움에 비례하는 양만큼의 힘으로 그곳으로 다시 돌아가기를 염원한다. 자연은 항상 인간에게 잃어버린 낙원, 존재의 시원, 영원한 고향, 생명의 어머니를 표상하기 때문이다. 이러한 맥락에서 시인은 '엄니'로 표상되는 생명과 사랑의 왕국에 대한 강렬한 그리움과 향수를 드러낸다. 그 그리움과 향수, 고향-어머니 품으로의 귀환은 곧 도시 문명에 대한 환멸의 경험과 거부를 의미한다. 여기에서 고향-어머니는 단순히 도시적 삶에서 실패하고 좌절하고 고통받는 한 인간이 다시 돌아가는 곳이라는 일차원적 의미를 넘어는 것이다. 그보다 고향-어머니는 도시에서 잃어버린 자유로운 본능을 되찾을 수 있는 시원의 장소라는 데 의미가 주어져야 한다. 이때의 고향-어머니는 행복과 낙원, 생명과 자유의 영원한 원형이다.

좀 긴 호흡으로 전개되는 인용 시는 기계화, 외래화, 물질화된 삶의 양식과 일상의 문화를 이루는 세목과 대상들, 그리고 전통적이며 자연적 삶의 양식과 문화를 이루는 세목과 대상들을 단순 선명히 대비하는 수법으로 형상화한다. 1연의 첫 행 '콘크리트 집'에서부터 마지막 행 '마거리트'에 이르기까지 전자의 세목들은 모두 근대적 문명이나 문화가 파급한 기계적이고 인위적이며 외래적인 일상의 세목들이다. 그것들은 모두 삶의 안락과 풍요, 편리와 쾌락, 행복과 효용성을 보장하는 물질적이며 도구적인 조건이다. 이것들은 현대적 삶과 경험의 기본적인 국면으로 문명화된 현대적 삶의 신화를 보장해 주는 물질적인 품목들이다. 시인은 여기에 대비해 '토담집'을 비롯하여 전통적이고 자연적인 대상들을 병치한다. 그럼으로써 그 모든 것들은 근대, 문명, 도시, 기계, 인위, 외래 등과 대척점을 이루는 자연혹은 시원으로서의 '고향', '천지 사방'이 그저 뭇 생명을 잉태하고 양육하는 '엄니'로 상징되는 생명적 원형의 세계가 지닌 불변적 가치를 옹호한다.

이 시가 외치는, 아니 시가 외치다니! 그럼에도 불구하고 짐작하건대 그 침묵의 외침, 시인의 외침은 이런 것 같다. "생명은 단순한 것이다. 시원으로 돌아가자. 함께 길을 잃었던 그곳으로 돌아가지 않으면 안 된다. 생명이 시작된 곳으로. 물이 더럽혀지지 않은 곳으로"(안드레이 타르코프스키, 『향수』) 돌아가자는 것은 아닐까. 생명의 시원으로 돌아가자. 그리하여 자연주의자 양문규가 찾아든 자리가 '엄니'의 품, 영원할 수밖에 없는 어머니의 왕국이다. 이때 '엄니'와 자연과 생명과 고향과 사랑은 동격이라 할 수 있다. 근원으로부터 버림받은 시인은 끊임없이 지금 이곳이 아닌 근원으로서의 원초적 자연을 상징하는 '엄니'를 향해 시선을 던지며 먼 존재의 시원, 자신이 원래 있어야만 하는 장소로 돌아가기를 꿈꾸는 것이다. 그리하여 '엄니'는 생명의 시원이자 고향으로서 우리가 궁극적으로 돌아가야 할 영토임을 환기한다. 그의 시에서 "내가 살던 고향"에 대한 향수와 그리움은 그 실재성과 상관없이 선험적으로 그 힘을 발휘하며 시인을 유혹한다. 그 고향에는 생명의 원천으로서의 모성, '엄니'가 오롯이 존재하기 때문이다.

3. 자기동일성의 회복

양문규의 신작 시에서 '엄니'는 그의 시적 출발점이자 도착점이다. 어머니는 인간이면 누구나 회귀하고자 하는 낙원의 이미지를 환기하는 원초적인 이미지이다. 이때 모성으로서의 원초적 공간은 주체의 자기 정체성을 상징적으로 표상하기도 한다. 왜냐하면 자아와 세계의 분리와 분열이 일어나지 않은 원초적 동일성의 낙원은 현재적 자기 정체성을 온전하게 비춰 주는 거울의 등가물인 셈이기 때문이다. 그런 점에서 어머니는 본연의 자기 모습을 되비춰 보는 거울과 같다. '엄니'로 상징되는 모성적 원형의 세계, 모태로의 회귀본능의 의식적인 표현은 시인을 비롯한 자기 정체성을 찾으려는 현대인의 존재 방식 중 하나일 수 있다. 모성의 세계는 현재 자신이 처한 자기 정체성을 성찰적으로 바라보는 중요한 시적 매개체인 것이다. 따라서 생명과 사랑으로서의 어머니는 모태로의 회귀본능, 즉 존재의 중심을 회복하려는 욕망의 시적 표출이라는 의미를 지닌다. 그런 의미에서 '엄니'는 뿌리 뽑힌 채 부유하는 시적 주체의 삶에 중력을 부여해 주고 흐트러진 존재의 중심을 곧추세우는 역할을 한다.

옛날에, 옛날에

학교 갔다 와

마루에 가방 휙 던지고

이 골목 저 골목 뛰어놀다가

해 질 녘 집에 들어가기 무섭게

야야, 밥 먹자 하던 엄니

머리가 늦가을 서릿발보다

더 하얀 아들에게

아직도 끼니때가 되면

야야, 밥 먹으러 와

전화통이 불난다

—「밥 먹자」 전문

시인은 유년의 기억을 아름답게 소환한다. '엄니'에 대한 기억은 따뜻하고 아늑하다. 현재 시점에서 소환한 '엄니'는 유년 시절의 내밀한 추억과 연관되어 있다. 친근한 사투리 말투로 불러낸 어머니에 대한 추억은 온화하고 따뜻하며 무구하고 순수한 원체험의 세계이다. 따라서 이 시는 이러한 원체험의 서정적 현재화이며 재생으로 볼 수 있다. 그 원체험은 부정한 현실, 타락한 현재적 경험을 거슬러 올라가 만날 수 있는 것이며, 현재적 경험 세계에 가려져 있지만 변할 수 없는 순수하고 진실한 생명과 사랑의 세계를 새롭게 발견하는 일이다. 그것은 "머리가 늦가을 서릿발보다"도 "더 하얀 아들에게" 아직까지도 "끼니때가 되면" "밥 먹으러" 오라는 것과 같이 변할 수 없는 영원한 가치이며 무궁한 사랑을 함유하고 있다. 혼돈과 소외, 분열과 억압이 일반화된 현실에서 '엄니'에게로의 귀환은 현실의 모순을 극복하고 자기 정체성을 확인하는 일이며, 순수한 자기동일성을 회복하려는 의지의 결과인 것이다.

대체로 어머니는 기억 속에 거주하는 하나의 원형적 인상으로 심연 깊이 자리한다. 슬픔이든 기쁨이든, 아픔이든 행복이든 그 인상은 삶에서 결코 지워지거나 퇴색될 수 없는 경험이자 기원으로 자리 잡고 있다. 인용 시에서처럼 그 인상은 매우 아름답고 정겨운 장면으로 이루어져 있다. 기억 속의 어머니나 현재적 시점에서의 어머니는 동일한 모습이다. 혼돈과 분열의 현재에서 이 어머니에 대한 원형적 인상으로부터 비롯하는 자기 성찰은 대개 자기를 지탱하거나 영속적인 가치를 확인하는 일과 다르지 않다. 시인은 그래서 모태, 생명의 근원 어머니의 품으로 귀환하려 한다. 어머니에게로의 회귀는 자신을 탄생시키고 양육한 모태로의 회귀인 것이다. 모태에 웅크리고 앉아 있던, 어머니의 품에 안겨 있던 그 자세로 그는 웅크리고 앉아 본연의 진정한 자기, 본연지성의 자아와 세계를 꿈꾸고 확인하는 것이다. 인간이 태어나기 이전에 머무는 곳이 어머니의 자궁이다. 그리하여 어머니는 존재의 집이다. 인간에게 어머니는 최초의 집, 바슐라르의 견해에 따라 집은 존재의 중심을 이룬다. 그러기에 "늦가을 서릿발보다"도 "더 하얀 아들"은 그 최초의 집, 존재의 중심으로 아이처럼 파고든다.

> 야야, 거기 오늘은 뭔 꽃이 폈다냐
> 여긴 노란 꽃 폈다 야
> 날이면 날마다
> 시시때때로 손전화를 타고
> 전해지는 꽃 소식
> 요긴 빨간 꽃이 폈네요
> 꽃의 고요가 세상을
> 큼직하게 밝힌다는 걸
> 엄니는 어떻게 알았을까
> 내일은 또 뭔 꽃이 펴서
> 엄니의 마음을 적실까
>
> ─「뉴스」 부분

문학에서 어머니라는 소재는 결코 새롭거나 희귀하지 않다. 어머니는 생명을 잉태하고 양육하는 모성의 원형적 속성으로 인하여 문명 세계의 억압과 불모성, 소외와 분열적 현실에 대한 반영이며, 이에 대한 거절을 표상하기도 한다. 정신분석에 의지한 비판적 사유가 아니라도 우리는 일반적으로 법이나 제도, 차별이나 문명, 질서나 권력으로 상징되는 억압적 아버지의 세계와 모성으로서의 우주적 자궁의 세계인 어머니의 세계를 대립시킨다. 말하자면 모성의 자연이 생명과 구원의 자리라면 인공과 문명은 고통과 억압, 폭력과 소외로 인식된다. 그리하여 '엄니'로 상징되는 자연으로서의 모성은 교감과 몰입의 대상이지만 "지가 잘났다 최고다 나대"며 "싸우다 죽는" "별 희한한 인간들"이 판치는 현실 원칙의 세태는 부정되어야 할 대상이다.

'엄니'는 "지가 잘났다 최고다 나대다" 결국 "싸우다 죽는" 현실 원칙의 폭력과 부조리, 권력과 투쟁의 세계를 부정하고 '꽃'으로 은유된 조화롭고 평화로운 세계를 지향한다. '꽃'은 세상을 고요하고 "큼직하게 밝히는" 빛이다. 왜냐하면 꽃은 하늘을 향해 조용히 피어나는 존재로서 어떤 공통적이며 원형적 속성으로 인해 조화와 영원을 상징하기 때문이다. 바슐라르의 견해에 따라 꽃들은 빛이 되기를 바라는 불꽃이며 조화로운 생명의 리듬을 표시한다. 양문규의 신작 시에서 '엄니'와 '꽃'은 지배적 이미지로 나타나며, 다시 말하지만 둘은 시적 동일지정에 가깝다. '엄니'는 '꽃', '꽃'은 '엄니'이다. '꽃'은 갓 피어난 상태의 한창 아름다운 모습으로 세상을 고요하게 하고 "큼직하게 밝"히는 빛으로서 무한한 열림을 지향한다. 그 속에서 시인은 어머니의 마음을 읽는 것이다.

하늘의 푸르름을 향해 스스로를 여는 빨갛고 노란 꽃의 움직임은 조화롭고 영원한 자유의 공간으로 상승하는 운동이다. "시시때때로 손전화"를 통해 "전해지는 꽃 소식"은 어머니의 마음을 상징한다. 그리하여 "꽃 소식"은 어머니 마음의 전체를 모든 측면에서 표현한 것이다. 아울러 "엄니의 마음을 적"시는 꽃은 또 둥근 원의 이미지로 인하여 우리를 응집시키고 우리들 자신에게 최초의 실존적 구성을 부여하며 존재를 내밀하게 확립시킨다. 둥근 원은 무한하고 원초적인 완전성과 전체성을 표현하는 보편적인 상징이다. 원의 영혼은 또한 여성적인 생명 원리로서 기능한다. 둥근 곡선의 여성적인 이미지는 직선의 남성적이며 부성적인 것과 대립한다. 아버지는 카오스인 자연 상태에 법을 부여하여 세계의 질서를 세우는 존재이다. 반면 어머니는 둥근 품으로 모든 것을 포용하는 존재이다. 어머니는 생명을 포괄하는 전체인 것이다. 어머니는 모순과 혼돈, 부조리가 들끓는 바탕 위에서 연꽃처럼 솟아나는 생명의 꽃인 것이다. 그리하여 시인에게 '엄니'와 '꽃'은 동위의 의미 가치를 지니며, 그래서 시인은 끊임없이 그곳으로 이끌리는 것이다.

원은 가장 완벽한 형태이다. 따라서 꽃은 그 둥근 형태와 발산하는 빛에 의하여 완전성과 영원성을 환기한다. 어머니 마음인 꽃은 "지가 잘났다 최고다" "싸우다 죽는 꼴", 정복과 착취의 현실을 폐절하고 사랑과 희망에 찬 가능성의 세계를 지향하는 것이다. 말하자면 시인은 '엄니'와 동격의 의미인 '꽃'을 통해 훼손된 전체성을 회복하고 조화롭고 통일된 세계로서의 동일성을 꿈꾸는 것이다. 이때 '엄니'나 '꽃'으로 표상되는 자연과 고향의 세계는 우리 삶에서 회복되어야 할 영토라는 의미를 지닌다. 다만 이것이 단순히 잃어버린 낙원의 대용품에 머물거나 시류에 편승해 소모품으로 소비될 수도 있다는, 위험을 내포하고 있다는 사실을 간과해서는 안 될 것이다. 어머니, 고향으로의 귀환이 자칫 문제의 해결은커녕 도피로 보일 수도 있기 때문이다.

4. 구원과 생명의 가능태

외부 현실, 말하자면 문명의 도시에서 벗어나 '엄니'—고향, 자연의 품, 원초적 생명의 시원으로 귀환하려는 욕망은 현재의 타락한 시간과 공간에서 벗어나 태초의 원초적 시간과 공간으로 돌아가고픈 유토피아적, 혹은 낭만적 충동의 표현이다. 엘리아데의 표현을 빌리자면 그러한 충동은 타락한 세속의 시간과 공간으로부터 성스러운 시간과 공간으로 복귀하려는 본능적인 욕망이라 할 수 있다. 양문규 신작 시에서 '엄니'로 상징되는 시원의 땅은 지금 여기의 차안, 도시 문명이 불가피하게 야기하는 압력과 고립, 부재와 결핍, 소외와 고독에서 벗어나 아득한 그때의 충일한 신화적 원형의 시간, 그 동일성의 세계로 돌아가려는 욕망의 표현인 것이다.

　　엄니 맨날 아프다

　　누우면 누워 있어서 아프고
　　앉으면 앉아 있어서 아프고
　　서 있으면 서 있어서 아프고
　　걸으면 걸어서 아프고

　　…(중략)…

　　나도 다리가 안 좋아
　　걷는 데 절절맬 때 많지만
　　그래도 허리 곧추세워
　　그류,

　　죽도록 아프다던
　　우리 엄니
　　골목길을 누비면서
　　함박꽃이 되었다

　　　　　　　　　　　　　　　　　　　　―「아프다」 부분

　　눈이 어두워 바늘귀에

실을 꿰지 못하는
엄니가

귀가 어두워 엄니의 말귀를
잘 알아먹지 못하는
아들에게

…(중략)…

불가해한 세월
꽃의 소리 듣는가
엄니가 아들에게 묻는다

—「엄니가 아들에게」 전문

어머니는 인간 주체의 탄생과 성장의 뿌리를 이룬다. 그렇기 때문에 나를
잉태하고 성장시킨 모태의 인력은 아주 강렬한 것이다. 시인은 이러한 인력
에 이끌려 모태로의 회귀를 희망한다. 여기에서 어머니는 시인 개인을 낳고
기른 생물학적 어머니를 떠나 사회적이고 시대적이며 문명사적인 의미를
지니는 것이기도 하다. 우리 시대의 모성, 생명, 근원, 사랑으로서의 상징
적 어머니는 이미 늙고 쇠잔해진 지 오래이다. 모성적 가치의 결핍과 부재
라 할 수 있는 우리 시대의 일반적 정황은 피할 수 없는 조건이 되어 버렸다.
우리 시대의 어머니, 이미 성인으로 비대하게 성장한 문명의 아들이 지배하
는 시대의 어머니는 건강한 생명력을 잃어 '죽도록 아프고' '눈이 어두워'진
상태로 병들고 쇠락했다. '엄니'는 "맨날 아프다". 어머니의 젖을 빨고 대지
에서 성장한 그 '아들' 역시 늙고 쇠잔해지긴 마찬가지다. 논리의 비약을 무
릅쓰자면 어머니의 '아들'로 상징되는 문명 역시 '늦가을 서릿발처럼 하얗게'
세었고 "다리가 안 좋아/ 걷는 데 절절"매는 상황에 이른 것이다. 문명의 아

들은 어머니의 생식력을 파괴하고, 그 아들 역시 건강성을 상실한 지 오래인 것이다. 신은 자연을 창조했고 인간은 도시를 창조했다. 도시 문명은 신이 창조한 자연을 파괴하며 성장했지만 그 대가로 늙고 깊이 병든 것이다.

늙고 쇠잔해진 우리 시대 어머니의 자궁은 더 이상 건강한 아이를 출산할 수 없다. 건강한 생산성의 상실은 문명 세계가 병들고 오염되었기 때문이다. 양문규의 신작 시에서 현재적 어머니의 이미지는 결코 과거와 같이 더 이상 대지모로서의 풍요와 다산, 여성성으로서의 관능을 상징하지 못한다. 어머니의 풍만하고 건강한 육체, 그 축축한 자궁, 마르지 않는 생명의 젖줄은 이미 오래전에 메말라 버린 것이다. 그럼에도 불구하고 '걷는 데 절절매는' 이제는 늙은 문명의 '아들'은 새로운 전환을 위해 '허리를 곧추세우고' 시원으로서의 '엄니'와 함께 동행해야 한다. 이것은 일종의 윤리적 당위성에 가깝다. 이를테면 "불가해한 세월" 속에서 세계는 이미 죽음의 불모적인 장소가 되었지만, 역설적으로 그 세계에서 우리는 "허리 곧추세워" 다시 일어나 그 '엄니'로 표상되는 생명의 땅을 복원해야 한다. 파멸과 종말의 묵시록적 상황에서 유일한 구원의 가능성은 충만한 생명의 모성으로 돌아가는 길뿐이다. "귀가 어두워 엄니의 말귀를" 좀처럼 "알아먹지 못하는" 우리 시대 성장할 대로 성장해 늙어 버린 문명의 '아들'은 "꽃의 소리"를 들어야 한다. 그 "꽃의 소리 듣는가" 묻는 '엄니'의 물음에 우리는 대답해야 한다.

우리 시대에 어머니는 늙고 쇠잔했다. 그리하여 불임과 불모의 시대, 그러나 역설적으로 이미 늙고 쇠잔한 문명의 '아들'이 돌아가야 회복해야 할 땅, 이곳에 거의 유일한 생명의 가능태가 존재한다. 앞을 향해 '걷는 데 절절매는' 길 잃은 맹목의 아들이 궁극적으로 돌아가야 할 곳은 활짝 핀 '함박꽃 엄니'의 땅인 것이다. 다시 타르코프키의 영화 『향수』로 돌아가 우리는 "함께 길을 잃었던 그곳", "생명이 시작된 곳", "물이 더럽혀지지 않은 곳"에서 다시 시작할 수밖에 없다. 우리는 '엄니'의 품 깊숙한 곳에 숨겨져 있는 성배를 찾아 떠나야 하는 고통스러운 순례자가 되어야 한다. 이것이 양문규의 신작 시가 '엄니'를 통해 외치는 최종심급처럼 보인다.

5. 이향과 귀향의 입사식

　글을 맺으며 다시 글의 첫머리로 돌아가자. 양문규 시인이 각박한 타향 살이를 마감하고 천태산 영국사 은행나무 그 곱고 싱그러운 그늘 아래로 돌아온 온 삶의 궤적을 떠올리자. 그 궤적은 일종의 변형된 입사식과 유사하다. 말하자면 고향(자연, 어머니)-도시 문명 체험(상처와 아픔)-고향(자연, 어머니)으로 돌아옴(낙향, 회귀)의 과정은 낙원-낙원 상실-낙원 회복이라는 신화적 과정을 연상하게 한다. 요컨대 고향, 자연, 어머니, 시원의 세계에 귀의한 것은 아버지 세계(현실 원칙)에서의 억압과 어머니의 세계(쾌락 원칙)로부터의 추방을 경험한 시인은 마침내 돌아와 어머니 품 같은 은행나무 그늘에서 안식과 평화, 생명과 사랑을 되찾은 것이다. 그의 신작 시가 보여 주는 낙원(엄니의 세계)으로부터의 추방과 가짜 낙원(도시 문명)에 대한 환멸의 경험, 즉 타락한 세계에서 어머니의 부상浮上과 어머니 세계로의 귀환은 곧 타락한 물신 세계에 대응하는 일종의 저항의 몸짓이라는 의미를 갖는다.

무중력의 감각
—강세환 신작 시

강세환 시인은 1988년 『창작과비평』 겨울호에 「개척교회」 등 6편의 시를 발표하면서 작품 활동을 시작했다. 그는 첫 시집 『월동추』(1990)를 상재한 이후 최근 『시인은 무엇으로 사는가』(2020)에 이르기까지 십여 권의 시집을 선보이며 정열적인 작품 활동을 펼치고 있다. 30여 년의 긴 시적 편력과 상재한 시집의 수만큼이나 넓고 깊게 분포된 그의 시 세계를 짧은 언사로 요약하기란 쉽지 않은 일이다. 그것은 나의 필설 저 너머에 무궁하게 잠재되어 있다. 그럼에도 강세환 시는 구체적 삶의 현장을 담아내는 사회성 짙은 서정에서부터 시적 대상을 직관 통찰해 가면서 획득하는 감각을 통해 서정적 아름다움을 추구해 왔다. 말하자면 시인의 시 세계를 관통하는 저류에는 낮고 겸허한 자세로 구체적 삶의 세목에서 우러나오는 본질을 정확히 읽어 내는 직관과 통찰의 시선이 자리한다. 그리고 삶의 진정성에 이른다는 것이 이상적 가치일지라도 이를 포기하지 않고 그 진정성이라는 이상적 가치를 포기하지 않고 서정화하는 데에 남다른 관심을 보여 왔다.

강세환 시인이 추구하고 지향해 나가는 시적 방식들은 최근 들어 더욱 그 내용을 웅숭깊게 심화하고 있는 듯하다. 특히 최근 시집 『면벽』이나 『시인은 무엇으로 사는가』 즈음에 이르러서는 자유의 정신과 시적 진정성을 온몸으로 밀고 나가려는 시인의 묵시적인 일관된 태도를 읽을 수 있다. 이를테면 『면벽』에서는 황정산 선생이 말하듯 "자유로운 시선을 회복"하고 시를 삶의 "혁명이며 해탈"로 여기려는 시인의 태도를 만날 수 있으며, 『시인은 무엇으로 사는가』에서는 김수영의 시를 자기 어법으로 다시 반복 갱신하면서 시와 더불어 자유롭고, 시로 말미암아 자기 존재의 지평을 확장하며, 또 존재의 진정성과 삶의 가치를 찾고자 하는 최종 심급을 만날 수 있다.

시인으로서 시를 통해 자유의 시선을 회복하고 존재의 가치와 삶의 진정성을 발견하려는 이 같은 지향성은 그가 어느 대담에서 밝히고 있듯 "도저히 쓰지 않고선 배길 수 없"으며, "결국 시작은 내 삶의 일부이며 전부"이고, "시작이 일상이고 생활인 셈"이라는 전언에서 드러나는 바와 같이 시와 더불어 살아가려는 시인의 태도를 극명하게 확인할 수 있다. 그는 "시한 편에 일희일비하는 삶"을 살아 내고 있는 중이다. 시인이 이번에 선보이는 신작 시는 『시인은 무엇으로 사는가』를 출간하고 난 후 자신의 시적 기율과 정신을 크게 변화시키지 않으면서 시와 더불어 삶의 존재론적 가치와 이상을 찾아 살아가려는 시정신의 한 측면을 드러내는 사례라 할 수 있다.

> 폭음도 통음도 과음도 하지 않고
>
> 며칠째 시 앞에 앉아 보면
>
> 술 한 잔 없이 반듯하게 다가오는 시를 보면
>
> 술과 시의 관계가
>
> 꼭 살 맞대고 사는 부부 사이 같지만 않다
>
> 술은 술을 살고
>
> 시는 시를 살고……
>
> 앞니를 부러뜨리지 않고
>
> 구두를 잃어버리지 않고
>
> 시를 한 편 쓰다 보면
>
> 시와 나의 관계도 삼십 년 넘은 부부 사이 같은 걸까?

—여보!

　　　　　　　　　　　　　　　　　　—「어떤 관계」 부분

　　인용 시는 이즈음 강세환 시인의 시관詩觀 내지는 시를 대하는 태도를 잘 살필 수 있는 작품 가운데 하나이다. 전체 2연으로 구성된 인용 시의 1연은 "술과 시가 불가분의 관계인 줄만 알"았고 "온갖 술을 다 마시면 시가 올 줄 알았"으며, 또 그렇게 "시를 한 편 얻은 적도 있었지만" 그것은 한갓 "나를 위한 외로운 시"였을 뿐이라는 자각과 성찰을 보여 준다. 이를테면 술을 마시고 "앞니를 부러뜨리거나/ 구두를 잃어버리"면서까지 일부러 시를 좇아 얻으려 했던 강박적 집착을 반성적으로 되돌아본다. 그러나 이제 시인에게 폭음과 통음을 통해 강박적으로 얻어 낸 시는 자기만족이나 자기 위안 그 이상도 이하도 아닌, 아무런 시적 울림이나 반향도 불러일으킬 수 없는 고립 폐쇄된 "외로운 시"에 불과했던 것으로 자각한다. 요컨대 이러한 자각은 시 쓰기를 자기 삶의 일부이며 전부이고, 일상이고 생활로 받아들이는 시인의 심경을 환기한다.

　　2연에 이르면 시인은 "폭음도 통음도 과음도 하지 않고" "술 한 잔 없이 반듯하게 다가오는 시를 보면"서 "술과 시의 관계"가 불가분리 관계가 아니라는 사실을 깨닫는다. "술은 술을 살고/ 시는 시를 살" 뿐이다. 여기에서 우리는 이제 시인이 시와 한 몸이 되어 한 덩어리로 동고동락하고, 그가 말했던 것처럼 '일희일비'하며 살아가는 모습을 볼 수 있다. 이처럼 시인과 시 사이는 이제 "살 맞대고 사는 부부 사이"처럼 자연스럽고 임의로운 관계를 맺고 있는 것이다. 시인은 이제 "앞니를 부러뜨리지 않고/ 구두를 잃어버리지 않고"도 자연스럽게 시와 더불어 한 몸을 이루며 살을 맞대고 살아가는 새로운 경지에 도달해 있는 것이다. 그에게 시는 쓰는 것이라기보다 "여보!"라고 부를 수 있는 부부 사이처럼 함께 '일희일비'하며 살아가는 분신 같은 관계이다. 시와 시인은 하나이면서 둘이고, 둘이면서 하나인 불일이불이의 관계와 다르지 않은 것이다.

강세환의 시는 거대담론이 아닌 나와 나 자신을 둘러싼 삶의 현장에서 만날 수 있는 작은 세목들에 대해 애정 어린 시적 관심을 서정화해 왔다. 여기서 작은 세목이라 해서 그 중요성에 있어 부족하다거나 개인적으로 사소한 한계 속에 갇힌 것이라는 뜻은 아니다. 그보다는 차라리 인간 삶의 보편성과 구체성, 이를테면 인간 삶의 세밀하고 본질적인 측면과 밀접한 상관관계를 맺고 있는 것으로 이해하는 것이 타당하다. 그런데 이러한 시적 경향이 신작 시에서는 시 쓰기 자체에 대한 관심으로 쏠리고 있는 듯하다. 말하자면 시인이란, 시란, 시 쓰기의 핵심이란 무엇인가를 '면벽' 수도하는 수도승처럼 화두를 던지고 끊임없이 자신의 내면에서 답을 찾으며, 그것을 시화하는 작업으로 여기고 있는 것처럼 보이기 때문이다. 그 화두에 대한 답은 결코 확정될 수 있는 것이 아니다. 때문에 그것은 죽을 때까지 찾아 헤맬 뿐인, 결코 실체를 드러내지 않는 결핍과 부재의 대상으로 남아 있는 것이다. 그것은 어쩌면 강세환 시인을 비롯한 여타 많은 시인들의 시 쓰기를 가능하게 만드는 요인이기도 한, 결코 뚜렷한 실체를 보여 주지 않는 것이며, 결코 도달할 수 없는 절대적 결핍으로서의 대상이기 대문이다. 따라서 부재와 결핍의 공간에서 부지불식간 때와 장소를 가리지 않은 채 여러 얼굴을 하고 불현듯 찾아오는 것이 시이다. 그는 시와의 관계를 부부 사이처럼 있는 듯 없는 듯 살 맞대고 살아가는 과정에서 수시로 만나고 발견할 수 있는 것으로 여긴다.

시인은 언젠가 어느 대담에서 "시는 삶의 형상화"이며 "또 삶을 생각하게 하는 것"으로서 "너무 진지하지 않"으며 "차라리 겨우 형식만 남고 내용 같은 것도 없는"(「대담」) 시에 대해 술회한 바 있다. 이때 겨우 형식만 남고 내용 같은 것도 없는 시란 어쩌면 순간의 포착에 의한 직관적 통찰의 힘에서 비롯한다는 말처럼 들린다. 어떤 의도도 없고 의식하지도 않은 상태에서 시는 불현듯 찾아오는 것이다. 시인은 이러한 시가 삶의 비의를 가장 진솔한 형태로 드러낼 수 있는 형상화 방법이며, 또 삶을 진정으로 자유롭게 사유하는 방식일 수 있다는 뜻으로 읽힌다. 이는 마치 밀란 쿤데라가 「시」에서 노래한 것과 같이 시인은 시를 창조하는 것이 아니라 저 뒤쪽 어디에 있는 것을 찾아낸다는 요지의 말을 연상케 한다. 곧 시는 기술적 제작의 산물이라는 현대시의 유력한 명제를 물리치고, 어떤 인위적 조작이나 목적을 드러내기 위한 시가 아닌 일상적 삶의 순간에서 직관적으로 포착되는 세계, 일상적 삶의 의식하지 않는 저편의 심연에서 우러나오는 것이 시작의 세계라 인식하는 것이다.

제4부 감각의 리듬과 지평

> 이 시 한 줄 없어도 어떻게 살 수 있을까
> 어떻게?
> 라면도 끓여 먹고 마트도 가고
> 수락산 귀임봉도 가고
> 뉴스도 찾아 검색하다
> 에프엠 라디오 양희은 '아름다운 것들' 때문에
> 시동도 끄지 못하고 다 듣고 내렸다
> 지난 총선은 어느새 다 잊어 먹고
> 다음 총선 때까지 잊어 먹고 있으면 어떨까
> 어떨?
> 시 한 줄 안 쓰고 지나간다
> 시 한 줄 못 쓰고 지나간다
> 그럼, 이 시는 어떻게?
>
> —「이 시는 어떻게?」 부분

한 편의 시를 얻기 위해 강박적으로 자신을 내몰았던 시인의 태도는 인용 시에서처럼 이제 시에 대한 강박적 집착과 속박으로부터 완전히 초극하고 자유를 획득한 것으로 보인다. 시 쓰기에 강박적으로 내몰리던 시인은 "이 시 한 줄 안" 쓰고 "못 쓰면 어떨까", "이 시 한 줄 없어도 어떻게 살 수 있을까" 자문하면서 이제는 시로부터 초탈 초극한 면모를 보여 준다. 그것은 "시 한 줄 안 쓰고", "시 한 줄 못 쓰고 지나"가는 일상에 대해 아무런 강박 의식이나 자책감 없이 받아들이고 있기 때문이다. 이러한 점은 특히 마지막 결구 "그럼, 이 시는 어떻게?" 나왔을까 반문하는 데서 극명하게 드러난다. "라면도 끓여 먹고 마트도 가고/ 수락산 귀임봉도 가고/ 뉴스도 찾아 검색"하는 등 시 쓰기를 잊고 있는 일상의 와중에도 이 시는 어떻게 나왔을까 시인은 되묻는다. 이 물음은 일종의 반어적 수사이다. 말하자면 '그럼, 어떻게'라고 반문하는 의문 부사에서 읽을 수 있듯이 이제는 강박적으로 시 쓰기에 매달리지 않고 시와 더불어 임의롭고 자유롭게 사는 태도를 드러낸다. 일상적 삶 자체에 시의 구체가 있고, 그것에서 어쩌면 시가 발원할 수 있다는 것이다. 이 같은 태도는 어쩌면 파블로 네루다가 말한 '언제 어떻게 어디에서 왔는지 모르는 사이, 뭔지도 모를 부지불식간 시가 나를 찾아와서 나 자신이 그 심연의 일부임을 느끼는 황홀한 순간'의 체험과 유사한 형질의 것으로 이해할 수 있다.

강세환의 신작 시는 이처럼 시 쓰기의 강박과 속박으로부터 벗어나 시인, 시, 시 쓰기의 핵심에 도달하기 위한 자유로운 정신을 갈아 세우기 위한 방법을 보여 준다. 그 방법은 끊임없이 시인으로서 자신의 면모에 대한 탐색과 성찰적 관찰을 모색하고, 또 그 핵심에 도달하기 위해 역설적으로 핵심의 날을 무디게 하는 것이라고 볼 수 있다. 말하자면 그것은 시를 찾아 강박적으로 기행을 일삼는 작업보다 시 쓰기가 "삶의 일부이며 전부"이고, "시작이 일상이고 생활"(『대담』)인 데에서 시의 핵심에 도달하려는 자유로운 포즈와 연관해 있다. 시 한 줄 쓰지 않고 "강원도 고사리 삶는 냄새나 맡으며" "라면도 끓여 먹고 마트도 가고/ 수락산 귀임봉도 가고/ 뉴스도 찾아 검색"하며 사는 일상의 자연스러운 자유 속에서 '잊고, 가라앉히고, 벗어던진 고요한'(『한낮의 봄비』) 가운데 찾아드는 시를 꿈꾸는 것이다.

그런데 아무런 시적 속박도 구애도 욕망도 고통도 없이 "다 잊어 먹고" "무증상" "무중력 감각"(『봄비 이후』)을 지향하는 자세를 가지려 할 때 삶에 부여된 욕망과 시적 주체가 감당해야 할 고통의 부피들은 사소한 것으로 인정되기 쉽다. 하지만 사실 사소한 일들로 구성된 것이 우리 삶이며, 그것들이 사소해짐에 따라 그만큼 그의 마음은 가벼워지고 차분하며 고요해진 것이다. 그런 평정한 마음의 상태로 인하여 그의 시심은 자유롭고, 그런 가운데 그의 시는 어떤 인력에도 끌리거나 구속되지 않는 '무중력'의 우주 공간을 유영하듯 한결 유연하고 자유로운 상태를 획득한다.

> 뒤돌아보면 아무것도 없다
> 우는 사람도 울지 않고
> 벽난로 앞에 앉아 어느 칼럼을 읽는 자도
> 알고 보면 졸고 있다
> …(중략)…
> 역사를 믿는 자도 없고
> 시를 믿는 자도 없다
> 이 낯선 괴괴한 광경!
> 복잡한 것들이 조용한 것 같다
> 조용한 것들이 복잡한 것 같다
> 돌아보아도 보이지 않는 것은
> 돌아보아도 보이지 않는다
>
> —「보이지 않는 것」 부분

'다 잊고, 가라앉히고, 벗어던진 고요한' 상태의 '무증상 무중력 감각'의 세계에서 시 쓰기, 혹은 삶의 현상이 아닌 본질에 다가서려고 할 때, 그의 시는 다소 교술적인 관념에 치우친 듯 보인다. 그런데 특이한 점은 이번 신작 시에는 '않다, 없다' 등의 부정적 술어와 '잊다, 가라앉히다, 벗어던지다' 등의 비움과 진정을 의미하는 어휘가 빈번하게 쓰인다. 이는 현상적으로 주어진 것들이나 일상을 규율하던 지배적 신념들에 대한 관념적 부정 의식과 욕망의 순화를 드러내는 것으로 이해할 수 있다. 이를 통해 시인은 현상적 확신 너머에 자리한 "보이지 않는 것"에 대한 사유로 나아간다. 이를테면 말장난 같아 보이지만 "칼럼을 읽는 자도/ 알고 보면 졸고 있"고 "역사를 믿는 자도" "시를 믿는 자도 없"는 "낯선 괴괴한 광경" 속에서 시인은 "복잡한 것들이 조용"하거나 "조용한 것들이 복잡한" 모순적이며 역설적 인식의 세계로 나간 것이다. 이와 같이 눈에 보이는 현상적인 것에 대해 마음을 비우거나 들끓는 욕망을 순화하려는 자세가 강조될 때, 인간 개체의 삶의 원리들은 자연히 세상의 이치 속에 용해되거나 무화되기 쉽다. 이는 시인의 눈과 마음이 현상의 단면에 고정되어 있기보다는 보이지 않는 이면의 심층에 내재하는 또 다른 본질을 꿰뚫어 보려는 시적 혜안과 연관되어 있는 것이다.

강세환 시인이 보여 주는 역설적 인식은 겉으로는 주체에 대한 집착이 약화되거나 대상을 의미화하려는 애착이 무화된 경지를 보여 주는 것이다. 물론 이것은 표면적으로 생각할 때 시적 주체가 그간 이전의 시집에서 보여 주었던 시 세계와는 다소 차별적인 내질을 이루는 것처럼 보일 수 있다. 즉 시인이 그간 어렵게 감당해 오던 삶의 실존적 고통이나 절망, 그럼에도 불구하고 삶에 대한 따뜻한 시선의 끈을 포기하지 않는 자세와는 거리가 있는 것처럼 보인다. 신작 시에서 시적 주체는 삶의 현장에서 발생할 수도 있는 사소한 문제조차도 별다른 갈등 없이 세상 이치와 쉽게 화해하고 있다 말할 수도 있다. 요컨대 인간 삶과 세상 이치에 통달한 도사연하는 듯한 태도는 삶의 구체적 고통의 해결 과정을 은폐할 수 있다. 그러나 화해의 눈길을 심층적으로는 "낯선 괴괴한 광경"을 하고 있는 세상의 범속한 욕망과 이해관계로부터 절연해 있으려는 정신적 기품으로 이해하고 싶다. 왜냐하면 세상사 이치와 함께하면서 깨닫는 자유로운 일상인의 소소하고 보잘것없는 태도로서의 기품이란 부정의 정신을 통해 현상이나 대상의 본질을 새롭게 갱신하려는 고요 속에 깃든 역동성을 함축하고 있기 때문이다. 그것은 무딤의 감각을 통해 자신의 시와 시 쓰기, 그리고 자연스러운 삶의 이법에 한 발 더 확장적으로 다가서려는 역설적 시법으로 간주할 수 있다.

강세환 시인의 신작 시에 보이는 역설적 인식, 혹은 역설적인 시법은 어찌 생각하면 오랫동안 우리의 삶 속에서 보잘것없이 소소하게 반복되어 온 이치나 이법에 다를 바 없는 평범한 것이다. 그것은 누구를 막론하고 세상사 삶의 과정으로서 일반적으로 반복하는 것이지만, 우리가 일상적 삶의 평범 속에 내재한 비범의 원리를 깨닫기란 쉽지 않은 일이다. 때문에 그것은 적어도 오랜 시적 편력을 통해, 또 오랜 시간 부재와 결핍의 우회로를 거쳐 이제야 비로소 얻게 된 평범의 원리에 포함된 정신적 깨달음에서 비롯하는 것은 아닐까. 따라서 시인이 보여 주는 잊고 비우고 벗어던지려는 행위에 포함된 자유에 대한 깨달음과 정신의 자세는 역설적으로 주체적 삶의 구체적인 욕망이나 고통, 지난한 삶에 대한 애착과 긴밀하게 조응하는 것으로 볼 수 있다. 그것은 또한 실존적인 정신의 핵심과도 합치된 것이기도 하다. 그것은 곧 어떤 것에도 구애받지 않는 비움의 자유와 초극의 정신을 환기한다. 말하자면 '이 시 밖에서 이 시 느꼈던 느낌'으로서 어떤 중력이나 인력, 어떤 원심력이나 구심력, 어떤 지배적 힘에도 이끌리지 않는 '무중상' "무중력 감각"(「봄비 이후」)이라는 자유의 정신과 맞닿아 있는 것이다.

속까지 화끈한 저 생生 빗소리!
그러나 다시 고요한 봄비
화끈한 것도 뜨거운 것도
싹둑 잘라 가라앉히는 저 소식!
(다시 빗속에 뛰어들까?)
봄비가 다시 봄비로 살아 내는 순간
다 벗어던지고 저 혼자된
봄비의 외로움!
빗속에 외로움 말고 또 뭐 있었지?
헛도는 간혹 가는귀먹은 저 무無 소리!
나는 종종 무슨 소리였을까?
들릴까 말까 한 헛소리?

안방 화장실에서 혼자 시 낭독하던

저 소리?

—「한낮의 봄비」 부분

　서정시는 시인의 내밀한 영역의 기억이나 감성을 섬세하게 드러낸다. 따라서 시는 깊은 심연에서 길어 올린 물과 같은 것이다. 그 물은 시인이 회상하거나 꿈꾸거나 체험하는 현재의 경험적 시간에 대한 기록물이다. 작품으로 시화된 현재의 시간들은 시인의 현재적 삶과 내면적 얼굴을 한 섬세한 표정의 기록이다. 그런 측면에서 인용 시를 비롯한 강세환 시인의 신작시는 정직한 표정을 짓고 있다. 여기에서 정직하다는 말은 그의 시가 위장 없이 솔직한 자기반성적 성찰과 자유의 정신을 담고 있다는 의미뿐만 아니라 시를 쓰고 있는 현재의 삶과 시 쓰기에 정직하다는 뜻이다. 왜냐하면 보통 대상에 대한 시적 묘사나 서정적 형상은 뭔가 시적으로 그럴듯하게 표현하고자 하는 가식적 욕망을 낳고, 그 욕망의 작업은 시적 주체로 하여금 위장이나 가장假裝으로 나갈 함정을 파 놓고 있기 때문이다. 이러한 함정에 빠지지 않기 위해 시인은 현재의 일상에서 분비되는 즉각적이며 순수한 시적 감각의 편린을 그대로 시에 담아내려 한다. 즉 "헛도는 간혹 가는귀먹은 저 무無 소리"나 "들릴까 말까 한 헛소리"를 자신의 "시 낭독" 소리로 여기는 식의 즉흥적이고 자아를 무화無化한 상태의 순간적인 생각들로 가장 없이 시를 구성한다.

　이러한 시법은 시인이 최대한 자유로운 정신에서 정직한 시를 쓰고자 하는 태도에서 비롯되었을 것이다. "속까지 화끈한 저 생生 빗소리"처럼 들끓는 욕망은 삶의 한 순간 순간마다 새로운 것이며 소중한 것이다. 그런데 "속까지 화끈한" 생에는 모종의 격렬함 속에 생성되는 고요함과 외로움이 웅크리고 있다. 그래서 삶은 격렬하지만 쓸쓸한 것이고, 외롭고 쓸쓸한 가운데 격렬하게 울려 나오는 '헛소리'일 수 있으며, 시의 소리도 역시 마찬가지이다. 시인에게 시와 삶은 항상 격렬한 가운데 고요를 품고 있으며, 고요한 가운데 격렬함을 반복하는 것이다. "들릴까 말까 한 헛소리" 같은 외로움과 쓸쓸함은 이렇게 극적 반전을 이루는 것이고, 이에 따라 그의 삶과 시 쓰기는 헛소리처럼 대단한 것은 아니지만 무한히 긍정되는 어떤 것이다.

그래서 소소한 일상은 벗어나야 할 무엇이라기보다는 끊임없이 생을 살아 있게 하는 소리이며, 역설적이게도 다시 고요한 평정의 마음으로 생을 살아 있게 하는 필연적 요소이기도 하다. 때문에 일상에서 사소한 일들이나 내면의 파동들은 모두 시적인 것들을 품고 있다. 인용 시에서처럼 일상에서 만나는 시시하다시피 한 일들은 모두 시의 공간에 자리할 가치를 지니고 있다. 말하자면 위의 시의 특장은 시의 구성이 시인의 눈에 들어온 장맛비처럼 봄비답지 않게 구성지게 쏟아지는 봄비가 내리는 광경과 귀에 들어오는 봄비의 소식에 대해 시적 주체가 반응하면서 분비되는 생각들로 오롯이 이루어지고 있다는 데 있다. 시적 가면을 쓰거나 가장 없이 순간의 현상적 사건과 내면의 파동을 최대한 정직한 시선으로 받아들이려는 태도가 현재 그가 모색하고 있는 시법으로 보인다.

이러한 시법에 의해 강세환의 신작 시는 내면에서 우러나오는 표정이 솔직하게 표현되어 있다. 어떤 시인들은 자신의 표정을 감추기 위해 가면을 쓰고 때로는 짐짓 위장하는 수법을 쓰기도 하는데, 이는 탓할 일도 아니다. 하지만 그의 신작 시는 가면이나 위장과 거리가 멀다. 요컨대 인용 시를 비롯한 다른 신작 시들은 가면이나 위장 없이, 숨김이나 감춤 없이 현상세계나 내면의 표정을 그럴 연然하게 담아낸다. 그것은 시 쓰기가 대단한 미적 과업을 수행하는 것이라거나 서정을 이끌어 내기 위한 구성적 조작의 대상으로 취급되는 것이 아닌 현상의 맨얼굴을 발견하는 장소임을 긍정하는 태도에서 비롯하는 것이다.

결국 강세환이 "지도에도 없는 길을 따라 너무 깊이 들어"(『한섬』)온 시의 영토는 이제 "삶의 일부이며 전부"가 되었으며, 시로 인해 '일희일비'하고, 시와 부부 사이같이 경계 없는 불일이불이의 관계적 삶을 오롯이 사는 지경으로 들어선 것이다. 그는 언젠가 그가 노래했듯 "등짐 다 내려놓고/ 등뼈만 남은/ 무수골 물오리나무"처럼 "제 발밑에 말뚝을 박고"(「무수골 물오리나무」) 외로이 선 채로 정직하고 자유로운 시적 삶을 살아가는 중이다. 시적 의장擬裝을 위해 공력을 쏟기보다는 '시 밖에서 느꼈던 시적 느낌'(「봄비 이후」)을 가장 없이 순연하게 드러내려는 시법이 이즈음 강세환의 시적 지경을 이루는 듯하다. 그는 무중력 상태에서 자유로이 유영하는 중이다.

절제의 형식과 응축의 파토스
—안현심 신작 시

시詩를 파자破字하여 그 뜻을 풀면 사원(寺)에서 쓰는 말(言)이다. 이를테면 절간의 말, 혹은 언어(言)의 경전(寺)이라는 뜻이다. 시는 그러므로 사원의 말, 말들의 사원이며, 시인은 언어 사원의 사제이다. 그 언어 사원의 사제들이 사용하는 말은 침묵의 형식, 여백의 언어를 취한다. 말을 극도로 절제하고 직관의 통찰을 통해 사물과 현상이 비밀스럽게 은폐된 실체에 접근하려는 태도는 그대로 시의 형식과 닮은꼴이다.

안현심의 시는 모름지기 사변을 늘어놓거나 장황하고 현란한 수사를 동반하지 않는다. 그의 시는 수다스럽지 않다. 그의 시는 말을 극도로 아껴야 한다는, 이를테면 수많은 생각의 자잘한 가지를 쳐 내고 쳐 낸 뒤의 "뼈대만 꼿꼿이 맑"(「건초 여자」)은 간결하고 간명한 형식을 지향한다. 그에게 시 쓰기는 어쩌면 언어의 잔가지를 추려 내는 고단한 전지剪枝 작업에 다름 아니다. 침묵의 형식, 여백의 언어, 과감한 절제의 미학, 언어의 경제성을 최대한의 임계치로 끌어올린 상태에서 안현심의 시는 직조된다. 가령 다음과 같은 격조 있는 언어의 조직을 보여 주는 작품을 보라.

    잠든 사이, 내 입술을 훔쳐갔구나

마른 가지에 물집 생기더니 부풀어 오르는 꽃봉오리

꽃잠 든 사이, 내 젖꼭지를 빨아 댔구나

처녀막 찢기는 아픔으로

터뜨린,

순결…… 순결…… 순결……

—「배꽃」부분

　매우 간결하고 간명한 언어로 처리된 이 시에서 화자의 내면, 내밀한 감정선을 자극하는 요소는 다름 아닌 에로스다. 배꽃이라는 대상과 융합하려는 에로스적 욕망의 열기는 '입술' '부푼 꽃봉오리' '젖꼭지' '찢기는 처녀막'과 같은 성적 관능과 성애의 극점에 동반되는 환희와 고통, 에로스와 타나토스가 하나인 오르가슴의 언어를 지향한다. 그러나 관능성이 근원적으로 간직한 어둡고 칙칙한 욕망의 심연을 굽어보는 대신 특이하게도 밝고 환하게 빛나는 것이 이채롭다. 평범한 자연현상에 관능의 불을 댕기는 상상력으로 직조된 이 작품은 무엇보다 빛나는 언어 구사와 순백의 순결한 이미지의 조형으로 인해 성애의 극점이 가져온 것처럼 고통스럽게 아름답다. 천진하고 순수한 비유적 상상력과 함께 맑고 투명한 시적 감수성이 불러일으키는 불꽃처럼 빛나는 순간의 포착, 순식간 피어오른 배꽃의 순결한 아름다움으로 인해 문득 눈부시게 고통스럽다.

　화자는 어느 사이 부풀어 올라 순식간 "처녀막 찢기는 아픔으로" 꽃봉오리를 터트린 배꽃의 경이로움과 황홀함에 찬탄한다. 그런데 배꽃이 순간 만발한 풍경을 은유적으로 묘사하고 있을 뿐인 이 작품이 궁극적으로 말하고자 하는 것은 무엇일까. 폭발하는 감정을 절제하며 드러내고 싶었던 것은 아마도 시적 주체와 대상, 자아와 세계의 원초적 만남, 그리고 여기에서 발원하는 은밀하고 고통스러운 떨림일 것이다. 이러한 은밀한 떨림을 "내 입술을 훔쳐갔"다거나 "내 젖꼭지를 빨아 댔"다거나 "처녀막 찢기는 아픔"이라는 관능적인 행위로 비유하여 그 은밀한 떨림은 더욱 고조되고 고통스러운 쾌감은 가중된다. 그럼으로써 배꽃의 아름다움이 유발하는 폭발하는 심리적 에너지, 황홀한 감정의 파토스는 절제된 형식으로 무한히 팽창해 나가는 듯한 효과를 창출한다. 아름다움은 고통을 동반할 때 진정성을 획득하는 것이다. 아름다움은 우리의 눈을 고통스럽게 한다.

　전통적으로 시는 언어의 경제성을 가장 잘 살린 양식이다. 말하자면 가장 적은 언어를 사용하여 최대의 의미론적 파장과 효과를 생성하는 양식이 시이다. 안현심의 시는 침묵의 형식, 절제의 언어 미학을 지향한다. 그의 시는 부산하거나 소란스럽지 않다. 내적 갈등이나 세계와의 불화도 감지할 수 없다. 다만 관조적으로 침묵하면서 절제의 언어 형식으로 사물이나 현상의 은폐된 의미를 통찰해 낼 뿐이다. 그의 시의 미학이 침묵과 절제의 형식이라 하여 의미론적 질감이 메마르거나 건조하다는 뜻은 아니다. 그보다 절제된 침묵의 언어 속에는 어떤 열정과 격정, 강렬히 파동하는 응축된 파토스pathos가 내재해 있다. 그러므로 그의 시의 특징적인 미적 세계를, 형용모순처럼 들릴지 모르겠지만, 나는 절제된 언어 형식에 응축된 파토스의 미학이라 부르고 싶다.

깊은 골짜기
굴피 너와집

숯구이 자식으로 나
장가도 못 가 본 마흔 살 총각

어정어정 해가 지자

상처 입은 짐승으로 흘러든 여자

산다,

잡아먹히고 잡아먹으며

논다.

—「개미귀신」 전문

안현심의 시에서 폭발하는 감정의 격정적인 파토스는 파괴를 불러오는
것이 아니라 하나의 건강한 생명의 지점을 향해 나아가며, 자아와 세계가
친화하고 융합하는 조화로운 경지를 지향한다. 그의 시는 자궁이나 숲과
같은 여성적 이미지가 자주 눈에 띈다. 여성의 이미지는 어쩌면 그의 시의
출발점이자 도착점이기도 하다. 여성이나 자궁, 자연의 숲은 생명을 환기
하는 원초적이며 상징적인 이미지이다. 자연의 훼손되지 않은 원시적인 아
름다운 공간을 통해 공감을 불러일으키는 점은 안현심의 보편적인 미의식
을 엿볼 수 있게 한다.

예컨대 위의 작품은 여성성이 구원하는 조화로운 세계를 그리고 있다.
시상의 전개는 매우 간단하다. "깊은 골짜기"에서 "숯구이 자식으로 나"서
"장가도 못 가 본 마흔 살 총각"이 "상처 입은 짐승으로 흘러든 여자"를 만나
"산다"는 것이다. 그런데 화자는 깊은 산골짜기에서 아무런 배움도 없이,
문명의 논리가 침범하거나 훼손되지 않은 자연의 원시적 공간에서 사는 노
총각이 만난 여자를 "상처 입은 짐승"으로 표현한다. 그것은 동물의 이미지
는 어떤 인위나 문명의 때 묻지 않은 원초적 생명성이나 자연성을 은유하기
때문이다. 그러고는 그들이 사는 모습을 "잡아먹히고 잡아먹으며" 노는 것
으로 비유한다. 그의 시에서 여성성이나 관능적 육체성은 대개 단순한 성
적 차원을 넘어 정신적이며 정서적인 일체화를 지향하며, 생명의 황홀을 동

반하는 양상이 지배적이다. 그것의 의미를 좀 더 확대하면 생명력의 회복, 정신적이며 육체적인 금기가 사라진 자유로운 삶에 대한 희원으로 해석할 수 있을 것이다. "잡아먹히고 잡아먹"는 행위를 "논다"는 동사로 표현한 것이 이를 증명한다. 그것은 일종의 상생, 상호 의존적 관계성, 원시적 생명의 건강한 세계를 지시한다.

육체성과 관능성, 즉 살(肉)에 대한 경도가 짐승처럼 서로 "잡아먹히고 잡아먹으며" 노는 행위로 진술되는 것은 특이한 현상이다. 이렇게 서로 짐승처럼 잡아먹고 먹히는 행위는 금지된 것, 부정한 행위이다. 이러한 행위는 정상으로부터의 일탈, 금기의 위반, 이성적이며 문명적 논리가 지배하는 현실 원칙의 전복이라는 의미를 내포하는 것이며, 어떤 인위가 침범하지 않은 원초적 생명의 상호 의존적 상생과 생명의 자유로움을 뜻한다. 그것은 일종의 문명의 논리에 대한 범죄 행위이며 기존의 질서에 대한 도전과 전복이라는 의미를 환기한다. 따라서 짐승처럼 서로 잡아먹는다는 행위는 모든 금기가 사라진 문명적 현실의 구속이 무화된 생명의 자유로운 상태에 대한 욕망으로 해석 가능하다. 이러한 문명의 질서와 금기가 사라진 카니발리즘은 생명력을 더 가속화하고 강제적으로 고정 구획하는 삶의 현실 논리와 질서의 틀을 위반하고 전복하는 에너지를 발휘한다.

언어의 경제성을 살리기 위해 안현심은 대개 서정시의 전통적인 수법인 선경후정先景後情의 기법을 따른다. 안현심은 사물과 현상의 궁극을 통찰하는 견자見者의 태도를 취한다. 보통 대개의 시에서 그는 우선 어떤 사물이나 현상을 관조적으로 마주하거나 경험하고는 그에 대한 묘사적 진술을 간단히 펼친다. 그리고 시인은 대상에 대한 경험적 자아의 직관적 통찰을 통해 그에 대한 자신의 의식을 간단명료하게 제시한다. 대상에 대한 정서적 의식의 표현 혹은 그 감정의 질감은 대체로 맑고 투명하며 긍정적이다. 그의 시는 맑고 투명하게 깨어 있으며, 의젓하고 굳세다. 또한 어떤 면에서는 곱고 아름다우며, 또 어떤 면에서는 고요하고 조촐하다. 이러한 의식적 태도를 옛날 이규보를 빌려 청경淸警과 웅호雄豪, 연려姸麗와 평담平淡의 미학이라 또한 부르고 싶다. 그 안에는 물론 절제된 언어 형식의 격정적인 파토스가 응축되어 있다.

> 연천봉 아래 연초록 너울, 살 비비며 쓰러지며 혼절하는 파도, 맨발
> 로 얼크러져 몸부림하는 시원始原.

> 사월의 숲,

> 죽어도 좋을 목숨의 잔치.
> ―「오르가슴」 전문

화자는 아마도 계룡산 연천봉에 오른 모양이다. 계절은 온갖 만물이 소생하여 찬란한 생명의 "연초록 너울"이 물결인 듯 파도처럼 넘실대고 출렁이는 사월이다. 화자가 위치한 계룡산 연천봉 "사월의 숲"은 원초적 생명의 환희로 충만하고 황홀감으로 충일하다. 숲은 원초적 시원의 상태로 서로 "살 비비며 쓰러지며 혼절하는" 성적 절정의 순간으로 벅차오르고 있다. 현실 원칙이라는 이성적 질서를 물리치고 "맨발로 얼크러져 몸부림하는 시원始原"의 원초적 생명이 약동하는 엑스터시로 인한 화자의 감정은 그 자체로 도취와 망아의 황홀경에 몰입한 상태이다. 화자는 자연 생명의 황홀과 환희를 시의 제목이 암시하듯 성적 흥분이 최고조의 극점에 이른 상태, 오르가슴으로 번역한다. 이를 드러내는 형식은 앞서 논의한 것처럼 군더더기 없이, 잔가지를 말끔히 쳐낸 간명한 언어 처리를 기반으로 한다. 전체 3연 각각 한 시행으로 절정에 도달한 황홀한 순간을 포착하는 것이다.

화자는 성적 오르가슴의 상태에 비유하여 "사월의 숲"이 품은 생명의 황홀을 노래한다. 자궁이 인간을 잉태한다면, 숲은 나무와 풀과 꽃 등 온갖 자연의 생명을 잉태한다. 그런 점에서 숲은 자연의 자궁이라 할 만하다. 숲이라는 시원의 자궁에서 생명들이 서로 "살 비비며 쓰러지며 혼절"하고,

"맨발로 얼크러져 몸부림"하는 생명의 환희는 마치 바타이유의 '에로스의
눈물'이 제기하는 문제를 연상하게 만든다. "죽어도 좋을 목숨의 잔치"라는
결구에 다다를 때 그것은 그야말로 에로스의 충동과 죽음의 충동이 하나로
결합하는 궁극의 순간이다. 왜냐하면 성적 결합의 정점에 숨이 멎는 듯한
그 경련과 흥분을 바타이유는 궁극적 죽음의 맛보기라 부르기 때문이다. 오
르가슴이란 결국 작은 죽음의 형태로 궁극적으로 미리 죽음을 맛보는, 생명
창조의 씨앗을 잉태하고 있는 원초적 무無, 혹은 태허太虛의 어둠을 경험하
는 것에 다름 아니기 때문이다.

　불온하고 타락한 세계를 시적 언어로 재구성하고자 하는 시인의 욕망은
완강한 현실 원칙의 자장을 벗어나 근원 세계를 재건하거나, 아니면 시인
이 위치한 현실의 자리에서 심연의 깊이보다 표층적 흘러넘침을 주시하며
일상적 현실의 삶을 주목하려 한다. 이때 안현심은 현실의 표층보다는 근
원의 세계, 절대의 영역, 부재의 영토에 매혹당한다. 말하자면 불가능에 대
한 욕망, 이것이야말로 시인의 특권이자 임무인 듯 원초적인 근원의 세계를
파고드는 것이다. 그것은 대개 여성성과 결부되며 역설적으로 무덤 혹은 무
의 세계가 잉태하는 생명의 궁극적 지점, 성적 오르가슴의 상태를 향한다.

　　아무르 눈빛,
　　파미르 언어가 반짝이는 입술

　　당신의 늪에 빠지면
　　헤어나지 못할 것 같아 다가가지 못했어요

　　날마다 무덤을 짓는 여자

　　싸르륵, 싸르륵

가을볕에 비곗덩이가 마르는 동안
노란 뼈대만 꼿꼿이 맑아

마른 풀 향기
오래오래, 드높은 사람.

　　　　　　　　　　　　　―「건초 여자」 전문

　간결한 언어로 시원의 세계가 품은 여성성을 노래하는 이 시는 역설적
이게도 그 여성을 "날마다 무덤을 짓"는 "마른 풀 향기"처럼 건조한 성질의
것으로 인식한다. 그러나 화자가 지시하는 메마르고 "날마다 무덤을 짓는"
"건초 여자"는 문명의 때가 끼지 않은, 삶의 아무런 군더더기가 붙어 있지
않은 가장 순수한 생명의 원형적 모습을 간직하고 있다. 그런 이유로 화자
는 건초의 메마른 여자를 "오래오래, 드높은 사람"으로 그 존재 가치를 명
명한다. "날마다 무덤을 짓"고 "마른 풀 향기"를 간직한 "건초 여자"는 시원
의 시공간으로 암시되는 아무르 강과 파미르 고원의 원초적 세계가 품은 생
명의 뿌리를 상징하는 것으로 보인다. 그곳은 문명이 비껴간 태초의 원시적
자연성을 오롯이 간직한 곳이다. 안현심은 이렇듯 가시적 현실의 완고한 원
리를 물리치고 원형적 상징의 시공간으로 훌쩍 월경한다.
　안현심은 현실의 평면적이고 기계적인 수용에서 한발 물러서 지금 이곳
이 아닌 원시적 영토, 원형적 상징의 영토에서 싱싱하게 살아 있는 대상을
향해 시선을 던진다. 그의 시는 현실 원칙이 완고한 힘으로 강요하는 모든
가치들, 예컨대 정치적 이념, 물질적 생산성의 숭배, 합리적이며 근면한
정신에 대한 신앙을 빗금 치고 상징적 가치의 세계로 향한다. 세계에 대한
시인의 이러한 태도로 인하여 그의 시는 상징적 언어가 지닌 간명성을 획
득할 수 있는 것이다. 부연하자면 상징은 언어의 출생지이며 존재의 궁극
적 처소이다. 때문에 상징은 인간으로 하여금 덧없는 시간의 흐름을 역행
하여 기원의 세계를 향해 다가갈 수 있는 계기를 이루는 것인데, 안현심은

상징의 간명한 언어 형식을 통해 현실을 넘어 원초적 기원의 초월적 세계로 훌쩍 도약한다.

현실의 일상적 경험을 초월한 초역사적 정신세계에 대한 안현심의 관심은 그의 시의 원형적 내질을 이룬다. 이로써 안현심의 시는 미지, 즉 피안의 세계를 향해 나아가는 지난한 도정으로 이해할 수 있다. 그런 만큼 그의 시는 눈앞의 근시안적 현실 인식에 치중해 세계를 주목하기보다는 부동하는 영원의 근원적 내면의 목소리에 귀를 기울이는 태도가 지배적이다. 그는 완고한 현실의 장벽을 초월해 그것을 괄호 치고 난 나머지 여백의 공간에서 꿈꾸고 사랑하며, 사물과 존재의 궁극적 의미를 탐구한다.

시가 되었든 우리의 삶이 되었든 지상의 현실에서 한 발짝도 발을 떼기 힘든 풍토에서 안현심은 과감하게 이륙해 비상한다. 지상을 이륙한 비상의 세계는 어쩌면 더 이상 행복한 세계에서 살기는 이미 틀렸다는 사실을 직감한 영혼이 마침내 숨어든 마지막 은신처가 아닐까. 그 은신처에 고독하게 웅크리고 앉은 안현심은 현실의 의식 저편에 위치한, 은밀하고 신비롭게, 보이지 않는 존재로 가득한 세계로 우리를 안내해 준다. 그곳에서 안현심은 나날이 변함없이 진부하고 획일적이며 덧없는 시간에서는 얻을 수 없는 어떤 고양되고 생기 넘치는 감각을 얻는 것이다.

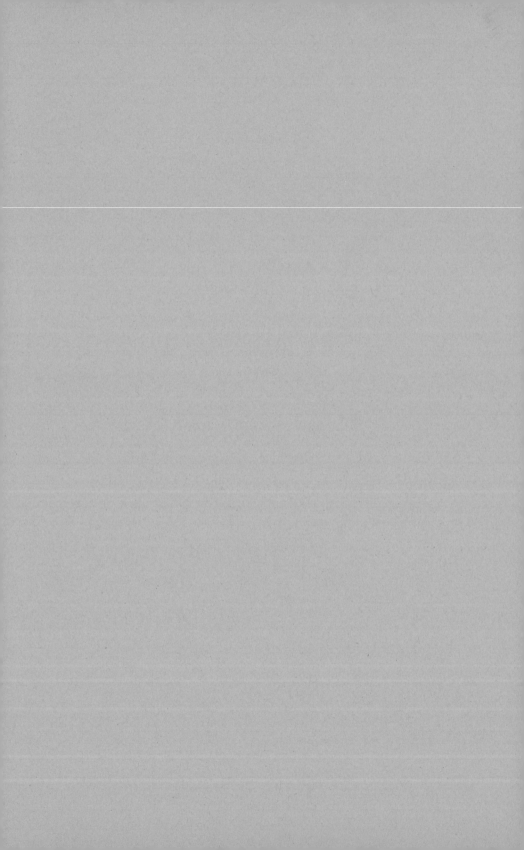